天幕

山樵中篇小說集

目次

輯三　紀實小說選

特別收錄　憶親散文

輯一　原創小說

犬魂

第一章　患難

（一）

殘陽把西邊的天際染得一片血紅，也把我孤獨的身影投在黃土地上，拉得老長老長，彷彿在有意誇大我的瘦弱。饑腸轆轆的我剛從西邊的湖畔撿柴回來，正在往東走，幾乎是在踩著自己的影子。影子看起來一跳一跳的，像是走得挺帶勁，其實我這時身體軟軟的，似乎連抬起腦袋的力氣都沒有。不過，不用抬頭我也知道，再走半華里就是我的目的地「溝拐子」村了。在那裡，一汪水塘和半圈圩溝箍著七、八十戶土牆草頂的茅屋，一棵老樹高高托起一座碩大的鳥窩，再也沒有別的景致了。我這時的家就住在鳥窩下面不遠處、水塘邊上。

為了及早實現「共產主義」，公社早先下達了不准私人家庭起火做飯的禁令，所有的人都必須到公共食堂吃飯，可是眼下食堂又嚴重缺糧，雖然名義上是每人一天「八大兩」，實際上卻沒有主糧，只是有限地供給一點雜糧麵、紅薯、胡蘿蔔之類的東西，吃了很不耐餓，而且只有中午一頓，早、晚都沒有。這樣的生活只能叫大家勉強不死，所以不用張望我也十分清楚，此刻村中的那些茅屋都是沒有人息、死氣沉沉的，連一縷炊煙都不會有。

這就是我的故鄉，一個極度偏僻、積弱積貧的地方。

我出身於一個自耕農的小戶人家。我的父親在少年、青年時期曾外出求學、做工，我的家庭曾經由他而進入小康，可惜的是他與我的母親後來都因為生病而早早亡故了。那時我的祖父還在，他雖然出身於平凡，卻讀過幾年私塾，懂得一些聖賢之道，為人甚明事理，而且一生要強，一直認定「大丈夫志在天下」這個理兒。待我長到十來歲，老人家也讓我走了我父親的路。

抗日戰爭結束以後，我在外面讀完學業，就在離家百里之外的一個城市裡找到了工作，成為一名建築工程師。當時同行裡活動著秘密的中共組織，他們看我出身清白，又為人正直，便發展我成為黨員。不幾年共和國就宣告成立了，這以後，城市建設很受重視，新政府任命我當了城建科長。我任勞任怨、刻苦勤奮，事業頗有成就，以工作出色不斷得到提拔，就這樣順順當當地幹了六、七年。丘八出身的區委書記認為我是一個有學問而且很能幹的人，稱我是「革命的書呆子」，對我甚為器重，竟把我提拔為副區長，除了叫我主管本區的城市規劃、建設之外，還叫我兼管一份文化工作，不料這卻害了我。

毛澤東在全國範圍內鼓勵「大鳴大放」的時候，有幾個文化人要成立一個「讀書會」，中請書呈報給我，我未假思索就揮筆簽准了，還應邀出席過他們的活動。沒有人知道這個鼓勵「大鳴大放」的政治號召真正的目的竟然是一個「陽謀」，是為了「引蛇出洞」，然後予以最為嚴厲的打擊。結果，「反右傾」運動一來，這個文化人的組織被人指控為「反動團體」，干係坐實在我身上。整治這個團體的人說我是黑後臺，區委書記聽了那些人的彙報，拍了桌子發了火，罵我是「吃屎分子」，不識抬舉，以「右傾錯誤」把我從正科級降到副科級，貶到一所區辦小學掛名為副校長。

自一九五八年開始，城裡、鄉里一面「大煉鋼鐵」一面大刮「共產風」。熱火朝天的群眾運動由於掌控失當而接連幾年耽誤了農時，在豐收之年卻導致了農業的嚴重歉收。毛澤東沒有顧及到這一點，反而加強糧食徵購，把徵收到的農民們的生命之糧無償地送給蘇聯、朝鮮。自一九五九年起，大饑饉以大量減損人口的方式開始席捲全國，這是當時的「總路線、大躍進、人民公社」政策遭遇嚴厲挑戰的幾年，也是敢於質疑這一政策實際執行情況的人最背時、最倒楣的幾年。

天性懦弱的我在學校的一個最不起眼的辦公室裡戰戰兢兢地坐著冷板凳，始終沒敢說一句與時局有任何相關的話。可是，彭德懷為了「大躍進」的事，在廬山會議上和毛澤東發生爭執的事情發作了。胳膊擰不過大腿，彭德懷被徹底打倒了，但是還要把他批臭，並且肅清他的所有「流毒」與黨羽。於是一場新的「運動」由此產生，逐漸從中央滲透到社會下層的每一個角落。

按理說，像我這樣的人是絕不可能與彭德懷搭界的，因為身份卑微，而且一天軍裝都沒有穿過。但是，根據全國政治形勢的需要，校方還是把我的問題升了級，與彭大元帥作了聯繫。他們藉口說我「成天板著臉不說話，顯然從心眼裡對黨和人民充滿了怨恨，和彭德懷是一樣的反動東西」。就像漢武帝殺大臣顏異似的給我定了一個「腹誹罪」，以此給了一個「送回原籍勞動、改造思想」的處份，就把我放逐到故鄉來了。

所幸的是，老家的房子尚在，那是一所陳舊的老屋，以前由堂弟大莊住著，因我回來得有棲身之所，他老大不情願、老大不高興地搬了出去。

這裡地處淮河之南，半丘陵半平原地貌，有一個很大的湖，白茫茫一望無際，有時會有兩、三艘掛著白帆的木船在湖面的深遠處緩緩移動。若是屈原那樣的人被流放到這裡，常去湖邊走走，觸景生情，或許要吟吟詩、作作賦什麼的，藉以宣洩胸中的愛國熱情。可是，沒有出息的我卻是一個被磨難摧毀了激情的人，只會看落霞而流淚，見孤鶩而傷情，最痛苦的時候只會低著頭盯著自己的腳尖長吁短歎。而且，這次回來又正趕上「三年自然災害」的第二年，顧念生存猶恐不能，哪裡還會有屈原大夫那樣的憂國憂民、以國家利益至上的偉大情懷呢？

此際是一九六〇年的三月份，可怕的饑餓正暴如狂飆般地橫掃著所有被「大躍進」折騰過的地方，我的故鄉也不例外。在黃土漫漫、荒如沙漠一般的窮鄉僻壤間，人們找到什麼就吃掉什麼，不論是草根、樹皮，還是老鼠、蟾蜍，就連一隻螞蚱都不會放過。此時此刻，在我前面不遠的地方，走過一塊麥田有一棵槐樹，樹下有幾個十來歲的放牛孩子，就在包圍著一隻小動物，商量著如何吃掉它。

「沒有刀，怎麼剝皮呢？」一個年齡較小的孩子蹲在那裡犯著愁，他離那隻小動物最近。

「我看，扔掉算了，俺們都走吧。」一個長著鬥雞眼的孩子做出毫不在乎、就要挪步走開的樣子。但是他並沒有邁開腿，而是在唆使著叫大家都解散。

「狗日的斜巴眼！你想把俺們都屁走，然後再自己跑回來一個人吃獨食！」一個年齡稍大的孩子拆穿了鬥雞眼的陰謀，隨之提出自己的主張，「沒有刀，就連皮燒著吃，保管行。」

「我的媽，那狗肚子裡的屎腸子怎麼辦？」一年齡較小的孩子反問道。

我湊近去，看清那是一隻小狗模樣的小動物躺在地上，黑色皮毛，連頭帶尾有一尺多長，鼻孔和嘴巴都在流血，顯然是剛剛挨過暴打，此刻紋絲不動，看似已經死了。我說：「小朋友，你們沒法吃，賣給我算啦。」

這些孩子都是本村人，因我回來已經住過兩個月，他們大多都認識我，見我過來，有的還友善地衝我笑笑，只是剛才受過小夥伴窩囊氣的鬥雞眼對我發洩起來：「你這個老右派，也想屁人家小孩子的東西！」

不知緣自何時，「右派」開始與「四類分子」地主、富農、反革命、壞分子並列，無論在城市、鄉村都受到同樣的歧視，被看作是一種身份最卑賤的倒楣鬼，社會地位比古羅馬時期戴枷鎖的奴隸還要低下。然而，逆來順受的我卻已經習慣了這個稱呼。在鄉間這樣的地方聽一個孩子這樣對我說話，一點兒也不覺得面子有損，仍然老著臉皮嘻嘻笑著，從衣兜裡摸出一張鈔票，一面遞出去，一面對其他孩子說：「我不會白拿別人的東西，來來來，一塊錢，算是賣給我的，行不行？」

那個年齡稍大的孩子瞄著我手中的鈔票，十分老道地把菲薄的嘴唇一撇，不屑地說：「就一塊錢？買東西還不夠我填屁眼子呢。」

「我的孩，你的屁眼真大！」有個孩子大叫道。

「我賣，你拿去吧。」年齡較小的孩子卻把小狗倒提起來遞向我，話說的乾脆果斷，毫無疑問這個小動物是他捕獲的。

「別賣給他，你這個狗日的傻熊！」鬥雞眼心有不甘地破口大罵。

年齡較小的孩子對誰都沒作理會，自顧把小狗交給我，同時從我手中抽去了鈔票，細心地折疊起來，然後緊緊地攥在左手心裡。其他孩子一個個睜大了眼睛，頗有不捨之意地在一旁呆看著這一切，但是誰也沒有再說什麼。於是，我倒提著小狗的後腿，心裡有些洋洋自得地走開了。說實話，一塊錢在這種時候只能買一斤紅薯或是幾兩米，我確實賺了那孩子的便宜了。

（二）

在這個人命與野草等價的年代裡，中國還沒有多少人聽說過「動物慈善家」這個詞，我買下這隻小狗的本意不是為了保護它，而是為了保護自己。我將它提到我的老屋裡，準備吃掉它，因為我太需要吃點東西了。鐵鍋是沒有的，原來家裡倒是有一口祖傳老鍋，「大煉鋼鐵」的時候儘管我還沒有回來，那會兒就被挨家挨戶地搜走了，現在可以當作鍋用的是一個平時用來燒熱水或是洗衣、洗臉、洗腳兼用的舊銅盆。我提著瓦罐去井臺打水，順便到食堂借了一把刀來，等我再次回到屋裡的時候，已是將要上燈的時分了。

在昏沉的暮色中，我發現小狗已經甦醒過來，它似乎全然不知道我的居心，見我過來，竟掙扎著抬起頭，淒悽楚楚地望著我，還表示友好地搖動起尾巴尖兒。它，也是一個生命，也是僅有一次生存的機會啊！我的心被惻隱產生的痛苦猛烈地撞擊了一下，咽喉以下翻騰著一陣酸楚，剛才那種難以忍受的饑餓之感被突然攪亂了。刀把子緊緊地攥在手裡，手心裡滲出了一大把冷汗，我再也沒有力氣舉動這塊薄薄的鐵片兒。

就這樣，小狗奇跡般地存活了下來。

此後，在離麥收還有一個月的時候，我們村的公共食堂最後發放了一次水煮紅薯乾，就宣告徹底斷糧了。上一年生產隊按公社要求沒有把糧食分給個人，現在農民家裡大多沒有存糧，這樣一來，很多人等於斷了生路。人們為了活下去拼命地尋找能吃的東西，因饑餓而死的人越來越多。這個時候，「饑餓」一詞成了從中央到地方的嚴重忌諱，誰也不許說。明明是餓死的人，大家都說得了「水腫病」或是「黃病」。

我還算幸運，名義上和我已經離婚的妻子知道鄉下的情況，自己在城裡節衣縮食，接連幾次給我寄了一些雜糧餅乾來。就著一些野菜，我盡可能地從自己每天的伙食裡節省一點給小狗吃。

小狗非常瘦弱，先前似乎連站都站不穩，走起路來，與身體比例失調的大腦袋左擺右晃，總是做出快要倒斃的樣子。因為怕它被別人抓去吃掉，我走到哪裡就把它帶到哪裡，它也努力地跟緊我，一步都不離開，我給它起了個名字叫「伴伴」。我們稀稠同吮、冷暖與共，真像一對相依為命的苦難父子。大約半年以後，我突然發現它已經長大許多，毛色有了黑緞子一般的光澤，本來清晰可數的條條肋骨也被結實的肌肉掩平了。我還注意到，它經常在我參加勞動的時候悄然溜走，回來後，先趴伏在門口靜靜地睡上一會兒，然後便是精神抖擻的樣子，連竄帶跳地找我嬉鬧。又過了幾個月，它長得簡直像牛犢一樣高大了。過往的人，沒有哪一個看到它不謹慎走路的；村裡村外的狗，也沒有哪一隻不對它退避三舍的。它的聲音渾厚而洪亮，叫上兩聲，數里之外的鄰村人都能聽到。它健壯威猛，行動敏捷，走起路來像駿馬一樣挺著前胛，昂著頭一溜小跑，真的奔馳起來則像裹在旋風中的一團黑雲。

「哎，方永正。」有一天村民吳化貴在圩溝邊上叫住我，對我說，「你從人家小孩手裡屁來的黑狗，現在長得怪大怪大的了，能搞不少肉哩。」

對方出言味道不對，我沒有接話，只是站住腳聽他說。

他詭譎地轉動了一圈眼珠子，又說：「聽我一句良言，你一個光棍老頭兒，又沒有金山銀山要它守著，養這麼大的狗幹什麼呀？何況這又是人都沒有飯吃的年頭。這樣吧，我來幫你殺，狗皮歸你，狗肉咱們各人一半，怎麼樣？」

我還不夠四十歲哩，怎麼就叫我「老頭兒」？還加了「光棍」兩個字，混帳的東西！我心裡十分窩火地暗暗罵著他，仍然沒說話。

「哎哎，怎麼樣，行不行麼？」他繼續那樣地轉動著眼珠子，見我總是不答理，忽而不耐煩起來，指點著我、唾沫亂飛地嚷嚷道，「你這個人真是不識數，好心當作驢肝肺。我實話告訴你，你家的那條黑狗天天跑到亂墳崗吃死人，全村的人都看見過，不相信你就打聽打聽去！」

這傢伙相貌很醜陋，天生一副奇長的馬臉，村裡的人背地裡都叫他「一尺臉」。他也是將近四十歲了，內戰後期跑出曾去給解放軍當過伕，回鄉後天天對人家說他當過機槍手，還當過解放軍的副排長，聲稱殺死過多少多少國民黨兵。當地大隊黨支部書記劉兆田以「沒有任何組織證明」為由嚴厲警告過他，指出冒充軍人、偽造個人革命歷史是違法的，要坐牢的，不許他再招搖撞騙。他根本就不買這個賬，總說自己被妒嫉他的劉兆田埋沒了。

這個村裡原來有兩家富戶，土改時都被劃為地主，一家姓張，一家姓周。解放以前的時候，姓周的家裡有個傻女兒，平時在大灣裡放羊，吳化貴湊著機會數次姦污她。傻女兒懷了孕，在家裡遭到了父母的拷打逼問。老周家得知是吳化貴所為，就告了官，吳化貴為躲官司逃去了外地。「鬥爭地主」的時候吳化貴返鄉，對周家人鬥得最為暴烈，又是打又是罵又是羞辱，那個姓周的「地主」承受不了，說了一句「兒啊，一定要給我報仇呀！」便一頭撞死在石滚上，他的老妻當天夜裡跳了井，吳化貴於是強娶了周家的傻女兒。「地主」兒子叫周法亭，在外面讀大學，在學校時也是中共黨員，還是個支部書記。一九五一年的時候周法亭畢了業，被分配到縣裡擔任宣傳科科長。上任前，周法亭先回鄉看看，瞭解一下父母的死因，祭掃一下墳墓。周法亭在家住了幾天，他帶回了一台收音機，晚上的時候打開聽一聽。不料，當時「鎮壓反革命運動」正在如火如荼，一個殘廢軍人出身的臨時鄉長正在為「完成政治任務」到處捕捉對象。吳化貴和他的大哥吳化魁、另一個村民徐有田聯名「檢舉」周法亭是國民黨特務，說他家裡藏有電臺，來家後每天晚上都發電報。臨時鄉長是個大老粗，除了以前打過仗屁事不懂，更不知電臺為何物，接到檢舉立即抓了周法亭，也不加審訊，也沒有允許分辨。當天同時被抓的還有另外一些人，吳化貴等人提議押到鄉里還要管這些「壞蛋」吃飯，不如就地解決算了，反正是要槍斃的。臨時鄉長當即同意，於是，就把周法亭等人押到村外的亂墳崗槍斃了。後來，縣裡追究下來，臨時鄉長「戴罪立功」，查出了吳化魁解放前夕乘一時亂世，勾結土匪，欺詐鄉鄰，姦淫婦女的罪案，又把吳化魁判了死刑。頭腦簡單的臨時鄉長相信了吳化貴自己說的當過副排長、殺過國民黨的鬼話，放過了這個惡棍。以後，吳化貴一直在私下裡說自己的哥哥是冤枉的，是劉書記栽贓導致的。為此，他恨死了劉書記。

吳化貴不僅鬼話連篇，而且極端刁鑽難纏，最愛惹是生非，是方圓幾十里人人公認的「攪屎棍子」。在村民們的眼裡，這個人就是《封神演義》裡的申公豹，誰遇上他都晦氣。我當然不會相信這種人說的話，還是沒有理會他，只是繞開他抬腳要走。吳化貴不死心，一把揪住我的胳膊，仍在說：「聽不聽我的『苦口良言』你都得小心點！你家的那條黑狗根本不像狗，人人都說它長得跟狼一模一樣。這種東西要是吃死人吃紅了眼，對活人也會照樣下口的。就你這麼個乾巴樣兒，它那黑豹子似的大塊頭兒，哪天要是對你動了野性，你能抵得住它麼？」

我還是連睬都沒有睬他，使勁褪掉他的手趕緊走開了。可是這瘟神最後的幾句屁話卻梗在了我的心裡，打這以後，我對伴伴確實產生了戒心，我開始把它關在門外，不再讓它待在我的床邊。這樣做不光是為了保全自家的小命，看著它的大腦袋以及有時沾著血跡的大嘴巴，一想到它可能真的撕咬過屍體、吃過死人，我的心裡也確實有一種塞得難受的感覺。有一次我在半醒半睡間曾經出現過這樣的幻覺：伴伴從外面一頭撞開破敗不堪的木門，猛地撲到床上，一口咬住了我瘦且細長的脖頸兒……

然而，幻覺畢竟只是幻覺，事實上伴伴並沒有這樣做。

（三）

伴伴對突然被拒之門外開始時很不習慣，它常常用鼻子拱一拱破敗的木門，或是用前爪抓一會兒門縫，十分不滿地哼哼嘰嘰很長時間，日子久了才漸漸地不這樣做了。有時我夜裡出門小解，只見它可憐巴巴地伏在門旁的柴草堆邊，仰起頭望著我，使勁地搖動尾巴，把柴草掃得嘩啦嘩啦直響，已沒有想鑽進屋裡的意思。看著它這種馴良、懂事的樣子，我總會感覺自己太過分了，有些對不起它。可是，有時月光照在它的眼睛上，那眼睛會反射出綠色的光芒來，這又使我禁不住產生慄然的感覺，總要想起兇殘的野狼來。

一九六一年十月份的時候，公社下達了一個通知，說縣裡有個檢查團要下鄉，來調查農民的生活情況，可能以溝拐子村為重點。我們這個村西邊是湖東邊是路，那個亂墳崗離路不遠。前段時間未接上秋收時村裡又餓死了一些人，其中有幾個鰥寡孤獨的死者沒有家人為之掩埋，被村民們隨便棄置在亂墳崗上，最近又有一個病死了的孤老頭也給扔到那裡，後來竟被動物撕咬得支離破碎，弄得遍地狼籍。大隊黨支部按照公社傳達的意思吩咐下來，叫溝拐子村安排人把那些亂骨殘骸掩埋一下，以免縣裡來的人看見了「影響不好」。這種事兒別人是不會幹的，小隊長丁少堂只好派給我和幾個「四類分子」，叫我們去清理掩埋那些東西。

我們遵命去了，伴伴跑跑顛顛地跟隨著，我一時疏忽沒有注意到它。在大家挖坑掩埋那些零碎屍骸的時候，「地主」張冠雨的兒子「張結巴」惡作劇地用鐵銑鏟起一塊爛肉甩到伴伴面前。伴伴先是警惕地瞅瞅他，然後伸出鼻子嗅嗅那塊爛肉，突然托地一下驚怕地跳開去，很難受地在那裡連連打著響鼻。張結巴得意地哈哈大笑，遭到耍弄的伴伴卻暴躁起來，氣惱地吠著他，並向他步步進逼。

「哎、哎、哎，老方，老方，快叫住你的狗，快、快、快，快點！」張結巴驚慌失措，一面向我求救一面住我身後躲避。

「伴伴，走開去！」我嚴厲地喝了一聲。

伴伴應聲抿住耳朵，立刻退到一邊去了。

儘管有了這次考驗，我對伴伴還是不能放心，直到三九隆冬，我仍然沒敢讓它到屋裡過夜。臨近春節的一天晚上突然天降大雪，黎明醒來，屋外耀眼的雪光挾著襲人的寒氣透入門縫，凍得我直打哆索，這使我立即想起伴伴。開門去看，發現柴草邊的狗窩是空著的，雪地上清晰地向村外印著一溜它的拳頭大的爪跡。我穿好棉衣，用圍巾把頭和臉包起來，交錯地往袖口裡攏合雙手，抱緊了空蕩蕩的肚子，順著伴伴的爪跡尋去，逶迤出了村子，曲曲折折竟奔湖邊的大灣而來。

曠野完全是一片凜冽的冰雪世界，湖面上結了冰，冰面布上了一層雪，與大灣連成一體，令人目眩地白茫茫一望無際，分不清哪是陸地哪是湖面。雪地裡有一間敞著口的草棚，是夏天的時候人們看守瓜田用的，我順著伴伴的爪跡走到這裡，瞅見瓜棚裡有個黑乎乎的東西。站住腳步定睛細看，原來是具死屍，臉朝外側身躺在一攤爛稻草上，張著嘴，睜著眼，眼球已經乾枯無光。一個星期以前，這個人曾到村裡討過飯，自說是定遠人，他們那個縣遭災的嚴重程度全省第一，他家裡的人都被餓死了，不知何時他本人也死在這裡。伴伴的爪跡一直延伸到距離這具屍體不足一米遠的地方，但又折了方向住別處去了。顯然，它發現了死人之後只是看了一看或是嗅了一嗅，就掉頭跑開了。

「該死的『一尺臉』，真是個攪屎棍子！」

我朝著村子的方向低聲唾罵了一句，一面繼續踏雪而行一面昂起頭張望搜尋。忽而，我發現伴伴正在一百多米外的雪地上狂奔，它是那樣的迅猛，身後騰起陣陣雪霧，猶如一隻黑鷹在浮雲上飛掠。

天哪，原來它是在追趕一隻老大老大的野兔！

遙遙可見，那隻野兔時而一個急轉彎，時而一個騰身飛躍，窮奔逃死，可是伴伴的身手似乎比野兔更高一籌，說時遲那時快，只見它用前爪把野兔一下打翻，迅速地將其控制。野兔淒厲地尖叫著、掙扎著，伴伴用力地撲打著、撕咬著，激烈地爭鬥濺起團團碎雪。沒消多大工夫，一切安靜下來，伴伴用大嘴巴叼住了野兔的脖頸，一面狠咬一面猛甩，直到野兔最後停止了蹭蹬。

我如癡如醉地看完了這捕獵的一幕，已經忘記了饑餓與寒冷，像個孩子似地一路歡呼著跑上前去。伴伴看到我，立即放下野兔，也歡快地對我叫了幾聲，一路扭動著它的細腰走過來迎接我，用它的大腦袋對我又是撞又是蹭，親熱得不得了。我迫不及待地跑到伴伴剛才捕獵的地方，拎起熱乎乎的野兔，彷彿已經聞到了它的肉香。我心花怒放地撫了撫伴伴的大腦袋，許久沒有這樣親昵過了，這個老大的傢伙也激動起來，仍像它幼小的時候那樣，先是用鼻頭拱我的臉，哼哼嘰嘰地撒著嬌，然後湊著空兒結結實實地舔了我好幾下，把它嘴裡的兔毛兔血弄了我一臉。

沾著伴伴的神勇之光，我吃上了回鄉以來最美味的一頓午餐，當時野兔肉煮熟後香氣飄逸出去，還惹得好幾家村民湊過來打探我搞到了什麼好吃的東西。

（四）

伴伴是無私的，一點兒也不反對我坐享其成，當它明白它所抓獲的東西我也特別喜歡吃的時候，從此便把獵物一一叼回家來。每當此時，我便把野兔剝洗乾淨，做熟後與它一齊享用。大灣裡野兔特別多，伴伴又非常勤奮，它夜伏晝出，幾乎每次出擊都不會落空，有時要是有我陪著它，一天竟能捉到三、四隻野兔。等到春天候鳥歸來，我發現伴伴還會抓大雁，野鴨，這可是比抓野兔更加難幹的活兒。水禽多是棲在水裡的，伴伴瞅定它們，不顧水暖水寒便潛入水中，只把鼻頭露出水面，悄然無聲地遊過去，待到湊得很近了，奮力一躍即可抓住一隻。

萬萬沒有想到，伴伴沒有經過任何專門訓練，只是因為艱苦生活的催迫，就自己磨練成為一隻出色的獵犬。獵物抓得多了，有了餘剩，我就到集市上去賣，得了一些錢，就買些油鹽和其它一些生活必需的什物。我的生活自此變得有滋有味起來，這樣的「小康」漸漸引起了別人的注意，有的人竟然產生了不容之心。

一直都在打著伴伴鬼主意的吳化貴總不死心，他又勾結了一個叫「徐有田」的人。徐有田外號叫「八面手」，以手腳不穩、無巧不取而聞名鄉里。此人長著一副極短的野貓臉、老鼠須，模樣兒與吳化貴恰巧形成反比，但都是同樣地刁鑽難纏。

有一天下午，他們又約了兩個幫手在圩溝邊唯一的一條路上等著伴伴，待到伴伴叼著野兔跑過來的時候，四個漢子便掣出長棍一齊對它死命打去。為了躲避這突如其來的襲擊，伴伴驚叫一聲丟下野兔，失足掉進圩溝的水裡。幾個傢伙扔出幾塊坷垃去砸它，而後撿了野兔揚長而去。這情形被正在趕來的我看得清清楚楚，他們平時最不把我放在眼裡，所以才敢「忍能當面為盜賊」，搶一隻狗的獵物而不屑躲避它的主人。圩溝很陡，水很深，伴伴費了很大的勁才爬上來，它抖一抖全身的泥水，兀自盯著那些人的背影憤怒地狂吠，似有追逐之意，我慌忙心疼地抱住了它。

天氣不知從什麼時候開始變得暖和起來。這天晚上，我已經淡忘了白天遭遇的不快，坐在自家門口的一塊廢舊石磨上，由伴伴相陪著來感受春天的氣息。

夜空很晴朗，月亮緩緩地升起，微風從水塘邊的垂柳下和緩地吹過來，帶著新吐出來的柳芽的嫩香，輕撫著我的面龐。這令人心醉神迷的時刻，使我油然地想起了我那可愛可憐的妻子。她是一名醫生的女兒，紡織廠的女工，一個極為善良、賢慧的女性，儘管我比她大好幾歲，而且身體瘦弱、相貌平凡，她卻一直虞姬愛霸王似地傾心地愛著我。她比我更愛春天，尤其喜歡在暖風蕩漾、遍地月光的晚上邀我到近郊無人的地方去小坐。每當這種安謐的時刻，她就會溫存地緊偎著我，用她溫熱、滑軟的纖手輕柔地撫弄著我的面頰，用她濕潤、芳香的嘴唇使勁地親吻著我的頸窩，呵得我癢乎乎的，當我禁不住要笑出聲的時候，她又驚怕地慌忙用手來掩我的嘴。這時，她還會嬌怩地依著我的懷抱，拿起我的手，塞到自己的上衣裡，眯起眼睛醉心地享受我的撫摸……

遺憾的是，幸福、甜美的夫妻生活維持不到十年，無情的政治風暴就拆散了我們。在中國這塊土地上，往往是一人得道可以雞犬升天，但是有時一人倒楣也會全家遭殃。當我因為「右傾錯誤」而被追究時，為了妻子與我們的女兒能夠免受覆巢之災，在我的苦苦請求下，我和摯愛的妻子辦理了離婚手續。如今，這種勞雁分飛、天各一方的日子也苦熬一年多了，我們人雖離而心依舊，書信往來從未間斷，始終都在相互鼓勵並表達著思念之情。不知此時此際，在月光下的另一個地方，孩子睡了沒有？妻子在怎樣打發她春夜的孤獨與寂寞？

忽而，大樹上幾聲烏鴉的驚叫打斷了我淒苦的思緒，一直安靜地把大腦袋伏在我懷裡的伴伴突然機警地支起了它的兩隻耳朵。原來，從村中食堂那邊走來了吳化貴、徐有田等人。食堂雖然取締了，那裡仍有現成的鍋灶和桌子、凳子，他們這是搶到野兔到那裡「打平夥」去了。吳化貴是本村的糧種保管員，他們只消湊錢買幾斤白酒，再偷出一些生產隊留作種子的花生、蠶豆、黃豆之類的東西，煮熟就行了。這會兒這幫人無疑已是酒足飯飽，一面跌跌撞撞地走路，一面十分興奮地只顧吵吵嚷嚷地大聲說話。

「奶奶的，起『躍進年』到今天，頭一次吃得這麼舒坦。你還別說，這花生米燉野兔肉味道還真不賴！」

「野兔肉不賴，你賴！這叫『狗嘴裡掏食』，還有臉講！」

「貓嘴裡的食也照掏，這是什麼年成？狗日的傢伙，明天還掂著棍截它去！」

「截它？老右派的那條黑狗簡直就是一頭黑豹子，人少了不行。」

「可不是，年頭裡那一回吳化貴一個人去截它，連野兔屎是香是臭都沒聞上，倒挨它一口氣攆下來，嚇得老吳一路跑一路尿褲子。」

「你狗日的才一路跑一路尿哩！」

「噓，老右派擱門口坐著哩，還有那條黑狗！」

幾個傢伙嘎然斂聲。在同樣的月影之下，他們既能看見我，我當然也能看見他們，伴伴掙扎著要衝過去，我把它摟住了。就在這個時候，他們不約而同地停了下來。在他們身邊，路的一側是水塘另一側是糞窖；村民有約：村裡只有兩個用水的地方，圩溝水濁用作洗衣涮物，水塘水清用作淘米洗菜，可是這幾個混蛋放著近在咫尺的糞窖不用，卻衝著水塘齊刷刷地撒起尿來。一邊尿著，還有人調侃地說：「明兒個叫全村的傢伙喝我們的野兔湯！」

我暗中悄然地把手放開，伴伴立即像一頭發威的豹子一樣一路怒吼著直撲過去，只見幾個傢伙炸窩似地發一聲喊，應聲四散奔逃。月光分明，但是倉惶逃跑者忙不擇路，吳化貴跌到水塘裡，徐有田則一頭扎進了大糞窖。

我端坐未動，只是把伴伴叫了回來，為了它這應有的復仇之舉，我心裡感到無比暢快。當然，麻煩總是要有的，兩個倒楣的傢伙一個水淋淋，一個臭氣薰天地找過來了。因為怕狗，他們不敢走得太近，只是站在十多米外指天劃地叫罵著，非要我賠償不可，說是「狗咬一口，白米三斗」。

這種年代，別說是我，就是村裡人口最多的人家也沒有六斗白米，賠與不賠，根本就不用考慮，我只管不做聲，由他們在那裡叱呼。很多已經安歇的村民被驚擾起來，大家都已知道白天的事情，只是站在一旁嗤笑他們的狼狽形象。伴伴餘怒未息，依然對他們咆哮著，總想再衝過去。吳化貴、徐有田罵了一會兒、咒了一會兒，冷得實在耐不住了才各自走了，但臨走時丟下了相同的惡誓：遲早有一天，連人帶狗都把你除掉！

（五）

吳化貴、徐有田說過之後真的採取了行動。然而，國法尚在，我這時還有最起碼的生存權，殺人要償命，他們不敢隨便「除」掉我，倒是先對伴伴下了手。可是，伴伴是一隻勇猛無比的巨獒，它的大腦也許過多地吸納了人的靈氣，已像一個智者一樣十分聰明，完全可以識破壞人的鬼蜮伎倆和一切不良企圖。他們設陷阱、下繩套、用網扣，一次次傷心勞神的捕捉行動都沒有取得成功。軟的不奏效，他們就採取強硬的圍打截擊的方式。神勇至極的伴伴對這些全然不懼，每當遭遇截擊，它遠遠地看見仇敵便作好準備。待一旦接觸，反抗動作總是異常迅猛，甚至能飛身躍起一人多高，衝擊敵對的主要目標極其準確，每一次都可以叫吳化貴、徐有田帶一點傷。我無力保護伴伴，但是他們被伴伴弄傷來找我，我也不認帳。他們總想痛打我一頓出出氣，每次又是多虧了伴伴的挺身而出。

他們七竅生煙，最後想出了毒殺的辦法，不惜湊錢買了一塊豬肉和幾包號稱「三步倒」的老鼠藥，合在一塊煮到半熟，放到伴伴狩獵時必然要走的道路上。但是，伴伴從來只吃我給的食物，或是只吃它自己抓到的活食，當它遇上那些毒肉時，只是用鼻子嗅了一嗅就走開了。後來，一隻花狗吃了那些肉，立刻倒地死了。無知的吳化貴、徐有田，二一添作五分了花狗的肉，兩家美美地吃了一頓，沒料到吃過之後毒性再次發作，兩家人個個頭暈目眩，手抖心顫，一下全躺倒了。村民們用小木床把他們抬到公社醫院去搶救，結果，吳化貴的傻子老婆和徐有田的獨生兒子因為吃得太多而死掉了。

從鬼門關下逃回來的吳化貴、徐有田，從此落下了四肢震顫的毛病。他們怨氣沖天，宣言非要找我抵命不可。大隊黨支部書記劉兆田批評了他們，指出這於法於理都講不過去，因為投毒的是他們自己，自作自受，人家方永正始終沒有任何與此事相關的動作，憑什麼要承擔責任呢？他們只顧與劉書記胡攪蠻纏地爭長論短，一不小心卻說漏了偷吃糧食種子的事。在當時，這種事一旦擺上檯面是絕對不可寬宥的，為此吳化貴的糧種保管員一職被拿掉，又丟掉了一份很有油水可撈的美差。

時光艱難地走到了一九六二年的年底。一天上午，突然有一輛墨綠色的北京吉普開進了溝拐子村，這可是這個偏僻的小地方從未發生過的稀罕事兒。在當時，這種車至少得有縣、團一級地位的幹部才有資格乘坐，大多數沒出過遠門的本村人從未見過這種對象，大家都驚呆了。

原來，北京開了一場「七千人大會」，國家的生產建設和發展事業再次納入正常軌道，現在各地區、各行業都在迫切需要人才。我們的行政區現在擴編成了市的建制，那個因為「右傾錯誤」罵我是「吃屎分子」的區委書記隨之升職為市委書記，他也在廣泛招攬各種人才。他發現我的事情是冤案，就向上級組織作了自我檢討，主動操辦給我平了反。我原來所在的城建科現在也擴編為城建局，因此他又決定提升我為城建局的局長，給予正縣級待遇。這是大事既定，派他的秘書接我來了。來人三言兩語說明了情由，說首長要儘快見到我，催促我簡單收拾一下馬上動身。

我知道我的這位上級是軍人出身，幹什麼都像指揮打仗一樣，風風火火，說一不二。就我自己而言，確實一聽此訊也歸心似箭，恨不得立刻上車走人。我跑進屋子，轉了一圈，看了一看，覺得除了身上穿的，唯實並無可帶之物，根本用不著「收拾」什麼，就空著兩手退了出來。

這時候，劉書記給我送行來了，他較早一點接到有關方面的通知，知道了我的情況。他用力地握住我的手，欣然地為我祝賀：「怎麼樣？組織上沒有忘記你吧？真金不怕火來煉，你總算經受住了這場考驗，太好了！」

我苦笑道：「這考驗不一定就算完，說不定哪一天還得回來接著『考』哩！」

劉書記的妻子也是剛才跟著過來的，立即搶去了話頭：「啊呀大侄子，這種時候可不要說掃興的話！」

她是一位誠摯、莊重而內涵深刻的長輩，在村民心目中威信很高。我對她也頗為敬重，正想與她多說幾句話，堂弟大莊風急火燎地趕了過來，一個勁地追問我有什麼事還要交代。我明白他是想繼續住我的房子，於是就委託他再搬過來，接著幫我看守這所老屋。

「那條黑狗怎麼辦？」大莊披頭蓋臉地問了一句。

是啊，我怎麼把它給忘了呢？叫大莊這麼一提，我才猛然想起這個與我同甘共苦的摯友，可是伴伴此時不在，大概又到大灣狩獵去了。我下意識地打量了一下吉普車，又看看隨車而來的幾個人，心裡估算估算，明知車廂裡無法再塞得下這個碩大的傢伙，只好對大莊說：「看樣子我沒法帶走它，就把它託付給你了，它能夠自己養活自己，不要你一粒飯一口水，你可千萬不能讓別人傷害它。」

「俺的大哥吔，回去好好地當你的大官吧，那東西交給我了，你只管放一百個心！」大莊拍拍我的肩膀，又嗵嗵響地拍拍自己的胸脯，滿口應承下來。

我對大莊一點兒也不放心，因為我心裡非常清楚他的為人，可我又能把伴伴交給誰呢？按血緣關係，在這個村子裡他畢竟是與我最親近的人。秘書最後一次催促了，我只好與劉書記夫婦握手道別，叫兩位老人家多多保重，然後把房門鑰匙遞給了恭恭敬敬等候著的大莊。我鑽進吉普車，車子立即啟動，在坑坑窪窪的黃泥路上劇烈地顛波著向村外開去。村民們站在道路兩旁神情錯愕地目送著我，吳化貴的馬臉、徐有田的貓臉也在其中。我憑著車窗對每一個村民點頭示別，當我對他們兩人同樣地點頭示別時，他們立刻憎恨至極地瞪了我一眼，然後把臉扭向了別處……

第二章　紅瓦房

（六）

過去的中國，人民久經離亂而期盼安寧。從晚清戊戌變法遭受鎮壓到民國革命，從軍閥混戰到北伐戰爭，從抗日戰爭到解放戰爭，整整半個世紀國無寧日、民不聊生。「中華人民共和國」宣告成立以後，人民大眾如大旱之年初見霓虹，無不殷切希望一個統一、完整的國家政權建立，是長治久安的開始，隨之出現的應該是一個歌舞昇平的太平盛世。然而，執政黨團體將無限的權力集中到了毛澤東個人的手上。由於毛澤東在制定決策、推行政策、治理國家的方面不切實際地隨心所欲，使得一個嶄新而富有希望的國家逐漸陷入了一切紊亂的泥沼。不惜血本的軍事外援、肆行無忌的政治運動、慘烈可怕的人為饑饉，一波未寧，一波又興，把本來應該得到建設和發展的國家弄得凋敝不堪，本來應該享受安康與幸福生活的人民整得疲於奔命。十幾年過去了，「超英國、趕美國」、「跑步進入共產主義」的荒唐神話全部變成了爆裂的肥皂泡，中國的一切，依然還是極度貧窮、落後的老樣子。

從一九六五年開始，一系列莫名其妙的意識形態方面的批判風潮又接踵而起，到了一九六六年夏天，很多人被煽動起來，終於演繹成了一場所謂的「史無前例」的「無產階級文化大革命」。進入一九六七年，這場「革命」的洶湧浪潮變成幾乎淹沒一切的「紅色海洋」，共產黨人和廣大人民群眾經過數十年無數犧牲、艱苦奮鬥建立起來的政權竟成了批判、鬥爭的對象，最後乾脆一層層「砸個稀巴爛」。這個時候，國家的建設與人民的生活遭到了更加致命的破壞，民族的傳統文化與道德觀念全部被徹底顛覆，社會教育被廢棄、思想信仰被倒置。到處是盲目無知，到處是愚昧放縱，謬誤強姦著真理，邪惡鎮壓著正義，一切一切的倭行在這一、兩年裡都被發揮到了極至。

一九六七年實行「大奪權」以後，各方的造反派為了誰來掌權又玩命地相互廝殺起來。學校、機關，甚至街市上都建起了這一派、那一派的堡壘、工事，拉起了鐵絲網。大家的武器先是用木棍、大刀，漸而有了衝鋒槍、重機槍、小鋼炮。彼此攻防之際，喊殺聲、槍炮聲響徹街衢，流彈橫飛，間有死傷。這種局面持續了一段時間之後，毛澤東又發表了一篇所謂的《最新指示》，說是「工人階級內部，沒有根本的利害衝突；無產階級專政下的革命群眾，更沒有理由分裂成為勢不兩立的兩大派組織」。真個是「人隨王法草隨風」，待決生死的造反派對立雙方因此立刻上繳了刀槍，「大聯合」開始了。於是，大家又較起勁來整治那些早已打倒的「走資派」和「地、富、反、壞」以及「右派分子」，誰整得最凶、最賣力，誰就顯得最革命，他的前途就會最有希望。

我的那個粗獷豪放的老上級，原來是個十來歲就參加革命的「紅小鬼」，這樣的出身應該是無可挑剔的，卻在上一年就被當作「投機革命的大壞蛋」剝奪了權力。市裡的造反派還學著省城裡的造反派對付省委書記的手段，把他關進了鐵籠子。過去我們中國有「十惡不赦」之罪，造反派們竟給他羅列了一百零八條大罪，其中一條乃是：包庇右派分子，給右派翻案，招降納叛重用右派。

那右派指得就是我，不消說我又完蛋了，局長的板凳被人家一腳踹翻，先是關了一陣子，作為「大壞蛋」的活罪證陪著他開了上百場批鬥會，後來因為牢房太緊張，加之我在政治上也如我其人一般乾乾癟癟，沒有油水可榨，忙不暇顧的造反派們就乾脆賞了我一個第二次「遣返原籍、強迫勞動改造」的機會。

照例，為了不連累妻子的生活和女兒的前程，我又及時地辦了一次離婚手續。這一次，我還和當年一個模樣，一隻手提箱、一個鋪蓋捲兒，拎著一個、背著一個，孤伶伶地再次踏上了回故鄉之路。

（七）

四年多的時間過去了，故鄉似乎連一點變化都沒有，還是那片土牆草頂的舊屋，那株彎曲歪斜的老樹，圩溝裡泡著疲憊不堪的牛，樹影下蹲著衣衫襤褸的人。一路走進村子，只見人們在用驚訝的目光打量著我，有的指指戳戳，有的交頭接耳地猜測著或議論著什麼。堂弟大莊也站在他們之中，這次竟然如同陌路般地只是淡淡地瞟了我一眼，別說過來幫我接行李了，就是連個招呼都懶得打。

「嘿嘿，局長大人怎麼又回來了？」鬼一樣的吳化貴突然閃現在我的面前。

我說：「是啊，又回來了，這叫『葉落歸根』嘛。」

吳化貴使足勁在我瘦削的肩膀上拍了幾巴掌，一面放肆地奸笑，一面故意咋呼給別人聽見：「你這是城裡的細糧吃夠了，高樓大廈住夠了，大官也當夠了，故意跑回來，找俺們這些牛屎腿子搞『同吃、同住、同勞動』哩！」

這個狡獪的傢伙顯然更能從行裝上看透我的底細，雖然他的舉動和語氣都充滿惡意令人難受，畢竟算是在和我說話，我也不便不理不睬。我打量了他一下，只見他說話的時候四肢仍是震顫不停，醜陋的馬臉不知何時又多了一塊很大的傷疤。看著他那故意做出來的尖酸刻毒的樣子，我一面隱忍一面和顏悅色地問候他：「這幾年你還好嗎？」

「好好好！托毛主席他老人家的福，我們貧下中農好得很！」他怪異地獰笑著，得意洋洋地反問道，「恐怕是我好你不好了吧？嗨嗨，廣大革命群眾開心之時就是少數階級敵人難受之日。」

這時，徐有田的野貓臉也湊了上來，我的頭皮一陣發炸，只好拔腿走開。

吳化貴仍然追著我的背影，幸災樂禍地譏諷道：「大局長，可惜、可惜、可惜的很咧，這回沒有小包車坐嘍。」

「呸，你看他那個熊樣，三根筋挑起一個頭，哪個地方像當官的坯子？人家當官都吃得白白胖胖……」

這是徐有田在罵。我頭也不回，只管向自己的老屋快步走去。老屋在那裡門戶大開地等待著我，破敗的木門歪斜在一邊，窗上的柵格已腐朽成灰末；土牆剝落嚴重，多處開著老大的裂口，房上的草頂也因高度朽爛而塌陷出好幾個大窟窿。房子四周繁茂地生長著半人多高的蒿草，唯有通向屋門的小路還在，我分開蒿草順著小路往裡面走。突然，豹子一般大小的伴伴大吼著猛撲出來。

「伴伴，是我！」我急乍乍地喊了一聲。伴伴在咫尺之外突然剎住了身體，它不可思議地抬頭望了我一下，又望了一下，然後再次望了我一下，忽而匍匐下去，激動得全身顫抖起來，一面如泣如訴地細聲呻吟，一面在地上一分一寸地向我挪動著。我的眼睛濕潤了，慌忙擱下行李，蹲下身去撫摸它，卻被它衝動地一躍而起，把我仰面朝天地撞倒在蒿草上。

「伴伴，你這個淘氣鬼，你這傻大個兒，怎麼還能認得我？」我用力托起伴伴的下頦兒，噙著眼淚問它。

一路積攢的惆悵全被這重逢的片刻給打消了，容我撐持著坐起身來，伴伴又把它的大腦袋扎進我的懷抱，使著勁兒磨蹭，不知如何親熱才好，直把我折騰得透不過氣來。一別將近五年，沒想到這個不會說話的孩子還是這般情深義重！它比先前更加顯得碩大雄健，只是外形上有了些許的變化：鋼針一般的鬍子裡多了幾根白毛，頭頂上增加了一塊深刻的傷疤。我把它摟在懷裡，輕輕地拍打著它，讓它漸漸地安靜下來，心裡自語道：唉，這些年你是怎麼活下來的？

有個人一直站在近處注視著我與伴伴重逢的情景，他就是接到有關方面的通知以後趕過來找我的老書記劉兆田。劉書記嘻嘻笑著把我從地上拉起來，先是讚揚了一番伴伴對我的感情，而後就自然說到了上次我走之後的情況：

上次我走之後，大莊要住到我的屋裡去，伴伴卻硬是不讓他進去。大莊氣不過，要價三塊錢把伴伴賣給了吳化貴，說是任由他來處置。吳化貴借了一桿獵槍來，對伴伴開了一槍，子彈擦過伴伴的額頭，把頭頂的皮肉都打開了，可是伴伴沒有倒下也沒有逃避，反而倍加兇猛，順著硝煙撲上去，一口咬斷了槍管，又一口把吳化貴臉上的肉啃下了一塊！幸虧村民們過來奮力搶救。伴伴通人性，不咬其他人。吳化貴總算保住了性命，但他本來就極醜的臉上又增加了一塊傷疤，越發顯的猙獰，大家由此不再叫他「一尺臉」，而是改稱「馬面鬼」。從此以後，再也沒人敢惹伴伴了。它一直看守著這所老屋，經常半夜裡對天長嘯，叫得非常淒慘。劉大嬸常對劉書記說，你看這黑狗多懂事，多可憐，它在思念方局長哩！伴伴守著這所屋子，有它自定的警戒線，誰要是越過一步，它就會立刻發動攻擊。因此，這地方沒人敢來，這所老屋常年下來就成了現在這個樣子，屋外長滿了雜草，屋裡的家什多已腐爛或是被蟲蛀毀，有的已被塵土掩埋，卻還是一件不少地擺在那裡。

劉書記對我抱歉道，由於一直沒有想到我還會回來，所以對我的這個住處就沒有用心，眼下這情景肯定是不能住進去了，他叫我先住到他的辦公室去，明天就安排人修繕這屋子。他的辦公室在大隊部，大隊部設在村外將近一華里的地方，我們說著話，他幫我拿上一份行李，便領著我向大隊部走去。

劉書記是個身材不甚高大但顯得非常壯實的老漢，年齡已過六十歲了。他們家是四十多年前從山東逃難過來的，初到溝拐子村時，真像《天仙配》裡董永唱得那樣，「上無片瓦遮身體，下無寸土立足地」。我的祖父同情心頗重，又喜歡交結朋友，與劉書記的父親拜了把兄弟，以本地老戶人家的資格作保，幫助他們家租到了地主張冠雨家的田地，使他們一家有了生活保障，得以定居下來。霍丘「鬧紅」的時候，年輕的劉兆田不甘心這種種田交租的佃農生活，欲與命運抗爭，背著父母、妻子跑去當了紅軍。隊伍被打散以後，他又在大別山裡打了幾年遊擊。他是個孝子，後來得知父親病故了，家中無人撐立門戶，就開小差跑了回來，從此耕作勞動贍養母親、撫育兒女，過著本份的日子。待到共產黨完全取得了天下，他便公開了自己的從軍史和黨員身份，土改工作隊經過調查得到證實，因此就恢復了他的黨籍，任命他為當地黨組織的負責人。實行「人民公社」以後，溝拐子村和周邊其他幾個自然村合編為了一個生產大隊，原來的大隊長在「文革」前因為犯了「四不清」錯誤而被免職，公社黨委叫劉兆田以黨支部書記兼任大隊長，現在他成了這個小地方黨、政之權集於一人的特殊人物。

我們邊走邊談，他說，沒想到這幾年國泰民安的時候又會有這麼大的政治運動，更沒有料到像我這樣的人竟會再次遭受衝擊。他知道我的職務沒有經過正常程式撤免，我的黨籍依然保留，便邀我以後參加他的黨支部組織活動。他還寬慰我，說造反派掌權、鬥人只能是暫時現象，草頭王可以亂天下而不能安天下，到頭來還得共產黨收拾局面。他叫我要相信毛主席、相信黨中央，更要相信個人的問題遲早都會弄清楚。他說，譬如上一次，倒是上級領導給的正規處份哩，誰也想不到我竟會一步登天反而當上了局長，說不定過幾天運動就結束了，我還會立馬官復原職哩！

我被他說得舒心地笑了。

（八）

對於這次被遣返，其實我從批判《海瑞罷官》、圍剿「三家村」的時候就有了預感。我曾經告訴妻子，種種跡象表明，毛澤東又在醞釀一個更大的政治陰謀，有一張巨大的黑網已經拉開，它不是瞄準我們這種人的，但是我們可能成為重點目標的隨葬品，得在思想上、物質上都做好長期準備。堂弟大莊只是瞅見我又孑然一身地溜達回來了，認定我不會再有什麼出息，所以就那樣冷淡地對待我，可是他根本就不會想到，這一次我的不起眼的鋪蓋捲裡卻夾帶了三千元人民幣，這是上次平反，組織上給我的補發工資，臨來時妻子把它全數交給了我，一是叫我把老屋推掉建造新房，二是叫我只管拿它補貼生活，住的吃的都搞好，千萬不能再像上一次那樣受罪了。

在當時的鄉村間，這筆款子可不算是小數字，一般人家若有七、八十元壓在箱底裡，就算是財大氣粗了。這些錢只消拿出一半就足夠建造新房、置辦傢俱和其它所需用物，剩下的一半則夠我在鄉村裡不勞不作地吃上十年。這種時候在農村，一個人每月有十塊錢花銷，簡直比過去的地主還要活的自在。

我把自己的建房計畫告訴了劉書記，他問我是不是想把家眷接過來？我告訴他，家眷不會來，只是我準備在這裡多住一些時候，我現在已年過四十，且手無縛雞之力，切實不能正常參加生產隊的集體勞動，總得做點生計打算：建一所新房，一半住宿，一半開個小雜貨鋪，一則為村民們服務，二則賺點微利用以糊口；我的祖父在世時就開過雜貨鋪，小時候我還給他當過小幫手。溝拐子村離集鎮十五華里，村民們打一斤煤油、稱一斤食鹽總須來回走上半天，極其不便，劉書記對我的這個打算當即大加讚賞。

有錢就能辦成事，在劉書記的幾個兒子的幫助下，不久我就籌辦齊了建築材料，招募到了泥瓦匠。被伴伴苦守多年的老屋徹底扒掉了，半個多月後，三間紅磚紅瓦的漂亮大屋在村中赫然聳立起來，一下子吸引了方圓幾十里人們的目光，當地人圖口順，竟給劉書記管轄的地方改了稱呼，叫做「紅瓦房大隊」。大莊以及本村的某些人都對我刮目相看了，主動地客套起來。劉書記親自到集鎮上找到供銷合作社，幫我聯繫了貨源，繼而，我的小雜貨鋪就開張了。營業當天，我慷慨地在新房子裡擺上幾桌酒席，招待了一下所有為我幫了忙的村民們。

農民大多是缺錢的，我多以等價交換的方式與他們貿易。遠遠近近的村民，帶上幾個雞蛋、幾兩黃花菜之類的東西過來，就能公平地換去他們所需的煤油、火柴或針頭線腦等物。消閒時有過來喝酒開心的，我備有價格便宜的本地白酒以及花生米、鹽煮青豆和各種香甜糕點，可以付現錢，可以記帳，也可以用農產品抵換，這都是以前我的祖父開雜貨鋪時的經營辦法。開始的時候苦了伴伴，為了不讓他嚇唬顧客，我用一根鐵鍊鎖住了它，委屈了一段時間後，見它對來人習以為常了才解開鐵鍊。

農民兄弟大多是單純質樸的，惡以惡報、善以善償。農民姐妹更是溫和善良、富有同情心的，總是以寬容體貼之心待人。只要我對他們略表敬重，大家就會覺得不知如何報答為好。每一次買賣往來，他們反倒擔心我會吃虧，若是有人趕集或是進縣城，總要特地過來找我關照一下，問我要不要捎點什麼帶點什麼。有幾個嫂子輩的婦女還經常過來幫我拆洗被褥，縫補衣服。有時候，我也無償地幫助大家寫寫書信、寫寫對聯。鄉村間向來缺醫少藥，我從岳父那裡領教過醫道，知道一點皮毛，村民們頭疼腦熱、弄傷皮肉之類的小病小恙都能醫治，甚至有時可以手到病除。

在這種偏僻的地方，人們對有文化的人稱之為「先生」，對懂得醫道的人也稱之為「先生」，因此大家便自然而然地稱我為「方先生」。這時候農民的生活比先前好了一些，但是多數家庭到了晚上還是捨不得點燈的。每到晚飯的時間一過，我就在小鋪子的櫃檯上點燃一根白蠟燭，這種蠟燭燭光最明亮，很快就會有很多人被吸引過來，大家聚在一塊兒聊天說笑，或者聽我侃上一段《西遊記》、《白蛇傳》、《聊齋志異》，整個小鋪子便成了一個充滿歡聲笑語的快樂世界。

在方圓幾十里以內，我很快就成為一個婦孺皆知的人物，人們上口最多的是我的身世，大家不僅不把我當作「階級敵人」看待，反而認為我是幹大事、見過世面的人，一肚子學問，很了不起。他們不斷往我身上增加傳奇故事，就連伴伴也像唐．吉訶德的侍從桑丘一樣沾了主人的名氣，成為經常被人提起的神犬。伴伴確實非常懂事，它每天照常到大灣去捕獵，在家時從不驅趕顧客，對往來比較頻繁的客人，甚至還會輕吠幾聲打個招呼，再搖搖尾巴表示歡迎。但是，它對本村的幾個宿敵卻始終沒有寬容之意，吳化貴、徐有田幾次試圖過來找麻煩，都被它攆得屁滾尿流。

（九）

一九六八年的夏天，毛澤東的「文化大革命」又有了新的篇章。城市裡「清理階級隊伍」的運動已搞得如火如荼，一切「叛徒」、「內奸」、「走資派」和「地、富、反、壞、右」都被集中起來，一面接受批判鬥爭，一面被強制勞動。溝拐子村是一個極為偏僻的地方，運動餘波來之甚晚，加之「大躍進」、「刮五風」的苦果剛剛吃過，農民們認為只要搞運動就會耽誤種莊稼，然後就會因為沒有糧食吃而餓死人，因此大家在心理上對運動也有所抵制，這個村一直還算平靜。

我很幸運，被造反派們早早地流放出來，倒是享受了一陣安寧的日子。然而，在這種特殊的時代裡，每一場運動的衝擊波就像太陽的光芒一樣無所不至，決策者們既已確定要搞一點什麼名堂，無論早一天還是遲一天，最終任何地方都不會放過的，有道是「天網恢恢、疏而不失」啊！

到一九六久年春天，麥子拔節的時候，吳化貴和徐有田突然不見出工了，他們總是往公社跑，一回來就痛罵本村人土包子腦袋，不知道關心國家大事、關心「文化大革命」、關心「革命形勢」。同時他們還到處宣講全公社除了溝拐子村所有的大隊都奪權了、成立「革委會」了、把「牛鬼蛇神」都逮起來了。

有一天傍晚，伴伴到大灣狩獵尚未回來，我坐在櫃檯裡和兩位喝酒的村民閒聊，吳化貴乘著這個機會，就像幽靈一樣突然閃現在我的小鋪子門前。

他剛剛理過髮，一頭稀疏的黃毛從天靈蓋正中刀劈似地一分兩開，還濕漉漉的，梳理得一根不亂。他把鬍子也刮掉了，特別長大的人中更加突現，使他的面龐確實給人以馬臉的感覺；這張臉本來就十分地不好看，又加上伴伴給他添上的那塊傷疤，越發顯得醜惡憎獰，整個兒一副「鬼」的模樣，怪不得村裡人背地都叫他「馬面鬼」。

他平時總是只穿著一件老粗布深藍色褂子，污穢不堪的樣子，有人說他自從死了老婆就沒有洗過衣服。今天，他不知從哪裡弄了一件半舊的、時下流行的仿製式軍裝套在外面，可是老粗布褂子委實太長，還是從假軍裝下面露出了一大截。與往日還有不同的是，除了當胸一枚金晃晃的「紅太陽」像章之外，他還戴上了一塊紅色的小布牌牌，上面字跡分明地印著「溝拐子群眾專政小分隊」字樣。

在門檻外面，他心有所忌地瞅瞅身後兩邊，使勁擤了一大把鼻涕，極其可憎地把那種黃澄澄的穢物全抹在我的門框上，又把手在自己的屁股上一反一正擦拭了兩把，然後提足氣咳嗽一聲，這才倒背著雙手昂首挺胸地走進屋來。那架勢，簡直就是戲臺上剛剛領到「尚方寶劍」的欽差大臣。

我沒有理會他，那兩個喝酒閒聊的人也沒有答理他。他尷尬地訕笑著，搖搖擺擺地轉了一圈，走到我面前站定。

「方永正，」他拍拍櫃檯，十分誇張地放大嗓門對我說，「今天晚上，公社『革委會』有幾個大頭子來我家吃飯。」

我平淡地回應道：「要買點什麼嗎？」

「嘿嘿，這就對頭了。」他的臉上擠出一點狡獪的笑容，用手指敲敲櫃檯，把嗓門降低下來，十分做作地噓出一口長氣，一面晃動著眼珠子，一面又說，「這幾個上面來的大頭子，是來搞『清理階級隊伍』摸底的，叫誰死誰就得死！別說像你這樣的人得罪不起，就連我也不敢慢待人家！哎……這麼著吧，麻煩你賒四瓶高粱酒，一條『東海』煙，嗯……再給四盒罐頭，四斤糕點，二斤鹽……」

毫無疑問，這是一樁肉包子打狗的買賣，他這麼一下敲詐去的東西，足夠我兩個月的生活費。我未作表示，仍是臉色平淡地面對著他。

他依然四肢震顫著，卻高高地踮起腳來，隔著櫃檯衝我探著身子，有意讓他胸前的那個紅布牌牌離我的眼睛更近一些。

去你媽的，就你這種東西也來訛詐我，偏不買帳，看你怎麼辦？我心裡一面暗暗地罵著一面賭著氣。

「行不行麼？」他有點掛不住了。

「不行。」我語氣堅定地回了兩個字。

「怎麼著？」那張奇醜無比的臉驟然變成了惡煞模樣，他猛拍櫃檯，衝我厲聲喝問，「方永正，你給我老實一點！為什麼別人都給賒，偏我就不行？」

我乾脆地回答：「賒與不賒，願打願挨，我對你這樣的人不放心，所以不賒。」

「放你媽的屁！」他跳腳大罵，脖子上、額頭上的青筋一根根暴漲起來，咚咚響地擂著自家的胸脯，掀起那塊紅布牌牌，狂吼道，「睜開你的狗眼看看，老子現在是幹什麼吃的？」

我沒有動火，仍是語氣冷靜地對他說：「你把那個牌牌戴錯位置了。」

「什麼？」他愣了一下。

我又說：「毛主席是全世界人民的紅太陽，什麼東西能放在太陽上面？你竟敢把『專政隊』的牌子別在主席像章之上，這是最嚴重的反動罪行，如果在城市裡，你走不完一條街就會被『革命群眾』抓起來，立刻打成現行反革命。」

「你少給我嚇唬人！」他撐著勁又捶了一記櫃檯，卻有些心虛地嚷嚷道，「我找你賒點東西，願打願挨，你用不著這樣上綱上線，給人扣大帽子！」

我依然十分冷靜地回應道：「賒東西是生意上的事，願不願賒給你是我的權力，可是你竟敢把『專政隊』凌駕於毛主席頭上，這是最最嚴肅的政治問題，要不要我陪你去公社『革委會』論一論，看看誰倒楣？」

吳化貴囂張的氣焰頓時熄滅了，白多黑少的眼珠子快速地轉動了幾下，突然堆出滿臉笑容，急急忙忙把自己胸前的「紅太陽」像章解下來，與紅布牌牌換了位，然後連連對我鞠躬，作出卑謙的樣子對我說：「我接受您的意見、接受您的意見，還不因為都是鄉下人，什麼都不懂麼？現在立馬糾正、立馬糾正。你看看，剛才講的東西能不能賒點？」

我馬上接話道：「你不是也說過了『願打願挨』麼？我不願挨，請你高抬貴手吧。」

「沒什麼，沒什麼。」

吳化貴對我連連擺手向外走去，還轉過臉去對兩個喝酒的人陪了一下笑臉，但是，他沒能把笑臉多掛幾秒鐘。當他快要跨出門檻的時候，他便提足氣在我的小鋪子地上狠狠地啐了一口痰，再扭頭看我時已是滿臉仇恨。他一擰脖子邁出了門檻，又像剛才進來之前那樣有所忌怕地兩面瞅瞅，只見他突然遭受了電擊似地全身哆嗦了一下，慌忙把腳上的布鞋褪下來握在手裡，就像被狗追趕著的一隻野兔一溜煙地跑開了。

原來，恰巧是伴伴狩獵回來了。

（十）

不管我這樣的人情願不情願，「清理階級隊伍」的無情邪火還是燒進了溝拐子大隊。五一勞動節以後，公社派下了一個「領導小組」，組長叫于大可，即是吳化貴所謂的「大頭子」。此人是一個具有豐富的個人歷史的街頭混混，靠造反起家沾了時下「三結合」政策的光，當上了公社「革命委員會」的委員。

一如整個「文化大革命」的過程，所有的行動都是首先經過一番周密的預謀，然後攤牌的。一夜之間，德高望眾、一向受人尊敬的劉書記被扣上了「假黨員、真土匪」的帽子，他還有一款和我那位老上級相似的罪狀：與右派分子狼狽勾結，欺壓「革命群眾」。我當然更是在劫難逃，除了原有的「右派」帽子，還被加上了「反黨、反毛澤東思想、反社會主義」的罪狀，列為溝拐子大隊「牛鬼蛇神」的總代表。我的小鋪子也被賜名為「資產階級黑店」，貼上了「廟小妖風大，洞淺毒蛇多」的白紙對聯。大字報把我的紅瓦房糊得密不透風，什麼「惡毒攻擊」，什麼「刻骨仇恨」、什麼「把革命群眾看成地痞、流氓」、「方永正要永遠忠於蔣中正」，種種罪行，不一而足。

如今，徐有田當上了大隊「革委」代理主任，吳化貴當上了「專政隊」隊長。徐有田與于大可有親戚關係，溝拐子大隊的一切變故都是他與吳化貴勾通于大可搗鼓出來的。于大可要建樹所謂「政績」，徐有田與吳化貴不僅公報私仇，還想抓到全大隊的領導權，以便為所欲為。

因為「專政隊」是用來專門抓人、打人的組織，吳化貴很是得意，自此妄稱自己是溝拐子大隊的「武裝部長」。他在村裡貼出了一份「嚴正警告」，叫「全體貧下中農」堅決與我劃清界線，不要被我的「糖衣炮彈」打中，還說誰再買我一根針一根線，就與我同罪。

我的小鋪子應時冷清了幾天，沒隔多久小隊長丁少堂就犯了禁，軟纏硬磨地買去了一些東西，還叫我什麼都別怕，只管接著做生意，此後其他人便紛至遝來，所有的買賣照常進行。吳化貴氣急敗壞，派人給我貼了一張「勒令關門」的最後通牒，可是遠遠近近的村民還是不買帳，依然前來購物、飲酒如故。吳化貴憤恨得跺地罵天，可是丁少堂的宗族在當地勢力最大，他明知惹不起；要來整我，又怕伴伴。沒奈何，他又與徐有田勾結商議，託于大可向公社「革委」奏明：溝拐子村「階級鬥爭」形勢異常嚴峻，少數「階級敵人」非常倡狂，迫切要求予以「堅決支持」。經于大可一番調度，他們終於借來了半個班的武裝民兵。有一天，吳化貴帶著這些民兵和他的「專政隊」全體成員，執槍持械，殺氣騰騰地圍住了我的紅瓦房。

我知道，吳化貴借用民兵首要目的就是為了幹掉伴伴，它實在是太危險了。但是，這個一向勇猛的傻孩子全然不顧自己面臨的險境，一見仇人立即又要衝過去找他較量，被我拼死命地用身體攔在房門內，急得它又吼又跳。

「乖乖，這就是紅瓦房的那條大狗？」

「好雄壯，簡直就是一頭黑豹子！」

「走遍全公社都沒有見過這麼大的傢伙。」

「聽說它逮住過幾千隻兔子，幾十條漢子拿著長棍都攔不住它！」民兵們端著槍遠遠地站著，一個個睜大眼睛打量著伴伴，紛紛由衷地發出讚歎，村裡的人也陸續走過來，圍在民兵身後看著究竟。

「革命的民兵同志們，不要孬種！」吳化貴擠在人窩裡聲嘶力竭地呼號吶喊，拼命煽動，「偉大領袖毛主席教導我們說，要一不怕苦二不怕死，誰怕死誰就跑回家摟老婆睡覺去！不怕死的只管開槍，打死這條右派分子的惡狗，誓死保衛毛主席！」

在民兵班長的指揮下，民兵們如臨大敵，一個個上好刺刀，拉開槍栓，把步槍平端起來。面對一排黑洞洞的槍口，我失去了常態，奮不顧身地撲倒下去抱住了伴伴，把它曾經受過槍傷的大腦袋緊緊護在自己懷裡，旋即怒髮衝冠地對那些人吼叫道：「你們開槍吧、開槍吧，先把我打死，再打死這個無罪的畜牲！」

「方先生、方先生⋯⋯」圍觀的村民有人焦急地叫我躲開，有人尖叫著哭嚎起來。

「莫管他三七二十一，只管給我開槍，連人帶狗一致打！」徐有田在一旁大力鼓噪。

「我要說話！」面色嚴肅的劉書記從人群之中快步走出，忽而大氣凜然地向民兵們喝令道，「我，劉兆田，以一個共產黨員的名義，要求你們把槍口放下去！同志們，槍口只能對準敵人，不許對準自己人！人家方永正到目前為止，沒有任何機構撤免他的局長職務——這個職務跟俺們這地方的縣長是同級的！而且他目前還保留著黨籍，誰要是開槍誤中了他，這個責任誰能負得起？你們想一想！」

民兵們默無聲息地把槍口移向地面，吳化貴遭到電擊似地猛地跳竄起來，伸出拳頭向劉書記揮動著，胡亂喊叫道：「打倒保皇狗！你算個雞巴黨員，老子南征北戰的時候你還在大別山上當土匪呢！革命的民兵同志們，你們只管給我開槍打。就像徐主任講的，連人帶狗一致打死沒鳥事！」

因為遷涉到人命，民兵們猶豫著，已經進入瘋狂狀態的吳化貴一時急眼，竟從一個民兵手裡奪下一支槍來。

「槍口對人是犯法的！」劉書記先是猛喝一聲，而後一個箭步上前抓住那支槍向上托起槍口，神奇地用另一隻手飛快一擼，居然把槍栓下到了自己的手中。然後，他挺身站到民兵與我之間，情緒激昂地向周圍的人們說，「鄉親們、同志們，也許我劉兆田過去沒有把工作做好，也許我確實犯過錯誤，我願意接受廣大群眾的批判，誰要是對我有意見，打我罵我都不要緊。可是我要申明一點：國有國法、家有家規，這天下永遠是共產黨的；誰敢造共產黨的反，打死共產黨員，誰肯定沒有好結果！我只希望大家不要忘記這個道理，千萬不要上壞人的當，別忘了『鎮壓反革命』那陣子，槍斃的都是一些什麼貨色……」

瘋狂中的吳化貴就像被人照襠踢了一腳似地渾身一震，臉上無法掩飾地掠過痛苦與驚恐的表情。原來，當年槍斃吳化魁的時候，就是在本村的那個亂墳崗裡執行的，包括吳化貴本人，全村人都被叫去目睹了行刑過程。

淚水模糊了我的眼睛，我抬起頭，無限欽敬地仰望著這位農村基層黨組織的領導人，他真是一個純粹的、忠實的「布爾什維克」。此刻，他也在「走麥城」，他的身份已遭到質疑，而且還被潑上了污水，被強迫戴上了象徵恥辱的「牛鬼蛇神」的白色袖章，但是他卻在焦灼萬分地援救我，根本沒有顧及自身的處境。

正當此時，憋足勁了的伴伴湊空從我的腋下鑽了出去，它霹靂般地一路咆哮著，像一支脫弦的黑箭直直地射向吳化貴。民兵、「專政隊」隊員和村民們像被劈開的潮水退向兩側。吳化貴卻被孤伶伶地晾在那裡，端著槍，傻著眼，像是被人施了定身法似的木然地呆在了那裡。伴伴一下子就將他撲倒在地上。

「呃……救命、救命呀……」

吳化貴猶如進入了瀕死狀態，恐怖至極地閉緊了雙眼，一面瘋狂呼救一面四肢朝天胡亂蹭蹬，就像被伴伴剛剛捕獲到的一隻野兔。我趕緊跑上前去，死命摟住了伴伴的脖子，劉書記乘機扯起仍在地上盲目掙扎的吳化貴，交由別人拖拽著跌跌撞撞地向大隊部跑去。村民們有人指點著哄笑起來，這一回倒叫我看得十分真切，吳化貴的褲子從褲襠到褲腿整個兒都是濕的，他真的又被嚇得尿了褲子。

第三天下午，于大可親自帶著荷槍實彈的半個民兵班來了。當時伴伴又到大灣狩獵去了，他們轉了好幾圈沒有找到它，就對我宣佈了公社「革委」的「研究決定」：

一・立即查封「黑店」。

二・即日起我和劉書記「隔離審查」。

三·黑狗由武裝民兵就地處決。

這結果是可以預見的，我拉下眼皮，心裡說，反正就是這麼回事了，任憑你們擺佈吧，唯一的期望就是千萬不要讓他們找到伴伴。

第三章　僻鄉謎案

（十一）

平時召開黨員、幹部會議或是接辦群眾事務的大隊部變成了「牛鬼蛇神」們的臨時監獄。地主張冠雨一家關在會議室裡，我和劉書記被關在一個小房間裡，這地方原來是他個人的辦公室，還做過我的臨時臥室。

生平自由的劉書記猛然遭到拘禁，一時極不習慣，很長時間坐在大板凳上一言不發。我雖然年齡較小，算是晚輩，但在這一方面卻比他多有經歷。見他情緒低落，我就勸慰道：「老叔，想開一點吧。彭德懷是戰功赫赫的大元帥，劉少奇是堂堂國家主席，還不是安上「大軍閥」、「賣國賊」、「叛徒」、「內奸」、「修正主義分子」的帽子，弄得聲名狼藉麼？省委書記、市委書記都被他們像對待野獸一樣關在鐵籠子裡，我們這樣地位的人又算什麼呢？」

他猛地拍了一記桌子，竭力抑制著聲音，氣憤地說：「他老毛究竟在打什麼鬼主意？自打解放到現在，哪一天都在搞運動。整彭德懷也罷，整劉少奇也罷，不管怎麼搞運動，總不能把全國黨的大小幹部都搞掉，不要共產黨了，再成立一個『造反黨』來領導這麼大的中國吧！」

這種言論在當時可致殺身之禍，我趕緊搖手，示意他門外有耳，不可再說。

傍晚時分，他的兒子們過來了，說是接他回家的。他是個多子多孫的人，有六個兒子，俱已長大成家，一個個都生得人高馬大。他的大兒子說，他們找到于大可進行交涉，那傢伙作了讓步，同意劉書記白天過來「隔離」，晚上可以回家吃飯睡覺。於是，劉書記暫時離開了。

看守我的乃是當年把伴伴賣給我的那個孩子，現在十八、九歲了，名叫小柱子，是丁少堂的兒子，他們家與劉書記家有姻親關係。到了天黑以後，小柱子悄悄地對我說：「方先生，我得回家吃飯了，等會兒你就湊這個機會跑掉吧。馬面鬼、八面手都在照死地搞你，能跑還是跑掉吧。你一個人跑到哪裡不行，不好就到南鄉討飯去，過幾年沒事了再回來。」

天下之大，都是毛澤東的，逃到哪裡還不是一個樣？我心裡想著這個，嘴裡卻對小柱子說：「真是感謝你，可是我什麼罪過都沒有，為什麼要逃跑呢？況且跑也不能解決問題，任他們施展手段就是了。」

小柱子說：「那些狗日的老是欺負你，你在這裡太受罪了。」

我說：「老書記不也是一樣受罪嗎？」

「不，」小柱子很城府地莞爾一笑，「他與你不一樣，你只管看著，那兩個東西這樣對待老書記，遲早有一天死都不知怎麼死的。」

我心頭一震，趕緊制止他：「小柱子，你不是小孩子了，亂說話會招惹麻煩的。」

小柱子把手中紅白相間的「專政棍」——當時「群眾專政隊」成員統一使用的武器在地上頓了一頓，大聲豪氣地說：「他們只敢欺負你這樣孤門獨戶的人，俺們怕他個熊，他要敢惹俺姓丁的三歲小孩子，馬上就把他拉到大灣裡，給他沉到湖裡餵老鱉！」

「別說了，別說了。」我急切地打著手勢叫他把聲音壓低下來，解釋道，「我的意思是，你這樣說話對老書記家不利，千萬別說了」。

小柱子以為我膽怯，並無惡意地哂笑起來。

黃昏的微光映在他的方形臉堂上，看著這個性情粗獷的小青年，我不禁回想起了當年的事情，心有感觸說：「柱子，那一年我從你手裡花一元錢買下小狗，你沒有感到吃虧嗎？」

小柱子這會兒笑得有些靦腆，回應道：「當時不把小狗賣給你，那些傢伙們眼巴眼望地圍得死死的，就是把把它烤熟了，我又能吃上幾口？」

閒聊了幾句，小柱子便回家吃飯去了。

因為是陰天，天黑的很早。臨時牢房的門沒有上鎖，我摸索著走到外面做了一個小解，摸索著回頭時膝蓋碰到一件硬物上，弄得很疼很疼。用手探探，原來是一尊石碾子，心裡說，屋裡有蚊子，就在這兒坐一會兒吧。我坐在碾子上，肚子裡感覺十分饑餓，聽著夜風吹動小麥新穗的聲音，心中油然地顧慮到自此以後怎麼能夠吃得上東西的事情。忽而，溝拐子村那邊爆發出一陣急驟的犬吠和人的呼叫，那犬吠一入耳我便聽出是伴伴的聲音。我急忙起身張望，只見我的紅瓦房方向有幾支手電筒的光柱在胡亂劃動，接著又傳出一陣沉悶的槍聲和伴伴一迭聲的痛叫。

完了，我的伴伴完了！我失聲痛呼著，心裡就像被一隻罪惡的利爪狠狠抓了一把。我忍不住想跑到村裡看個究竟，可又明明知道這樣做不會有任何意義，心裡正在遲疑、焦灼，卻見一星燈光從溝拐子村裡款款移出，直奔這兒來了。

原來，是劉書記最大的孫子打著一盞馬燈給我送飯來了。

過來以後，這孩子說，「專政隊」曾通知大莊負責給我送飯，大莊說和我「劃清界線」了，堅決不幹。他說，他奶奶過去把大莊痛罵了一頓，然後就把他派來了。他還告訴我，吳化貴請于大可和幾個民兵吃飯，剛才到我的小鋪子拿東西，被伴伴一陣窮追猛咬，把好幾個傢伙都攆下了水塘，有人開了幾槍，伴伴受了傷，不知跑到哪裡去了。

（十二）

麥熟之前，本來是整理水田，蒔秧插稻的大忙季節，可是由於已經徵得了公社「革委會」的批准，吳化貴、徐有田他們制定的批判、鬥爭計畫便照樣執行。

「隔離審查」後的第三天上午，由于大可、吳化貴、徐有田等人操辦起來的溝拐子大隊「戰天、鬥地批判大會」在大隊部門前的小廣場上召開。我、劉書記以及地主張冠雨一家，全被死刑犯一般地反剪雙臂五花大綁，各人胸前掛著一個白紙黑字的大牌子，一排溜押到場地一側。我的牌子寫的是「右派、三反分子」，老書記的牌子寫的是「慣匪、假共產黨員」。和我們並排擺著的還有一個紅鼻頭、大門牙、白頭髮的人物漫畫，上面標注的是「叛徒、內奸、工賊、頭號走資本主義道路的當權派、最大的反革命修正主義分子——劉少奇」。

瞅一眼這張漫畫，我心裡無比煩惱地想：唉，你和毛澤東到底是怎麼回事呢？整張國燾、高崗、彭德懷的時候，你們不是一夥的嗎？你不是他的最忠誠的擁護者嗎？怎麼和他鬥起來了呢？你老先生一個人失算不要緊，你可知道又有多少黨員、幹部跟著栽跟頭、遭大殃嗎？有多少我們這等無辜的人跟著吃苦受罪啊！

我們身後有一個用黃土墊起來的、兩尺來高的土台，這年頭興「樣板戲」，原來當作戲臺用的，現在登臺的卻是于大可、吳化貴、徐多有他們。持槍的民兵分兩股站在土台兩側，像是護衛著于大可他們，又像是在看押罪犯；台下又有一排拿棍的「專政隊」隊員，則是專門伺候我們的。

批判會開始了，劣質麥克風由於音量調節不當而時時發出尖銳的噪音，刺得人腦袋發炸。全場只有于大可享受著一桌一椅的待遇，他那裡是「主席臺」。他站立起來，把「紅寶書」捧在胸口，先領頭作了一番時下風行的「四個首先」，無非是先念一通「敬祝我們最最親愛、無限敬仰的，偉大的領袖、偉大的統帥、偉大的舵手、偉大的導師毛主席萬壽無疆、萬壽無疆、萬壽無疆；再祝毛主席的親密戰友、我們的林副主席身體健康、身體健康、永遠健康！」之類的禱告詞，再念誦幾段有所指向的「最高指示」，接下來便是義憤填膺地痛罵一通劉少奇，又聯繫到現時現地「階段鬥爭」的新動向，於是把我、劉書記和其他幾個「牛鬼蛇神」扯了出來。他說我們不僅是劉少奇的小爪牙，而且還是蔣介石的狗腿子、「蘇修」的內奸，叫「廣大貧下中農」與我們堅決劃清界線，只管鬥爭批判，絕不手軟。還像和我們這些人結了八輩子冤仇似地，宣稱一定血戰到底，不獲全勝誓不收兵。還說「階級敵人不投降，就叫它徹底滅亡！」

第二個是徐有田發言，他大字不識一個，不用講話稿，想到哪裡就胡扯到哪裡。他從他的祖母因為「仇恨」地主而偷割對方的麥子，被當時的大少爺張冠雨綁在村口示眾，一直講到他給張家放牛如何吃不飽穿不暖，如何挨打受氣。說到傷心處泣不成聲，還發起狠來，跑過去把張家的人挨個兒踢打了一頓。于大可不失時機地顯示淫威，一聲斷喝，叫所有挨鬥的人都跪下，我與劉書記不買帳，立即過來幾個傢伙強行把我們按了下去。

在我們對面，婦女們飛針走線地納著手裡的鞋底，小孩子在她們身邊追逐嬉鬧，青年男女拋磚擲瓦地逗著樂兒，年紀大一點的人們則湊著機會自顧打盹瞌睡。儘管臺上一再申明誰不用心開會就扣誰的工分，大家還是鬧哄哄地各行其是。有人議論著徐有田祖孫三代總愛偷偷摸摸的事；有人議論著于大可因為亂搞男女關係而被縣文工團開除，現在乘造反的機會搞死了文工團團長的事。由於場子裡人聲嘈雜，說話的人怕聽話的人聽不清楚，他們講這些事情的時候嗓門簡直比臺上的發言還要高。

我看見了劉大嬸，老人家像一尊雕塑般地直立在會場的最邊緣，她把她所有的兒子、孫子都擋在身後，只是異常冷靜地注視著臺上的動靜。

「最高指示！」這會兒終於輪到自以為是「武裝部長」的吳化貴發言了，他哆哆嗦嗦地捧著幾張講話稿，聲嘶力竭地扯著嗓子念誦道，「民兵是勝利之本……」

「放你奶奶的臭屁！」一直在一邊為他們的發言而冷笑的劉書記一挺身站了起來，憋足了勁地衝吳化貴斥罵道，「哪一段『最高指示』是這麼講的？你個王八羔的有幾個腦袋，竟敢胡編毛主席的指示？」

吳化貴被罵得瞠目結舌地僵在那裡，惶然不知所宗地看看講話稿，又去張望于大可。

「休要囂張！」于大可拍了一記主席臺，震得麥克風又是一陣尖叫。他戟指著劉書記，硬充權威地警告道，「你給我放老實點，我警告你這個老土匪，這講話稿是我寫的！」

本來把一切都看透的我是不想說什麼的，可是看到劉書記已經按捺不住，出於友情道義，我只好也挺身站了起來，接著于大可的話說：「我要聲明兩點：第一，劉書記是不是土匪，這必須經過組織調查才能定論，你于大可沒有權力這樣稱呼一個多年為黨工作的老同志！第二，如果吳化貴講稿上的那句話是你寫的，那就是你的錯誤，任何人都沒有權力胡編毛主席的話，這個你應該清楚！毛主席有一段『最高指示』原文是『兵民是勝利之本』，兵指的是人民子弟兵，也就是現在的解放軍；民指的是支持革命戰爭的廣大民眾。」

劉書記哂笑道：「他奶奶的臭×，如果『民兵是勝利之本』，還要解放軍幹什麼？就你們這幫地痞、流氓也懂得毛澤東思想？」

「太倡狂了！」于大可一蹦三尺高地嚎叫道，「我警告你們這些老土匪、老右派，我說『民兵是勝利之本』，那就是勝利之本，這是《毛主席語錄》上的，要是錯了我負責！你竟敢污蔑我們是地痞、流氓……」

「那好嘛，」劉書記把臉轉向群眾，揚聲叫道：「大家聽著：今天帶了《毛主席語錄》的都拿出來驗證，都來看看，誰胡編毛主席的話誰就是現行反革命，就到這邊跪下挨鬥。」

群眾一陣譁然，臺上更是一陣忙亂，所有的人都打開了這個時代人人必帶的「紅寶書」《毛主席語錄》，急急忙忙翻找那句話。臺上最先找到的人愣了一下，看看劉書記，趕緊向于大可呈上本子指點給他看。這個剛才還不可一世的混帳東西立即把眉頭擰成了結，繼而拉長了臉。

劉書記看著這一切，鄙夷地冷笑著。

「請大家注意，我以公社『革命委員會』領導的名義，宣佈批鬥大會照常進行！」厚顏無恥的于大可回過神來，敲敲麥克風，指使「專政隊」隊員道，「把方永正、劉兆田押回原地跪好，不許他們再搗亂破壞。」

劉書記嚷嚷道：「胡編『最高指示』的事怎麼辦？總不會就這樣算了吧？」

「這就叫欲蓋彌彰！」我衝到麥克風前，情緒激動地對群眾說，「老書記抵制得完全正確，誰用錯了毛主席的話必須承認錯誤。此外黨的政策不允許搞體罰，我和老書記都是共產黨員，他們沒有權力捆綁、體罰我們，誰這樣做最後還是要被追究責任的！」

「滾過去！」于大可瘋狂地嚎叫著。

吳化貴應聲衝過來，連連搡了我幾下，對我銼著牙根威脅道：「睜開你的狗眼看看，這是什麼地方？什麼時候？什麼人的天下？別說捆你、打你，就是活埋你都沒人給你負責；你『共產黨員』算個熊，『黨的政策』管個鳥用！」

劉書記沒容我答話，再次面對群眾高聲喊道：「大家聽到沒有？這個王八養的才是真正的現行反革命哩，他剛才說的是什麼話？」

場地上的群眾人聲譁然。局面把握不住了，街頭混混，造反出身，沒有接受過黨紀、國法教育的于大可急了眼，忽而暴躁地摜掉麥克風，對他的嘍羅們大吼道：「我們敬愛的江青同志指示：『文攻武衛、針鋒相對』，今天我放手讓你們搞，一定要打下他們的反動氣焰，天塌下來由我頂著！」

這是明目張膽地下令動武，他那裡話音未落，吳化貴便奪過一根「專政棍」，先把我一腳踹倒，然後甩起棍來對我沒頭沒臉地一陣暴打。徐有田對劉書記狠狠地打了一拳，劉書記不像我似地不堪一擊，老人家挺身頂住了拳頭，像發威的雄獅一樣瞪圓了雙目，衝對方怒罵道：「你這個賊種，撒泡尿照照自己是什麼東西，也敢奪老子的權，也敢狐假虎威，跟老子動手動腳！」

徐有田有些怯了，可是剛才在我身上顯示了淫威的吳化貴正在忘乎所以。「我打死你這個老土匪！」他一面罵一面不知死活地從背後掄圓了「專政棍」打過去，棍頭重重地落在劉書記的後腦勺上。這是死穴，生命的禁區，況且挨打的是一位年過六旬的老人，劉書記一聲未吭頹然倒地，吳化貴依然衝上前踢了一腳，罵他這是裝死放賴。

臺上台下出現了片刻的沉寂，突然炸了鍋似地爆發了強烈的騷動。劉書記的妻子、兒子往土台直衝，有人攔截勸阻，也有人氣憤地呼叫吶喊，哭聲、罵聲、質問聲、喊打聲交彙在一起，人潮在向土台湧動。于大可、吳化貴、徐有田隱身於武裝民兵和「專政隊」隊員中間狼狽地退卻著，有人向天鳴槍……

（十三）

劉書記被抬回家，張冠雨一家也被允許回家了。這天夜裡，臨時監獄裡只剩下我一個人，自始至終，沒有人給我鬆綁，我的胳膊早已麻木。自我的感覺，已經是與死神近在咫尺，不會再撐多久了。沒有看見小柱子，劉書記的孫子再也沒有過來送飯。屋外是有月亮、多雲的天氣，黯淡的月光時隱時現；死一般的沉寂，混混沌沌的視覺。

突然有兩個人躡手躡腳地溜了進來。其中一人手裡拿著微微發紅的麻秸火，到我臉前吹了一下，麻秸火閃了一下光。雖然在朦朧中，我卻清清楚楚地看出他們一個是吳化貴，一個是徐有田。他們也利用這一點點火光看準了，吳化貴手持什麼東西在我的腦門上砸了一下，我立馬失去了知覺。

等到我清醒過來時，我發現自己已經置身於野外了，雙臂依然被緊緊捆縛，刺痛而麻木，身下是冰涼的荒草。混混沌沌中，我依稀分辨出周圍都是一些老墳，身邊有一個黑洞洞的長坑。原來，他們把我弄到亂墳崗來了。一陣徹骨的寒意從心底襲來，我立即預感到滅亡的災難已經降臨，他們這是在對我下毒手了。我下意識地厲聲喝問：「你們想幹什麼？」

吳化貴握著一把鐵鍬獰笑道：「活埋你，除了這，還會幹什麼？」

徐有田說：「明年今日就是你的忌日！」

我放聲大叫道：「殺人犯法，你們是要抵命的！」

吳化貴冷笑道：「可惜沒人知道，只有天知道。」

徐有田說：「于大可殺他們的團長，就是這樣辦的，鳥事沒有。」

我說：「我們方家小門小戶，與你們吳、徐兩家上輩子無冤，這輩子無仇，你們為什麼一心一意非要讓我死？」

吳化貴說：「我就是恨共產黨，恨你們這樣的共產黨員，像你這樣、像老土匪那樣狗日的幹部，一個個都該死！我哥哥不就搶了點兒東西，日了幾個女人嗎？就在這裡挨槍斃了！還有，因為我哥哥的那點兒鳥事，就是不叫我入黨、不叫我當幹部！」

我說：「你哥哥那是罪有應得！周法亭無緣無故，還不是被你誣陷死了？」

吳化貴說：「周法亭是鄉長下命令槍斃的。你們共產黨的幹部殺共產黨的幹部，關我屁事，殺光了才痛快！」

我說：「徐有田你聽我說，吳化貴是真正的反革命、壞人，你可千萬不能幫他做壞事啊，殺人要償命，殺什麼人都是要償命的，你要好好想一想！」

徐有田聽了此言，不自覺地後退了一步。吳化貴狠狠踢了我一腳，叫罵道：「叫你狗日的挑撥離間！死到臨頭了還嚇唬誰？今天就是反革命、壞人活埋你這個狗雜種、大幹部，我算是給我哥哥報仇了。我告訴你，于大可私下裡和我們說了，不可能永遠搞文化大革命，像你們這樣的人，能搞死的儘量搞死，省得回來你們再上臺找我們算帳！」

我用盡生命的餘力大聲呼喊道：「賬總是要算的，國法無情，你跑不掉的！」

「日你媽，你還敢叫?!」

吳化貴怒罵著輪起了鐵鍬，對著我的面門直劈下來。說時遲那時快，當鐵鍬就要落到我的臉上時，徐有田在旁邊突然推了吳化貴一把。吳化貴身子一歪，鐵鍬砍偏了，貼著我身邊的一棵青蒿被劈得稀爛。

吳化貴對徐有田吼道：「你要幹什麼？」

徐有田說：「我不想擔這個殺人的罪名，要殺，你等我走了再說。」

吳化貴說：「你小子孬熊了？」

徐有田說：「我才不孬熊呢，我只是覺得划不來。這樣的一個人，送到縣裡『專政總部』，活不了一個禮拜，幹什麼還要我們下手？」

吳化貴在昏沉的月色中稍稍沉吟了一下，忽然提醒徐有田：「剛才，你把于大可殺他們的團長的事情說出來了，不滅口能行嗎？」

徐有田怔了一下，忽然對我靠近過來。

我心裡想：完了！於是絕望地閉上了眼睛，再也不看這兩個畜生，什麼都不想再說了。於是他們開始在我的身邊挖坑，土坑挖成，便把我推進去，開始埋我。土塊劈頭蓋臉地砸下來，我低下頭，什麼也無法想，心中一片泛白地等待著死神儘快把我帶走。土塊已經埋到頸部，在最後的感覺就要消失的那一刻，我突然聽到了野獸般的怒吼和吳化貴、徐有田的鬼哭狼嚎，接著是倉皇地奔逃。

那野獸是我的伴伴。在靜夜裡，它可能在某個地方聽到了我的叫嚷，就立即趕來了。它趕走了他們，然後又急忙過來救我。伴伴悲鳴著，奮力地把我身邊的土塊扒開，幫我咬開繩索，用大腦袋托著我的腋下，將我拱出土坑。

（十四）

劉書記在挨打的當天晚上就去世了，以于大可為首的罪惡勢力居然將這罪過最後算到了我的頭上，說是由於我的反動氣焰太囂張，故意激怒吳化貴等人，導致他們失手傷人。藉此，在我被伴伴救出來以後的第五天，公社「革委會」又是經過「研究決定」：吳化貴到公社「革委會」把事情經過講清楚，而我卻要移送到縣裡的「群眾專政總部」，進行更高層次的關押審查。

執行這個決定的一天，徐有田帶著半個班的民兵和溝拐子村所有的「專政隊」隊員，如臨大敵般地衝進我的紅瓦房。趁著伴伴不在，把瘦成一把乾柴的我從床上提起來，一根繩索綁了，前呼後擁地押往縣城。

這是傍晚時分，天際的一頭突然湧來大片烏雲。暴風驟起，沉悶的雷聲迅速地向這邊滾動著，須臾間大地上拉開了一道深灰色的天幕，冷颼颼的一片陰暗。正在水田裡蒔秧的村民們準備回家避雨了，大家望見我被五花大綁地押著走，就不約而同、齊齊地站在那裡對我注目相送，有幾個婦女流出了憐憫的眼淚。鬥爭會那天吳化貴的暴打給我的身體留下了很重的暗傷，全身的骨頭就像散了架似的。我忍受著體內的疼痛，一面踉踉蹌蹌地向前走，一面對眾人以目示別，走著走著，忍不住回頭看了一眼我的紅瓦房，又向大灣的方向望了一眼。突然，我發現伴伴此時正站在一棵槐樹下向我這裡張望，那是當初我把它從孩子們手裡買下來的地方。徐有田用「專政棍」搗了我一下，催我走快點，不料這個舉動卻被伴伴看見了，只見它在百餘米之外憤怒地狂吠數聲，一路吼叫著向這邊撲來。

有人驚呼：「乖乖，那個打不死的黑豹子又來了！」

「快開槍，快點開槍！」徐有田變聲變色地狂亂喊叫著，下意識地把「專政棍」橫攔在自己胸前，同時做出隨即準備奔逃的架勢。

「伴伴，快回去呀，快回去！」我死命地跺著腳希望能夠喝止伴伴，可是它毫不遲疑地只管向我這邊猛衝。我發現它的奔跑速度與往日相比差了許多，很明顯有一條腿是瘸的。

「砰！」第一聲槍響了。

伴伴的身體略向下一伏，旋即又一下躍起兩米多高，一頭扎進一段生長茂密的麥田裡。

「砰！砰！砰！」一陣亂槍打得伴伴落下的地方塵土飛揚，恰當此時，那邊一道閃電突然淩空劈下，撕裂了天幕，爆發出一聲震耳欲聾的驚雷。

我看到伴伴的身軀最後又躍起了一次，聽到民兵壓上子彈又開了幾槍，那邊再無動靜。我的眼淚奪眶而出，因雙手反綁而無法擦拭，只好由它流到嘴裡，忽而感覺到又苦又鹹，實在咽不下去，最後還是恨恨地把它唾到了地上。

豆粒大的雨點密集地憑空濺下，頃刻之間，一道黑濁濁的雨幕把遠遠近近的一切全部掩住了。走過去查看伴伴死了沒有的「專政隊」隊員剛走到半道上，又一個落地驚雷炸響在他們的前方，把他們嚇得趕緊退了回來，這些人是準備把打死的伴伴帶回公社燉肉吃的。

雨更大了，還夾雜著蠶豆大小的冰雹，就像憑天而落的巨大瀑布。天色黯然下來，猶如黑夜已經降臨，驟然間咫尺難辨你我。村民們向村裡跑去，徐有田等人卻押著我上路了。

（十五）

在這個奇特的年代裡，人的命運真是完全不能逆料。由於全國實行了軍事管制，國防部長林彪被推上了「副統帥」的位置，軍人身份或軍人出身的人開始吃香。我的那個老上級被他一個尚在臺上的老首長想起，遞了一句話就被「三結合」了。他是個實實在在的厚道人，自身剛剛脫離縲絏，馬上就來解救我這個他認為一向老實順從、忍辱負重的「書呆子」，這時我被關進「群眾專政總部」剛好一年又五個月。

這個「總部」，是真正的人間地獄，每天都要「提審犯人」，但凡審訊必有大刑伺候。施刑的花樣酷烈慘毒，多是參照小說和電影裡面所描述的國民黨特務對待共產黨人的那一套，你就是鐵打的漢子，幾場下來也包教你稀如軟蛋。譬如有一位縣級幹部，以前幹過地下工作，他們想給他安一個「叛徒」罪名，他一開始堅決拒認。他們弄了一缸石灰水，然後把他捆緊手腳、倒吊起來，把他的頭浸到石灰水裡。浸了好幾分鐘才把他提出來，這位老兄竟被嗆得七竅噴血，乖乖地承認自己出賣過組織。施刑的人還說，連我們這點兒小小刑法你都熬不過去，在國民黨的大刑面前你不更加軟弱？叛徒一案隨即鐵定。

我剛剛進來時，吳化貴、徐有田曾數次來此關照這裡的人一定要狠狠整我，說我是個老右派，又孤門獨戶，沒有勢力，就是整死了也不要緊。聽說我是縣級幹部，這裡的「總指揮」親自審了我第一堂。當我交待到少年時節曾在縣裡的「育才中學」上學時，他一下認出了我，原來，我們曾是同班學友。老同學特意關照了一下專門負責對「牛、鬼、蛇、神」動刑的「副總指揮」。這是一個血氣方剛的年輕人，在回答他的訊問中，我把那天吳化貴、徐有田活埋我時透露出來的害死文工團長的事情說了出來。「副總指揮」臉色陡變，當即摒退其他人，私下裡對我說，文工團長就是他的父親，並叫我出具了文字材料。

過了一陣子，于大可也被逮了進來。他頭上的罪名當然要比我厲害：「文革」以前道德敗壞，「文革」初期謀殺文工團團長，近期又放縱地痞、流氓打死大隊幹部。這一回這個傢伙可真的算是倒楣透頂了！「副總指揮」叫人給他戴上十八斤重的大鐵鐐，脖子上還整天掛著一塊武術家練功用的石鎖，大約有三十多斤，說是讓他享受「最優厚待遇」。幾乎是天天提審，天天整得他鬼哭狼嚎。最後又給他又整出了許多罪款，直至判處死刑，被拉出去遊街、槍斃。

在這個指揮部裡，人們很快都知道了我是知識份子出身，當過局長，歷史清楚、社會關係簡單，而且我又是一身「仙風道骨」、風一吹就可能飄起來的樣子。因此，大家誰也沒有折磨過我，只是輕描淡寫地訊問過我一兩次，以後便把打掃廁所、分發報刊的輕鬆差事交給了我。對於「犯人」而言，這算是最好的待遇。即便如此，心靈的屈辱和無法看透的政治前景還是使我萬念俱灰。苦苦撐持了一年幾個月以後，我便再也不想掙扎下去了，於是我寫好留給妻子、女兒的「遺囑」，準備哪一天用一根繩子來熄滅自己的生命之火。萬萬沒有想到，就在我打定了主意，要「自絕於人民、自絕於黨」的時候，接我的吉普車又鬼使神差地出現在我的眼前。

來人還是上次接我的那個秘書，他也遭受了許多磨難。我們的那個老上級被關在鐵籠子裡的時候，除了我，他是第二個沒有乘機出賣領導，大搞劃清界線、「反戈一擊」的人，因此被戴上了「鐵桿保皇狗」的帽子，常常被造反派勒令扛著一根大鐵棍與「投機革命的大壞蛋」一齊挨鬥，一齊蹲鐵籠子。老上級當上了市「革委會」主任，第一個「解放」了他。他也是一個體格清瘦的人，骨子裡卻隱藏著知識份子的朗朗硬氣。我與他平素一直交好，互有往來。重逢之後，我們相對唏噓了好一陣子，而後我向他提出這次一定要到溝拐子村走一趟，他爽快地答應了。

（十六）

於是，吉普車再次載著我開進了溝拐子村，開到了我的紅瓦房前。當我從車裡走出來時，村民們再一次表示了驚訝和讚歎，大家知道我回來了，而且又坐上了「小包車」，免不了奔相走告，看把戲似的把我圍了起來。四十來歲的堂弟大莊猶如孩子見到媽媽一般飛奔過來，熱烈地與我握手、抱住我的胳膊，一面大把地抹著眼淚，一面對圍過來的村民們無比豪邁地說：「怎麼樣？我早就說過，鳳凰落毛還是鳳凰，虎落平陽還是老虎，俺們方家這根大樑斷不了的！」

這一次，我沒有再看到吳化貴，只看到一隻手撐著棍，一隻手扶著牆的徐有田。他遠遠地站在那裡，偷偷地張望著熱鬧的人群，張望著我，目光黯淡，肢體僵硬，似乎已經變成了一個垂死的人。我也沒有再看到我的伴伴，只看到紅瓦房的門被一把古老的銅鎖緊閉著，那銅鎖我認識，是劉書記家的。

人群突然主動讓開，劉大嬸帶著她的一大幫兒子、孫子迎接我來了。這個性情剛毅的當家女性臉上沒有一縷戚容，而是欣然地歡笑著打過招呼，走過來大大方方地一把拉住我，叫我的一行人今天都到她家裡吃飯。她說，槍斃了于大可，隨後「貧宣隊」就給劉書記平反昭雪了。她又說，今天一看到吉普車在幾里之外的大路上出現，就知道我又「官復原職」回來了，她馬上就分咐媳婦們殺雞宰鵝——這頓團圓飯非吃不可！老人家是個照顧情面的人，當即還叫大莊也去，大莊樂不可支，假意推託幾句就屁顛屁顛的跟上了我。

走入劉家客廳，只見中堂上高高張掛著劉書記的遺像，目光炯然，猶如生人般地在那裡俯視著我們這些依然活著的人。我向他深深地鞠躬再三，心裡憶起了以往，由不得又感到一陣酸楚。

乘著等候吃飯的時間，大莊搶先向我講起伴伴的事情：

那天我被押走以後，大雷雨一直下到天黑，第二天早上好多人去看伴伴，居然未見蹤影，連血跡都沒有留下。這天上午于大可帶了整整一個班的武裝民兵又來開群眾大會，說劉書記「假黨員、真土匪」的事情已經定案，死有餘辜，誰敢再有任何反對意見，一律按「現行反革命」論處，就像方永正一樣押送到縣裡關起來審查。又說打死劉書記的責任全在方永正身上，這回兒方永正一輩子都別想出來了，有可能還會被判死刑。吳化貴的行為是「正義」的，繼續擔任「專政隊長」。當時劉大嬸一家老小沒人哭沒人鬧，沒人喊冤，只是啞悄無聲地安葬了劉書記，然後該幹什麼就幹什麼，全村人都感覺有些奇怪。過了一些日子，有人說常在半夜裡看見一隻大黑狗嘴裡銜著一根白麻桔，在村裡村外走來走去，像是在找什麼人。又過了一些日子，吳化貴就不見了。那天也是大雨如注，人們在午夜後，曾聽到他在大灣裡像遇見了鬼似的喊了幾聲「救命」。吳化貴失蹤以後，于大可曾親自下來調查，說這裡面有「階級鬥爭」，可是沒過多久他被縣裡逮了去，就再也沒人過問吳化貴的事。又有人說後來有一天晚上，徐有田在自家門口鋪了一張草席睡覺，半夜裡大黑狗悄悄地走過去，用白麻桔量了一下他的身體長短，又悄悄地走開了。于大可被槍斃以後，公社「革委會」勒令徐有田「交代問題」。有一天他從公社回來，經過亂墳崗的時候發現了一個埋人的坑，量人的白麻桔也在那裡，坑與麻桔恰巧與他的身體長短相同。他大吃一驚，又發現那隻大黑狗正蹲在前面的路口等著他，嚇得他轉身飛跑，一頭撞到路邊的大樹上，天靈蓋都撞裂了。過路的人發現他，把他抬來家，大半年不死不活不省人事，後來就成了一個不能說話、半身癱瘓的殘廢人。

我問大莊：「我的伴伴現在哪裡？」

大莊答道：「不知道，我沒有見過它，可是村裡的人都知道這些事。」

一邊陪坐的劉家大兒子接話道：「這些事兒一點也不假，我也在半夜裡親眼看見過那隻黑狗。每次都是雞沒叫的時候出現，嘴裡銜著一根白麻桔，像是在找什麼人。不過，這東西無聲無息，走起路來連個痕跡都沒有，不像是個生物，有人說恐怕是你的那隻黑狗的冤魂，在尋找仇人。」

他的年齡和我差不多，平時是個不大愛說話的人，這時的話卻比大莊說的更加肯定，但是我怎麼也不會相信竟有這種事情！

我明白，伴伴確實沒有了，我也知道，吳化貴、徐有田的事情如果發生在城市裡，公安機關肯定會立案追查的。可是，這裡是一個天高皇帝遠的偏僻地方，而且又處在這樣的一個極不正常的年代，在法律的陽光無法顯耀的時候，一切事情只得按照天理人情來辦了。劉書記死了，吳化貴失蹤了，徐有田瘋癱了，我又一次要離開了，但是，世世代代休戚相關的村民們，還要在這塊土地上繼續繁衍生息。在他們之間，一切善與惡、美與醜的東西還要演繹下去，待到法律之繩不能伸張正義的時候，他們可能還會採取獨特的解決辦法。

秘書催得很緊，吃過午飯就要上路了。臨走前，鄉親們又擁來看我。這一回，我當眾斷然拒絕了大莊接辦小雜貨鋪的請求，而是把紅瓦房和當時藏在家中的一千多元餘資都交給了劉大嬸，叫她把小店經營項目擴大一些，好好地為村民服務，算是代我報答這些鄉親。老人家要單獨步行送我一程，我答應了。

此時正是深秋天氣，莊稼已經收割完畢，在下午的斜陽下，遠遠近近的田野都是同一色調，黃燦燦的一望無際。因為吃飯時喝了幾盅高粱酒，劉大嬸的臉頰有些微微泛紅。老人家一邊張望著遠方一邊陪伴著我走路，幾次是欲言又止，直到吉普車從後面就要開過來了，這才壓低了聲音對我說：「俺們娘兒倆是自家人，可是你的地位不同，有些事情我思量再三還是不能告訴你。你只要能想著你劉大叔不能白死，『惡有惡報、善有善報』就行了。我這裡只跟你一個人講，你的那條黑狗，其實是我叫孩子們給埋掉的。唉，那個懂事的畜生，真叫人……什麼都不說了，于大可、吳化貴、徐有田這些人橫行的那一陣子哪有什麼王法？叫人沒有法子啊！不過回過頭看，到底還是應該相信共產黨。可不是麼？王法還是回來了，大侄子又官復原職了。唉，等我老了，或是我快死了，假如你能夠回來看望我，也許我會把一切實情都告訴你……」

我說：「嬸子，所有的事情都已經過去了，我知不知道無關緊要，只要您老人家多多保重，兄弟、侄兒們多多保重就好。」

劉大嬸的臉上浮出了欣慰的笑色，理解地在我的胳膊上輕輕拍了幾下，嘴裡說著：「好、好、好，大侄子心中有數就行了。」

吉普車開了過來，我只好與劉大嬸握手道別了。老人家的臉上依然掛著慈祥的微笑，但是兩行眼淚卻如斷了線的珍珠倏然落下，她把我推到車裡，催促道：「快走吧，人家等著你呢，到家以後代我向侄媳婦和孫女問好。」

湛藍、深邃的天空猶如一塊水洗的碧玉，有幾朵如絮的白雲，像是被人畫上去似的紋絲不動。幾行征雁撩動了我的歸心，我匆忙地向劉大嬸揮揮手，向遠處擠在一起仍在張望的鄉親們揮揮手，車子就起動了。

一九七九年初稿　二〇〇五年至二〇〇六年再次修改

寶兒的故事：遙遠的鄉村

自從出生我就沒見過父親，據爺爺說，父親是個了不起的人，十幾歲就獨自出門闖天下，在西北軍從士兵幹到團長，管過一個縣的防務，抗日戰爭時期率部力戰日本侵略軍，那時頗有名氣。後來他帶領所部編入八路軍，一九四九年曾來家養傷，因此母親有了我，可是沒等我出生，部隊南下從我們家鄉經過，他又歸隊走了。這一走，就再也沒有回來。

爺爺住在省城，我在鄉下長到八歲便去他那裡上學讀書，一讀三年有餘，四年級寒假的時候，因為母親在鄉下思念至極，叔叔過來把我接回了故鄉。

故鄉在淮河北岸一個極其偏僻的地方，已到了二十世紀六十年代初期，這裡依然是道路不相通，風氣不開化的落後情景；群眾住著茅草屋，衣衫襤褸、忍饑受餓，以原始的勞動方式換取微薄的收入，在極度貧困中勉強維持生計。

到家的當天晚上，母親樂得東抓一把西抓一把，不知如何待承兒子才好。夜裡睡覺，我睡西屋，母親睡東屋，她還特意地給我的屋裡加了一個火盆，一會兒過來添柴，一會兒給我掖被子，捂得我直是冒汗。然而，屋外的世界卻顯然是異常寒冷的，子夜後北風在窗畔一陣緊似一陣地呼嘯，我被擾得無法安睡時，總是隱隱約約聽到有人在打著冷顫呻吟，有時是在顫抖著哭泣。西屋的窗外是我家的磨房和廚房，這聲音是從廚房裡傳出來的。

第二天早上，母親的吵嚷聲把我從睡夢中攪醒，她是在廚房裡一邊踢著什麼一邊斥罵：

「該死的東西！你一整夜地哼嘰什麼？」

回答的是一個纖弱的聲音：「我冷……」

母親仍在罵：「誰家討的丫頭不是摟著柴禾睡，就你受不了？還不起來給我燒火！」

接著是柴禾的悉索聲，敲打水缸裡的冰凌聲，有人在洗刷鍋碗、打雞蛋……不一會兒，母親捧著一碗熱氣騰騰的東西來了。

「寶兒，快，披上棉襖，趁熱吃了再出去玩。」母親的臉上堆滿了慈愛的笑容，她捧來的是一碗荷包蛋，還加了紅糖與薑片，這種東西在故鄉只有剛剛生孩子的婦女才能吃到。

吃罷這頓珍貴的早餐，母親又照料我穿上新做的棉衣，還叫來叔叔家的兒子牛牛給我做伴，這才讓我出門去玩。原來，夜裡下了一場雪，屋外變成了白色的世界，天氣越加寒冷，凜冽的晨風吹在臉上，像刀子劃肉般地令人難受，好在新棉衣很厚實，我身上倒不覺得冷。

「嘿，我今天好快活！」比我大兩歲的牛牛蹦蹦跳跳地說，「我爸說，今天不要我拾糞撿柴了，叫我只管陪你玩，我們放風箏好嗎？」

我問：「你有風箏嗎？」

「有！」牛牛一跳老高，旋轉身一面往家跑一面對我說，「你就在這兒等著我！」

於是我就站在路上等著牛牛。

天晴了，緩緩升起的太陽把地上的白雪映得令人目眩，陽光也照在附近水塘的冰面上，使那裡閃射出一束束讓人肌膚生寒的光芒。這時，一個頭髮蓬亂、面黃體瘦的小姑娘從我家的方向走來，她全身只穿著一套短小而打滿補丁的舊棉衣，腳上穿著一雙笨重的麻鞋，手腕和腳脖都露在外面，皮膚被凍得成了紫灰色。她挪著一隻很大的竹籃，籃子裡分明盛著我昨晚換下的衣服。待她走經我身邊時，我禮貌地向路旁退開一步，她抬眼瞅瞅我，神情冷漠地踩著積雪逕自往水塘去了。

「哎，你是誰呀？」我追過去問道。

她沒作回答，仍是淡然地看看我，便蹲到水塘邊從籃子裡取出棒槌使勁敲冰。她力氣太小，敲了半天隻在冰面上敲出一些白點兒。

「我來！」我上前要過棒槌，奮力地敲了一陣，把冰面打開一個老大的窟窿。

「你真有勁。」她終於開口說話了，沒有血色的臉頰浮起淺淺地微笑。

我乘機又問：「你叫什麼名字？」

「我叫荷荷。」她用手指掠了一下遮住眼睛的劉海，好感地望著我，也問道，「你呢？你是寶兒吧？」

「是呀，你怎麼知道的？」我有點奇怪。

她說：「聽媽媽那樣叫你的。我是媽媽討來的，到你家都有三個月了。昨晚上你一來家就進了堂屋，我從廚房出來，在外面看過你。」

說著話，她把衣服按到水裡慢慢浸濕，開始洗滌。我把手伸到水裡試探一下，立刻感到一陣刺疼，手指都被凍得麻木了。好冷！我心裡暗叫著。荷荷卻從容地蘸著水搓洗那些衣服，我在一旁看著，油然想起昨夜的風，想起廚房裡那令人心碎的呻吟和哭泣。

這時牛牛提著風箏來了，於是我們就在荷荷身邊不遠的地方扯放起來。牛牛很內行，三兩下就把風箏送上了天空，用竹絲做成的箏在天上被風吹得嗡嗡作響，一會兒就把村中的孩子們吸引過來。

「咦，這小子是哪一個呀？」一個禿頭少年瞧見了我，怪聲怪氣地向其他孩子打聽。禿子的頭上捂著一頂極其骯髒的破棉帽。上嘴唇上長長地掛著兩條黃鼻涕，模樣十分讓人噁心。那些孩子只顧看天上的風箏沒人理會他，他一扭頭瞅見荷荷，就跑過去問她：「哎，小媳婦，這是不是你城裡的男人回來了？」

荷荷厭惡地轉過臉去背對著他。

我在幾步之外憤怒地瞪著禿子，牛牛扯了我一把，悄聲說：「他比我還大兩歲哩，你打不過他。你不記得他家住在村後頭嗎？人家都叫他『狗不吃』，是俺這村裡最壞、最壞的傢伙！」

禿子根本沒有在意我和牛牛，只在專心地騷擾荷荷，他見荷荷只顧低著頭洗衣服，就抓起一團雪塞進她的後頸窩。荷荷淒厲地一聲尖叫，一面驚恐地蹦跳一面猛抖棉襖，禿子卻得意至極，呲出滿嘴的黃板牙仰著下頦兒狂笑不止。

「你這個壞種！」我甩脫牛牛衝上前去。

「你敢罵我？」禿子把吊在嘴唇上的黃鼻涕吱溜一聲吸了上去，彷彿全吸到腦子裡去了。他上下打量著我，十分蔑視地說，「你小子在城裡吃了幾天細糧，就不知誰老誰少了？我告訴你，我跟你爺爺是同輩的哩！你奶奶的，你小東西倒會護老婆……」

「滾你的葫蘆瓢！」我奮勇地推出一掌。禿子沒提防，趔趄兩步向後仰翻過去，差一點栽進水塘，那頂臭氣薰天的破棉帽滾落到冰沿上，白森森的禿腦袋晾了出來。

「嗨嗨！這是哪個小子的蛋沒長毛！」

「誰家的豬尿泡吹成大皮球了！」

有人幸災樂禍地胡亂喊叫著，水塘邊所有的孩子都跟著哄笑起來。禿子一骨碌爬起身，奪了荷荷的棒槌，先把帽子撥拉過來趕緊捂到頭上，而後像一隻準備格鬥的公羊，幾步竄上高處，暴躁地甩掉身上的破棉襖，揚起棒槌衝我打過來。這時牛牛早已把風箏交給別人，從近旁柴禾堆裡拽出一把鐵叉，挺身過來一面遮住我，一面把犀利的叉尖對準了禿子肋條可數的瘦胸脯，大吼道：「你敢打我弟弟，我就捅開你的屎胞子！」

禿子猛吸一口氣，木橛似地僵住了，老半天才把那口氣吐出來。他把棒槌橫攔在胸前向後退開，撿起破棉襖抖一抖雪，又用棒槌指著我，一邊罵一邊發狠道：「你這個野種，要不燒掉你家的房子，到時候我叫你爺爺！」

荷荷嚷道：「給我的棒槌！」

牛牛抖一抖鐵叉，雄赳赳地衝出幾步，作出欲將突刺狀。禿子一面疾退一面使勁地甩出棒槌，牛牛閃身躲開，那棒槌卻飛過來打中了荷荷的肩膀，荷荷「哎喲」一聲捂著傷痛蹲到地上哭了，禿子飛也似地跑掉了。

午飯後，母親為上午發生的事找禿子的父母去了。她生性剛烈，平時為人極講自尊，對禿子罵我「野種」的事當然不能容忍，因為這關係到一個女人的名聲和榮譽。再者，在普遍以茅屋為居的鄉村裡，無論是什麼人，這放火燒房子的話也是絕對不可以想說就說的。

牛牛還是被嬸子抓去幹活了，我一個人待在西屋裡百無聊賴，就到門口走動走動，忽而聽到磨房裡有動靜，過去一看，原來是荷荷在磨麵粉。大石磨隆隆作響，荷荷抱緊粗大的磨棍在使勁推動，她吃力地掙直了細細的脖頸兒，劉海和鬢角的垂髮都被汗水黏在臉上，把眼睛都遮住了。

我說：「我來推。」

荷荷說：「你沒推慣，會頭暈的。」

「不礙事，我會推。」我說著就走過去與荷荷同抱一根磨棍推了起來，她顯然感到了輕鬆，抹了一把臉上的汗，對我甜甜地笑了。

「寶兒，你真好。」她由衷地誇讚著我，一邊推磨一邊攏著磨頂上的麥子，又說，「今天要推一斗麥麵，你回來了媽媽才捨得吃細糧，平時我們只吃蜀黍麵和紅芋乾，一天兩頓飯。」

我說：「那怎麼能行？」

「就這算是不錯了。」荷荷像個成年人似地歎息著，喃喃地說：「去年『刮五風』最厲害的時候，我們家半個月沒做一頓飯，全家八口人餓死七個，只剩下我一個……」

我問：「你怎麼到我家來了呢？」

荷荷說：「家裡人都沒有了以後，其實我已經能掙工分養活自己了——我在家是老大，我媽早就都教我做活了。『五風』過後，我們村像我這麼大的孩子都可以給生產隊放牛割草，一天算半個人的工分，可是我二叔想霸佔我家的房子，硬要把我討給人家。說是討，其實還要錢，你們家沒有錢，他就說可以拿小牛抵，結果又白白賺了你們家一頭牛犢。」

這之後，荷荷一直都在講述她的家事，講到傷心處就用襖袖擦抹眼淚，我專注地聆聽著那些悲慘的故事，一直陪伴她把麵粉磨完。

母親傍晚回來，心裡還在為禿子的事生氣，吃點東西又出去了。荷荷收拾碗筷，把家裡的零碎雜活一一做完，按照母親走前的吩咐給我的屋裡又燒上火盆，而後才搬個小凳與我對面坐下。她伸出雙手向火取暖，那手，紅腫得很厲害，上面凍傷斑斑，都是青紫色，有的凍裂處還在滲著血。

我忍不住問道：「你的手疼吧？」

「不要緊，到春天就會好的。」荷荷聲音很輕很細地回答我，不好意思地躲避著我的目光，兩隻手只管朝著火盆交替地揉搓著。

我想起早晨的事情，對她說：「你這麼能幹，媽媽還打你，她對你太壞了。」

「你瞎說什麼呀？」荷荷神色不安地看看身後，又瞅了我一眼，反駁道，「媽媽對我夠好的了，她其實沒有使勁打我——你沒見過我二叔，他打人那才真叫狠哩！家裡沒有勞動力，要供你上學，又多了我要養活，她心裡著急，有時候脾氣就不太好。」

鄉村的晚上是不點燈的，天黑了，屋子裡只有淡淡的火盆裡的微光。我把一根幹樹枝插到火盆裡，不一會兒便燃燒起來。我抽出吐著火苗的樹枝頑皮地指向荷荷，金色的火光頓時照紅了她的臉，她的容顏其實十分娟秀，濃黑的雙眉、修長的睫毛、又圓又大的眼睛。她的眼睛非常美麗，像幼鹿的眼睛一樣流溢著內心的溫存與善良，帶著幾分膽怯、幾分羞澀。我想起上午禿子對她的稱呼，下意思地問：「你幾歲了？」

荷荷嫣然一笑，口齒伶俐地答道：「十三了，聽媽媽說我比你大一歲哩，你能叫我姐姐嗎？」

「能！」我爽快地答應了她，說，「我真想有個姐姐呢，在城裡上學，學校裡好多同學都有兄弟姐妹，只有我一個是『單幹戶！』」

「單幹單幹，不是地主就是壞蛋！」荷荷緊鎖的眉結一下展開了，俏皮地說了一句合作化時期的流行語，就此問起城裡的事情。

於是，我就講起那裡的馬路、汽車、樓房、電燈，講起街道間或學校裡發生的種種趣事，她用心聽著，偶爾咯咯地笑出聲來。

「城裡太好了。」她無限嚮往地說。

我說：「爺爺叫我好好讀書，將來上完大學就能住在城裡了，到時候為政府做事，當大幹部。」

荷荷的睫毛鳥翼般地忽閃著，試探地問：「到那時，你就一個人住在城裡麼？」

我說：「哪能呢，到時候我把媽媽和你都接過去，帶上爺爺大家一塊住。」

荷荷急忙叮了一句：「你也接我去？」

「當然也接你去！」我肯定地說。

「太好了，太好了，那你就快點上大學吧！」荷荷熱烈地拍手叫著，兩隻大眼睛興奮得燦然生光，忙不迭地對我說，「真是那樣就太好了，到那時我去給你推磨、做飯、洗衣服、燒火盆……什麼活兒都是我一個人幹！我一定把你伺候得好好的，也把媽媽和爺爺伺候得好好的！」

「荷荷你真傻，城裡人都是買麵吃，誰家推磨呀？」我被她說的忍不住捧腹大笑。

母親回來時已經很晚，走進家門一看見荷荷還在我的屋裡，立刻就沉下臉來問：「你怎麼還在這裡？為什麼不回廚房睡覺去？」

荷荷頓時容顏大變，慌忙站起，把雙手攏在袖口裡，百般無奈地向門口走去。一陣寒風從半掩的門邊襲來，她劇烈地打了個冷顫，連連倒退了數步。身體單薄的她顯然在冬夜的嚴寒面前支撐不住了，她回過頭來目光悽惶看看我，又向母親哀告道：「媽媽，外面實在太冷了，昨晚上牛牛家的羊都牽到屋裡過夜了。」

母親把眼睛一瞪：「你這是什麼意思？」

「我……」荷荷的眼眶裡湧滿了淚水，語氣悲切地說，「媽媽，俺家的廚房沒安門呀，你又沒給我被子，這幾天夜裡風大，不到半夜爐灶就涼透了，我實在受不了。」

母親遲疑了一下，馬上又顯得越發惱怒，用手指戳著荷荷的額頭辱罵起來：「你這個小賤貨，我看你是在打寶兒的主意！寶兒他才十二歲哪，總不會這時候我就給你圓房，叫你跟他睡一個被窩吧？」

荷荷屈辱地一面連連搖頭一面哀哀哭泣。

我抗議道：「媽媽，你說話太難聽了！」

母親沒有理會我，自顧數落荷荷：「你給我聽著，我也是七八歲當的童養媳，就在那間廚房裡摟著柴禾睡了二十年，我的那個婆婆比蠍子還毒呢，我受的罪你連聽都沒有聽說過！」

荷荷縮成一團只是抽泣。

母親一聲斷喝：「還不滾到廚房去！」

我為荷荷求情道：「媽媽，廚房這麼冷，你別叫荷荷去了，她會被凍死的。」

「你給我少多嘴！就這兩套鋪蓋兩張床，你說叫她睡在哪裡？」母親衝我發了火，又對荷荷跺著腳逼問道，「你到底去是不去？」

荷荷無望地看看火盆又看看我，抹了一把眼淚，咬緊了嘴唇，兩手交叉著抱緊雙肩頂著寒風走出門去。

「不，不能叫荷荷去！」我又想起昨夜的情景，不顧一切地去追荷荷，母親想扯住我，被我用力掙脫。

我也跑進了廚房，廚房裡漆黑一片，冷得像個冰窖。我在灶前摸到了荷荷，她在那裡縮成一團全身劇烈地顫抖著，一感覺到我的觸摸，就像溺水的人得到搭救，立刻緊緊地抱住我大放悲聲。母親隨後進來摸到了我，拉了幾下沒拉動，知道是荷荷在抱著我，越發氣惱，就一邊罵一邊摸索著對荷荷亂打亂掐，叫她放開我。荷荷連聲尖叫，就是不肯放手。

我在黑暗中撥拉著母親的手，激憤地朝她質問道：「媽媽，你為什麼這麼狠心，這麼壞？城裡的媽媽誰都不會像你這樣做的！」

母親的動作竟然咯噔一下停住了，靜止片刻之後，她又用很重的語氣對我說：「你給我放下這個丫頭，趕快回自己的屋裡去！」

我倔強地大叫道：「我不去！」

母親無計可施地啞然著，荷荷也止住了哭聲，我們在黑暗與嚴寒中僵持著。突然，母親坐到柴禾上哭了起來，嘴裡絮叨著：「我的小老子吔，你想氣死我嗎？你屁大點兒就知道護著她，以後還有我的好日子過嗎？」

「媽媽……」我的心惻然地感到了酸痛。

母親越哭越傷心，說話的口氣卻大有鬆動了：「你給我說說看，家裡就這點兒地方，不叫她睡在廚房倒叫她睡在哪裡？」

「媽媽，」荷荷哽咽著，小心翼翼地說，「你就讓我抱點柴禾到你屋裡，睡在地上就行，過兩天不這麼冷了我再搬回來。求求你了，好媽媽，我能做好多活兒，還能給你做伴，不要讓我凍死，我真的熬不住了。」

母親沉默下來。在冬夜的包圍中，廚房狹小的空間顯得出奇地寂靜，我可以聽到自己以及每一個人的鼻息，聽到荷荷瘦弱的筋骨在寒冷的折磨下一陣緊似一陣地咯咯抖動，聽到夜風放慢了腳步在輕輕撫弄著屋簷的茅草，也彷彿聽到母親的心在急劇搏動之後開始放緩……

終於，母親以一聲長息拿定了主意：「這樣吧，丫頭你燒點熱水，俺娘兒倆洗洗腳，你就跟我睡一個被窩吧。」

荷荷「哧啦」一聲擦亮火柴點燃了灶燈，然後跑到母親面前跪下，雙手搭在她的膝蓋上說：「好媽媽，謝謝你，我以後一定聽話，一定好好幹活。等我長大了也一定孝順你，我說的話叫寶兒作證，你不要再傷心了。」

母女倆相攙著站起來，荷荷去打水燒火，母親轉身回房去了。我緊隨著母親進了東屋，扶著她到床邊坐下，這才陪起了不是：「媽媽，不要生氣了，剛才是我不好，不該說那些話，您要是還生氣，就打我一頓吧。」

「傻東西，媽媽幾時拍過你一巴掌？」

母親把我拉到身邊坐下，愛撫地幫我理理剛才弄亂的頭髮，摟著我的肩膀靜默良久，而後才解釋起這一切：「孩子啊，你只知其一不知其二。這村子裡幾輩子的童養媳都是睡在廚房裡的，家家如此。好心的婆婆給個鋪蓋，不好的就什麼都不給，除非親生的閨女才會帶在腳頭前睡。你那個沒良心的老子比我大八歲，我癡心地等著他，你奶奶竟叫我整整睡了二十年廚房！

「不是媽媽壞，俺們家鋪蓋少也不要緊，只是這丫頭是人家生人家養的，人心隔人心，剛討過來怎麼知道她聽話不聽話，將來賢慧不賢慧？我這是有意打熬打熬她，好叫她以後孝順。我的命這樣苦，一輩子只有你這麼一個指望，調教媳婦當然要多用心計。現在看來，這丫頭不光模樣兒百裡挑一，人也乖巧能幹，你一見面就這樣喜歡她，媽媽心裡也巴不得呢。將來你們成了，你可要好好待承人家。」

我說：「荷荷家裡的事好可憐。」

母親慘然一笑：「哪個童養媳不可憐？不是命苦的人誰會給人家做童養媳？」

二十幾天的寒假在故鄉彈指一揮，很快就到了盡頭，我必須回城了。早春的天氣已稍有暖意，這一天，大清早我就吃好了飯，母親去找叔叔，荷荷給我收拾東西。現在的荷荷頭髮梳理得整整齊齊，手、臉洗得乾乾淨淨，皮膚也顯得白皙紅潤，氣色與先前大不相同了。她原來的衣服已被母親拆洗另用，這時身上穿的是一套合體的半舊棉衣，外面還蒙著一套花格罩衫。這都是母親的衣服改的，母親的針線活全村第一。

荷荷的臉上掛滿春天般的笑容，一邊弄著東西一邊跟我說著話：「媽媽說，你走以後她就叫我到西屋裡睡，用你的鋪蓋。這下可好了，我可以伸開腿睡覺了！跟媽媽睡一個被窩，我整夜縮成一團一點都不敢動，生怕伸腿時碰著她，她一碰就醒，醒了就再也睡不著，盡想傷心的事情……」

看著純樸善良的荷荷，想到她是我未來的妻子，想到我們即將離別，我的心海之中油然地湧動著一股酸澀的熱流。我暗自立誓：回去一定發憤讀書，將來一定考上大學，一定要在城裡轟轟烈烈幹一番事業！我也要做大人物，像那些區長、市長一樣住在樓房裡，好把媽媽和荷荷都接去，讓媽媽吃精米細麵，讓荷荷穿好看的衣裳，再也不讓她們受窮受苦。

「寶兒，你看這個怎麼辦？」荷荷碰碰我，打斷了我的遐思，只見她雙手高舉，掌心裡平托著一面小圓鏡。這圓鏡直徑只有兩寸多，在城裡五分錢便可買到，我們班許多同學都有，因此我也買了一個隨身帶著。荷荷最初給我洗衣服的時候就發現了它，當時偷偷把玩愛不釋手，後來又放到我的枕頭下了。

我明白荷荷的心思，就在小圓鏡上拍了一巴掌，慷慨地說：「這個，送給你了！」

「真的呀？」荷荷大喜過望，雙手攥緊小圓鏡貼到自己的心窩上，像個很小的孩子似地跳著腳叫道，「太好了，太好了，謝謝你了！」

就在這時，母親和叔叔過來了，是叔叔把我接回故鄉，這次還是由他送我回省城。叔叔插入我們中間，瞧瞧我又瞧瞧荷荷，伸手拿起我的行李，只說了兩個字：「走吧。」

說走就得走，我與荷荷沒能再說一句話，跟著叔叔走出幾十步時我回頭望了一眼，只見荷荷正在倚門相望，可憐巴巴地兩隻眼睛都紅了。又走了十幾步我再次回頭，卻見家裡的房門空蕩蕩地敞在那裡，已沒有了荷荷的身影，我頓時也有了空蕩蕩的感覺。

叔叔朝著送行的母親詭詐地擠巴著眼睛，取笑道：「這小子一步三回頭地，莫不是有什麼心思放不下吧？」

我被窘得滿臉發燙，母親趕忙給我打圓場：「你這個當叔叔的也拿侄兒開心，寶兒屁大一點兒，懂得什麼叫『放不下』呀？」

叔叔笑道：「我看這小子已經開竅嘍！」

母親又說：「什麼開竅不開竅的，俺家寶兒沒有同胞的兄弟姐妹，也想有個伴兒呀，他跟荷荷在一塊玩得好，是拿她當姐姐哩。他叔呀，現在興婚姻自由了，養了童養媳不一定必做媳婦，我拿這丫頭倒是當閨女待的。」

叔叔也說起了正經話：「也是的，嫂子對這個丫頭太好了，我們看這丫頭對你也確實孝順，早早晚晚有她伺候著，你就不孤單了。」

一提到孤單，母親的眼圈就倏然紅了，叔叔發現自己的言語觸動了母親的傷心處，慌忙說：「嫂子，你可不要再難受，兄弟說的是實話。切實再過十年八年寶兒就成人了，到那時給小倆口圓了房，過後再添上幾個孫子孫女，不也是熱熱鬧鬧的一戶人家麼？」

母親自我開解道：「不管怎麼著，寶兒又走了，我是捨不得，心裡就有點難受。」

我說：「媽媽，我會給你寫信的。」

母親苦笑道：「傻東西，寫什麼信？俺這村一個識字的都沒有，接了你的信，我還得專門跑到集鎮上找人念，還得給人家錢哩。」

叔叔說：「趕明兒日子稍微寬鬆一點，說什麼我也叫牛牛上幾天學，識幾個字去。」

走到村外的黃土路上，母親停下了腳步，把我攬在懷裡，對我說：「寶兒，媽就送到這裡了，你和叔叔一路平安吧。回到省城要聽爺爺的話，要好好讀書。媽這一輩子就熬你這麼一個指望，不問日子有多艱難，還是處處為你打算、為你著想，你可要給媽爭氣呀。」

母親的熱淚大顆地滴落在我的額頭上，叔叔拉起我的手，對母親說：「嫂子你別這樣，自回吧，俺爺兒倆得走快些去趕汽車了。」

母親撤回手，任由叔叔拉著我走開了。漸漸地，我們遠離了母親，可我依然三步一回頭地張望著，我在張望仍在那裡獨自流淚的母親，也在張望母親身後那一段通往我家的黃土路，我多麼希望這黃土路上能夠出現荷荷飛奔而來的身影……

回到省城不久，父親突然找來了，他從爺爺的身邊把我帶到南方的一座城市裡。他現在是地方上的一名政協幹部，住所正是一幢我所嚮往的那種小樓。原來，父親南下時在一次作戰中頭部受了重傷，雖然僥倖沒有送命，卻幾乎成了植物人。他住在部隊醫院裡，上級派了一名護士專門護理他，在這位護士的精心照顧下，幾年後他竟然奇跡般地康復了，這之後，他就按照「組織安排」與護士結成了夫妻，繼母出身於舊時的大戶人家，是個受過教育的女性，她沒有生育，待我猶如親生兒子。

我在南方優越的環境裡讀完小學，接著又上中學，正作著大學之夢的時候，「文化大革命」突然襲來。父親因為「歷史問題」被投入監獄，繼母則因出身「反動家庭」不堪承受「造反派」的凌辱而自殺；小樓及所有的家產盡被「充公」，一個榮耀而美滿的家庭驟然失落，我無歸無宿，成了流落街頭的遊魂。為了自己活下去並且不讓獄中的父親餓死，我盡力地打短工掙錢，一直撐持到「清理階級隊伍」以後，父親被有關方面按「人民內部矛盾」定了性，總算給放了出來。患難中，女同學阿芳始終同情著我，眷顧著我，給我解決住處，給我找工作，不斷伸出援手幫我度過重重難關，我們之間由此而產生了特殊的感情。

這種突如其來的、另類的打擊使戎馬半生的父親蒙受了前所未遇的恥辱，再加上失侶之痛，使他的性情變得深沉鬱悶，幾乎終日不發一語。身為兒子，我只能竭盡所能地做好他身邊的一切，努力修補這殘破的生活。忽然有一天，故鄉寄來一封由叔叔找人代寫的信，信中說爺爺因受父親之事牽連，被省城的「革命群眾」強制遣返原籍，已於去年去世，再過幾天就該是周年祭日了。父親捶胸大慟，無奈「群眾監督」尚未解除，有關方面不准他遠行，只好由我一人回故鄉祭奠爺爺。

幾曾魂遷夢縈的故鄉一別已是八年有餘，兒時的記憶與情感，早已被這後來生活的風刀霜劍削剮得所剩無幾。歸途中，坐著緩如蛇行而如牛重喘的火車，數看著車窗外綿延千里的劣水窮山，往事的碎屑在漫長的孤獨與寂寞中一點一點地聚合起來，於是我又憶起了那一年的寒假，那無情的風雪、那憎惡的頑童、那寒冷的廚房、那溫暖的火盆……

唉！媽媽、荷荷，你們現在怎麼樣了？

這是在初秋的一個傍晚，我終於又回到了當年與母親分別的地方。黃土路上，一大群摘豆子的姑娘正在坐地休息，她們仗恃人多，非但不肯讓路，反而一個個瞪大眼睛，放肆地上上下下打量著我。我生平第一次遭遇如此眾多的異性目光的襲擾，又加上陌生，直覺得面熱如火，渾身不自在，連頭也不敢抬。我只好從旁邊蹭，兩條腿又彆扭著不聽使喚，走得磕磕絆絆，忽然一隻腳滑到莊稼地裡，身子打了個斜趔差點摔倒，姑娘們就哄然一聲大笑起來。

這時，她們之中緩緩地站起一個人來，試探著問我：「哎，你是到俺們這個村的嗎？」

「是的，就是到這個村的。」狼狽不堪的我只是點頭沒敢抬頭。

對方走近了我，突然喜悅地提高了聲音：「你……你是寶兒吧？」

我驚訝地抬起頭來，只見眼前竟是一位鄉村間極其少見的麗質姑娘，她婷婷玉立，頎長的身段、娟秀的容顏、嫵媚的神情，簡直是畫家筆下精美絕倫的水墨仕女！她的面頰分明旋起了一對迷人的笑渦，她在注視著我，修長的睫毛像小鳥的翅膀在輕輕拍動，那雙大眼睛依然像幼鹿的眼睛一樣傳神，依然流溢著內心的溫存與善良，卻倏然泛起一層晶瑩的淚光。

「你是荷荷！」我忘情地呼喊著。

我的衝動使荷荷的面容遽然改色，她下意識地抓住自己的衣襟，說不出話，兩眼直直地望著我，眼淚撲簌簌地滴落下來。忽而，她又慌忙半轉身去，用雙手捧住了自己的淚容。

「哎，是荷荷的未婚夫回來了！」一個姑娘悄聲說，姑娘們立刻湊成幾堆咬起耳朵來。一個當頭兒的婦女走過來碰碰荷荷，說：「別在這裡演《鵲橋會》啦，送你的『牛郎』回家吧，回到家插上門再抱頭痛哭。」

有個膽大的嚷嚷道：「回到家插上門就沒有工夫哭了，人家還不……」

「瞎說什麼呀？」荷荷被羞得滿面噴紅，衝那姑娘跺著腳嚷道，「這是俺弟弟！」

那姑娘壓低了聲音繼續戲謔道：「弟弟？只怕是能在一個被窩睡覺的弟弟吧？」

姑娘們又是一陣哄笑，我與荷荷像逃避瘟疫似地趕快離開了。

闊別已久的故鄉幾乎毫無變化，黃土路上到處是牛蹄子踩出的痕跡，依然坑坑窪窪，村裡的茅草屋無增無減，只是我們家換了個樣兒。

那年父親帶我走時，曾通過叔叔與母親協商，表明帶我去南方是為了培養我，同時也為了減輕母親的負擔，一心望子成龍的母親欣然應允。父親為此作了兩項承諾：一、兒子一旦自立，即可與生母同住；二、出資給母親建造新房。我一到南方，繼母就給母親寄來了建房的錢，在叔叔的操辦下，家裡推倒土屋蓋了一體三間、坐北朝南的瓦房。佈局還是在舊址上的模式，中間是堂屋、兩側連通東、西廂房；廚房和磨房也進行了翻蓋。這房子顯得很氣派，青磚紅瓦，在村中很是醒目。

母親不在。荷荷說，媽媽告訴她，爺爺托夢說寶兒今天一準回來，因此媽媽大清早就帶上一些手工製品趕集去了。集鎮離家二十多里，母親得賣了手工製品再買些東西，到中午以後才能往回趕。荷荷把我帶進西屋，屋裡收拾得很乾淨，白牆上貼著一張《紅燈記》裡「小鐵梅」的劇照，算是唯一的裝飾。傢俱非常簡單：還是那架我用過的木床，床上平平整整地疊著一條線毯和一床棉被；床對面窗戶下有個小小的梳粧檯，是用木料新製的，尚未上油漆，檯面上放著一個做針線活用的柳條盒子，還擺著一把木梳，一小瓶花露水和那個小圓鏡。

荷荷見我看得仔細，就走過去用手撫著梳粧檯對我說：「這是今年過年的時候請人打的，花了五塊錢手工費，媽媽老是說太貴了。」

我說：「這樣的東西應該有的。」

荷荷拈起那面小圓鏡，將它合在掌心裡，側了臉，翹起嘴角對我看著、靦腆地笑著，想說什麼又沒有說，卻把小鏡子按在我的手心上。

歲月悠悠，往事如昨，這渺小的物件居然毫無損傷。我捏著它看了又看，無意思地翻轉了一下，竟慌得荷荷伸手來搶。我斜著身子遮住她，終於看清原來小圓鏡的背面貼了一對用紅紙剪的小小的鴛鴦。荷荷的雙頰頓時飛起了兩團深紅色的雲彩，不好意思的捉住我的手奪回小圓鏡，跑到床邊背朝著我坐下來。

我問：「這些年你和媽媽過的好嗎？」

「過得太好了。」荷荷低垂著頭，一面撫弄著小圓鏡一面說，「真是多虧城裡的爸爸，給家裡蓋了這麼好的房子。媽媽也疼我，人家都說我們不像婆媳倆，倒像親娘兒倆。」

一聽「婆媳」二字，我的心頓時感到一陣酸楚，支吾著又問：「媽媽的身體好嗎？」

「媽媽的身體還算好，就是好想你。」荷荷說話的語音甜潤而輕柔，接下去卻顯得有點慌亂，「這幾年村裡這幫孩子都長大了，媽媽一看見人家結婚辦喜事，就念叨『俺的寶兒也可以娶妻生子啦，管他什麼時候回來，我都要把你們的事辦一辦。』寶兒，你……你在外面想我嗎？」

我言不由衷反問道：「怎麼能會不想你呢？」

荷荷轉過臉來神色嫣然地注視著我，美麗的大眼睛又蒙上了一層晶瑩的淚光。她似乎在期待著我，我的心像被一隻無形的手緊緊揪住，腦海裡卻如斷了膠片的電影螢幕一片泛白，我不知如何應對，只是木然站在她的面前。良久，她的眼淚從面頰上緩緩滑落下來，她掏出小手帕低下頭慢慢擦拭著，再抬起頭是卻已恢復了平靜的神態，她顯然很好地克制了自己。

荷荷望望窗外的晚霞，一邊站起一邊對我說：「我去給你燒點水喝，你歇會兒。媽媽可能馬上就要到家了，我還得看看晚飯怎麼做。」

荷荷說著話兒就快步往外走，沒料到腳下「喀嚓」響了一聲。

「哎呀，我的小鏡子！」她一聲斷腸般地驚叫，立即撲下身去撿起那面不知何時掉落在地上的小圓鏡，只見鏡片已裂成兩半。「我怎麼就沒有注意到它呢！」她萬分懊惱地跌坐在地上，先是捧著破鏡發怔，繼而伏到床沿上放聲痛哭起來。

看著這般光景，我更是心亂如麻，不敢勸她也不敢扶她，只是在一旁著急地乾搓手。一會兒，門外有了響動，我急忙走出西屋，只見母親已到堂屋門口。母親摊著一隻大籃子，裡面盛著一些從集鎮上購辦的物品。我喊了一聲「媽媽」，趕緊接下籃子，把母親攙進堂屋。

「我的寶兒，我的心肝，你把媽想死了！你這個兔崽子是不是把這個窮媽忘掉了？」母親心花怒放的喊叫著、謾罵著。她顯得蒼老了許多，頭髮灰白，滿臉皺紋，背駝得很厲害，乍一看像個六、七十歲的老人，她其實還沒滿五十歲，是艱辛生活的長久折磨才使她過早地這般老態龍鍾。她上上下下地端詳著我，撫摸著我的臉，心滿意足地頻頻頷首，誇讚道，「皇天保佑，俺的兒子也像個人樣兒啦！唉，你的那個沒良心的老子，年輕時候就是這個模樣兒呀。」

我說：「媽媽，爸爸現在一切都好，他不能回來，托咐我替他問候您哪。」

「問候我幹什麼？他還能想起我？我這個頂一頭高粱花子的鄉下女人，土裡土氣，沒有文化……」母親被觸動心事，臉上條然斂去了剛才的喜氣，又見荷荷兩眼紅紅地走過來，便煩惱地問，「你這個丫頭又哭什麼呀？」

我說：「她剛才不小心把小圓鏡踩破了。」

「踩破了就踩破了，一個小圓鏡也至於這樣？」母親不以為然地嘟囔著，轉念一想又責怪起來，「你這個丫頭也真是的，那個小鏡子自打寶兒給了你，一天不知要看多少遍，金寶蛋似地誰都不給碰一個手指頭，偏偏今天寶兒回來，你怎麼就給它踩破了？」

「我，我命苦……」荷荷失魂落魄地雙手捧著破鏡，鼻翼抽搐著又想放聲哭。

母親不無憐愛的指點著荷荷對我說：「就是愛哭。那年你走了以後，你猜怎麼樣？人家鑽到西屋裡抱著你的枕頭哭了一上午！我叫她哭得沒辦法，就數落她：你這麼大點兒就這樣情重，要是過我這樣的日子還不得活活哭死？」

正說到這裡，叔叔和牛牛聞訊過來看我，荷荷與母親就此到廚房做飯去了。

晚飯後，母親與叔叔坐在堂屋商量事兒，我由牛牛陪著到打麥場去睡覺。打麥場很大，是天熱時村中子弟都去露宿的地方，各人自備一張草席，再有一張床單就行了。我們去得較晚，先去的人都已入睡，為了不驚擾別人，我與牛牛把草席鋪在場地邊緣，兄弟倆壓低聲音談起分別後的事情。

牛牛十七歲就結了婚，後來有了三個孩子，最大的男孩都快五歲了，這幾年他是家裡主要勞動力，繁重的活兒都得他幹，因此原本還算壯實的他已被過量的勞動壓榨得像個乾巴老頭兒了。他跟我談起荷荷的事：

自打荷荷成人以後，因為模樣兒太出眾，又加上人很能幹，漸漸地遠近都出了名。雖然知道她是童養媳，暗地裡還是不斷有人找她求婚，她一概不予理會。去年有個造反派出身的「縣革委」副主任下鄉看中了荷荷，說荷荷是什麼「當代的林黛玉」，就先自離了婚，然後找來死乞百賴地糾纏，荷荷竟當眾對他說：「我已經嫁過人了，我的丈夫是個大學生，在大城市做大事業，比你強多了！」弄得那個傢伙臉不是臉腚不是腚的，打這誰也不敢再來找荷荷了……

鄉村的夜不會有城市那樣的喧囂，周圍很安謐，幾隻流螢在夜空中漫遊，天邊低垂著一彎新月，秋蟲在遠遠近近的草叢間令人心顫地低吟著。勞累一天的牛牛很快就進入了夢鄉，我卻心如鉛墜般地獨自廝守著這平原上的夜色。螢飛如星、月掛如鉤，面對莊稼地吹過來的習習涼風，我的嗓子眼裡卻像堵了什麼東西透不過氣來，連呼吸都感覺著痛苦。

第二天晚上，母親設了一桌酒席，請來叔叔一家。兩家人在一起熱熱鬧鬧地吃完飯，母親破例地叫牛牛的妻子秀蘭收拾東西，卻叫荷荷什麼都不必做，只管陪我坐著。在母親的暗示下，叔叔乾咳幾聲清一清嗓子，開始對我們說話：「寶兒，荷荷呀，你們都是二十出頭的人了，你媽想乘這個機會，把你倆的事兒辦一辦。寶兒來家一趟不容易，下次回來還不知什麼時候哩，總不能就這樣叫荷荷一年一年地空等吧？昨天我們在一塊商量好了，今晚寶兒用不著上打麥場了，你們倆個就圓了房吧。」

嬸子接過來說：「寶兒這一趟多住幾天，小倆口也好多做幾天夫妻。倘若這次能叫荷荷懷上，早早生個一男半女的，寶兒儘管在外面做事業，荷荷在家裡橫豎也算是有個抓頭了。」

母親捧出一對紅燭一束香，放到我與荷荷面前，神情莊重地說：「荷荷是個好閨女，應該有這麼一天。你倆若是沒什麼可講，馬上給長輩磕幾個頭，就算是拜過堂了。然後牛牛到西屋把紅燭和香點上，那兒就是你們的洞房，再叫你們的大侄子牽著你們進去，就可以做夫妻了。明天你倆再給爺爺上墳去，也叫老人家在九泉之下為孫子孫媳成雙結對高興高興。」

荷荷紅著臉，不安地扭動著身體，似乎想說什麼卻又隱忍不發。我惶然地站起身，對母親說：「媽媽，這樣不行，我不能這樣做。」

叔叔一家吃驚地望著我，荷荷也轉過身來滿臉狐疑地注視著我的表情。母親卻臉色陡變，目光銳直地盯著我的眼睛，語氣冷峻地問道：「你，是不是不想要荷荷？」

「媽媽，我不是這個意思，我……」我囁嚅著，不知如何解說。

母親焦躁起來，一邊開罵一邊數落：「我看你這個東西，恐怕和你的老子一樣沒良心；荷荷是人才不好還是品貌不好？哪個地方配不上你？這些年你在你的老子那裡，這個家裡裡外外全靠人家丫頭，若不是她勤快能幹、百般孝順，我這個沒人問的苦婆子早就餓死了、病死了！你給了個小鏡子，人家丫頭就把整個心掏給了你，天天想著盼著你在外面能有出息，眼巴眼望地等著你回來……」

「哎哎，嫂子吔，你這個明事理的人怎麼也發急火呢？」嬸子打著圓場道，「你不是常說，這倆孩子自小就有情有義嗎？我看你是誤會寶兒了，他怎麼能不想要荷荷呢？年輕人臉皮嫩，往日一直當作姐姐弟弟的，乍一說上床做夫妻，他一時拐不過來呀，有點難為情嘛。你別生氣！寶兒不會有事的。」

叔叔也對我作色道：「你這孩子，這麼大了還惹你媽生氣！我看這樣吧，頭磕不磕就算了，點好香燭，你們倆就入洞房吧。」

於是牛牛進西屋點上了紅燭和香，嬸子她們便連推帶搡把我們擁了進去，叔叔全家半是勸說半是挑逗地鬧起房來，一直折騰到午夜才告退。

母親早就去自己的房裡了，西屋裡最後只剩下我與荷荷，她始終坐在床頭未發一語，只是凝視著那兩隻紅燭。紅燭已燃去大半，燭焰正旺，明亮的燭光把荷荷染得遍體金黃，像一尊沉思的天使銅像。我在她咫尺之外僵立著，搜盡枯腸地思忖著如何應對今夜剩下的時光，心底裡一遍又一遍地設計著怎樣剪斷我們之間這一縷牽魂動魄的情絲，卻總是被一隻無形的手一次又一次把所有的籌畫全部打亂。

荷荷突然對我發話道：「寶兒，這時節我想問你一句要緊的話，你千萬要跟我說實話——你在外面是不是自由戀愛了？」

「沒，沒有，那個……我，我怎麼會幹這樣的事？」我語無倫次地撒起謊來。

率真、純樸的荷荷未作質疑，而是信任地舒了一口氣，又問：「那你對媽媽說『不能那樣做』，真的是因為不好意思才這樣說的？」

「是，是的。嬸子說的對，我就是一時拐不過來，有點難為情。」我本能地繼續說著假話。其實我平素不是一個善於說謊的人，連我自己都弄不明白這時候為什麼會這樣做。

「我也覺得好難為情。」荷荷神態釋然地仰起臉來望著我，含情脈脈地端詳良久，那雙大眼睛又湧出了閃閃的淚光。她突然抓住我的一隻手，哽咽、嘶啞地壓低了聲音說，「可是我心裡好高興，寶兒，人家心裡好想你……」

我像一具蠟人似地無法做出任何表示，但是我的心潮卻猶如颶風中的大海在上下翻騰。此時此際，我不能不浮想起我在南方的患難歲月，不能不回想起那位與我以沫相濡已有幾年時光的紅顏知己，臨行前我們深情吻別，我曾為相互的愛情做出莊嚴的承諾。然而，面對今宵的紅燭，面對苦待八年之久的孩提婚伴，我又怎麼能夠狠下心來，對她說我不能與她結成夫妻呢？眼前的荷荷宛如紅蓮出水，越發楚楚動人，面對她此時一往情深的嬌柔神態，我又何嘗不想把她攬入懷中，替她擦去腮邊的淚，向她傾吐我內心深處對她真摯的憐愛呢？我猶豫著，思緒在感情的十字路口焦急地徘徊著。

癡情的荷荷不會洞察我的心思，她把面頰貼到我的手心裡，讓溫熱的眼淚盡情流淌著，輕聲地問我：「寶兒，你真的願意娶我？」

我的另一隻手下意識地撫住了她瘦削的肩膀，無限惆悵地說：「我當然願意娶你，可是我這些年在外面的生活真是太複雜了……」

「我知道，你和爸爸受了很多折磨，現在不是事情都過去了嗎？」荷荷沒能悟出我後一句話的內涵，卻由於我在她肩膀上的撫摸激動起來。她按捺不住地站起身抱住了我的脖子，把面頰埋在我的頸窩裡，在我耳畔嬌怩地輕語著，「寶兒，你真好！我就知道你不會叫我白等一場。你是荷荷的心上人，我的好丈夫！」

無以名狀的煩亂與痛苦使我閉緊了雙目，心裡怦然動起了決念：算了，就這樣吧，就讓今宵成為我與荷荷的永恆吧，這也許是命中註定的！想到這裡，我情不自禁地雙手抱緊了荷荷的身體。瘦弱的荷荷被我抱疼了，卻快意地輕叫了一聲。兩顆奔流著青春熱血的心終於貼在一起，似乎整個房間都在迴盪著它們急劇的、一應一和的搏動聲，連燭火都被震動了。

東屋的母親好像一直在聽著動靜，荷荷的那聲輕叫可能使她產生了誤會，因此在那邊招呼道：「荷荷呀，若是睡了就把燭火吹熄吧。」

荷荷聞言，猶如被人潑了一臉冷水，激靈打了個寒顫，慌忙與我分開。她驚怕地對我吐了一下舌頭，整理一遍自己的頭髮和衣裳，須臾間又恢復了她那固有的端莊的淑女神態。她向床上看看，對我說：「你吹熄燭火自己睡吧，給我那張毯子，我到媽媽那邊去。」

「你……」激情中的我感到一陣茫然。

荷荷胭紅的雙頰又旋起迷人的笑渦，生命之火在她的瞳孔深處熾烈燃燒著。她眼睛閃閃地望著我，再次拉起我的手，把它貼在自己的心窩上緊緊按住，無限深情地說：「自打媽媽把我討過來，村裡的大人、小孩都知道我是寶兒的『小媳婦』。那次回來，我們雖然很小，我卻看到我以後的丈夫是個勇敢的人、好心的人，能保護我、愛惜我，我就打定主意非嫁給你不可！我的心早就掏給了你，我熬呀盼呀，到底熬到真地能跟你做夫妻的這一天了，我真快活！剛才你摟住我的時候，我真想叫你再摟緊一點，一刻也要不放鬆，一直摟到天亮！我真的再也不想和你分開，可是我思來想去，也早已打定了主意：我們不能就這樣做成夫妻。」

荷荷放下我的手，表情莊肅地走開去，她把屋裡巡視了一遍，走到梳粧檯邊拉個木凳坐下，然後用手指撫弄著紅燭的泥座，眯起眼睛望著燭火，感慨萬千地接著說下去：「那天媽媽和叔叔商量圓房的事我聽到了。我知道，童養媳熬到頭就是圓房，是最好的結果。媽媽疼我，我不能叫她傷心，因此我沒有當她的面說出自己的打算。寶兒你知道嗎？農村的女子比男人更苦，當牛做馬一輩子，只有姑娘出嫁這一場算是最體面、最幸福的時候。那些正式結婚辦喜事的，新娘子披紅掛彩穿新衣裳，吹喇叭、放鞭炮，娘家送、婆家接，親戚、朋友來賀喜，還擺酒席、散糖果，好歹總得風光幾天、熱鬧幾天。我荷荷也是一個好好的姑娘家呀，一輩子也只有一次這樣的機會呀，為什麼我就不能和她們一樣？童養媳也是人，人怎麼能和牛、馬一樣，公的母的牽到一塊兒就行了？」

母親神色黯然地走過來，她被荷荷這樣的突然爆發震懵了。荷荷慌忙過去攙住她，解釋道：「媽媽，你可不要多心，我這些話兒不是埋怨誰，我只是跟寶兒說說這個事情。」

母親眼淚汪汪地，表示理解地點點頭，同情而又憐愛地望著荷荷。荷荷把母親扶到凳子上坐下，依然情緒激昂地繼續說著：「媽媽是我的，丈夫是我的，因此這個家就是我的，我誰都不會埋怨。現在媽媽老了，丈夫在外面，一切都得我自己幹，我不要寶兒掙錢娶我，我要自個兒把俺倆辦婚事的錢掙上來！我已經攢了一些錢，再過一陣子就差不多了。寶兒，八年我都等了，我們就再等兩年吧。到那時你再回來，我會把一切事務都籌辦好的，我們也和人家一樣堂堂正正、像模像樣地辦一場婚事，然後甜甜美美地做夫妻……」

此次返鄉沒住幾天就收到父親催我速歸的加急電報，於是我只好匆匆趕回南方。原來，我被街道「革委會」列為「上山下鄉」的對象，必須到山區「接受貧下中農再教育」，而且期限很緊。一直與我同甘共苦的女友阿芳不願與我分離，毅然報名陪我去了極度艱苦的南方邊境山區。在山區一晃又是兩年時光，返城工作以後，父親與阿芳的父母都認為我們已經到了結婚年齡，就催迫我與阿芳辦了結婚手續，沒過多久我們就舉行了婚禮。我常常想起荷荷，覺得很對不起她，曾想寫信向她坦白自己的情況，向她致歉，叫她不要再等待我。憑她的人才品貌，另找一個像樣的人家當然絕無問題。可是，荷荷是個文盲，想到她無法讀信，而且這樣的信件也不便找人代讀，因此我就一直沒有為之動筆。

林彪「折戟沉沙」之後，隨著國家政治的些微變化，父親又被拉入「團結對象」，恢復了原來的頭銜，隨即賜還了我們原先居住的那幢小樓。生活好了起來，可是父親還是那樣少有言笑。他經常獨自一個坐在北面的陽臺上，心事沉重地瞭望著遠方的天幕。

這是二十世紀七十年代的初期，又是一個冬天，又該是學校放寒假的時候了。這天傍晚我從外面趕回家，一進門竟發現牛牛來了，父親和阿芳都在客廳裡陪著他。我驚喜地撲上前去，兄弟倆擁抱握手之後，我馬上就發現大家的情緒很不對勁：牛牛神色凝重地滿臉哀戚，父親身如古鐘般地坐在那裡不言不動，阿芳的眼窩裡還留著淚影，分明是剛剛哭過。大家的眼神把我的目光引導到茶几上，那上面展開著一塊小手帕，一隻破裂的小圓鏡下面壓著一些各種面值的鈔票。小圓鏡我是熟悉的，這方帕我也似曾相識，當是荷荷的隨身之物。

阿芳把沙發讓出一些拉我坐下，父親卻站起來，對牛牛說：「侄兒，把家裡的事情跟你弟弟再說一遍吧。」

父親說過話就走到面北的陽臺上去了，我困惑而忐忑不安地等待著，牛牛喝了兩口茶水，開始對我講述：

「自打你那次回家走了以後，荷荷更是沒日沒夜地拼命勞動、拼命掙錢。除了給生產隊正常出工，她還在家裡餵了豬、養了牛，有點時間就得弄豬飼料、打牛草。伯母沒有力氣，只能幫她幹點零碎活兒，所有的重活都在荷荷一人身上。到了晚上她還給毛線廠搓羊毛，搓一斤毛線給五毛錢手工費。別人家的女孩子一個月搓三、四斤掙點零花錢，荷荷拿這當作一回事，一個月能搓七、八斤，用的全是晚上睡覺的時間。村裡的人不知道內裡原因，只說荷荷錢心太重，這樣幹遲早要累死。這只有伯母知情，時常跟我們說，荷荷真是千裡挑一，她這是爭強傲勝，要自個兒掙錢買嫁妝、辦婚事，給村裡的童養媳作個樣兒哩！

「可是，鄉下掙錢哪有那麼容易？一個姑娘家一天要幹幾個人的活兒，還伺候一個老人，怎麼吃得消？她捨不得吃，捨不得睡，弄得身體一天比一天單薄。去年秋天開始咳嗽，越過越厲害，伯母催她上醫院瞧瞧，她說沒有工夫。秀蘭勸她不能這樣幹了，她說咬緊牙關撐到年底，豬和牛就都夠上市了，到時候寶兒回來萬事俱備，就用不著這樣勞累了。她還對秀蘭說，今年年底寶兒一定會回來，她相信寶兒說話算數。

「今年交臘月的頭一天，荷荷在磨房裡突然大口吐血，昏倒在地上，打這就再也沒有起來。我們把她送到縣醫院，醫生說她是肺結核晚期，重體力勞動引發大出血，生命垂危了。荷荷知道自己不行了，就一口藥也不肯吃，說掙錢不容易，不能白白浪費掉。她叫我待她死後就幫她把豬與牛賣掉，一再托咐我，要我一定把這筆錢送到你手上，叫你拿著它娶個賢慧妻子，以後好好孝順、贍養伯母。

「荷荷住進醫院沒到一個星期就死了，可憐的伯母整天悲號痛哭，水米不進，全靠醫生天天給她注射生理鹽水才保住生命，前幾天知道我要來南方找你，總算開始吃點東西了。

「荷荷臨死前說話已很困難，別人得把耳朵貼上去聽她一個字一個字地說。她身上一直揣著這個破了的小圓鏡，她對秀蘭說『自打這個小鏡子被我一腳踩成兩半，我就心裡疑惑我和寶兒恐怕是今生緣盡了。寶兒有情有義，不會背叛我，這緣盡的事不知怎樣應驗。可我是這樣地福薄命短，我這一死，緣盡的事正好應驗在我自己身上，只是我對不起寶兒，半路上閃了他……』」

牛牛的講述使我眼前一片黑暗，視覺與感覺都變得模糊起來，我甚至已經不知道此時置身於何處，只覺得自己的靈魂在向愧疚、悔恨的深淵裡墜落。我無法承受的走到面北的陽臺上，滿腔的熱淚奪眶而出。直哭得昏昏沉沉。

在徹骨的哀痛中，我忽然覺察到自己不止是一個負心的人，而且還是一個罪人，這罪業太深太重，今生今世再也無法消弭，因為荷荷真真切切地死了。我曾經隨手拋撒出一根飄忽不定的情絲，就是因為這根情絲的纏裹，才使一個無力掙脫的人終被窒息。我的罪過不止是沒有果決地剪斷它，而是根本就不該將它拋撒出去。無論命運如何待我，我都沒有理由對一個純情的姑娘這樣不負責任，更沒有權利拿別人一顆赤誠的心來當作我的一切磨難的祭品。

荷荷啊，一個無辜奉獻了自己的精靈，你現在哪裡？讓我拿什麼來償還你？

一輪冰冷的圓月正在東側的天際斜照著我，昏黃的月光抹在父親的蒼蒼白髮上，一個經歷了無數災劫的剛強老人此時也在飲泣。

我說：「爸爸，我對不起她。」

父親早就知道我與荷荷的事，但他從未涉問，聽我這樣說，就頭也不回地連連擺手。

「逝者如斯！」父親以發自肺腑的雄渾之氣對著北方無限的蒼穹吟哦了一句。良久，他掏出手帕將面龐擦拭了一遍，而後對我吩咐道，「你請個假吧，再去故鄉一趟。先替我這個不孝的兒子，在你爺爺墳前多磕幾個頭，再好好地祭奠一下那個苦命的姑娘，給她立碑的時候要在她的名字前加上我家的姓，就算是我和你媽的共同女兒吧。然後你就去做做你媽的工作，替我好好地求求她，叫她到南方來吧。我老了，高血壓很嚴重，出遠門很危險，要不然我就親自去接她了。

「兒子，你就向她解釋解釋吧，請她原諒我……」

一九七七年擬稿，二〇〇三年年底在深圳大亞灣核電站整理完畢。

最後一戰

密集的槍聲突然停頓下來，最後一聲槍響之後，廝殺了整整一夜的戰場一時間突然萬籟無聲。看著東方逐漸展開的魚肚白，倖存者們彷彿從噩夢中醒來，倏然恢復了生存的感覺，這感覺使每一個人都在為徹骨的寒冷而顫抖、心悸。

漠北的風真的是那樣地無情、那樣地凜冽，連荒原上的草都被吹得瑟瑟發抖。天亮了，一隻肥碩的草原鼠在顯示著生命的頑強，它拱開被炮火掀起的泥土掩蓋的洞口，一路搜尋著，去看看其它的彈坑裡還有沒有可吃的東西。忽而，不知是誰，「啪—勾！」一聲槍響擊中了它。草原鼠被子彈衝擊得跳了起來；這是一顆炸子兒，鮮活的肉體立刻被炸的粉身碎骨、皮毛如塵！

已經是清晨時分了，雖然完全褪去了夜色，深邃的天空依然顯得十分沉重。灰濛濛的天，就像一塊碩大無朋的鉛，隨時都會墜落下來。大地上也是一片鉛色，只是稍微淡薄一些。一團團比天地間的鉛色更顯凝重的東西正在隨風而去，看不出它們是大漠吹過來的沙塵，還是從陣地上剛剛移開的硝煙。

那一團團煙塵在移動中又在不斷變幻形狀，有時像數百、數千個紛紛踴動的精靈，挨挨擠擠，匯成浩浩蕩蕩的軍陣，乘著勁吹的北風往南疾走。

如果那真是一些精靈，他們應該是一夜間在激戰中陣亡的國軍弟兄們。南方是他們的出生地，這些可憐的人撇妻拾子地來到這裡，僅僅只是一個月以前的事情，現在，他們都在剛剛發生的殊死大搏殺中喪失了生命。此刻，他們的屍骸都橫七豎八地散落在陣地上，有的被那些仍然活著的同伴們給堆積起來當作了掩體。當作掩體的屍骸大多已被槍彈打爛，血肉模糊，面目全非。

這裡是河北省的北部地方，一個範圍不大的村莊。村子裡只有三百多所民房，卻駐紮著「國民革命軍新編獨立師」的全部人馬，師長和他的司令部設在村中的祠堂裡，所部七個作戰團全部分佈在村子的週邊，各團一個陣地，在曠野裡構築工事，以師部為核心，形成一個偃月式防守、阻擊陣地。本村的原居民，當然是早被「疏散」到別處去了。

這時是一九四八年的十二月份，遼瀋戰役已告結束，東北全境已經成為共產黨的天下。大獲全勝的「中國人民解放軍東北野戰軍」稍加休整就乘勢南下。古都北平為軍鋒所指，國民黨在這裡的軍、政各方一時之間為之吃緊。

兩個月以前，獨立師以第三軍官大隊部分學員為骨幹，加上大量招募戰場上潰散下來的殘餘部隊及其他一些散兵游勇。拼湊起來以後，只做了一個月的整肅操練，就匆匆忙忙奉命開赴前線。戰區長官嚴飭他們：於北平週邊向東北地區佈防，在左路阻擊南下「共匪」的先頭部隊，只許戰死，不許後撤，否則校官以上軍官軍法從事，決不寬貸！

戰場上接連得手的共軍毫不掩飾地突現出必奪北平的意圖，對方就要投入的是四、五十萬新勝雄兵。那是可怖的廝殺者的洪流，即將漫山遍野而來！可是，作為防禦前鋒之一的新編獨立師只有區區一萬人馬，這豈不是驅羊搏虎、螳臂擋車麼？

這個師的師長是個民國初期起身的老軍人，已是戎馬一生。他心裡非常明白：這一回，他和他的這一幫烏合之眾算是踏入絕境，再無生天了。他是馮玉祥的舊部，過去與韓復榘熟識。他知道蔣委員長槍斃韓復榘的事情。人家韓復榘可是封疆大吏，赫赫上將啊，老蔣還不是說崩就給崩掉了！軍法無情，當著這種危急時刻，一個少將師長的腦袋能值幾個小錢？於是，他早已抱定了「橫豎都是一個死，身為堂堂將軍，只能戰死沙場」的念頭。他指示所部在上峰指定的地方構築了防禦工事，並由他的參謀長制定了極其嚴厲的戰地法令，還組成了隨時準備處決怯戰官兵的督戰隊、執法隊。

與歷來的戰事一樣，對局勢心中有數或是抱憂、焦慮的總是首腦人物。獨立師的下層官兵什麼都不懂，什麼也不問。那些士兵，只關心每個月一塊大洋的軍餉能不能如期發放，長官叫他們把戰壕挖得深一點，有的人嫌累，還氣得罵：「挖這麼深的乾溝有他娘的屁用，誰又不想在這裡住一輩子！」

軍官們也是如此，豐厚的薪俸可以讓他們大把地花錢，以換取奢侈的生活，而這種生活又造成了他們的腐敗、麻木和貪生怕死。

入防一個月來，南下的共軍已經推進到他們的眼皮底下，就在一百多米外構築準備發動進攻的工事。在如此嚴峻的形勢下，敵我雙方的士兵們竟然可以相互交談，攀老鄉，甚至湊到一塊兒借火抽煙，逗逗樂子。尉官品級的軍官照樣聚集起來搓麻將、喝酒、玩婊子；校級軍官們則駕駛著美式吉普，帶著妻兒老小逛張家口，遊北平城。直到三天以前，上峰傳下緊急命令：目前「匪情」十萬火急，戰事即刻展開，所有軍官眷屬，不分階級，一概立即撤出戰區，由軍政部統一轉移到後方上海集體安置，違令者立即軍法從事！

到了這種時候，大家才感覺到這一回有些不大對頭了。

眷屬們撤離的第一天晚上，對面的共軍乘著月色就發起了進攻，一次又一次的炮擊，穿插著一輪接著一輪的衝鋒，一直打到第二天早上。昨日黃昏，正當開飯的時候，更為強烈的攻勢重新展開，整整一夜彈如雨，人如蝗，殺聲震天，一直打到了拂曉時分。

惡戰後的陣地上，屍積如堵，死者的慘狀令人不堪入目。獨立師雖然暫時守住了自己的防禦工事，人員卻已傷亡大半，有的成連、成營的建制都喪失殆盡了。劉鳳年所率的這個營屬第三團，陣地的位置，不幸處在共軍進攻的正面，此時只剩下了不到一百號人。

槍炮聲停息下來時，活著的士兵開始清理戰壕，他們把死者的錢、物、證件一一掏出來，然後把屍體掄起來扔到戰壕的前沿上。他們身上沾滿了死者的血污，被硝煙薰黑的臉蒙著一層灰土，木然的表情已經沒有了恐懼和悲傷。無情的朔風很快就吹僵了那些屍體，但戰壕裡濃重的血腥味卻久久不能消散，這使坐在子彈箱上歇息的劉鳳年難以言狀地感到了窒息。

「營長，喝一口這個吧，壓壓心。」傳令兵高英才善解人意地遞過一把剛剛擰開蓋子的軍用壺。

「恩，好。」劉鳳年知道壺裡盛的是「二鍋頭」，接過來先是抿了一下，而後乾脆又狠狠地灌下了一大口。

高英才貓下腰，湊近一些，壓低了聲音說：「營長，這一回死的人真是沒比了。」

「是啊。」劉鳳年捏緊了軍用壺，一邊用嘴抿著刺辣辣的酒味，一邊心事沉重地點點頭，同意地說：「二十多年了，打軍閥、打日本，大大小小何止百戰？哪見過這樣的惡戰？這一回呀，只怕是俺們弟兄在劫難逃了！」

高英才沮喪地用拳頭捶著自己的腦門，懊惱至極地說：「早知道有這麼一天，還不如接著做小生意哩，再不就帶著老婆孩子回老家給人家打短工。唉，我是看馬占彪大哥死活非要跟著你，我也捨不得離開二哥……」

高英才的眼淚在寒風中流了下來。他是一個瘦得皮包骨頭的人，平時又極其膽小。劉鳳年沒有接高英才的話，只是把軍用壺還給了他。

劉鳳年、馬占彪、高英才三人是同鄉又是把兄弟。馬占彪年紀最大，是兄長；劉鳳年居中，算二哥；高英才最年輕，當然是小弟。

先前，劉鳳年、馬占彪在十八九、二十來歲的時候，都是淮西地區的貧苦農民。因為土地極少，不足敷衍生活，只好做小買賣、打零工，依然是衣不蔽體、食不果腹，還要遭受當地青皮無賴的欺凌。

民國十六年（一九二七年），馮玉祥的隊伍路過他們那裡，一路上招兵買馬。為了討一口飯吃，他們和一百多個同鄉青年一齊報了名，當上了西北軍的騎兵。此後南征北戰，東征西殺，打了很多苦仗，多少次死裡逃生。十餘年下來，同鄉們或逃或死，最後只剩下了他們兩個人。民國二十七年，遠房的表親高英才因在家中也是聊無生計前來投奔，加入了他們之中。

劉鳳年機敏好學，粗通文字，平時在軍中讀頌《三國演義》、《東周列國志》朗朗上口；為人深明大義，又有膽有識，因此早早當上了軍官（升至上尉軍銜）。馬占彪憨厚愚鈍，高英才有抽大煙的毛病，所以他們一直是兵。在亂世之中，三個人形影不離，生死相依，感情勝似同胞兄弟。

抗日戰爭結束以後，蔣介石在軍界大搞「編遣」，很多非嫡系的軍官大批的被強制退役，劉鳳年也在其中。劉鳳年是一個「寧死不回江東」的有血性的烈烈男兒，由於他不肯返鄉，大家只好陪著他做起了小生意。內戰打起來以後，小生意也就沒有辦法做了。這個時候，他們都是有了妻兒老小的人，為了三個家庭、十幾口人的生計，劉鳳年得知第三軍官大隊招收學員的消息，就毅然報了名。於是，後來他又帶上馬占彪、高英才進了獨立師。

師長先是讓劉鳳年帶新兵，當機槍連連長，後來知道他也是西北軍出身，就提拔他為少校，拉到身邊，叫他擔任師部副官主任。師部副官處又歸姓李的參謀長管。不知道為什麼，這個李參謀長不喜歡劉鳳年。開戰第一天晚上，三團這個營的長官就戰死了，李參謀長說劉鳳年是個帶兵的而不擅文職，提升他為中校營長，硬是把他派到火線上來了。劉鳳年心裡明白，李參謀長這是讓他送死。

昨日上半夜，李參謀長又緊急招去了劉鳳年的衛兵馬占彪，說馬占彪既是騎兵出身，理當馬術極好，委派他到張家口軍部請求增援。

馬占彪奉命出去已經有八、九個鐘頭了，到眼下還沒有消息。劉鳳年看看手錶，心裡已是萬分焦慮。他知道，大哥即使能夠在月夜裡衝出去，想在白天再衝回來卻是萬無可能。可是他又知道，只要有他與高英才在這裡，大哥一定會刀山不顧、火海不怕地往回衝。可憂的是，人家共軍不是傻瓜，當然知道這種衝出去、又衝回來的人是幹什麼的。四周都是人家的火力網，怎麼可能放過你！

一個年輕的傳令兵貓著腰，沿著戰壕跑了過來，弓著身子向劉鳳年打了個敬禮，一面劇烈地喘息一面傳達：「劉營長，師部長官命令你，立即把防務交給石副營長——現在由他接任營長，您立即趕到師部報到！」

劉鳳年心頭不由一震，立刻感覺到這可能也不是一件好事，再定睛細看，副營長就在傳令兵的身後。這傢伙叫石小平，是個東北人，四十來歲，剛才還是少校軍銜。平日裡，此人最愛談論戰爭、吹噓資歷，一直宣稱自己早該是將軍階級了。他常常向人傾訴不遂其志之憤，說這都是因為張作霖家的那個王八犢子，他謀反篡逆，害的東北人走到哪裡都吃不開。昨夜全營浴血苦戰，石小平一言不發，一策不出，只是坐在戰壕一角一根接著一根地大抽美國雪茄。天快亮時，不知他哪裡去了，沒想到這一會兒功夫居然官升一級，搶了營長的位置。

石小平滿臉嬉笑著，這是開戰以來誰都沒有過的表情。他大大咧咧地伸過手來與劉鳳年握了一下，而後十分誇張地聳聳肩、攤開手，眉飛色舞地說：「鳳年兄，軍令如山，咱們誰都沒有辦法，很不好意思，我只得接下這份苦差了。」

劉鳳年見多識廣，胸有城府，從來不與這一類的人多言多語，只是從自己的脖頸上取下望遠鏡遞給他，一面說：「營裡的事你比我清楚，不要劉某人再說了，其他的事請找軍需官吧。」

因為取望遠鏡直起了腰，不知是誰又是「啪——勾！」打來一槍，一下子打飛了劉鳳年的軍帽。石小平嚇得立即臥倒在地，劉鳳年卻探手把軍帽撿起來，什麼都不看，往頭上一戴，帶著高英才，貓著腰向師部走去了。

祠堂的正廳裡，年過半百、鬚髮蒼蒼的師長正在吃早餐，他的貼身警衛、陝西大漢王太保像一尊鐵塔似的守護在他的身後。劉鳳年走進來，剛剛向師長敬禮報到，從外面一挑門簾又闖進一個人來，嘴裡一連串地潑罵著：「操他八輩的祖宗，這樣的熊兵哪還叫兵？昨夜一戰，還是和前天一樣，打死的沒有跑掉的多！剛才有個營長準備拉隊伍投敵，我叫執法隊給就地槍斃了！」

這是個肩膀上抗著上校軍銜，年齡只有三十來歲的傢伙；細高高佻身材，馬臉，兩隻眼睛像瘋狗一樣閃露著灼人的凶光。他就是李參謀長，此時手裡攥住一根馬鞭子，看到了劉鳳年，便厲聲喊道：「劉鳳年！」

「到！」劉鳳年聞呼即應，啪地一個立正。

李參謀長對著劉鳳年的肩膀連抽數鞭，破口大罵：「蠢材，哪裡來的混飯吃的東西！你還當過機槍連連長哩，連機關槍都打不好，你他媽的丟人不丟人？」

劉鳳年心裡明白，這是昨天白天發生的事。那是一架最新款式的美國裝備，他沒有經過手。石小平故意叫士兵問他如何操作，他直接回答的是「不知道」，看來石小平這傢伙打了黑報告。

「好了好了，罰了不打，打了不罰，你不是已經撤掉他的營長了麼？」師長擺擺手，示意李參謀長不要再發作，然後對劉鳳年說：「老弟，我把你又調回來了，還是跟著我吧。」

李參謀長走到桌子邊，把馬鞭子狠狠一摔，往師長對面一坐，對劉鳳年冷笑道：「你他媽的又因禍得福了。我問你，你的那個馬弁馬占彪到那裡去了？」

劉鳳年轉向他，仍是規規矩矩地立正敬禮，儘量克制地說：「報告長官，他被您派去到軍部送信去了。」

李參謀長拍了一記桌子，指著劉鳳年的鼻子罵道：「扯你媽的淡！這裡離軍部只有四十多里，快馬四個鐘頭能打來回，馬占彪去了十個鐘頭了！」

劉鳳年全身的肌肉都在顫抖，聲音裡充滿了憤怒：「請長官講道理，人是你派出去的，與劉某人無關！」

「老子槍斃你！」李參謀長一蹦三尺高，衝門外大喊；「執法隊！」

兩名執法隊憲兵應聲而入。

劉鳳年額頭上的靜脈血管一根根暴突出來，他把目光移向師長，不屈地抗聲道：「報告長官：劉某人雖然地位卑下，可也是報效黨國二十餘年、參加抗戰十幾年的有功之人！包相爺有三口銅鍘，不鍘無罪之人！請問劉某人違反了軍法、軍紀哪一條，李參謀長竟要槍斃我？馬占彪的差是李參謀長派的，我有什麼責任？馬占彪沒有回來，誰能保證他不是在衝擊敵方的包圍圈時犧牲了、為國捐軀了？」

氣焰囂張的李參謀長被這凌然正氣一下子給噎住了。

師長揮去兩名執法隊憲兵，把一件公文遞給了李參謀長，姓李的冷笑著對劉鳳年說：「不愧是老兵油子，伶牙俐齒，你還真的不好對付。好，等我處理好公事再找你算帳！」

說罷，便裝模作樣地看公文去了。

師長客客氣氣的招呼劉鳳年過來與他一起吃飯，叫勤務兵開了美國罐頭、開了一瓶洋酒，勸劉鳳年只管飽餐痛飲。

那份公文是第二份向軍部請求增援的急件。師長說，現在全師只剩下不到兩千官兵，如果對面的數萬共軍再發起一場攻擊，極有可能立即土崩瓦解。生死存亡在此一舉，只好派劉鳳年以師部副官主任的身份，再往軍部一趟了。

劉鳳年曾聽軍中一個老文書說過，西漢名將韓信云：「衣人之衣者懷人之憂，食人之食者死人之事。」他也是一個知恩必報的人，師長如此待他，此番差遣當然是義不容辭。李參謀長的臉色也和悅下來，敬了劉鳳年一杯酒。但是最後遞給劉鳳年急件的時候，他仍然講出了威脅的語言：校級軍官的家眷都在軍統的掌握之中，如果你要敢乘機逃跑，想一想她們怎麼辦！

這一回是師長捐出了自己的坐騎，他說，軍部長官見了這匹馬，自會想到情況有多危急。師長還說，此役之後，他一定還要發表劉鳳年晉級，並把這匹馬贈送給他，因為他知道騎兵出身的人最愛好馬。

那是一匹體型高駿的東洋騸馬，一身檀木般的紫紅色，劉鳳年一眼就能看出這是千裡挑一的好馬。師長告訴他，這匹馬叫「火雲」。

劉鳳年只是對師長說了一句「當差為公，不圖厚報」，便飛身上馬。「火雲」果然悟性如人，不待劉鳳年揚鞭，便長嘯一聲，奮蹄踏風而去。

「火雲」剛剛跑出村子，共軍的陣地上便紛紛揚揚地響起槍聲。劉鳳年時而揚鞭策馬，時而鐙裡藏身，只管往槍聲稀疏處穿插，這馬兒竟如風馳電掣一般，左旋右轉，須臾間便衝出了槍林彈雨的重圍。

「真是一匹好馬，這日本馬比日本人可好多了。」劉鳳年籲出一口長氣，自言自語地感慨起來。懂事的「火雲」也像人一樣感到了輕鬆，由狂奔改成了碎步小跑。忽而，「火雲」的耳朵警惕地豎立起來。劉鳳年也隨之一驚，回頭探望，只見剛才突圍的地方出現了一小隊敵方的騎兵，大概有五六個人，騎的都是品質優良的蒙古馬，正捲起一道煙塵向他撲來。

劉鳳年哪敢怠慢，劈空裡打了一個響鞭，把韁繩一放，雙腳一磕，繼續縱馬狂奔。追兵離劉鳳年不過半里路，一面窮追一面有人停下來向他開槍，飛過來的子彈擦著了肩膀，軍服裡的棉花都被撕了出來，斜挎在肋下的公事包竟被炸子兒打得稀碎！共軍們的騎術一點也不差，一口氣跑下來二十多里，幾乎一步未拉。騎兵出身的劉鳳年心裡明白，像這樣達到極限的情況下，戰馬隨時都有可能倒斃。一旦這樣，麻煩可就大了。常言道「好手不敵雙拳」，對方是五、六支槍啊！

正當憂心如焚之際，「火雲」一縱身躍上了一道高坎。原來這是一道河堤，富有戰地經驗的劉鳳年立即翻身滾下馬鞍，把「火雲」驅趕到河堤的另一側，自己則伏身在堤面上，拔出壓滿子彈的駁殼槍，打開槍機，準備拼死一搏。對方也是戰地高手，見地形不利，便迅速向兩翼散開，準備夾擊、包圍劉鳳年。就在這種時刻，河堤上響起了清脆的槍聲，應著這槍聲，共軍的一匹迂迴的戰馬一頭扎倒在地，把上面的騎手一個高撲虎摔出去一丈多遠。接著又是一聲槍響，對方又一匹戰馬扎倒在地，也把上面的騎手一下摔出去一丈多遠。剩下的那四位騎手打消了先前的戰略意圖，有的人勒住馬、跳下馬，以馬背為依託和屏障，舉槍還擊；有的人迂迴過去保護那兩位死了坐騎的騎手。

槍響的地方離劉鳳年不到一百米，打槍的人仍然伏在那裡向對方瞄準。劉鳳年已經看到他就是馬占彪了。馬占彪的槍法極其精準，素有軍中「神槍」之譽，曾經在兩軍對壘的時候，發點射連殺九個日本兵，但是自從抗日戰爭結束以後，他就發誓再也不殺人了。

劉鳳年也向一個正在激烈射擊的共軍的馬前打出一排連發。「砰、砰、砰、砰！」落彈在馬前三尺的地方激起一道十分規則的塵土屏障。

一個軍官模樣的人查看了死馬的傷口，又看到了劉鳳年的射擊落點，急忙向堤岸上擺擺手，然後對自己的人也擺擺手，把他們召集到一起，和他們好像說了一些什麼。這些人顯然很聽他的話，大家都把平端的槍放了下來。

軍官模樣的人打著拱，衝堤上喊話道：「上面的老兄槍子有眼，手下有情。真厲害、真義氣呀！領教了，謝謝了！」

劉鳳年也喊道：「也謝謝下面的同志（抗日戰爭時期，國、共兩黨的軍、政人員見面時都這樣相互稱呼），誰家都是上有老，下有小，彼此給個活路吧！」

軍官模樣的人又喊道：「看來老兄是個有本事的人，不要在那邊幹了，過來吧，我保你原來職務，有功一樣升上去！」

劉鳳年應聲道：「早就想過去了，身不由己呀！」

軍官模樣的人揚揚手，呵呵地笑了起來：「別趴在那裡了，我過去，咱們抽支煙吧。」

為了表示誠意，軍官模樣的人把自己的手槍遞給了手下人，兩臂向上揚揚，又拍拍胸脯，逕直向劉鳳年這邊走來。劉鳳年站了起來，收了槍，也向他揚揚手，招呼道：「那就上來坐坐吧。」

對方也是四十來歲，竟是一位副師長，也是一個身經百戰的老兵，抗日的英雄。劉鳳年與之談了很久，對方不擺大道理，只是問問個人的軍旅生涯，問問家中情景。偶爾也問問獨立師的建制、兵力及其他一些情況。

劉鳳年只是把師長為人如何，李參謀長、督戰隊、執法隊的事情詳細述說了一些。其他問題涉及軍事機密，不便回答，就苦笑著說：「我說這位長官，咱們是各為其主啊！劉某人不算是被你逮住的，你可不能把我當作俘虜審問呀！」

「好，你這個同志正直！」對方豎豎大拇指，拍拍劉鳳年的肩膀，一笑置之，毫無勉強之意。但是仍然告訴劉鳳年：他們對張家口的包圍和對獨立師的總攻即將同時展開，再沒有別的路可走了，應該為自己早做打算。

臨末，他拿出一封信來，對劉鳳年說：「我們知道你們這個師沒有配備無線電，肯定會派人到張家口搬兵。實話告訴你，現在這種形勢，到張家口搬兵已經毫無意義了，因為我軍馬上就要包圍張家口——你們軍部也是泥菩薩過江自身難保了。請把這封信轉呈你們師長，我們的意思是為了減少傷亡，希望獨立師即早起義。我帶著幾個人這麼苦苦追你，追到這裡，只是為了要你做這一件事。」

劉鳳年如夢方醒。

兩人像故友重逢一樣熱烈地握手告別。最後，對方沒有忘記仍在一旁高度警戒的馬占彪，也向他拱了拱手，豎豎大拇指，連說了幾句「好槍法，多謝這位同志了！」這才走下堤坡，與他的騎兵們回去了。

看著幾個共軍騎手帶著失去戰馬的戰友遠去，劉鳳年手裡攥著那位共軍長官留下的信，心裡卻有一種翻江倒海般的複雜感情。下一步該怎麼辦？回去是死路，投了共軍還不是一樣要打仗，一樣的死路一條嗎？他媽的，真是讓人揪心哪！劉鳳年真想騎上那匹駿馬，帶上馬占彪，一走了之，可是，妻子兒女眼下都在人家手裡呀！

馬占彪牽著「火雲」，背著長槍，一瘸一拐地走了過來，此時，這個憨厚愚鈍、老實巴交的漢子正在用衣袖大把地擦眼淚。

劉鳳年感到一陣酸楚，迎上去接了馬，急忙向他問訊所發生的一切。原來，衝出重圍時，馬占彪的戰馬受了傷，他自己也受了輕傷。好不容易掙扎到了軍部，戰馬就死掉了。等到天快亮才見到軍部的長官，長官給了他回文，但是參謀們沒有給他配馬，竟然叫他走著回去。他疾走急趕，剛剛走到這裡，沒想到恰巧遇上了剛才的這件事情。

馬占彪把軍部的公文交給了劉鳳年。兩人坐在凜冽的寒風裡抽了很久很久的旱煙。劉鳳年發出一聲歎息：「唉，高英才怎麼辦呢？」

馬占彪上下打量著劉鳳年，看到劉鳳年軍帽上的彈洞和被流彈撕開的軍裝，口中呢喃道：

「俺兄弟，你今天好險啊！」

劉鳳年苦笑了一下，指點兩下自己的太陽穴，故作輕鬆地說：「大哥放心，只要槍子兒沒走這裡面過一下，什麼事都沒有。」

馬占彪從來不說想幹什麼、該幹什麼，弟兄間的一切事情，他全仗這位二弟拿主意。於是，他又向劉鳳年問道：「兄弟倒是看看，下一步怎麼走啊？」

「我已經有主意了。大哥，你先一個人回上海吧，有人問，就說你因為年紀太大，被淘汰了。」說著話，劉鳳年站起身，從內衣裡取出一個牛皮紙的小包和幾塊大洋來，把它遞給了馬占彪。然後交代道；「小包裡是兩根金條和五十塊大洋，是我們三家十幾口以後的活命錢。這幾塊零錢留你當盤纏，趕快找到老百姓，買一套便衣換上，趕快走！」

馬占彪站起身接了東西，又要哭起來，顫聲問道：「兄弟你說，你為啥就不能帶著我一起走？」

劉鳳年長息一聲道：「我的身份不同，不能隨便。況且高英才還在那裡，怎麼能把他丟下。再說，師長待我不薄，我也不忍心在這種時候離他而去。」

劉鳳年撿起馬占彪放在地上的長槍，跑到水邊，奮力地將它投向河心。河心的冰不太厚，被砸裂了，長槍迅速沉入河中。馬占彪心裡明白，軍中有法令，士兵空手逃跑，抓回來只是打杠子、關禁閉而已。但是攜槍逃跑，一旦被抓住，一概槍斃，兄弟這是為了保護他。

劉鳳年走回堤岸，衝著馬占彪撲通跪下，報拳當胸道：「三個月以後，如果沒有我與英才的消息，這三家十幾口就算交給您了，把她們帶回老家安置。今天就此別過，大哥在上，請受小弟一拜！」

馬占彪渾身顫抖，也跪了下去，泣如雨下道：「兄弟，你可千萬保重啊！」

劉鳳年磕過頭，再也不看馬占彪。自己牽過「火雲」，縱身躍上馬背，又是劈空裡甩了一個響鞭，向歸路飛奔而去。

劉鳳年再次衝回重圍時，共軍的陣地上依然槍聲大作。有所不同的是，這一回飛舞的子彈似乎與他多出了一些距離。於是，他如入無人之境一般回到了師部。進入祠堂的正廳，見了師長與李參謀長，只說馬占彪在突圍時已經斃命，他看到了遺體。他說他自己到達了軍部，呈了師部的公文，討了軍部回文。

師長急急地接去軍部回文，沒有看完，就跌坐到太師椅上，連說：「大勢去也，獨立師沒有啦，沒有啦……」

李參謀長拿過軍部回文看看，竟摔了回文，抽了劉鳳年一鞭子。

原來，回文上寫的是：「形勢逼迫，無兵可援，今日之事，唯有犧牲以報黨國而已！」

「參謀長，你太孟浪了！這與劉主任何干？你憑什麼又打他？」師長擂了一記桌子，終於對這個混帳透頂的東西發起火來。

站在師長身後、鐵塔似的王太保有一雙鷹翅般的濃眉，見師長動怒，他便眉頭一皺，下意識地把右手按在了腰間的駁殼槍槍把上。

李參謀長向王太保偷瞄了一下，對師長翻翻眼珠子，這回倒是沒敢反嘴。

師長對他一揮手，煩躁地命令道：「你下去，檢查一下各團的防務！」

李參謀長怒視了劉鳳年一眼，極不高興、極不服氣地強著脖子走了。

昂然挺立的劉鳳年眼睛裡充滿了激憤的淚水。師長走過去，撫住他的肩膀，上上下下打量著他，看著他軍帽上的彈洞，看著他軍裝上爆出的棉花，忽而衝動地把他摟在懷裡。嘴裡說著：「鳳年老弟，如果我的部下，軍官一個個都像你，戰士一個個都像王太保，該有多好啊！」

良久，師長鬆開手，拉著劉鳳年過去坐下，對他說：「這個姓李的是軍統出來的，不可一世，我拿他沒有辦法。我知道你是個忠誠的人，像眼下這個情景，突圍出去的還有幾個人願意回來？鳳年老弟，你重義氣，我心裡有數。」

劉鳳年見長官如此，廳堂裡又沒有其他人，就乘機呈上那封信，湊近去，壓低聲音，只說自己在回來的路上遭遇了共軍的一位副師長，怎般如此，怎般如此，最後給了他這封信。師長勃然變色，接了信，令王太保到門口給所有的人擋住駕。師長看完了信，立即燒了，這才悄聲地告訴劉鳳年：他根本就不想打這一仗，尚未開戰之前，共軍已經與他有了聯繫，由於這個姓李的傢伙盯得緊，他又無法回應。他說，按他在軍中三十幾年的閱歷分析，這個姓李的來路非同尋常，他可能還有別的身份。此人掌握著執法隊、督戰隊、情報處，而執法隊、督戰隊、情報處的成員身份本身都是一個謎。一旦到了必要時刻，姓李的只要亮出真實身份，可能連他這個師長的生死都可以定奪！

直說得劉鳳年脊背上颼颼颼地冒涼氣！

已經到了偏午時分了，王太保叫軍需官安排上了酒菜，師長又請來幾個自己的親信，說是給劉鳳年接風，算是對他這一次出生入死行動的回報。

下午三點，共軍的炮火突然在小村的一個特別的空間炸響。最後一聲轟擊之後，槍聲、衝殺聲又響成了一片。一個鐘頭不到，週邊全面崩潰，僅有七、八百名殘兵退回到村中。殘兵中有一個劉鳳年熟悉的人，他就是高英才。高英才見到劉鳳年立即放聲大哭，說他以為大哥、二哥都沒有了，萬萬沒有想到還能有此一聚。

高英才意外地帶來一個讓劉鳳年心情極為痛快的消息：李參謀長的執法隊、督戰隊、情報處的所在地被共軍重兵包圍，在剛才一輪的打擊中全軍覆沒！共軍好像長了眼，上千人包圍了他們，用手榴彈炸，最後用刺刀一個一個地挑，硬是把他們全幹掉了，只是李參謀長一個人跑掉了，此時好像正在組織巷戰哩。

劉鳳年立即跑到祠堂裡向師長報告了這個情況。師長也明顯地鬆了一口氣，把劉鳳年招近一點問道：「鳳年老弟，再見到那個共軍的長官，你還認識嗎？」

劉鳳年說：「當然……」

話未落音，李參謀長像一條剛剛遭人暴打的瘋狗似地一頭闖了進來，一面搖動手裡的左輪手槍，一面衝著劉鳳年大吼道：「劉鳳年，給我出去！」

劉鳳年仍是規規矩矩地向他打個敬禮，轉身向外走去。

李參謀長又一聲嚎叫：「我命令你，把石小平給我執行槍決！他媽的，光想當官，一點本事都沒有。口子就是從他那裡撕開的，我已經把他綁在外面了！你是這個營的營長，得你親自行刑，明白沒有？」

一聽說叫他親自殺人，劉鳳年感到了恥辱。他剛剛喝過威士卡，一時間滿臉漲得通紅，站在那裡一動不動，直視著對方說：「李參謀長，我的營長職務已經撤了。」

「怎麼？你想抗命嗎？你想造反嗎？老子先槍斃了你！」完全進入瘋狂狀態的李參謀長一下把槍口抵到了劉鳳年的太陽穴上。

突然，門簾被人一把扯下，骨瘦如柴的高英才像一個怒目金剛出現在門口，火辣辣地平端著他的卡賓槍，近在咫尺地直指李參謀長。習慣把槍口指著別人的李參謀長頓時嚇黃了臉、嚇傻了眼。不容任何人說出半個字，卡賓槍就吐出了火舌，七八顆子彈穿透了李參謀長的胸膛。

這個瘋狂的傢伙終於像一個沒依靠的布口袋一樣頹然倒下。

高英才把槍扔到地下，舉舉雙手，又放下，把身體往門框上一靠，低下頭，做出一個要殺要剮任由其便的樣子，等候發落。

王太保早已端槍在手，用高大的身體嚴嚴實實擋住師長。師長撥開他，拿起自己的勃郎寧……

「師座，責任在我！」劉鳳年側身掩住高英才。

師長在他們的頭頂上空「啪！啪！啪！」連開三槍，子彈在門框上側打出三個小小的白茬。師長收了槍，指點著高英才罵道：「想造反哪？媽拉巴子，你小子不是瘦點，就是當年的王太保！」此後居然什麼也沒有再說，大步地跨過李參謀長的屍體向外走去。

王太保緊跟著出去時，則在李參謀長的臉上狠狠地踩了一腳，扭頭對劉鳳年說：「劉主任，趕快派人打掃掉。」

共軍的又一撥攻擊開始了，這一次是總攻。衝鋒號已經吹響，又是彈如雨，人如蝗，殺聲震天。數千人的攻擊部隊並沒有受到任何還擊，很快就衝進了村子，直接運動到獨立師師部所在地祠堂四周。槍聲稀疏下來，最後只剩下了吶喊聲。祠堂內外，排列著不到一千名全身披掛著美式裝備的國民黨官兵，全部泥塑般地站在那裡，他們是新編獨立師所餘的全部人員！

衝擊的共軍停止了吶喊，與他們幾乎是臉對臉地站下了。槍口對槍口，刺刀對刺刀，一切都是待決生死的架勢。

獨立師的師長從他的貼身警衛王太保的身後走了出來，就像檢閱他的新部隊一樣，向紅著眼睛，端著武器的共軍官兵們微笑著，擺擺手。然後說：「各位同志，不要打了，大家都是中國人啊！不要打了！鄙人是新獨立師的師長，請你們的長官出來說話。」

幾千個人擁在一起，卻是靜悄悄的，誰咳嗽一下都顯得聲音挺大。共軍的人海自動分開一條人巷，那個曾經委託劉鳳年帶信的副師長徑直走了出來，一直走到獨立師師長的面前。獨立師師長跨前一步，兩人同時伸手，緊緊相握。

獨立師師長說：「我們不打了，不打了。抗戰打了十幾年，咱們中國人死的還不夠多嗎？」

共軍副師長也說：「是啊、是啊，早就不該打了，要打仗的只是少數反動派！」

兩位長官小聲說了幾句什麼，然後互相抱著肩膀，就像一對久別重逢的親兄弟走到祠堂裡去了。大約一個鐘頭以後，他們又走了出來，這時，兩人都像赴了一場親友酒會一樣滿面春風。

獨立師的師長亢聲向他的部屬們大聲宣告：「新獨立師的全體官兵們，聽鄙人命令：從現在起，我們起義了，加入中國人民解放軍的番號了！」

共軍的副師長也向他的部屬大聲呼籲：「同志們，熱烈歡迎新獨立師起義！」

全場一片啞然，可以聽到所有的人都在吸氣。剎那間又爆發出雷鳴一般的歡呼。待決生死的雙方丟開武器，緊緊地相抱在一起，一起跳著，一起叫著，一起相互拍打著，一起失聲痛哭……

不歸的牛

丁大牛和他的弟弟丁二牛、丁小牛出生在皖西一個貧困縣的偏僻鄉村裡，兄弟三人不是太愛勞動，家裡窮得一貧如洗，無論母親如何苦勸，甚至常常賭咒要喝農藥尋死，他們就是離不開檯球盤、麻將桌。進入一九九〇年以後，貪官污吏滿大街跑，當地政府的稅收非常厲害，買機械農具收稅，養牛養馬收稅，養豬養羊收稅，連養雞養鴨都收稅，「承包田」一畝地要上繳各種稅費兩百餘元，而一畝地的一年產值卻不夠五百元。很多人感到靠種地已經難以養家活口，於是便背井離鄉搞「外流」，到大城市裡求生計或是打工，其中就有丁家兄弟的父親。幾年過去，他們的父親一去不返，其他人倒是不斷回來，其中一個還發了財。這個發財的傢伙名叫王兵，把自家的土房推倒蓋小樓，還離了婚重娶了老婆。親戚朋友因此經常請他吃飯，聽他吹噓在外面如何撈錢。丁家兄弟耳聞目睹，弄得心裡老是泛癢癢。

有一天，二牛對大牛說：「王兵那個龜孫子出去混發財了，你看他現在『抖』得那個熊樣！出門騎著摩托車，手上戴著金戒指，蛋根子上掛著個手機。說是過幾天還要走，俺幾個也是好胳膊好腿的，咋就不能也跟他出去混混？」

大牛也說：「我早就快憋死了！你看家裡這個窮勁，東坷拉打西坷拉，死了連一張蓋臉的紙都沒有，到啥時候算是個頭？」

兩個哥哥商量定了要出去混一混，剛滿十八歲的小牛對外面的世界更是感到新奇，決意也要加入。他們把這事跟母親說了，母親初始沒說什麼，點頭同意了。第二天，母親忽然改了主意，對兒子們說，昨夜晚她做了一個怪夢，夢見三頭牛在牆頭上走，牆頭很窄，那些牛只能往前走不能回頭，這不是凶兆麼？他們的父親已是有去無回了，因此再也不肯同意兒子們出門遠行。三兄弟找到王兵叫他幫助圓夢，王兵哈哈一笑，說誰家的牆頭不是四面牆呢？只管順著走就是了，走一圈不是又回來了麼？三兄弟覺得他說的很有道理，於是還是打定了出門的主意。他們典賣了家裡的口糧和其它一些東西，另外又找親戚借了一些，好不容易湊上兩千多元的旅資，就隨著王兵一起上路了。

王兵把丁家兄弟帶到了廣州，對他們說，在這兒倒賣火車票最賺錢。於是三兄弟就拿出兩千元作資金，跟他當起了票販子，由他找關係套購車票，然後三兄弟到火車站周邊去兜售。這個買賣果然好做，不到三個月本錢就翻了兩番。看到出來掙錢這麼容易，丁家兄弟大喜過望。但是好景不長，由於有人經常兜售假票而激起公憤，報紙、電視紛紛聲討，警方便開始打擊所有的票販子。有一天，王兵說現在關係越來越難找了，要套購車票就得一次多搞一些，叫他們把本錢全拿出來。因為是同村鄉鄰，丁家兄弟沒起戒心，就把連本帶利的六千元悉數給了他。王兵拿著這錢走了，竟是「壯士一去兮不復還」。

三兄弟被一下子閃得赤手空拳。沒錢租房、沒錢吃飯，更沒有錢打車票回家。為了活下去，他們只好露宿街頭當起乞丐，市內不准乞討，他們便漂泊到市外鄉鎮間，因為年輕力壯難以引起同情，願施捨的人很少，使得他們經常忍饑挨餓。有一天，幾個賊人瞄上了他們，問清了他們的情況，當即拉他們聯手搭夥，說是只要搶到東西，兩方各分一半。二牛一口答應，大牛卻堅決不幹，他說丁家雖然窮，可是上幾輩子沒出過歹人，餓死也不能幹這犯法的事。賊人冷笑道：「你這是出來不久，還沒有受夠折騰，到時候就是殺頭的事你都會幹！」

有一天晚上，三兄弟落腳在一處天橋下，一整天沒能吃到東西，正在饑餓難耐之際。忽而一部小轎車在他們十餘米的地方拋了錨，開車人接連發動了許多次，到底沒能啟動起來。二牛悄悄地對大牛說：「開車的人肯定有錢，隨便劫他一點也夠俺仨兒吃幾天的。」

小牛也哀求道：「這種罪我真是受不了，管它死活俺們弄他一把吧。」

大牛睜大眼睛注視著那輛小轎車，沒有發話沒有動，只在心裡掂估著如何動手，說實在的，行兇搶劫，他們還真的沒有經驗。這時，開車人推開車門走了出來，路燈照見了他的滿頭白髮，原來是個上了年紀的人。他走到丁家兄弟面前，先遞了一盒香煙給大牛，而後很客氣地搭話道：「你們好啊，請你們幾個小兄弟幫忙好嗎？回頭我會請你們吃飯的。」

見人如此，三兄弟緊握的拳頭鬆開了，轆轆饑腸暫時堵住了勃勃狂跳的即將發作的凶心。大牛問道：「你叫俺們幹啥子呢？」

開車人說：「我的車子打不著火了，前面一百多米就有修車的，旁邊還有一個小飯店，我也沒吃飯呢，麻煩你們幫我把車子推到修車鋪去，然後我就陪你們到飯店吃飯，我埋單啦。」

三兄弟毫無異議地答應了邀請，開車人鑽進車裡放開手閘，掌握著方向盤，三兄弟在車後一齊用力，沒幾分鐘就把小轎車推進了修車鋪。可能是他們身上的氣味太難聞了，開車人沒有陪他們吃飯，而是拿出一百元鈔票伸直胳膊遞給大牛，說：「謝謝你們三位啦，這錢給你們，自己去吃點夜宵吧。」

幾分鐘就掙了這麼多錢！農民出身的丁家兄弟從不知道他們的勞動力竟有如許價值，這件事啟發了他們，使得他們從此不再乞討，而是想方設法找人打短工。零活並不難找，掏挖陰溝、清理垃圾、搬弄重物、幫人送貨，三兄弟不怕髒不怕累，雇主只要給錢他們就幹，每次可以取得幾十元乃至上百元的收入。漸漸地，他們除了填飽肚子還有了點滴餘資。

總算找到了能夠體面一點活下去的門路，大牛對此十分珍惜，他嚴格約束弟弟們，不許大吃大喝，不許嫖娼吸毒，不許亂花一分錢，也不許偷懶，每天儘量多攬一點活兒。他盤算著，這樣漂泊在外總不算是個事情，兄弟們吃點苦頭好好幹幾年，倘若能攢上兩萬三萬的，回家買一台拖拉機或是一部舊汽車，大家一面種莊稼一面跑運輸，這日子可就有滋有味了。

然而，桀驁不遜的二牛卻不這樣想，他不同意大哥總攬一切，提出大家一齊做工可以，掙了錢則各人拿一份，各人想怎麼花就怎麼花，誰都不管別人。大牛無奈，只得依了他，二牛分到幾百塊錢，當晚就跑出去了。

這天晚上，從來沒有摸過女人的二牛找到了一個「雞」。「雞」把他引誘到一所鐵皮房子裡，這所鐵皮房在街市邊緣的山坡下，地處偏僻，四周無人。「雞」和二牛爬上床一齊脫衣服，二牛剛剛脫光，「雞」乾咳了兩聲，兩個身體單薄、煙鬼似的男人隨即衝進屋內，手持鐵棍對二牛沒頭沒臉一陣暴打，打夠了又問他是幹什麼的，還有多少錢。二牛一一如實相告，他們搜去了二牛的身份證和所有的前，見他沒什麼大油水，就問「雞」怎麼辦。

戴著胸罩，光著屁股的「雞」坐在床邊悠然自得地抽著煙，漫不經心地說：「這傢伙賊眼溜溜不像好人，他認識我了。他在本地打工遲早還會遇上我，到時候他肯定會找麻煩，乾脆做掉他吧。」

「做掉他」這句話在港、台黑道片裡可以經常聽到，二牛明白這是要殺他，慌忙跪到地上磕頭求饒。其中一個男人不耐煩地說：「你他媽的別廢話了，她說叫你死，你就絕對得死，像你這樣的傢伙在這裡已經幹掉幾十個了。」

二牛對「雞」作揖乞命，「雞」對二牛張開雙腿，指指自己的生殖器獰笑道：「呵呵呵，睜大眼睛看看老娘的這個吧，看到這個死也不算白死啦。別這麼沒出息，只要想著『十八年後又是一條好漢』就不害怕了。」

「雞」扭轉身撅起屁股爬到床裡邊找她的衣服，一個男人把二牛按住脖子壓在地上，另一個男人彎下腰從床下掏東西，先掏出一束沾著黑血的繩子，又掏出一把長刀。死亡近在眉睫！極度的恐懼使二牛爆發般地猛地擰過頭來，一口咬掉了控制他的這個傢伙的一截手指頭，疼得此人捂住手、跳著腳，鬼一樣地大聲狂嚎。二牛哪敢怠慢，隨即從地上一拱而起，不顧一切地撞開房門向外逃去。操著長刀的那個男人緊跟二牛一陣窮追，尚未來及穿上衣服的「雞」也慌忙攆了上來。二牛像被惡狗追逐的野兔一樣連竄帶躍，光著屁股一路捨命狂奔，最終還是甩脫了他們。

逃歸兄弟們的住處，失魂落魄的二牛這才想起自己的嘴裡還有一截手指頭，他把它吐出來捧在手上，把剛才差一點被宰掉的事向哥哥、弟弟哭訴了一遍。大牛、小牛傳看著那截手指，一面為他僥倖脫險表示慶幸，給他找衣服穿，也一面狠狠數落他。數落完了，大家摔掉那截手指，又掂量起這幾百元的損失，還有那些衣服和身份證，越掂量越覺得難以放下。大牛問明了那兩個龜男子的體態情況，度量完全可以取勝對方，兄弟三人意見一致地做出了與對方殊死一戰的決心。大家就著一些零食猛灌了幾口白酒，藉以壯壯力氣和膽氣，而後各人配備了一根木棍，不及天亮，就由二牛領著出發了。

丁家兄弟的住處離二牛遇險的地方大約有三、四里路，天色微明，他們便找到了那所鐵皮房。先前被二牛逃命時撞壞的房門虛掩著，同仇敵愾的三兄弟一齊抬腳將它踢倒，一聲吶喊衝了進去，攢足了勁正待大打出手，卻見房中只有那個「雞」在，她正在收拾東西像是準備遠走高飛。

二牛跨前一步，把棍抵到「雞」的乳溝上斷喝道：「婊子，你給我跪下！」

「雞」開初有些驚愕，把他三人上下打量完了卻又鎮靜下來，恬然地訕笑著說：「大家都是出來混的，有什麼事情好好商量嘛。」

二牛狠狠地摑了她幾個耳光，激憤地流著眼淚罵道：「你這個母王八，這時裝得像個好人似的，剛才老子差一點死在你手裡！」

「雞」一面揉臉一面繼續作笑：「哎喲，弟弟你是誤會了，那是跟你開玩笑，你還當真是要你死呀？殺人要抵命的，我們做點小生意是為了掙錢糊口，誰敢做那種事呀？」

大牛晃一晃手中棍，對「雞」吼道：「把我弟弟的錢拿出來！」

「雞」一臉驚訝：「誰拿了你弟弟的錢？那時他過來耍，就是因為沒有錢，我的兩個老鄉才和他開玩笑的。他還把我的老鄉手指頭咬掉了一個，他們上醫院去了，這時就該回來了。」

「我操你奶奶！」二牛暴怒地揚起木棍。

「幹啥子，幹啥子嘛！」「雞」若無其事地用小臂擋一檔二牛的棍，一面偷偷地打量門外的動靜，一面作出甘願委曲求全的樣子，嘻著臉說，「今天這樣吧，我白陪你們三個耍一耍，總算可以了吧？」

大牛厭惡地罵道：「誰稀罕你這萬人騎的母狗，老老實實把我弟弟的錢拿出來。」

「雞」也勃然作怒，拍著屁股跳著腳還罵道：「你媽才是萬人騎的母狗呢！老娘警告你們這幾個龜兒子，再過幾分鐘我有幾十個老鄉要過來，就怕你們誰都別想跑掉！」

二牛的木棍掄起一個大半圓，帶著呼哨落到了「雞」的頭上，「雞」一聲沒吭地倒在了地上。大牛、小牛也掄起棍子在「雞」的身上狠狠地捶打。捶打了一陣，見「雞」沒有了動靜，大家才停下手。他們在「雞」的身上搜到了一個錢包，翻開看看，裡面竟有四、五千元。二牛找到了自己的衣服，還從床下掏出那束繩子、那把長刀和一大把身份證。二牛的身份證也在其中，他把這些東西翻弄給哥哥弟弟看，不停地咋舌道：「我沒說謊吧？看來這些人肯定都被他們做掉了。」

大牛說：「早知道這個賊婆娘殺了這麼多人，我們不要打死她，把她送給公安局好了，到時候公家還不是一定槍崩了她！」

「把她送給公安局，我們就搞不到這麼多的錢了。」小牛說。

「媽的，這個婊子太毒辣了！」二牛拿起長刀緊緊攥在手裡，看著橫躺在地上的「雞」，咬著牙根恨恨地罵著，想起自己險遭毒手的那一刻，由不得一股惡氣驟然從心底泛起，把兩隻眼睛都衝紅了。他突然彎下身，對著「雞」的脖子狠揮長刀砍下去。一直在裝死的「雞」感到長刀劈出的冷風，猛地睜大了眼睛，但是只來及驚恐地一瞬，脖子便被斬開了一大半。「雞」的血立刻從頸腔裡迸射出來，把她自己的臉濺得面目全非，也濺了二牛一身。

三兄弟生平第一次聞到了人的血腥味，他們屏止呼吸，僵直地瞪大眼睛死死盯住地上痙攣的屍身，腳下卻身不由己地退卻著。

「快跑吧！」小牛淒厲地驚叫了一聲。

原來的地方再也不敢待下去了，丁家兄弟轉移到南方的另一個大城市裡繼續給人打短工。有一天，他們走過火車站天橋的時候恰巧遇上一位老鄉。這是個肢體健全的中年人，卻留著長頭髮、長鬍子裝扮成年老的殘疾人，在那裡躺在地上向路人乞討。此人在家時與丁家隔牆為鄰，是早先與丁家兄弟的父親一起出來的那一批人，因極其相熟，大牛一眼就認出了他。他們從他的嘴裡打聽到了父親的結果。原來，他們的父親出來後也是因為身無長技只好乞討，討到錢就嫖娼吸毒，後來感染了愛滋病，前不久死在一個垃圾場裡了。他們也從他的嘴裡獲得了王兵的消息，這個讓他們吃夠苦頭、受盡艱辛的騙子此時正在這個火車站當票販子，還養了一個女人，也住在附近。

三兄弟沒費什麼工夫就尋見了王兵，因為火車站不是火併的地方，所以就沒有驚動他。他們只是暗中盯著，待到王兵回家吃飯的時候尾隨著跟到了他的住處。他們先是狠揍王兵，直到把他打的奄奄一息，然後向他討債。王兵說，他那天被幾個當地的「爛仔」拉去賭博，一夜輸掉了十幾萬，老本都沒了，還有七、八萬的賭債；當地「爛仔」催債、討債的手段極其毒辣，不給錢就用私刑，或者弄到大鵬灣沉海，所以他只好逃到這裡。他現在手裡沒有什麼錢，死乞百賴，最後只還了他們三千元，又賭咒發誓，承諾以後有了錢一定再還他們四千元。

終歸都是鄉親，三兄弟饒了王兵不死。當晚，王兵和那女人在家裡請他們吃了一頓飯。二牛喝了過多的白酒，見王兵殷勤備至，百般小心，一時得意忘形，竟把殺「雞」的事情講述出來。看著王兵與那女人被嚇得臉色慘白，二牛越發得意，一個勁地自管繪聲繪色。大牛制止不及，心中連說不妙，只好對王兵說這是二牛喝醉了瞎吹，沒有屁影子的事，王兵也一笑置之。

離開王兵，二牛酒醒之後自知失言，對兄弟們解釋說，他這樣做只是想嚇嚇王兵，好讓這個孬種不敢賴帳。大牛神經高度緊張，聲淚俱下地把二牛罵了一頓，一再叮囑弟弟們斷不可再向外人洩露此事，因為這切切實實是殺頭的大罪，一旦被公安局逮去大家都得挨槍斃。還在尚未成年的時候，他們曾與大人們一起去鎮子上參加公判殺人犯的大會，看到過槍斃犯人的情景。血的記憶是無法抹掉的，長兄的警言更使丁家兄弟永遠喪失了心的平靜，他們再也不敢直接面對在路上遇見的員警，一聽到警車的呼嘯更是心驚肉跳。即便在睡覺的時候半睡半醒間，他們也會經常出現被人戴上手銬或是被拉去槍斃的幻覺，這類幻覺使得年齡最小的小牛經常突然爆發絕望的慘叫或是驚恐地狂竄亂跳，而後大哭不止。

連上殺「雞」弄到的錢合起來有七、八千元，倒也讓丁家兄弟暫時消除了經濟壓力，但是糟糕的情緒卻使他們再也不能安心找零工。有一天，三兄弟鑽進一家小酒吧借酒消愁，一面喝酒一面低一句高一聲地商量下一步怎麼辦。大牛認為，這樣下去不是個事兒，倒不如回家算了。二牛不同意，說手頭上這幾個錢拿回家做不了大用處，總該再「弄」一些，或是找個有錢的人搶他一下，另外王兵那裡還有一大筆沒有到手呢。小牛只說心裡太害怕，再也不肯殺人了。三兄弟一直泡到午夜時分，白酒喝了兩瓶下去，意見還是沒能達成一致。

酒吧櫃檯上放著一台電視機，正在播放《武松》，恰恰演到「血濺鴛鴦樓」，武二郎大肆殺戮一段。二牛忽然煩惱起來，把一隻空瓶摜碎在地板上，憤恨地大叫道：「他奶奶的，要是殺人不犯法就好了！」

酒店裡的人聞聲來了四、五個，領頭的是店主。這是一個四十多歲的北方漢子，體魄極其雄健，颯然英氣流溢於眉宇之間，給人以凌然不可侵犯之感。他看看被酒瓶砸裂的地板磚，在手下人送過來的椅子上坐下，不失和悅地把愣住了的丁家兄弟打量一遍，直接對二牛說：「我無法知道你們遇上什麼樣的溝溝坎坎了，也許我幫不上忙，但我可以肯定這位兄弟剛才的那句話是不該說的，連想都不該想。有道是『天外有天，人外有人』，假若真的殺人不犯法，你能殺人，別人也能殺人。這個世界比你身體好，比你有本事，比你有錢有勢的人多得去啦，那麼你遲早也會被別人殺掉。與其那樣還不如有法律管著，誰都別殺人，我說的對不對？」

大牛趕緊起身作揖打拱道：「老先生說的對，說的實在對，俺這弟弟跟人家打架吃了一點虧，剛才是喝多過頭了講氣話哩，砸壞的東西俺照價賠償，你們可別生氣。」

「一塊地板沒什麼大不了，回頭你們埋單的時候多少賠點就是了。」店主大度地把手擺了一擺，又對二牛說，「我看你臉上的煞氣太重了，搞得不好會要你的小命。出門在外不容易，別給自己弄個三長兩短的。」

酒吧店主綿裡藏針的話語暫時鎮住了二牛的凶心，丁家兄弟最後議定還是繼續做工掙錢。他們又轉移到了城市的邊緣地帶，恰巧一個「建築公司」招臨時工，說是包吃包住，每個月工資八百元，如果表現得好，下一次再包工程可以得到繼續聘用。這對於力圖過上安穩日子的丁家兄弟當然是個大好機會，於是他們全都報了名，竟然也全被錄用了，三兄弟大喜過望。

被眾人叫做「經理」的包工頭要他們每人交納一千元「押金」，說是過去有人偷了機器逃跑，收押金是為了提防這個的，如果不出事故，這筆錢到結算工資的時候即會如數退還本人。

三兄弟無話可說，只好交了三千元。

辦完手續即去工地「上班」，他們不懂任何技術，只能幹那些挖土方、搬材料、運水泥的粗活，這類勞動既髒又累，他們並不在乎。大牛與弟弟們算計著：現在是六月份，就這樣苦撐到年底，工錢可以掙一萬多，加上退還的押金和手頭上的餘錢，差不多可以湊夠兩萬多元，到時候就可以湊合著回家了。

南方的夏季特別漫長，太陽曬在身上就像開水澆下來一樣。小工頭們也很厲害，動不動就罵人打人或是威脅扣工資，丁家兄弟對這一切都咬緊牙關忍耐著。苦苦幹了兩個月終於盼來了發工資的日子，那一天，包工頭到工地上發表演說，先說現在搞工程的種種難處，又說甲方還有一半工程款未付，這付過的一半只夠解決建築材料的，根本沒錢發工資。最後，他說為了照顧員工生活，他拿出私人存款先發上半年的工資，而且只能是百分之五十，請大家諒解並合作，一俟甲方付款馬上給大家補齊。工人們沒人公開表示異議，丁家兄弟當然也沒有說什麼。由於他們是六月中期上工的，這次發錢的花名冊上根本就沒有他們的名字。

失望確實有一點兒，可丁家兄弟還是隱忍了，他們認為工資遲早是要發下來的，到時候一大把鈔票一下拿到手裡豈不更快活？他們苦苦地堅持著、期盼著，到了第二年元月後期，工程終於結束了。七個多月熬過去了，於此之間，招工時所謂的「包吃」實際上只是中午給一頓盒飯，早、晚兩頓飯都得自己解決，為了這個，三兄弟平時無論怎樣省吃儉用，手頭的餘資最後還是貼光了。他們和所有的工友都在焦灼萬分地等待著結算工資，最後等來了這樣的消息：包工頭拿著甲方結算的五百萬跑了！這真是冬天的一聲霹靂！一百多工人亂成一鍋粥，幾個平時耀武揚威的小工頭幾乎被大家打死。鬧來鬧去，因為年關臨近，誰不知道家中老幼正在翹首盼望呢？到後來，大家還是作了鳥獸散，然後各奔前程了。

大牛的兜裡僅剩下最後三張百元面值的鈔票，這點錢既不夠租房子也不夠買回家的火車票，他淒然地對弟弟們說，看樣子又得乞討了。二牛激憤起來：這個狼心狗肺的包工頭，不僅白給他做了七、八月的工，還被他拐走了三千元——那可是兄弟們以生命為抵押弄來的啊！他真比那個「雞」更該死！仇恨的情緒一煽而起，三兄弟一致表示要尋找這個傢伙。可是人海茫茫，到那裡去找呢？

工友中有兩個湖南人也沒有走，主動找到丁家兄弟，提供了這樣一個情況：包工頭不會跑遠，因為他是當地人。這傢伙太有錢，在當地包養了七、八個女人，鎮子上有一家飯店，飯店的女老闆是他最新寵愛的二奶，她在鎮子裡擁有一所別墅。湖南人說，這個包工頭專門欺負外地人，吸外地人的血，以前就幹過這種缺德事，硬是靠這一套發了大財。

湖南人提議，這個女老闆肯定知道包工頭的去處，先找到她，不惜一切手段逼她講出包工頭的藏身之處，然後再找包工頭，叫他拿出錢來。有可能的話，乾脆就做掉他，搶了他，這傢伙至少也有一千萬，到時候大家一起殺了他一塊兒平均分錢。

平均分錢，每人就是一、二百萬，幾輩子才能花完哪？還說什麼買一台拖拉機或是一部舊汽車，回家蓋大樓、買小轎車、娶老婆都花不掉一半哩！於是，丁家兄弟完全忘記了對死罪的恐懼，把一切一切全部拋到了九霄雲外，義無反顧地與湖南人合了夥。

五個人事先做好了一切盤算，他們找到那家飯店，暗中監視了幾天，終於有所發現：這幾天女老闆沒有出現，飯店由一個領班小姐打理。每天早、中、晚，總有一個「帥哥」提著食盒從飯店裡出來，到附近一幢獨立的小樓裡去。湖南人說，這幢小樓肯定就是女老闆的別墅了。

這天夜晚，那個「帥哥」又提著食盒到小樓去。經過周密謀劃的五個歹徒早已攜帶著鐵棍、刀子在暗中守候。待到「帥哥」用鑰匙打開樓門，大家便一擁而上，奪了食盒，掐住了「帥哥」的脖子，拖著他擁進樓內，然後把樓門關上。

一個湖南人在「帥哥」的頭上重重地打了幾鐵棍，二牛在「帥哥」的肋上深深地扎了幾刀，另一個掐住「帥哥」脖子的湖南人則將其輕輕地放到地上，大家一起看著他斷了氣。由於是行兇，難免做出很多的響動，但是，樓上的人居然毫無察覺，那裡燈光明亮，不斷傳出摔麻將和叫牌的聲音，五個人稍作遲疑，便各自握緊了兇器，躡手躡腳，沿著樓梯魚貫而上。

二樓的廳房裡煙氣蒸騰，麻將桌邊坐著兩男兩女，忽然看到樓梯口冒上五個身有血跡、兇神惡煞般的大漢來，一個個都木僵僵地瞪大了眼睛，其中一個是女老闆，另一個正是那個包工頭。剎那間，包工頭意識到這幾個人是衝他來的，慌忙把女老闆撥拉到自己的身後，然後將她的手機抓到手裡。

「不要動！」二牛漲紅著雙眼衝過去，抓住包工頭的肩胛，把帶血的刀子在他臉前晃了一晃，憤恨地罵道：「你個狗日的好快活！」

大牛也湊近去用鐵棍指著包工頭的臉罵道：「你他媽的真沒有良心，俺兄弟三個拼死拼活給你累了大半年，你一分錢不給，還拐走了俺們的三千塊，俺今天非挖了你的狗心不可！」

包工頭並不示弱，抗聲道：「我告訴你們，這裡是老子的地盤，信不信我只要撥通了電話，馬上就有人過來，把你們裝到麻袋裡，扔到大鵬灣裡餵魚！」

大牛他們正待發作，另外的一男一女聽出了名堂，急忙起身，一面收拾自己面前的錢，一面說：「你們討債的事與我們無關，我們走了。」

湖南人照頭一鐵棍打倒了那個男的，那個女的正待驚叫，也被大牛照頭一鐵棍打倒。而後，五個人一齊上前靠緊了包工頭。包工頭看到他們來勢兇狠，下手毫不留情，只管往死裡打人，擔心自己今天在劫難逃，眼睛一轉就改變了態度，低聲下氣地乞求道：「有事情好、好好商量，你、你們不要這樣嘛。你、你們幾位消消氣，消消氣嘛，大家都是可以好好說的。好好說，可不可以？和氣生財，和氣生財嘛，真的把人都打死有什麼好處呢？這樣吧，今天兩邊的賭資有一、二十萬呢，你們都拿過去，我們絕對不報案，什麼都不說。」

湖南人冷笑道：「今天沒人怕你報案。」

大牛看著滿桌子的紅色大鈔，恨恨地說：「這可都是我們的血汗錢、活命錢哪！你們這種人真是黑心爛肺，光是打個麻將就能使上這麼多。」

二牛罵道：「你狗日的一口就吞掉了五百萬！」

小牛用鐵棍砸了一下桌子，吼叫道：「把五百萬都拿出來給我們！」

包工頭狡黠地眨巴著眼睛，聳聳肩做個無可奈何的樣子，說：「現金只有桌子上這麼多，其它的錢都是存在銀行裡的。」

湖南人喝道：「那你就把存單交出來！」

包工頭繼續作出無奈狀，說：「銀行卡是放在保險公司的，我個人不親自到場誰也取不出來，那地方保安多得很哩。我看，你們幾位見好就收吧，其實桌子上的錢已經超過應該給你們的那些了，何必『人心不足蛇吞象』呢？」

「你狗日的還敢說俺們貪心？」大牛用鐵棍抵著包工頭的印堂罵著，二牛則一言不發地一刀拉開了了包工頭的臉頰，包工頭捂住臉頰「哦哦」地痛叫著，鮮血順著他的手掌流下，立刻染紅了他的上衣。

蹲在包工頭身後的女老闆顫聲地驚叫著，驚恐至極地抱著頭站起來，用哭聲向他們乞求道：「求求你們，求求你們；不要殺人，不要殺人；我們給錢，我們給錢。」

湖南人喝問道：「保險箱在那裡？」

捂住臉頰的包工頭慌忙向女老闆擠巴眼睛，示意她不要這樣做。這個動作極大地刺激了正當凶心勃發的二牛，他順勢在包工頭的脖頸上狠狠地拉了一刀，污血立刻噴濺而出。一直握在包工頭手裡的手機滑落到地板上，這時卻突然響了，二牛撿起它，將它在地板上一下摜得稀碎……

案發二十四個小時後，丁家兄弟在火車站落網。

原來，那個電話是那位領班小姐打來的，她是打聽那個「帥哥」為什麼沒有按時回到飯店，他是她的男朋友。電話打不通，她就帶上一個同伴找來了，這時凶案剛剛發生，兇犯離去僅有幾分鐘。別墅裡充滿著血腥，死了四個人，一個個都是血肉模糊。唯有那個女老闆死裡逃生：她按照兇犯的命令打開了保險箱，讓他們拿去了近百萬元人民幣、港幣。而後，兩個湖南人提議不留活口，正好五個人，各人必須負責殺死一個人。因為小牛一直沒有直接殺人，大家就叫他來殺掉女老闆。小牛捅了女老闆好幾刀，幸好力度不足，每一刀都未致命。

唯一的倖存者給後來趕到的員警提供了重要線索。又過了幾個小時，對五名兇犯的「協查通告」就發了出去，其中還有丁家兄弟各人的照片。

這又是怎麼回事呢？原來，八、九個月以前，他們離開王兵以後，王兵馬上就找到當地公安機關報了案。當地公安機關與廣州公安機關取得聯繫，得知切實曾經發生過鐵皮屋兇殺案。為了抓獲兇犯，公安機關曾派人去皖西做過調查，通過戶籍得到了丁家兄弟的圖片資料，對他們一直都在偵察、緝捕之中。這一次，女老闆提供的線索使公安機關很快得以兩案合併，再次鎖定了丁家兄弟，他們當然難逃法網。

老實人劉德勝

我們淮南人，如果誇某一個人極端老實，就會說他「三板腳踹不出一個悶屁來！」劉德勝就是這樣的人，他的老伴提起他來一定這樣說。

劉德勝生於清朝光緒六年（一八七九年）。

那時，劉德勝的父親非常厲害。老人家是地地道道的莊戶人家，一輩子硬是靠帶著三個兒子拼命種地、拼命做工、省吃儉用置辦了一百多畝土地的家業。他嚴格規定不許子孫沾染吃、喝、嫖、賭這四個字，誰做了敗壞家風的事，比如幹活偷懶、偷了別人的東西、調戲了人家的女子、跑到賭場去了等等，就綁到家門口的洋槐樹上，讓家裡所有的男子過來每人抽他三鞭子，所有的女人過來用鞋底在他的嘴上掌三下。劉德勝在兒子中排行最小，比兩個哥哥小十多歲，小時候經常看著兩個哥哥挨打，他因此形成了膽怯的心理，從來不敢做錯事。

父親死了以後，劉德勝的兩個哥哥失去了限制，他們吃、喝、嫖、賭全部都幹，沒有錢就賣田產、賣房產，不到三年，便把老人家一輩子攢下的財產敗壞得一乾二淨。最後，連家裡的祖墳地都賣了。老大、老二分了錢，卻只給了劉德勝一輛獨輪車。老大的錢很快告罄，用最後的銅板買了豬肉，燉熟了，加上老鼠藥，自己吃了。老二的錢也很快告罄，他拿著最後幾塊銅板上了河沿，一塊一塊地打水漂，打完了，然後自己也跳下水去。

清朝宣統年間，只有一輛獨輪車的劉德勝到了一個叫龔集的地方，在這裡給人家充當臨時車夫，無非是運運貨物，送送女眷。當時興裹腳，女人的腳都很小。有錢人家的女子出門，坐自家的小轎子。一般人家的女子出門，則找個車夫推一程，最後給幾個銅板或是幾斤糧食。劉德勝就是依靠這樣的收入養活著老婆孩子。

在窮人眼裡，獨輪車可是個很值錢的對象，平時得五塊大洋才能買得下來，這幾乎相當於一頭牛的價錢，真正的赤貧戶是買不起的。可是，龔集是個做生意的老集鎮，買得起的人還真的有幾個。大約有七、八家吧，他們大多都是街混子（俗稱街痞），掙了錢也都是吃、喝、嫖、賭而已。宣統三年（一九一一年），天下不太平，官府為了備戰，到處出高價收購獨輪車，以備運送糧草之用。民間傳說革命黨也在暗中收購獨輪車，說是給十塊大洋。

龔集西邊有一條河叫潁河，河那邊是縣城，龔集這邊經常有人到城裡辦事。不知什麼原因，突然有一段時間，其他車夫凡是朝那邊去的，再沒有一個人回來。大家傳說紛紜，說是潁河那裡前不巴村後不巴店，大白天鬧鬼。那鬼常常變成美麗少婦，把人迷住，硬往河裡引。被迷住的人拿河水當大路走，直到被淹死。說是這樣說，車夫還是一個一個地失蹤，到最後，只剩下了劉德勝一個人。

這天又趕上「逢集」，劉德勝把獨輪車推到集鎮西頭的小橋邊在那裡待客。不大一會兒，來了一個年輕女人。此人頭包藍紗長巾，打結處垂下一段，巧妙地掩住了半個臉；上身穿一件藍花夾衫，下身穿一件荷邊紅裙，模樣兒既不像闊人家的小姐，也不像窮人家的媳婦。劉德勝從未見過此人，顯然，她不是本地的。

年輕女人對劉德勝說：「這位大哥，我的娘家媽病了，能幫我送一程麼？」

劉德勝問道：「請問大姐，你到那裡去？」

年輕女人說：「哎呀，說出來只怕大哥不敢去，到縣城呀，聽說路上不乾淨。」

劉德勝遲疑著，那女子用紗巾下段捂住臉哭了起來，嘴裡還嘮叨著，哭她苦命的娘，哭這倒楣的路。劉德勝心軟了，決定就是龍潭虎穴也闖它一下。於是，講好了車費，年輕女人坐上了車，劉德勝便推起獨輪車上路了。

一路上，年輕女人總是絮絮叨叨說著話，大哥長大哥短地套著近乎。劉德勝只管推車，頂多只是陪個笑臉，從來不應一聲。行了約莫二十里，漸漸地沒有了人家。前面到了一道小河溝，水面五六尺寬，一尺多深。年輕女人下了車，在地上跺跺腳，看著自己的繡花鞋道：「這怎麼辦呀，大哥，您把我背過去吧，我給你加工錢。」

劉德勝紅了臉，沒啃氣，想了一會兒，就說：「大姐，請你坐到車樑上去，我慢慢推你過去就是了。」

年輕女人說：「這哪裡行？水底下有稀泥，你推不動的。大哥，你背著我就是了，又沒人看見。」

劉德勝聽她這樣說，臉紅得更厲害，更是不答應了。他脫了鞋，把鞋插到腰帶上，捲了褲腳，把住了獨輪車，叫那女人自己爬到車樑上，囑咐她一定抓穩車樑上的橫木。然後，他小心翼翼地、慢慢地把獨輪車往溝裡推。

溝底裡確實都是爛泥，車輪陷的很深，劉德勝幾乎一點兒也推不動，苦苦掙扎了很久，直累得滿頭大汗。年輕女人坐在車樑上呵呵大笑，說：「大哥耶，你真是個老實人。」

好不容易過了這道小河溝。又走了一會兒，正是前不巴村後不巴店的地方，年輕女人突然叫停車，她說她要解溲。劉德勝再一次漲紅了臉。那女人下了車來，就在車旁解開裙帶，嚇得劉德勝拔腿就跑，頭也不敢回。

年輕女人還在喊：「大哥你跑什麼呀？別走遠呀，我一個人害怕呀！你看著我不要緊的，這裡又沒有別人。」

劉德勝跑得更快了。

年輕女人完事之後，又連連喊了幾次，劉德勝才敢轉過身來。年輕女人再一次地呵呵地笑著，說：「大哥，你真是個老實人、老實人。」

時下正是農曆三、四月間。本來天氣很好，不知何時天上移過一團烏雲，喀嚓一聲響雷，竟然下起了瓢潑大雨。年輕女人沒有雨具，劉德勝倒是帶了一把雨傘，他沒有自己用，卻叫年輕女人拿去打著。年輕女人招呼他停了車，兩人共打一把傘，待雨停了再說。劉德勝沒有答應，只是冒著大雨繼續推車趕路。

快到潁河邊了，雨停了，劉德勝淋成了落湯雞。恰在這時，兩三個凶漢突然從路兩邊的柴火堆裡鑽了出來，手裡各自拿著鐵叉、木棍。劉德勝立即停了車，這時才說了話。他對那女人說，「大姐呀，這幾個人不對頭，我看是劫路的土匪。」

女人說：「那你還不快點跑？」

劉德勝說：「可是大姐你怎麼辦呀？我來擋住他們，你快跑吧。」

女人說：「他們可都是殺人不眨眼的，還是你自己跑吧。」

劉德勝說：「不行不行，我一個老爺們怕什麼，還是大姐你要緊，你快跑！」

女人的臉上沒有一絲驚慌的神色，倒是用一種怪異的目光上上下下打量著劉德勝。凶漢們迅速圍攏過來，並沒有衝那個女人過去，而是一邊一個地挾住了劉德勝，另一個手持一根大木棍照著劉德勝的腦門就要砸下去，只聽那女人斷然地喊了一聲：「慢著，不能打死這個人！」

年輕女人後退幾步，招招手，凶漢們圍攏過去，戚戚查查說了一會兒。然後，年輕女人走到渾身上下水淋淋的劉德勝面前，把雨傘還給他，第三次誇獎道：「大哥，你不僅老實，心地還這麼善良，我還真沒見過您這樣的好人哩！」

劉德勝被弄了一頭霧水，呆癡地戳在那裡一動也不動。有個凶漢遠遠地吼道：「饒他一命就算了，還客氣什麼？叫他快滾吧。」

年輕女人暗暗把一塊大洋塞到劉德勝的衣兜裡，嘻嘻地笑著說：「這是俺娘家的幾個兄弟接我來了，不要緊的，大哥你就回去吧，小女子謝過了。」

劉德勝這才掉轉了車頭，也顧不得把鞋穿上，一路狂奔而去。

沒過多久，劉德勝的獨輪車還是沒有了。他的內弟焦五說，親眼看見本街一個一個姓姜的混混偷去了，然後往縣城方向去了。姓姜的混混從此再也沒有回來。

冷血狂徒與百歲老人

天快黎明時，一個以劫財殺人為業的冷血狂徒突然闖進了一位百歲老人的家。這個狂徒實際上只是一個極其怯懦、極其無能的惡棍，專門劫掠普通的老百姓，甚至是非常貧寒的莊戶人家，手段非常兇殘。由於害怕被人告發，按照狂徒的慣例，一般都是先叫屋主交出所有的財物，然後再殺人，從來不留活口。那怕是僅僅只有幾個銅錢，他收了錢，依然會把受害人一家殺光。

衝著一個孤身老人，狂徒揮舞著行兇的刀子，以做作出來的瘋狂，以歇斯底里的叫囂說明了自己的身份和來意。老人聽了，不慌不忙，拄著手杖，在自家的幾個房間裡進進出出，把所有的錢財都放到客廳的八仙桌上。最後又到廚間端來了酒和菜。

狂徒不解：「你這是什麼意思？」

老人說：「只是想讓你高興一些。」

狂徒猙獰地大笑道：「想討好我麼？這沒有用，我是從來不留活口的！」

老人說：「這我知道，老漢的命現在不是擺在你的刀子底下的麼？是先吃後殺，還是先殺後吃，一切都由你。」

老人的鎮靜猶如一潭秋水，這讓狂徒感到奇怪。狂徒行兇多年，殺人無數，所有受害者在他面前都是驚恐萬狀、哭嚎乞命，他倒從來沒有遇上過這般情景。好奇心使得狂徒暫時緩解了肆虐的決心，他叫老人與他一起坐下喝酒，並且聲明：吃完飯，他還是要殺掉老人，他不能違背自己的「原則」。但是，鑒於老人如此識相，他可以儘量讓老人死的不難受。

老人坦然一笑，打開酒葫蘆，欠身為狂徒斟酒一碗，然後坐定，也在自己面前斟上半碗。很抱歉地說：「老漢我年紀大了，恕我不能奉陪你的海量。」

狂徒哈哈大笑，痛痛快快先灌下了一大碗。這當兒，老人在中堂的供案上點燃了一炷香。狂徒催促老人快些過來再給他滿上，不要磨蹭。老人笑笑，緩緩地轉過身來，拿起酒葫蘆往狂徒的碗裡慢慢地斟酒。看著老人斟酒，狂徒想起過去曾經看過一隻貓抓住一隻老鼠，不急於咬死，而是沉著氣地玩弄的情景。他覺得自己現在就是那隻貓，而這個老傢伙就是那隻老鼠。

狂徒吃了幾口菜，抶揄道：「哎，老傢伙，你怕不怕死呀？」

老人斟酒已畢，擱下酒葫蘆，對狂徒正色道：「當然怕死，古人云：『螻蟻尚且貪生』啊。」

狂徒又問：「那你為什麼見了我不慌不亂？」

老人道：「一切悉聽天命，慌有何益，亂有何益？」

狂徒一口吞下了半碗酒，又一次猙獰地大笑道：「你這個老傢伙，說的倒是很有道理！好，老子今天就聽聽你這個快要死的人說說天命——你說，老子還能活多久？」

老人說：「說了你不動怒麼？」

狂徒說：「我說過了，吃完飯再殺你，休要囉嗦！」

老人說：「那我便直說了，請你耐心聽下去。在下懂得奇門遁法，常言道，『學過奇門遁，來人不用問』……今天，老漢為你私下一卦……你的祖父、父親都是善良的人，生前廣積功德。你之所以劫財殺人至今而未落法網，那都是你的祖父、父親陰德護佑。如今，他們的陰德已經被你用盡了……」

狂徒早已喝乾了第二碗酒，把空碗往桌上一摜，衝著老人破口大罵道：「老雜種，放什麼狗屁？囉囉嗦嗦說了這麼老半天的鬼話！你居然還知道我的祖父、父親是好人？他們是好人、積陰德管個鳥用？我告訴你：老子劫財殺人從來不留活口，就是靠這個，官府拿我沒辦法！我現在問你，你既然懂得奇門遁法，為什麼不給自己算算命，為什麼不早早躲開我，省得受這一刀之苦？」

老人看了一眼那炷香，見已燃燒至半，嘴角上浮出了自信的笑紋。於此之間，老人款款地站起身來，退到離桌子三尺以外的地方，神態安詳而又有些神秘地對狂徒問道：「我為什麼要躲你？你又怎地知道我非得受這一刀之苦不可呢？」

狂徒把一隻手搭到擺在桌邊的刀子上，一邊做出操刀欲起的姿勢，一邊再一次地猙獰地大笑：「他媽的，快過來，再給我倒上一碗酒，等我喝完了就立即殺掉你這個老雜種，看看你是不是非得受這一刀之苦！」

老人胸有成竹，依然是坦然一笑：「酒已經夠了，你再也喝不上了。明裡告訴你吧，你是殺不掉我的，我今年已經一百歲了，按天命計算，我還有十年陽壽呢。」

「老雜種……」狂徒暴躁地怒罵著，想抓住刀站起來，突然覺得手不聽話，腳也不聽話了。他猛地意識到：糟了，著了這個老傢伙的道了，老傢伙點燃那炷香，是計算時間哩！

老人還是那樣坦然地微笑著，將自己那半碗始終未曾沾嘴唇的酒緩緩倒回酒葫蘆，對狂徒道：「小子，你的死期可是近在眼前了。爺爺正經地告訴你，我家姓張，《水滸》裡面在十字坡開酒店的乃是我的先祖，裝了蒙汗藥的酒，咱們家世世代代都會保存一葫蘆，以防遇上你這樣的人。」

藥力發作，狂徒暈了過去。待他醒來，他發現天已大亮，自己被繩捆索綁，一點也動彈不得。老人正在招待一幫壯漢吃早飯，從眾人的言談中，狂徒聽出，吃了飯，這一幫壯漢馬上就要像賣豬一樣抬著他，把他送到官府去。

狂徒的罪行早被官府一樁樁紀錄在案，把他送到官府，他將遭受千刀萬剮之刑。這個十惡不赦的人間豺狼此時變成了一隻瑟瑟顫抖的、可憐的狗，他向老人乞求道：「行行好吧，我家裡還攢了幾十兩銀子和一斗銅錢呢，放了我，我把它都送給你。」

老人冷笑道：「我已經說過，你的祖父、父親的陰德已經被你用盡，所以你的死期已經到了，這是天意，沒有人會放掉你。把你送官是為民除害，何況，官府早已懸賞一千兩白銀捉拿你，鄉親們等著領賞呢，你那幾十兩銀子和一斗銅錢夠太微不足道了。」

狂徒絕望的嚎叫道：「只要我一旦脫了身，一定殺光你們全村男女老少！！！」

這個令人毛骨悚然的惡誓頓時提醒了老人和鄉親們。為防不測，老人叫幾個壯漢過來，立即把狂徒的兩個膝蓋剜掉，先叫他完全殘廢再說。然後，老人搭上一台小轎，親自監押著，叫壯漢們把這個賊人抬到官府那裡去了。

瘋蝶

一九七四年，單位把我從生產第一線調到「打擊刑事案件專案組」當調查員，參加「四二九、四三〇專案」調查工作。這種身份很有特權，上級發給我一本《機密筆記》本，還給配了一把手槍，就是電影裡常見的那種駁殼槍，還有十發子彈。這時還沒有普及五四式的輕型手槍。從此我的肩膀上挎上了一個軍用帆布包，用它裝著這兩樣東西，以便工作時隨身攜帶。

當時，我們安徽淮南有一幫人在「文革」大造反時期沒有過足癮，利用江青興起的「批林批孔運動」又要大亂天下。他們說「誓死保衛偉大領袖毛主席」，要「與資產階級反動路線血戰到底」，他們說毛澤東身邊還有一個比林彪更大的「定時炸彈」，一定要把它挖出來。這些人打人、抄家、搗毀工廠，搗毀政府機關乃至砸爛公安局、檢察院、法院，鬧得甚囂塵上。後來，北京下命令把這些人抓了起來，成立「打擊刑事案件專案組」就是專門整治他們的。其中的首要分子都是不知死活的政治賭徒，大腦都像灌了開水似地特別瘋狂，特別相信毛澤東「文化大革命七、八年搞一次」的說法。有的傢伙被判了死刑，直到被執行的前夜，還夢想著那個禍亂中華民族的第一妖魔突然宣佈：「第二次無產階級文化大革命」開始了。

「打擊刑事案件專案組」運作了半年時間。到了十月份，該殺的殺了，該判的判了，工作即將結束。就在這個時候，我卻遇上了一個女瘋子。此人叫章家雲，是工程師老胡（高工，今年七十多歲，出家在八公山白塔寺，去年我還和幾個朋友一道看望過他）的老婆，平時為人極其強梁。因為老胡家是地主成份，「文革」初期有人批鬥了章家雲。結果，章家雲精神上吃不消，瘋掉了。一直瘋了八、九年，鬧騰得越來越厲害，影響老胡沒法工作。省會合肥有一所精神病院，單位決定由專案組抽出一個人強制押送章家雲前往就診。結果抽到了我，因為我平時與老胡關係很好。還給我配一個人做幫手，姓韓，與我同齡。

章家雲是老高中底子，頭腦特別好使，知道我們要押她上精神病院，在自己家裡脫了個上下無條絲。我們都很年輕，不好與一個光著屁股的中年女人打交道，只好假裝走掉，躲在外面等著機會。老胡給章家雲喝了帶有安眠藥的糖水，但是安眠藥對她不起作用。不過，倒是把她的尿給催下來了。乘章家雲自己穿上衣服，上完公共廁所出來，我亮出駁殼槍鎮住她，叫小韓拿了麻繩上前捆綁。章家雲掙扎著不許捆綁，大聲嚷嚷道：「男女授受無親，你們懂不懂？你們這兩個特務分子，不要拿槍對著我，不要動手動腳，我跟你們去就是了。我章家雲無限忠於毛主席，砍頭只當風吹帽，有什麼了不起？走吧走吧，前面帶路！」

我把駁殼槍藏回軍用包裡，與小韓哭也哭不得，笑也笑不得，費了九牛二虎的力氣，總算把這個女瘋子弄到了合肥，弄進了精神病院。

精神病院人滿為患，病房住滿，樓道住滿，連樓門口的廊簷下也一張挨著一張地打著地鋪。精神病患者也是五花八門，唱的、跳的、說胡話的、沉默不語的，什麼樣的都有。最可怕的是狂躁型的，一發作起來就罵人打人，甚至行兇傷人。有一個年輕的女子，身體異常壯碩，大家說她是花柳瘋。第一天，小韓就被她一把摟住，滿臉地親吻，口裡還不住地說「我要和你悃覺！我要和你悃覺！」小韓身體弱，掙不脫，急忙對我大喊「快點救我！」

因為聽說了有精神病患者殺死親人的事，老胡很害怕，要求我們不要馬上回單位，一定等到章家雲辦成正式住院手續再說。正式住院是封閉的，不要家屬陪護，裡面的護士大多五大三粗，身體健壯，且配有橡皮棍，可以制住精神病患者。但是，正式住院的事必須要等上二十多天到一個月。

除了正式住院的之外，所有的精神病人都算是「臨時就診」，醫生的治療手段不外乎給藥、打針、電衝。據護士說，藥和注射液都是有毒的，精神正常的人受不了。有一些病人，服藥、打針以後就像木頭人，站不直，坐不下，沒有觸覺反應，聽不見別人說話，五六個小時以後才能漸漸甦醒。電衝更可怕：醫生在病人人中、太陽穴上扎入銀針，在針柄上連上儀器的電線，然後送電。這時，病人立即縮成一團，嘴裡、鼻孔裡噴出許多骯髒的東西。對於發病現象嚴重的病人，一般都是接連三次電衝。電衝以後，這個病人至少兩、三天是非常老實的。

我和小韓住在市內長江飯店，每天早晨乘公車到精神病院，在那裡監視章家雲一天，晚上再回去。大約過了三、四天以後，我認識了一個名叫藍蝶的姑娘。

精神病院裡充滿難聞的消毒藥水的氣味，令人難受。出門右拐有個藕塘，塘岸上種著一行垂柳。時至五月，每有風起，藕葉搖曳，柳絲依風，景致十分好看。我經常到那裡去呼吸新鮮空氣，很喜歡聞著藕葉的清香的味道，藍蝶也經常過去。幾次遇見以後，相互打個招呼，漸漸就熟了起來，還互相通了姓名、年齡，她比我大兩歲。從交談中得知，她也是全國第一批「上山下鄉」的，但是她目前仍在農村。她告訴我，她是一個病人，也在這裡治療。她很美麗，生得眉清目秀，面如傅粉，亭亭玉立，斯斯文文，看起來哪一點都不像精神病人。

大約又過了一個多星期，她的母親私下裡找了我，問我成家了沒有。知道了我的情況，老人家歎了一口氣，對我說，藍蝶愛上我了，在偷偷地給我寫情書哩。老人家很是愁苦，央求我，如果藍蝶向我示愛，一定不要說實話，不要一口拒絕，不然，藍蝶又會犯病了。她說，現在醫院要他們預交住院費，藍蝶她爸爸掏盡了家底，好不容易湊夠了錢，馬上就要送錢來了。

正在我感到為難的時候，有一天突然聽到臨時病房裡傳出藍蝶淒厲的哭叫聲和罵人的話語。我和小韓湊到那間病房的後窗看去。只見一個五十多歲的男子挨著藍蝶的母親坐在藍蝶床邊，垂著頭一聲不吭。藍蝶坐在床上，架起胳臂，全身劇烈地抽搐、顫抖著，非常憎恨地罵著他：「你這個沒臉沒皮的老右派！你為什麼不死？為什麼還要連累我……」

原來是藍蝶犯病了。在精神病院，一個病人大發作，往往會刺激其他病人跟著發作。不大一會兒，幾個護士循聲跑來，藍蝶一見他們，立即赤著腳跳下床，尖叫著往外逃。有人抓過藍蝶，用橡皮棍在她頭上砸了一下。藍蝶當即昏了過去，護士們拖起她就走，這時她已經失禁，尿液順著褲腿流下，撒了一地。

晚上回到長江飯店，小韓吃一碗麵條先回房間了。我有飲酒的習慣，一個人在餐廳的一角坐下來自斟自飲。就在這時，卻意外地遇上了那個被藍蝶辱罵的中年男子。原來他是藍蝶的父親，也住在這裡。

老藍也要了四兩白酒，正在等菜。看到我，就主動地湊了過來。他說，當我站在窗外看藍蝶犯病的時候，他已經從藍蝶母親那裡知道了我。他說他知道藍蝶看中了我，但是，別說我已經成家，就是沒有成家，他家藍蝶也不配。

服務員送上菜來，我們二人並在一處，一邊共同喝酒，一邊由老藍談說他的家事和這個女兒。

老藍是個知識份子，曾是一位中學的教導主任。「反右」時被學校內的宗派勢力給打成了「右派」。沒過多久，這個宗派勢力的代表人物也被打成了「大右派」，他這個「小右派」因此而得以平反。

老藍有五個子女，藍蝶是長女。藍蝶於一九六八年十一月份與戀人小李一起插隊。小李於一九七一年招工回城，臨走前幾天，兩個年輕人曾在一起同居，約定等到藍蝶也被招工回城的時候，他們就把婚事辦了。過了一年多，那裡開始針對女知青招工。招工辦的主任名叫周抗，三十多歲，造反派出身，是一個頗有能耐的人。周抗是個好色之徒，趁著招工的機會玩弄了好幾個有姿色的女知青。他當然也看中了藍蝶，但是他把自己的意圖表露出來以後，卻遭到藍蝶的斷然拒絕。於是，周抗故意把藍蝶給刷掉了。藍蝶去找，周抗說：「這次招工只招『革命幹部』和『工農兵』子女，家庭出身沒有問題的才行。你父親是『右派』，你屬於『黑五類』子女，不在招工範圍。」

藍蝶回家找父親。老藍找到校方，出具了一紙公文，證明老藍是「錯劃右派」。周抗看到這個證明以後，依然說：「錯劃右派也是『右派』，反正我說過了你不夠條件，你就是不夠條件！」

這以後又是兩年過去，由於藍蝶沒能返城，那個沒有良心的小李悔掉了這門婚事，在城裡另找一個姑娘結了婚。這個打擊摧毀了藍蝶，精神開始出現錯亂現象。去年再次招工，藍蝶去找周抗，周抗乘藍蝶精神恍惚，以可以考慮額外照顧返城為誘餌玩弄了她。事後，無恥的周抗竟然當面指責藍蝶原來不是處女，說他吃虧了，罷消了事先的承諾。藍蝶被徹底逼瘋了，卻把一切罪過算到了自己父親的頭上，見到父親就罵。憤怒的老藍到縣裡告了周抗，藍蝶被公安局帶到縣醫院檢查身體。周抗先一步到縣醫院找了專查婦科的醫生，利用人際使了手腳。於是，專查婦科的醫生只給藍蝶做了一條診斷：處女膜陳舊破裂。

公安局以此宣告藍蝶一案為「右派分子誣告革命幹部」。周抗沒事，老藍卻被拘留了十五天，還在學校遭到了行政記過的處分。

與我說著這些，文弱的老藍早已淚流滿面，幾番氣噎。我的拳頭也早已攥出了兩把汗，如果此時周抗就在旁邊，我想我保不準會抽出駁殼槍，一槍敲掉這個畜生！

老藍說：「藍蝶罵的對，是我對不起這個女兒，我也的確早該死掉！我不該被打成右派，連累了她，使她不能招工！我幾次下定決心尋死，但是藍蝶的問題還沒有解決，其他四個孩子不是也在『下放』就是尚未成人，我死了怎麼辦？我的妻子是小學教師，每個月只有三十多塊錢，他們怎麼生活？我一個月五十多塊錢，好歹可以養活他們呀！」

回到房間裡，小韓還沒有睡著，見我滿臉煞氣，便問我怎麼了。我把藍蝶的遭遇對他說了一遍。小韓也是知青出身，大家當然同病相憐。他激動地跳了起來，大叫道：「這狗娘養的，告他、告他！到省委書記那裡告！」

恰恰湊巧，我們單位還有一個人出差在合肥，就住在我們隔壁。他叫葉天盛，曾經是省委書記李任之的警衛員，在合肥認識很多高幹，很有面子。他是一個極端老實的人，也是為人善良而富有同情心的人。我和小韓跑去找他，三言兩語一說，葉天盛滿口答應下來。

第二天，我把我們準備幫藍蝶告狀的事告訴了老藍夫婦。老藍說，狀紙是早就寫好的，他因為過來省城看女兒，也做了順便上訪的準備，所以身邊現成的就有一份訴狀，只是有些害怕，還沒有拿定主意。當天下午，小韓留在醫院，老葉帶著老藍，我作陪同，我們一起去找門路。因為老葉的特殊作用，老藍的訴狀最終送到了李任之的手上。這位軍人出身的省委書記素有辦事雷厲風行的作風，當時看完訴狀，當即簽署了命令，責成老藍所在的那個縣的領導對這件事必須「認真調查，嚴肅處理！」叫人做成公函發給了那個縣。

老藍歡天喜地，感謝萬千。此後，就趕回他們那個縣等待消息去了。

又一個多星期以後，章家雲正式住院的手續終於辦妥，我們可以返回單位了。藍蝶已經恢復到了正常的狀態，但是，我再也沒有給她接觸我的機會。因為我是已婚的男人，不能再讓別的女性愛上我，這是不道德的，也是沒法為對方負責的，尤其藍蝶還不是一個正常的人。但是，在藍蝶母親的一再乞求下，我最後還是和藍蝶做了道別。

藍蝶送我到了那個藕塘邊上，站到一株垂柳下，把一張折疊成小燕子的信紙塞到我的手裡，湊空把我的一根手指頭緊緊握了一下，然後就電光火石般地放開了。她側對著我，臉迎著風，用手指梳理了一下自己的瀏海，忽然輕聲地背誦起來……背誦完畢，她低下頭，仍然還是那麼輕聲地說著話：「剛才給你的信就是這首詩，我自己寫的，專門為你寫的，你要好好保留住，保留在心裡。」

我看到她在流著眼淚。她依然沒有回頭，用右手的食指彈了一下滑到腮下的淚珠，又平靜地說了三個字：「你走吧。」

我不知怎麼回覆她，只好說了一句「多多保重！」就像逃命似地快步走開了。當我快要走上馬路的時候，聽到了藍蝶完全失控的號啕聲，聽到她的母親在哄騙她：「淮南小夥子還會回來的，一定會回來！」

三十八年過去了，我再也沒有回到合肥精神病院去，歲月早已抹淡了藍蝶在我心目中的形象。今年元月十一號的晚上，我的博客裡突然有了陌生人的紙條，打開一看，竟是藍蝶的父親老藍！他說，他的二女兒看到了《我的知青歲月》一文，介紹讓他看，他看著就想起了我，於是就找來了。

通過紙條，我瞭解了以後他們家以及藍蝶的情況：

省委書記親筆簽署的公函送達他們那個縣以後，周抗立遭逮捕。在公安局進行調查的時候，至少有二十幾個女知青揭發了周抗。結果，周抗以「嚴重破壞上山下鄉」的罪名被判了死刑。

親眼看到周抗被公審，被拉去槍斃，藍蝶的病情好轉了許多。縣領導特殊照顧，讓藍蝶回了城，安排在縣中學做收發員，負責遞送報刊信件，她的病從此完全好了。但是，不堪回首的悲慘經歷使她從此閉鎖了愛情之門，她始終不肯再與男性接觸，也堅決拒絕別人對她言及婚姻之事。退休以後，她被檢查出了婦科癌症，於二〇〇八年春天去世。臨終前，藍蝶對父親、母親說：「你們要好好保重身體，替我多活幾年。」

老藍說，他們老夫婦依然健在，工資待遇很高，生活沒有問題，只是都快到九十歲了，已顯得嚴重衰老。對於我，藍蝶從來沒有提起過，倒是她的媽媽常常念叨「那個淮南的小夥子，不知道現在怎麼樣了。」

噩夢

深秋的午夜兩點，鎮子上一片沉寂，人們都在夢鄉裡，只有他沒有睡覺。他坐在人行道邊，一根又一根地抽煙，正在給自己加強信心。他要幹什麼呢？他需要錢，因為他喜歡飲酒、賭博、上網、買彩票。但是，因為吊兒郎當，他已經丟掉了工作，而且已經賣完了父母留給他的所有產業。眼下，不但一個鋼蹦兒都沒有了，而且還欠了網吧的錢，欠了飯館的錢，欠了賭友的錢。賭友威脅說，明天再不還債，就剁掉他一支手。

他曾經跟鎮子上開中藥鋪的老闆學徒。這個老闆待人很友善，老闆的妻子更是個善良的人，老闆還有一個十幾歲的女兒和三歲的兒子，每逢見面，都親切地喊他叔叔。他曾經三次向老闆借錢，最後一次借了五千元。老闆勸他不要再貪戀那些不良嗜好，勸他找個正經事做，或是回來繼續學徒，竟然對他說：「你要是走正路，我這錢就不要你還了。」

他覺得沒有顏面再向老闆借錢。但是，老闆家畢竟還是有錢的，為什麼不能搶他一把呢？這念頭在腦海裡閃動以後，就再也消退不掉了。這幾天老闆出門去了，說是去遠方一個山區辦一件採購生意，此時老闆家裡只有婦女、小孩——機會來了！抽完最後一隻煙，決斷地摔了煙蒂，他便直奔老闆家去了。

他用先前偷配的鑰匙打開了幾道房門，悄悄潛入老闆的臥室。他知道，老闆在家時，老闆夫婦是睡在一間房的。老闆不在，老闆娘則到孩子的房間去睡。老闆的臥室此時果然無人，他找到保險櫃，急忙用自配的鑰匙開門，可是怎麼都打不開。突然，只穿著短衣短褲的老闆娘走了過來，驚異地問道：「兄弟，你這是幹什麼？」老闆娘的善良在這條街上是出了名的。如果這個時候他乞求她原諒他，她一定會放他走。但是，沒有這個「如果」！泯滅了天良的他同時也泯滅了人性，他猛地彈起身，暗中攥緊了早已準備下的鋒利的匕首，一下紮進了老闆娘的左胸。老闆娘只「哦」了一聲，鮮血迸濺著仰面倒下。他又撲上去胡亂扎了十幾下，直到老闆娘全無動靜。

隨著一陣踢踢踏踏的腳步聲，老闆的女兒穿著睡裙跑了過來。在女孩扒住門框驚呆、啞然的一瞬間，他猛撲過去，把女孩按倒在地，一陣狠掐，直到女孩斷氣。

像所有的兇犯一樣，他無師自通地馬上想到了「不留活口」，於是他又跑到小孩的臥室裡。小男孩恰巧醒來，迷迷瞪瞪地對他說：「叔叔，我要撒尿！」並張開雙手要他抱。他沒有遲疑，使足力氣把匕首推進了孩子稚嫩的胸膛。

最後，他在充滿血腥的房間裡折騰了好幾個小時才撬開了保險箱，拿到了二十幾萬元。臨走，他還糟蹋了女孩的屍體。他突然清醒過來：這一回，只要被公安局逮住，肯定要被槍斃。以前，他看過槍斃人的情形：幾個武警把一個人架到荒灘上，隨著「為民除害！」一聲高喊，「砰！」「砰！」「砰！」幾槍，犯人一頭扎倒在地——真是可怕。

他覺得，自己的結果一定也是這樣了。於是，他開始了逃亡。他逃到了一個幾乎與世隔絕的地方。四面環山，中間一片小小的盆地，頂多只有一平方公里。山的埡口只有一條路，順著山勢起伏，只容一人行走。每到雨天路滑，就沒人敢走了，因為若干年來，已經有不少敢在雨天走那條山路的人跌落山崖，被摔死了。在這一平方公里之中大約住了一百多戶人家，他們都姓張。據說清朝初年，到處殺人的張獻忠失敗，官府抓跟他同姓的人，有幾個姓張的人逃到了這裡，後來繁衍了這些人家。這個村子本來沒有名。解放初第一次普查戶口時，一個幹部來了以後說：「我的乖乖，這地方簡直就是一個葫蘆！」由此，這個村子便被人們叫做「張家葫蘆」。

張家葫蘆一個叫張和的採藥老人收留了他。他說他是個做藥材生意的，因為得罪了某個勢力很強的黑社會，不敢在那裡做了。他還說這裡很清淨，他有一些錢，本來是準備討老婆用的，要是能在這裡找個女人，他就在這裡落戶。

張和有個侄女是個年輕的寡婦，經張和撮合，他與此女結了婚。

張家葫蘆周邊山上遍地藥材，有的還屬於珍貴藥材。他讓村裡人到山上採挖，然後由他雇人弄到城裡去賣。生意連做三年有餘，他的二十幾萬血腥錢居然翻了十幾倍——他成了全縣屈指可數的百萬富翁了。有一個能人給他出謀劃策說：張家葫蘆的石頭都是觀賞石，比藥材更值錢，如果能修出一條路來，把石頭運出去賣，賺錢更多。

於是，他就用這筆錢給村子修出一條路來。在中國，歷來對修橋鋪路的舉動都會賦予極高的讚譽。先是鄉政府派人下來，指定提拔他當上了張家葫蘆的村長。接著縣裡的報社記者找來，報導了他的致富事蹟。後來省裡的電視臺又來為他錄製了節目，並予播放。他一下子成了名人。

寡婦很賢良，很勤勞，結婚不到九個月就生了一個男孩。有人說這孩子不是他的，他並不在乎。他年近四十了，反正孩子在自己名下，他只管疼愛有加。可是，這個男孩的長相卻非常奇怪地與那個被他殺掉的男孩相像，尤其是滿了三歲以後，這孩子的面目簡直與那孩子一模一樣。每當孩子對他嬉笑時，他便回想起那天夜裡自己的所作所為……噩夢便立即纏身。接下來，便是在幻覺中員警突然出現，銬了他，給他加腳鐐……上刑場……聽到「為民除害！」的喊聲……

有一天，孩子睡了，他弄了一些酒菜，要寡婦陪他喝酒。他勉強著灌了寡婦幾杯以後，要她一定說出這孩子的真正來歷。寡婦耐不住糾纏，只好實言相告：在他之前，有一個外地的藥材商人來採購，那時她反正沒有丈夫，又想有個孩子，就陪了這個商人幾天。他又問了那藥材商人的長相，寡婦還未描述完畢，他便失聲痛叫道：「冤家路窄！冤家路窄！天下竟有這樣的事？」

他突然感覺到自己始終被仇人的陰影籠罩著，感覺到自己始終在一張無形的大網裡。他沒有信仰，但是他這一次卻切實地意識到「冤有頭、債有主」這句常言竟然也有一定道理。他此刻的心境，用「驚心動魄、走投無路」來形容，都遠遠的不夠份量——他像一隻墮入陷阱、又面對獵人槍口的狼，感到了絕望與恐懼的徹骨之痛。他狂飲烈酒，只想完全麻醉自己，求取短暫的解脫。雄厚的資金、美滿的家庭、已經獲得的地位榮譽，使他加深、加重了對生活的眷戀、生存的渴求。他希冀著這個世界所有的人都能忘記他的罪惡，給他一線生機，允許他活下去。他甚至希望那天夜裡自己的所作所為只是一場虛無的夢，根本就不存在。

然而，受害的人與員警們卻不這麼想。當製造驚天大案的犯罪分子的形象出現在電視螢幕上時，藥材鋪老闆立刻認出了他。藥材老闆找到了因為破不掉案而被罷了官的刑警隊長。這位前隊長正窩著一肚子火，恨不得斫碎了這個喪盡天良、毫無人性的東西，聞訊後馬上從警隊裡找了幾個幫手，由藥材鋪老闆引路，駕車直奔張家葫蘆。

就是在寡婦講出孩子的來路的第二天，也是深夜兩點多鐘，他終於落網了，面對員警，他苦苦哀求道：「我把所有的錢都交給國家，只求不要判我死刑。我早就後悔了不該這麼做了，給我一次機會吧……」

特殊的門鄰

在深圳洪湖花園居住的時候，不經意遭遇了一個特殊的門鄰，一男一女。男的自言姓牟，自言剛剛五十歲，但看上去很像超過了六十五歲，控背、躬腰、大肚子，一臉褐斑，下眼皮吊著兩隻大眼袋，卻有一頭如墨的頭髮，當然，那黑色是染上去的。女的二十來歲，模樣姣好，看上去就像剛剛畢業的農村高中生，雖然皮膚微黑，卻是水靈靈的模樣，臉上佈滿稚氣，那男人叫她「阿琳」。

剛開始的時候，我們以為他們是祖孫二人。老牟很少出門，阿琳每天到超市購物，有時和我們遇上，也搭訕說話。阿琳稱呼我們大哥、大姐。這讓我們快到三十歲的兒子很生氣：「媽戈壁，充什麼大尾巴驢，還沒有我的年齡大呢。」有一天，阿琳說話時提到「我老公……」，我們這才知道，他們竟然是「夫妻」關係！

「公僕」

他們家裡養了兩隻小狗，一個叫「公僕」，一個叫「民民」。兩隻小狗經常咬架，「公僕」總是占上風，「民民」總是受傷。阿琳一向偏愛「民民」，每當這個時候就會大叫：「公僕，你又欺負民民了，我要殺了你！」

有一天上午，阿琳對我說：「大哥，我把公僕送給你家吧，它太壞了，總是叫，有時還在客廳裡拉屎，不能養，我真是看見它就夠了。」

「公僕」一身金黃長毛，身長一尺有餘，生就一雙怒眼，看人的時候凶光灼灼，一副不懷好意的樣子，每天見到我們都要呲出滿嘴的利齒，玩了命地狂吠，好像前輩子和我們家有什麼深仇大恨似的。有時候我的老伴企圖用食物改善它的態度，但它吃了東西，卻兇狠依舊。我的老伴常說，每次看到這條狗，就會想起電影裡的日本鬼子，簡直不是個東西。我的老伴當然極端討厭「公僕」，於是搶話道：「你不要俺更不要，這麼壞的東西養它幹什麼，扔掉算啦！」

心裡已經打定了一個鬼主意的我卻說：「可以給我家，但是絕對不允許再要回去。」

阿琳賭咒道：「我要是再問你要，就讓我一輩子不能生孩子！」

阿琳一直為自己沒有孩子而感到遺憾、傷心，這個咒算是賭的最毒的了。

阿琳把「公僕」用一根廢電話線栓住脖子遞給了我。眼看著女主人把電話線的另一頭遞到我的手裡，「公僕」好像明白了自己的命運從這時起開始由我掌握了，它嘎然停止了狂吠，驚恐地瞧瞧我，又瞧瞧阿琳，再一次瞧我時，居然搖起了尾巴。我心如鐵石，絲毫沒有為其所動。我挽緊電話線，「公僕」死命地往後掙。我往上一提，便把它四爪騰空地拎進了我家。我叫老伴趕緊關了前門，徑直把「公僕」拎進衛生間，幾分鐘便吊死了它，半個小時便剝了它的皮。又過了兩個小時，「公僕」已經變成了燉熟的狗肉。我特別愛吃狗肉，「上山下鄉」的時候養成的「壞毛病」，一直改不了。

燉狗肉的香氣沁人肺腑，老牟聞到了，大吃一驚，在他家裡拍案大叫：「壞了、壞了，老樵家燉狗肉哩，他把公僕殺掉了！」

阿琳趕忙跑到我家，一見狗肉已經燉熟擺上餐桌，連連拍著巴掌，帶著哭腔大叫：「樵大哥呀、樵大哥，那個公僕可是日本名犬呀，當時是八千八百八十八塊買的呀，我老公養了一、兩年了……」

糾紛

有一段時間，老牟不在家。阿琳依舊每天到超市購物，結識了一個小保安，說是老鄉。小保安來了兩次以後就開始公然留宿在阿琳家裡，阿琳常常開心地大笑，與小保安打鬧嬉戲。夜深的時候，有時他們家可以聽到有人呻吟，顯然是阿琳在叫床。

大約過了將近一個月，老牟回來了，小保安從此不再出現。

有一天，一向深居簡出、待人冷淡的老牟突然破天荒請我們喝「早茶」，還特地給我點了茅臺酒。他說他有高血壓、糖尿病、心臟病、腎結石、動脈硬化，是滴酒不沾的，只招呼著讓我一個人喝。我雖然世稱「酒神」，茅臺酒卻是不常喝，因為我實在喝不起。我當時月薪不過兩、三千元，只夠買幾瓶茅臺酒，而我每日總得七、八兩烈酒下肚，一個月少說也得二十幾瓶。就掙這麼幾個小錢，那敢放肆？還有老伴跟著要吃飯哩，光買酒不買大米怎麼行呢？於是，我便抓住酒瓶子只管喝。

一瓶茅臺下去大半，他終於對我悄聲說：「我老婆就要來了，阿琳得迴避一下，不然會有大麻煩。」

我感到非常吃驚：「怎麼？你還有老婆？阿琳不是你的合法妻子？」

他慚愧地苦笑道：「老樵你看看，她給我做孫女都差不多，怎麼能是夫妻呢？僅僅只是玩玩而已。」

狗娘養的！「僅僅只是玩玩而已」？你這麼一把年紀，趴到人家小女孩嫩嫩的肚皮上做那些事，不覺得缺德、作孽嗎？我這樣心裡說，差一點兒罵出聲來。老牟說出了他的目的，他說：讓阿琳住賓館我不放心，我想讓阿琳借宿在你們家。

這，當然是絕對不可能的事情，我的老伴搶先斷然拒絕，我也緊跟附議。說實話，我們都是一塵不染的人，怎麼能夠允許這樣的女人睡到我們家的床上呢？

早茶結帳，老牟白白花了八百多塊錢，臨走的時候，神色快快地說：「下次早茶可是該你老樵買單啦。」

又有一天，他們家裡傳出了阿琳的哭鬧聲。阿琳說：我懷孕了，不管是男孩、女孩，總算是能給你老牟生孩子，讓你老牟有後代了。那個老怪物（指老牟的妻子）一輩子沒生一個蛤蟆，你這麼多年的小蝌蚪都白白送給她了，有什麼了不起？幹什麼不能和她離婚？幹什麼我就只能當二奶？這明明是我的家，我的房子，憑什麼要我迴避她？

屋裡鬧的正歡，老牟的妻子恰恰拉著行李箱趕到了。這個女人的整體形象酷似《絕對權力》裡面的趙芬芳，一眼就可看出絕對不是省油的燈。接下來，當然是更加熱鬧了。「趙芬芳」的語音由低而高，由高轉為聲調犀利，質問、怒罵，一聲連著一聲。老牟唯唯諾諾的支吾，只說自己的身體不好，叫大家不要再鬧，阿琳則尖著嗓子的大聲嚷嚷，叫「趙芬芳」滾出去。

「趙芬芳」打了阿琳，老牟橫身相護，大叫：「她懷孕了、她懷孕了！」

「趙芬芳」開始砸東西，電視機、電腦、冰箱、落地窗……全部化作驚天動地的一聲聲爆響，似乎他們家所有的東西都被她砸掉了。

物業的保安趕來，硬是把「趙芬芳」拖出了他們家。阿琳乘機從裡面鎖死了防盜柵欄，無論「趙芬芳」在外面怎樣地用腳踹，拿東西砸，老牟與阿琳就是不理睬。「趙芬芳」坐到地上大哭，睡到地上打滾，再起來踹、砸……直到精疲力竭。臨走，指著防盜柵欄威嚇道：「婊子養的姓牟的，你這個潛逃的貪污犯、大貪官，你就等著進監獄吧，我非叫你吃槍子不可！」

結局

「趙芬芳」走後這天晚上，阿琳把我請進了他們家。老牟說，他們準備到加拿大旅遊一陣子，躲躲閒氣。他取出一軸字畫交給了我，對我說：所有的東西都被「那潑婦」毀掉了，就剩下這軸字畫了。這是他在中央黨校學習的時候，國家政協副主席、著名書法家某某給他題的字，價值不可計算。老牟對我打打躬，囑託道：「拜託樵兄了，我的信念，我的意志，乃至我的『政治生命』都在這個題詞裡了。『那潑婦』還會再來的，這題詞可千萬不能落到她的手上。」

當天夜裡，老牟與阿琳悄然離去。

可憐的「民民」被丟在防盜柵欄裡，整天在那裡哀號，我的老伴給它送點兒吃的東西，它頂多瞅瞅，根本沒有想吃的意思，偶爾只是舔幾口牛奶。第三天，「趙芬芳」來過一次，她砸門、撬們，「民民」吠她，被她一棍子打得死翹翹。我們給物業的保安打了電話，費了一天的功夫，最後保安帶來了員警，給「趙芬芳」戴上手銬弄走了。物業的保安告訴我們：這個女人和她的丈夫都是網上通緝的逃犯。

大約又過了半個多月，阿琳突然溜了回來，竟然瘦的就像鬼一樣，蓬頭垢面，一身衣服襤褸不堪，而且臭氣薰天。她沒有鑰匙開自己的家門，敲開我們家，改口稱呼我們「大伯」、「大媽」，對著我們嚎啕大哭。阿琳給我說了那個小保安的電話號碼，要我撥通，叫對方趕快趕來。我打了電話，我們一邊讓她喝水一邊勸她冷靜，同時聽她述說一些內情和最近的遭遇。

原來，老牟是內地一個貧困縣的紀委書記，副縣級幹部。那個縣裡貪官很多，老牟利用「反貪」的機會收受了一些貪官污吏的錢財，大概有三、四千萬，他給上面送了一些，餘下大多數贓款都被他老婆掌握著。阿琳家裡很窮，在縣城裡一家「洗浴中心」做按摩小姐，第一次做「那種事情」的時候就遇上了老牟，老牟看阿琳是處女，便把她包養起來。老牟被人檢舉，上面的關係通知他趕快躲避，於是他們就隱居到了深圳。這所房子，是阿琳名下的，算是阿琳青春的代價。因為坐吃山空，手裡的錢不多了，老牟偷偷地去找了他的隱藏在另一處的老婆，錢是拿到了，但是也把這個潑婦引了過來。老牟害怕他老婆真的出手，於是就帶著阿琳找了蛇頭偷渡菲律賓，船到海上，蛇頭竟把老牟捆綁起來，脖子上繫了一個鐵鍊，然後將他丟到海裡去了。蛇頭說，他們對待偷渡的貪官都是採取這種辦法，這叫「替天行道、為民除害」。船開了回來，在汕頭附近一個荒涼的海灘登岸。蛇頭們說，他們從來不殺妹仔，因此饒她不死。他們把香蕉樹葉鋪在地上，一遍又一遍地輪姦了她，劫了她所有的財物，拽耳環的時候把她的耳朵都弄豁了。然後，他們哈哈大笑著在她身上撒了尿，把她丟在了那裡。她身無分文，一路乞討著走回了深圳，身上一直流血，看來腹中的胎兒保不住了。

老伴聞言，流下了憐憫的眼淚。小保安終於趕到了，他有鑰匙，開了門，扶走了阿琳。有潔癖的我，叫老伴扔掉了阿琳用過的茶杯和坐過的沙發墊子。

過了幾天，阿琳恢復了很多，跑來悄聲央求我們，說她被蛇頭們「那個」的事情沒有告訴男朋友，我們千萬要為她守住秘密，她以後準備和他結婚哩。又過了一些日子，阿琳再次消失。有一天她打來電話告訴我們，她賣掉了房子，和小保安回老家了。她還特別叮囑道：那幅字畫送給你們兩位好心的老人家做紀念了，就那麼就幾個字，老牟給了那個「書法家」二、三十萬呢！

我和老伴展開了那軸字畫，只見雪白的宣紙之上霍然地塗著「清正廉潔、忠誠勤政」八個大字。字體厚重，毫無風格，屬於當今官僚中流行的「墨豬」體。還有兩行小楷，上行是稱讚老牟的副詞，下行是那個八個字拿人家二、三十萬的傢伙的落款。

我說：「這種玩意，一文錢書法價值都沒有。」

老伴問：「怎麼處理呢？

我說：「丟到垃圾箱裡去吧！」

謀殺李毓昌

這不是一個由筆者隨意杜撰的傳奇故事，而是一起沉積於茫茫史海，但永遠令人驚心動魄卻又可歌可泣的、真實的反貪事件……

十七世紀中葉，極度腐敗的明王朝已經走到病如膏肓的末路，天災頻降、人禍迭生，廣大人民聊無生計。最終，走投無路的饑民們以排山倒海的暴動，為這個再無作用的統治機器作了終結。於是，滿州八旗子弟乘機南下逐鹿，在明王朝的廢墟上又建立起一個疆域萬里的新王朝。

當是時，由於持久、大規模的戰亂、殺戮以及其他因素的摧殘，中原人口銳減，已到了種族即將消亡的危急關頭。清順治年間（一六六一年），連同八旗子民，全國總計只有兩千一百零七萬。「君以民為本」，新的統治者所需要的當然不是杳無人煙的千里赤地，為了把國家建設起來，他們也採取了一些與民休戚的溫和政策，諸如鼓勵人民恢復農事，放寬稅制（五十抽一稅），以讓利於民等等。同時，對官吏奉行薄俸祿，禁貪污的政策，以減輕人民負擔。人民群眾的生計問題由此逐漸得到解決，經過一段時間的修養生息，人口又增長起來。大清建國一百四十年後，到了眾所周知的乾隆時期，全國人口劇增到了三億之眾。

乾隆皇帝在位之久長達六十三年，以其卓越的文治武功使當時的中國社會長時期地處在國泰民安的狀態中，中華民族因此再度呈現出繁榮昌盛的氣象。可以說乾隆的確算是一位有為之君。但是，君臨天下者至尊至貴，歌功頌德之聲不絕於耳。由於久慣虛榮，這位一直自奉聖明的皇帝到了老年以後也難免糊塗起來，最後，因為阿諛奉承而被和珅那樣的壞人鑽了空子，竟至於國家為蠹蟲所蛀。

和珅是一個善於揣摩乾隆的心理、投其所好的奸佞之徒，憑籍投機手段以一名宮廷侍衛青雲直上，累受遷升竟至軍機大臣、文華殿大學士，操持國家權柄。是人也，儘管出將入相、權傾朝野，身居萬人之上，但其骨子裡仍是平庸小人。他不學無術，不解禮儀廉恥為何物，對治國理政之道更是一竅不通，所能為者只是瞅準君主的弱點加以利用，千方百計蒙蔽乾隆，一面騙取寵愛與信任，一面恃寵橫行、結黨營私。

和珅最大的罪惡莫過於大開貪污納賄之門，在得勢的一、二十年間，他狂吞暴掠國家的財富和人民的血汗，金銀珠寶不厭其多，華屋良田不厭其廣，所積私產總價值竟達八、九億兩白銀之巨。由於和珅的貪污納賄之行幾乎是公開的。又長時期沒有受到制約，這就很快在朝廷上下影響開來，一時間官場上正人不能立足，卻只見貪人紛起，肆無忌憚，大大小小的官員一旦持掌權柄無不乘機為自己斂財聚富。到了乾隆與嘉慶皇位交替時期，熾烈的貪風已經嚴重破壞了朝廷的綱紀，使得滿清王朝的統治出現了吏道廢弛、政治腐敗的頽敗局面。

滿清朝廷本是十分重視水利的，每年都要從國庫中調撥高額銀兩投入河防工程，可是與河防工程有關的各級官員卻不能秉承上意。每到專用銀子分配下來，膽大的乘機鯨吞，膽小的人浮於事，無非是想辦法把銀子耗掉就算交差了，最終的結果都是於事無補。嘉慶繼位以後前期階段，出於這樣的原因，黃河下游河道由於長期不得疏導而嚴重淤塞，洪水由清江湧入淮河，流瀉不及，即給山東西部與江蘇北部一帶造成大面積水患。

嘉慶十三年，秋水大漲，黃河決口，地勢低窪的淮、泗地區變成了澤國，受災最為慘烈的是江蘇淮安地區，許多民舍被大水沖毀，糧食財物隨波逐流，人民群眾死於水淹、饑寒者不計其數；死者陳屍於溝壑，生者暴身於荒野，倖存之人不分男女老幼餐風露宿、缺衣乏食、掙扎在死亡線上。

早有快馬將災情報達北京。

此時，嘉慶帝年方不惑，正當春秋鼎盛之際，且是一位勤於政務的君主，凡天下大事莫不親自理問，看了災情的奏章之後，對災區子民的悲慘境況竟流下憐憫的熱淚。為表達垂恤蒼生之意，他發下諭旨，命令朝廷立即從國庫中調撥錢糧，從速賑濟受災百姓。朝廷遵旨布賑，為防止地方官吏乘機中飽私囊，從中侵吞剝奪，嘉慶帝又下詔給兩江總督鐵保，要他委派專員到災區各處巡視災情，同時查證賑銀的發放情況，俱實申報。

時有三十七歲的山東學子李毓昌，乃於嘉慶十三年入京參加秋考，幸中進士，賜候補知縣資格，被吏部分配到兩江總督衙門聽用。李毓昌路過家鄉即墨縣城西李家營，匆匆與妻子及家族中人道別，帶上幾個僕從便奔赴江蘇去了。到了兩江總督衙門，恰恰趕上派員查賑之事，總督鐵保委任他為查賑委員，負責淮安府的山陽縣（今江蘇淮安）。

李毓昌是一個滿腔熱血的有識之士，十年寒窗，飽讀聖賢之書，此番英年得志，乍入仕途，自是決意報效朝廷的恩遇，要有一番作為。到任山陽後，他不辭勞苦，深入鄉村體察災情，訪寒問苦，撫恤百姓，為受災的群眾做了許多好事。在查對賑銀的情況時，李毓昌發現山陽知縣王伸漢犯有相當嚴重的貪污行為：這次上面撥給山陽的賑銀共計九萬兩，竟有兩萬五千兩都落入了王伸漢個人的腰包！親眼看見山陽人民受災慘狀的李毓昌被這種滅絕人性的侵佔、貪污激怒了，他義憤填膺，堅決把查賑的情況如實造冊，附加呈文上報總督衙門，要求上司按律懲治這種不可饒恕的犯罪行為。

此番查賑，李毓昌兩袖清風，廉明公正，以身自律，拒不接受官場拉攏，不曾貪圖個人利益，就是對自己手下的僕役隨從也是管束甚嚴。但是，他的僕役李祥、顧祥、馬連升卻是三個貪婪的狗才，他們追隨李毓昌是為了趨炎附勢，本想跟著他刮地皮、喝民血、狠狠地大撈一把，沒料到這個主子卻是一個不隨俗流、廉潔奉公的清官，不允許他們擅做人情，禁止他們收受賄賂，更是嚴格規定不得干預公務，害地他們無權無勢，毫無便宜可占。狗才們大失所望，由心懷不滿而漸生怨恨。此際，心懷鬼胎的王伸漢正在密切注意查賑之事，為打探情況，他派出了自己的心腹爪牙包祥。包祥是個市井間的痞子惡棍，見多識廣，極有心計，且頗有手段。包祥毫不費力地與李祥等人搭上關係，請他們吃飯購物，或以金銀相贈。稍見一些好處，李祥等人便把自己的主人已經抓到王伸漢貪污的實據，正準備向上舉報的事情作了全盤的出賣。

王仲漢是一個人面獸心、五毒俱全、絕無道德可言的罪惡人物，混跡於官場只是為了貪污納賄，借機發財。王仲漢為人鮮廉寡恥，又八面玲瓏，擅長拉攏同類，更會層層巴結，對官場上的種種黑道無不精通。他在山陽縣魚肉人民、荼毒一方，瘋狂地收刮民脂民膏，敲骨吸髓猶不罷手。他經常用山陽百姓的血汗去「孝敬」淮安知府王轂，因此與這位頂頭上司勾結甚緊。王轂雖為地方上級別較高的官吏，骨子裡卻也是一個品行卑劣的貪鄙小人，為了可恥的貪欲，他經常與王仲漢狼狽為奸、沆瀣一氣，甚至通同作案，一起貪贓枉法。

倚仗著這樣的關係努力，多行不軌的王仲漢一向賊膽包天，在他的眼裡，庶民百姓賤如草芥，王法刑典如同虛設，所以，朝廷下發拯救苦難災民出離水火的救命銀子，他也照樣膽敢鯨吞，全無顧忌。獲取包祥打探的消息以後，王仲漢並不驚怕。他以小人之心度君子之腹，認為李毓昌只不過在虛張聲勢，是官場上的故作姿態，主要用意無非是為了敲詐，只要他願意分贓，一切必然煙消雲散。於是他又讓其他官員暗通李毓昌，許以贈送白銀一萬兩，要求兩下相安無事。不料，剛毅正直的李毓昌拍案而起，面對前來說項之人，一面痛陳親眼所見庶民百姓受災之慘狀，一面憤怒斥責貪官污吏不顧災民死活，不顧朝廷法令，大量冒領、貪污朝廷賑銀的罪惡行經。李毓昌堅決拒收任何賄賂，並嚴正聲明：對王仲漢侵吞賑銀以及賄買查賑官員之事一定如實報告總督衙門。

萬兩白銀絲毫未能買動李毓昌，王仲漢這才相信世界上還真有不貪之官。他有些慌神了，只得急忙與包祥再行謀劃。包祥認為，李毓昌雖不愛錢，他的幾個僕役卻都是貪財之輩，不妨再以利益相誘，用金錢將這幾個人收買下來。只待李毓昌查賑期限將盡、就要趕回總督衙門覆命之際，叫他們把李毓昌的查賑清冊與報貪的有關呈文偷出來，再拿過來予以銷毀。待到李毓昌察覺，若要重新造冊就必須重新調查核對有關資料。既是期限已盡，本縣可以不予配合，上司也肯定不會同意重新辦理此事。這樣，李毓昌丟了實據就不能奈何任何人，就連他如何向總督衙門交差都成了問題，說不定還會倒楣丟官。

王伸漢自己並無他策，全都依著包祥，叫他代辦一切，相機行事。

包祥找到李祥、顧祥、馬連升，說是王知縣叫他們設法盜出查賑清冊與有關呈文，事後將有重金酬謝，這三人一聽有賞，立即踴躍從命。然而，李毓昌是個精細之人，在拒絕了王伸漢的收買之後，深知對方在這件事情上不會輕易罷手，心中也存有戒備。他似乎察覺到自己的身邊已被別人布下一張無形的網，他看出手下的幾個僕從很不可靠，一切公事公文就再也不讓他們過手。對於查賑清冊與有關呈文更是親手保管，收藏縝密。他也知道王伸漢這種人物心地險惡、手段毒辣，為了提防一旦遭其不測，他還把對方貪污與行賄之事另外寫成一份柬貼，秘藏在自己貼身的衣服中。

由於李毓昌的防範沒有分毫破綻，李祥等人最終未能窺得行竊的隙機。眼看著查賑工作已到了終結之期，李毓昌就要離開山陽縣了。李毓昌一旦走進總督衙門，勢必把山陽縣的貪污案件檢舉出來。一想到所為之事行將敗露，無情的王法就要加於己身，奸謀再度落空的王伸漢這才感到了恐慌。然而，他是一個膽大妄為的人，這個窮凶極惡的野獸，在走投無路之際，他恨透了心如磐石的李毓昌，從絕望中陡然遷動了殺機。

於是，王仲漢向包祥表明了除掉李毓昌的決心，包祥也認為事已至此只得這麼做了。二人再度密謀，計畫以重金厚賞再拉李祥等人入夥合作，置死李毓昌，強取查賑清冊以及有關呈文。於是，包祥又來找到李祥、顧祥、馬連升三人，向他們傳達了王仲漢的意思，面授機宜，教之如何行動，並作出了事成之後各有百兩白銀的重賞與重新予以安置的保證。三惡奴利慾薰心、喪心病狂，竟然一口答應下來，叫包祥轉告王知縣放心，他們一定會按照安排幹掉李毓昌。

待包祥佈置已畢，王仲漢就在他的山陽縣署大張酒筵、廣邀賓朋，以「送行」為名盛請李毓昌。地方官吏用這樣的方式迎送上司，或迎送上級衙門差遣來的職員也是當時官場上的慣例，李毓昌不便違拗，加之又是在大庭廣眾之間，料想王仲漢也不敢有什麼異常舉動，就應邀赴宴去了。宴席間，當著作陪的官員士紳們，王仲漢對李毓昌百般殷勤，故作奴顏婢膝之態，曲意奉承，講盡了甜言蜜語，李毓昌只是勉為應酬。

酒筵直至深夜方散，天亮以後就可以離開山陽的李毓昌認為一切都已經過去，沒有逆料到眼下的兇險。他回到下榻的公館，已是神倦意怠、疲憊不堪，因感口渴，便呼僕役送茶。李祥隨即送上一杯茶水，茶是溫的，毫無警覺的李毓昌接過來一飲而盡，遞還空杯就入內室睡下了。不大工夫，李毓昌感到腹中作痛，旋即加重，竟至於不能就枕，只得穿上外衣伏到書案上撫腹呻吟。

原來那杯茶水裡早被惡奴們投下了毒藥砒霜，此時毒力已經發作。頃刻之間，李毓昌腹中疼痛加劇，一陣陣猶如刀攪，忍不住倒地掙扎、捧腹哀號，眼、鼻口、耳中竟有鮮血流出。李祥、顧祥、馬連升三人一直在外室窺探動靜，瞅見李毓昌已經到了這般光景，旋即魚貫而入。顧祥把李毓昌從地上拖起來攔腰抱定。李祥獰笑道：「李大老爺，今天老子們直言告訴你吧，我們可要把你這個滴水不沾的清官大老爺伺候到頭了！」馬連升則把一根繩索套到了滿面流血的李毓昌的脖頸上。李毓昌痛苦萬狀，無力掙扎，也無力呼喊，被惡奴們一陣猛勒，頃刻間氣斷身亡。而後，李祥等人把屍體吊到了房樑上，撩起死者的衣袖胡亂擦擦死者臉上的血污，悄然地離開了現場。

第二天早上，李祥等人裝模裝樣驚呼哀嚎，聲稱他們突然發現主人不知何故自縊死了，一面堵住公館不讓別人進去探看，一面飛報山陽縣衙。得到報告，王伸漢明知李祥等人已經下手得逞，心中大為高興，即令包祥先行前往。包祥趕到現場，與李祥等人搜得查賑清冊與有關呈文，立即送交王伸漢。王伸漢拿到這些東西之後，心中的石頭終於落下，遂去淮安知府衙門報告李毓昌的死訊。

見了王轂，王伸漢未作任何隱瞞，坦言陳說必殺李毓昌的緣由以及殺害的經過，許以白銀二千兩再次「孝敬」這位頂頭上司，求他幫助遮掩。殺害一名總督府派下的查賑官員當然不是小事，王轂乍聽王伸漢說透此事也有些心驚肉跳。但是，他與這位下屬本是一丘之貉，有著卑劣的共性和骯髒的利益關係，心感不安也只是片刻之間的事情。二千兩銀子的誘惑，很快就使王轂把一切顧忌撇到了腦後，當即叫王仲漢放心，答應他一定在善後事宜上為其開脫。

得了上司的承諾，王仲漢更是有恃無恐。他得意非凡地回到縣署，叫來自己所有的僕役隨從，一一賞賜銀兩，教他們少管閒事，少說閒話。眾人自是唯唯諾諾、無不應承，縣衙內部自是相安無事。內部全部打點停當，王仲漢這才請來王轂以上司身份作為公證，自己則以當地官員的名義，冠冕堂皇地駕臨現場，公開處理李毓昌身死一案。不料，仵作（既舊時驗屍人員）尚不知情，見死者乃是一名官員，行事倍加用心。仵作仔細察看了李毓昌的遺體，見其面色青紫、頸部有勒痕、指甲烏黑、七竅之中均有血污，便當場做出了死者乃係生前被人灌了毒藥、而後遭人勒斃的推論，並且認為所灌之毒可能是砒霜，提出只要用銀針試探喉部，一切便可以見分曉。

殺人的罪行一揭即現，主謀者與兇手們大驚失色，顫慄惶然、手足無措。城府積深、老奸巨滑的王轂畢竟不同於尋常之輩，他忽而拍案大怒，嚴厲呵斥仵作不學無術、信口雌黃，責其所作推論自相矛盾、漏洞百出。大罵仵作無能，喝令左右將其拖下重重責打。仵作無端受刑，痛徹肌膚，由此想到李毓昌之死定有隱情。無奈身份低微，無力抗爭，只得屈服於淫威，按照王轂們的意思在驗屍單上把死因填作自縊而死。

王仲漢據此擬文，申報總督衙門下派查賑專員李毓昌自縊死亡。已由仵作勘驗明白。王轂以知府名義簽准，又令依照慣例層層上報。

對於一個受委查賑官員的猝然死亡，江蘇各級官僚並無一人過問究竟，就連兩江總督鐵保本人也沒有提出任何質疑，死就死了，死了算了。王伸漢的呈文一層層報上來，一層層照簽無誤，最後由鐵保作了批覆，只叫山陽縣處理死者後事，別無他議。

一切都是出乎預料的順利，賊官王伸漢大喜過望。接到回文後，他叫包祥弄了棺木，先把李毓昌的遺體收殮起來，又通知即墨方面，叫死者的親屬前來迎柩歸葬。奸謀既成，凶案主謀對幫兇們的承諾當然要一一兌現：王轂那裡二千兩銀子如數奉送；對於出了大力的包祥與李祥、顧祥、馬連升等人也都各自給了一份厚賞。經王伸漢推薦，李祥作了長州通判的隨從，馬連升作了寶應知縣的跟差，唯顧祥不肯再聽他人使喚，自願回家買田購屋、娶妻生子，卻多得了一份賞賜，高高興興地回家去了。該賞賜的賞賜、該安置的安置，一個個皆大歡喜，看起來各得其所、相安無事，一切都風平浪靜了。王伸漢以為大局既定，再無顧慮，也就放下心來繼續他那骯髒而罪惡的生活。

蒼天為烈士抱恨！隆冬遽然降臨，大雪飄飄，沃野茫茫，冥冥上蒼似乎要為這滔天的罪惡保留一點什麼，但是從表面看來，一切罪惡全都掩蓋起來，好像李毓昌就這樣白白地被人謀去了生命，從此冤沉海底了。

嘉慶十四年初春，李毓昌的族叔李太清從即墨趕到山陽縣，代表死者的親屬前來迎柩歸葬。遺體封在棺木之中，李太清沒法看到侄兒的遺容，先頭也倒沒有什麼疑問，待到收拾入殮時被人換下的舊衣物之時，卻發現了李毓昌遇害前有心藏下的那份柬貼。李太清讀到柬貼中

「山陽知縣冒賑，以利陷鯀昌，鯀昌不敢受」的句子時，心中頓時產生了疑惑。

恰逢王伸漢又來探望，表現出異乎尋常的熱情，並以白銀一百五十兩相贈。李太清問及李鯀昌的僕役隨從為何不見，王伸漢說是已經妥善安置、各有出路了。李太清更加為之警覺，感到侄兒的死亡並不是一件簡單的事情。但他遠離家鄉孑然一人在此，明知勢單力薄不可輕舉妄動，只好不露聲色。

聊作寒暄，李太清便向王伸漢辭行，扶上侄兒的靈柩匆匆離開了山陽縣。

李鯀昌生去死歸，他的靈柩運抵即墨時，家族中人悲痛萬分，無不相聚痛哭，他那年輕新寡的妻子林氏更是肝腸寸斷、痛不欲生。人是好好去的，何緣何由竟能自尋短見呢？悲哀之餘，人們百思不得其解。

李太清拿出李鯀昌所遺柬貼與王伸漢所贈銀兩，陳說柬貼的內容，又說及王伸漢過分的殷勤，以及代為安置李祥等人之事，使得族中眾人疑雲頓生。李鯀昌的妻子林氏細心地查看族叔帶回的遺物，發現一件外衣的袖口上尚有斑斑血跡；這件外衣是一件羔皮上裝，是李鯀昌活著的時候常穿衣物。有人提出質疑：山陽縣既然斷定鯀昌是自縊死的，那這斑斑血跡又是從何而來？李氏族人莫不為之譁然，認為李鯀昌可能是在外面遭了惡人的毒手了。

為了把事情弄明白，李太清決定先由自家人開棺驗看遺體，以證所疑再說。棺蓋打開，只見遺體保存很好，容顏猶如初死之際，這是由於李鯀昌遇害時正值隆冬天寒的緣故，加之砒霜又俱有一定的防腐作用。這也是殺人的兇手們始料不及的，真可謂天日昭昭！

棺木中的李毓昌依然是面色青黑、目暴口張、七竅中血跡猶紅。眾人見狀，料定是中毒致死，遂用銀針探其喉部，銀針取出時表面成了黑色，擦拭不褪。很顯然這是砒霜中毒之兆，由此完全可以推斷李毓昌是被人謀害致死的，而且此事與山陽知縣必定大有干係。

李太清挺身而起，決議代表族人赴京告狀，為侄兒的不明之死討個公道。李氏族人當然支持，很快就寫好了狀詞，湊足了盤纏。於是剛從南方歸來的李太清人未解衣、馬未卸鞍，又風塵僕僕地踏上了北上之路。

到了北京，李太清找到都察院，當堂投下了訴狀。都察院乃是直屬朝廷的執法部門，專管各級官吏違犯法紀之事。執事官員接了訴狀，見是涉事複雜、事關人命的疑難案件，就把它上報給了朝廷。李太清萬萬沒有想到，他的這份訴狀就這樣順利地落到了親理朝政的嘉慶帝手上。

嘉慶帝是一個極端憎惡貪污腐敗現象的君主，早在為太子時，他就恨透了權臣和珅那種蠹國亂政的卑劣行徑。一七九九年乾隆帝剛死去，他親政不到五天就下旨逮捕了和珅，以二十條大罪令其自殺，將其所有家產全部抄沒充公。和珅多年暴掠，富可傾國，他的財產竟相當於當時滿清王朝十幾年總的收入。為了狠煞貪風，嘉慶帝乘勢擴大打擊範圍，還處決或用其他方式嚴懲了一些有名的貪官，一時間政風清朗、朝野稱快，未落法網的貪官污吏無不縮首夾尾。

這只是十年前發生的事情，嘉慶帝對於貪污腐敗現象依然警惕在心。今日披閱了李太清的訴狀，見所訴之事可能與貪污賑災銀兩有關，馬上又引起了重視。他招集臣僚議論此案，親自提出了疑問：

一、李毓昌新第得官，初入仕途，正當年輕得意之際；既為查賑委員，身負上司重任，以何緣故遽然輕生？

二、李祥等人只是他人僕役，王仲漢與此輩非親非故，並無照顧之責，為何在李毓昌死後為他們一一予以妥善安置？

三、死者乃是查賑委員，為何查賑之事並無一紙留下？所遺柬貼的內容當作何解？

四、王仲漢與死者素無交情，為何屈身禮待李太清，並厚贈銀兩？

嘉慶帝斷定，李毓昌之死「必有冤抑、亟待昭雪」，乃教朝廷向有關方面傳下旨諭：「案關職官生死不明，總應徹底根究，以期水落石出」。

然而，即使是皇帝親自下了諭旨，江蘇方面麻木不仁的各級官僚包括鐵保本人，對他們眼皮下發生的這樣嚴重的事件還是沒能予以重視。他們認為事情已經過去，無從查究，也沒有必要再行查究，只是一味拖延敷衍，並無實際動作。轉眼到了盛夏，在北京坐待消息的李太清見事情竟無著落，就再一次闖入都察院，擊鼓呼冤、拼死催逼。都察院無可奈何，只得再奏朝廷，言稱江蘇方面一直沒有消息，李毓昌一案全無眉目，原告催逼甚緊。

嘉慶帝龍顏大怒，隨即直接給山東巡撫吉倫下旨，要他接下李毓昌一案，驗屍取證，不得耽誤。吉倫倒是沒敢怠慢，接旨後就把李毓昌的遺體運到山東省城，安排人員開棺勘驗。再次開棺時，由於天氣炎熱，時日過久，屍身的軟組織已經腐化，骨殖全都暴露出來。只見遺體大部分骨骼呈青黑色，只有胸骨處尚有一片顏色正常。仵作們看了這種現象，俱認為：骨骼青黑顯然是砒霜中毒所致，胸骨處顏色未變當是毒力尚未浸及之故。這說明李毓昌在砒霜之毒未及擴散全身時已經死亡，人死而血不流，砒毒未能隨血浸入胸骨，這個部位也就不會呈現中毒之兆。仵作們還認為：服了砒霜是必死無疑的，服毒之人在毒發時肺腑間劇痛難支，身無存力，根本就沒有氣力再去登高上吊；而自縊之人橫豎只圖一死，也沒必要在上吊前服下砒霜，讓自己多受一層痛苦。

問題是顯而易見的，仵作們作出的結論是：說李毓昌是自縊而死於理不通，他的死，很可能先是被人強灌了毒藥，而後又施加暴力所致。這推斷幾乎與事實相符，吉倫覺得甚有道理，就把勘驗的情況如實地向朝廷作了奏報。取得山東的初步調查以後，嘉慶帝下詔逮捕了王伸漢、包祥、李祥、顧祥、馬連升一干人等，並將與此案有所牽連的人員也全部拘集進京，令由軍機大臣與刑部組織會審，務教罪犯一一如實招供，澄清罪由。

在可靠的人證、物證面前，王伸漢等人依然百般狡辯、頑強抵賴，於是，五刑具備的刑部大堂對這一幫吃人的豺狼施行了最為殘酷的刑訊拷問，用無情的鐵與火打下了他們的囂張氣焰。身無完肉的王伸漢及其走狗幫兇們，明知事已至此，再無生理，為了避免日復一日的種種酷刑，只得把謀殺李毓昌的前前後後合盤托出，唯望從速就死。

李毓昌一案已經明白。朝廷一系列的行動引起了鐵保的不安，他似乎也感覺到自己在這個事件上的做法實在說不過去，為了能夠向朝廷作個交待，只好也採取了一些舉動。他先是把當時在山陽縣署陪宴的官員士紳叫去一一訊問，而後又把當時為酒筵辦菜的廚役們抓起來加以拷打。這種象徵性的、不著邊際的折騰當然不會產生任何效果，他只是藉此奏報朝廷，說明自己也在為李毓昌之事忙碌操勞。一切俱已晚矣，嘉慶帝把鐵保召至京師，當面痛斥他「昏憒糊塗至極」，說他「不但不勝封疆之重任，亦何堪忝列朝紳！」斷然摘去他的頂戴花翎，把他發配到烏魯木齊，叫他到邊疆效力贖罪去了。嘉慶帝又嚴厲斥責了江蘇巡撫汪日章，說他「身為巡撫，於所屬有此等巨案，全無察覺，如同聾瞶，實屬年老無能」，也追究了他的失察之罪，革去官職、降為庶民。

就這樣，兩個相當於現在部長級、省長級的高官都斷送了錦繡前程！

轉眼間又到了秋季，李毓昌遇害將及一年，案情已由朝廷審理清楚，可以結束了。嘉慶帝親自主持了結案事宜，他認為：作為一個奉委查賑的普通官員，李毓昌居心清正廉明、忠於職守、一心奉公、絲毫不為金錢所動，不與地方上的腐惡勢力同流合污，竟為此遭致嫉恨，遇害身死，其情可哀，其志可敬。他的這種全無私念、持正為官的精神難能可貴，足可以作為人臣楷模，應當大加褒揚。遂追賞李毓昌知府之銜，從厚予以安葬，並欽制《憫忠詩三十韻》以彰其德，令吉倫勒詩於碑，立在李毓昌墓前，以昭忠烈、以作紀念、以為後人效仿。因李毓昌尚無子息，嘉慶帝又親自從李氏族人中選一男童為他立嗣，還給這個嗣子賞了一個舉人身份。李太清為族中侄兒之事義無反顧、千里奔波、不辭辛勞，終致侄兒洗冤，亦於澄清此等要案功不可沒，嘉慶帝贊許他的俠肝義膽，也賞了他一個武舉身份。

接下來的便是對罪犯們的懲處：

一．此案首惡王伸漢，置一縣災民於水火之中，吞掠賑銀，使朝廷恩澤不得廣布於百姓，泯滅天良、且無人性，真可謂禽獸不如；又為掩蓋貪贓之事謀害查賑官員，目無王法、喪心病狂，實屬罪大惡極，詔令立即斬首。其家產抄沒充公，兒子也被罰為軍奴，發配到萬里之遙的伊犁去了。

二．惡奴包祥與王伸漢一起斬首。

三．淮安知府王轂「知情受賄、同惡相濟」，也是罪在不赦，詔令處以絞刑。

四．李祥、顧祥、馬連升三人因小利背叛主人，助紂為孽、合謀行兇、殘忍狠毒、造惡至極、更是不可饒恕，詔令一律凌遲處死。

凌遲即民間所謂「千刀萬剮」之刑，是封建制度下最為殘酷的執行死刑方式：受刑者不能一死了之，行刑的劊子手先用利刀將其五官一一割去，再從軀體上一片片魚鱗碎割，直到肉割盡、血流乾，受刑者方能落得一死。

嘉慶帝認為：李祥一犯是「此案緊要渠魁」，他是與人勾結、以奴賣主的首謀，也是實施殺害行動的主要人物，李毓昌就是死在他手上。詔令刑部將該犯押到李毓昌墓前單獨行刑，刑畢再摘其心肝致祭亡魂，以慰遺屬哀痛、以消眾人義憤。

謀殺李毓昌一案於是終結。

這是一場血腥的鬥爭，是正義之士與邪惡勢力殊死的較量，實質上就是一起典型的反貪案。反貪的英雄身份普通、手無強權，只有對朝廷的忠誠、為苦難的百姓所抱義憤，以自己的滿腔熱血孤立無援地與罪惡搏鬥，結果慘遭不幸。也由於嘉慶帝主持了公道，才使得英雄的獻身有了價值。總算是天理昭昭、善與惡各有所報，一切都載入了十九世紀中國的歷史。

嘉慶帝御製《憫忠詩三十韻》：

君以民為體，宅中撫萬方。分勞資守牧，佐治倚賢良。
切念同胞與，授時較歉康。罹災速水旱，發帑布銀糧。
溝壑相連續，饑寒半散亡。昨秋泛淮泗，異脹並清黃。
觸目憐昏墊，含悲覽奏章。恫瘝原在抱，黎庶視如傷。
救濟蘇窮姓，拯援及僻鄉。國恩未周遍，吏習益荒唐。
見利即昏智，圖財豈顧殃。濁流溢鹽瀆，冤獄起山陽。
施賑忍吞賑，義忘禍亦忘。隨波等瘈狗，持正犯貪狼。
毒甚王伸漢，哀哉李毓昌。東萊初釋褐，京邑始觀光。
筮仕臨江省，察災蒞縣莊。欲為真傑士，肯逐默琴堂。

揭帖才書就，殺機已暗藏。善緣遭苦業，惡僕逞兇芒。
不慮干刑典，惟知飽宦囊。造謀始一令，助道繼三祥。
義魄沉杯茗，旅魂繞屋樑。棺屍雖暫掩，袖血未能防。
骨黑心終赤，誠求案盡詳。孤忠天必鑒，五賊罪難償。
瘅惡法應飭，旌賢善表彰。除殘警邪慝，示准作臣綱。
爵錫幾齡煥，詩褒百代香。何年降甲甫，輔弼協明揚。

一隻黑緞子繡花鞋

這是二十世紀三十年代的一個故事，五、六十年代曾在古城壽縣和淮南西部地區流傳——

蔓麗是本縣城一家私立學校的教員，芳齡已經到了二十五歲。因為她父親為她訂的價碼過高，高不成低不就，所以她一直還沒有一個如意郎君。其實，蔓麗長得很漂亮，體長適中，體態豐滿，全身上下都充滿了青春的氣息。相比之下，她的妹妹蔓雲就差了許多，個子很矮不說，那翻唇暴牙的形象真是特別的突出。姐妹倆在外面溜達，少年男子們的回頭率有一半對蔓麗，有一半對蔓雲。有一天，一個男孩子只顧一邊走一邊回頭交替著看她姐妹倆，不小心一頭撞到人行道的梧桐樹上，直撞得七竅流紅，滿臉是傷，模樣慘不忍睹。

一個星期天的下午，蔓麗和蔓雲去看戲。戲園子裡觀眾爆滿，抽煙的、嗑瓜子的、打咯的、使著勁放屁的，啥樣的人都有，一會兒就顯得園子裡異常的燥熱，雜味薰人。蔓麗有腳氣病，一感到熱就發癢，這時癢了起來。蔓麗忍熬不住，悄悄脫了鞋子，偷偷地在暗處撮腳。一場戲唱完，大家紛紛站起走人，蔓麗這才急忙找鞋，那是一隻黑緞子的繡花鞋，怎麼找也找不到。其他人都走光了，就剩下她姐妹倆，清場的工人也打著手電筒幫助找，周邊的椅子下面都照過了，還是沒見那隻繡花鞋的影子。真是不知道哪一個這麼缺德，竟然連一隻鞋都偷！

下一場戲開始往場子裡放人了，蔓麗只好和蔓雲無奈地離開。

姐妹倆在人行道邊急急忙忙往家趕，蔓麗赤著一隻腳，自己覺得很彆扭、很尷尬，生怕遇上熟人或是學生，恨不得一步跨到家，可是到家還有很遠的路。這時，一個青年男子在前側擋住了她們的去路，像是熟人似的與蔓麗打了個招呼，看看蔓麗的那只赤腳，有些驚訝地問：「怎麼就穿一隻鞋子啊？」

蔓麗情不自禁地退了一步，赧顏地回答道：「那一隻在戲園子裡丟了。」

男青年很仗義地嚷嚷道：「哎呀，那怎麼能行？這路上萬一有個釘子、玻璃渣什麼的，姑娘的玉足可就麻煩了！」

說著話，男青年就像變戲法似的從自己的身後拿出一雙鞋來。這是一雙嶄新的高跟皮鞋，西洋貨，時下正在闊太太和有錢的小姐中流行。上午蔓麗和蔓雲逛商場的時候看過，一雙要價七、八塊大洋，足夠蔓麗一個月的工資。姐妹倆觀摩良久，捨不得傾囊一購，最後只得咽著酸水走開了。那青年男子說，他這是給他妹妹買的，結果妹妹自己已經買過了，他現在是去退貨的。

蔓麗聽他這樣一說，止不住口裡呢喃著：「這，這怎麼辦呢？」

「這樣吧，」男青年慷慨地把這雙嶄新的高跟皮鞋往蔓麗的胸前乳峰上一壓，說，「你正巧沒有鞋子穿，就拿去穿了吧，現在就穿。一位這麼漂亮的小姐，光著一隻腳在外面走，多不雅觀呀。」

蔓麗先是本能地雙手掩住了自己的兩個豐滿的乳峰，而後又下意識地順勢接住了這雙鞋，嘴裡仍然不知所措地呢喃著：「不……不……這……這……這怎麼行？」

青年男子爽朗一笑：「我就當你是我妹妹，咱們算是緣分，你穿去就是了，不就一雙鞋麼？」

蔓麗又是不自覺地彎下腰，把鞋一隻一隻地穿到了腳上。哪這麼巧？這雙鞋不大不小正好合她的腳，走幾步試試，咯咯地響！

才待談論如何付還鞋錢的事，那男青年已經飄然走開。蔓麗叫蔓雲趕緊跑過去追上他，他卻死活不肯聽蔓雲說「錢」的事。蔓雲再問他家的地址，他說，他叫高雲鶴，他家住在市區邊緣，從這裡望西走，出城門，路邊門口有一棵老槐樹的房子就是他家。臨末還說，鞋就白送了，絕對不要她們還錢，大家都是新時代年輕人（辛亥革命以後，當時的年輕人都以生活在「新時代」自居），不妨交個異性朋友。

這個青年男子身材高挑，面目清秀，西裝上兜掛著一隻派克金筆，氣度不俗，言談舉止又顯得落落大方。整整活了二十五歲啦，蔓麗還是第一次遇上一個這麼慷慨大方，這麼讓她傾心佩服、讓她神魂傾倒的男人。

又是一個星期天，蔓麗帶上了鞋錢，帶上蔓雲往市區西側找去。走出西門一、二里路，一片荒野裡果然有一棵碩大的古槐，古槐下有一所別墅式的院落建築。

姐妹倆走近去，敲敲院門，隨著一聲「哪一位呀？」的問訊，高雲鶴似乎早就等在門邊似的，「吱呀」一聲拉開了院門。

高雲鶴把姐妹倆領到客廳裡，捧出一些茶水點心極其熱情地招待她們。家中並無他人，畢竟男女有別，蔓麗不敢久待，小坐片刻就要交錢告辭。高雲鶴緊緊抓住蔓麗拿著大洋的纖手推來推去，堅拒不受。而後又從蔓麗的腋下探進手去，拉住她的胳臂，一再款留。

小家碧玉的蔓麗從來不曾被男人這樣接觸過，推來拉去之間，直覺得猶如電流過身，坐下來許久功夫，那種皮麻骨酥的感覺依然難以消退。

從交談的話語中，姐妹倆得知，他原來是一個富商的公子，父母在外經商，就他一人獨居此處。他說，他喜歡清靜，平日裡讀讀書，彈彈琴。琴臺上正有一把古琴在，說著話他便彈奏起來。姐妹倆不懂清韻，只是呆了神只管聽。一曲彈罷，高雲鶴對她們說，這便是《高山流水》！姐妹倆只好大眼瞪小眼，羨慕得差一點沒有拜倒在他的腳下。

他又說：「我高雲鶴為人清高，看不起達官貴人家的小姐千金，只是一心要尋覓一位心地善良的平民女子來做紅顏知己，能夠像你們這樣看我讀書，聽我彈琴，就是死，我也心甘情願！」

這一席話，蔓雲沒覺得怎麼樣，直說得蔓麗面飛紅霞，心如揣兔，心裡面嘣、嘣、嘣地一個勁兒狂跳。

鞋錢終於沒收。在蔓雲的一再催促下，蔓麗才戀戀不捨地辭別了高雲鶴。送出院門時，高雲鶴又避著蔓雲的眼光，暗暗把蔓麗的纖手抓住，緊緊握了幾次。

回家以後，蔓麗的心目裡再也無法抹去高雲鶴那個瀟灑飄逸的形象。那一時推來拉去之間、暗握纖手之際，猶如電流過身而產生的皮麻骨酥的感覺，就像鴉片煙癮一樣時時折磨著她，鬧的她心慌意亂，就像著了魔似的。

蔓麗茶飯無心，日思夜想，恨不得即刻就能再次見到高雲鶴。

第三個星期天好不容易熬到了，蔓麗再也無法自持，竟然瞞了父母，丟下妹妹，自己一人跑到高雲鶴那裡去了。那結果，當然是可以想像的，什麼羞恥，什麼膽怯，什麼禮教，什麼家規，一切全被蔓麗拋到九霄雲外。她把自己全部獻給了高雲鶴，任他顛鸞倒鳳地整治了半天，她覺得自己昏昏沉沉，就像浮身於雲霧之中。

然而，事過以後，還沒下高雲鶴的床，蔓麗就想起了害怕。她已經二十五歲了，很多事情是非常明白的。她知道自己幹的這個事一旦被父親知道，下場將會如何。父親是衙門裡的一個書記員，是一個極為守舊、極愛面子的老派人物。再說，這座小城市裡封建禮教也非常嚴厲，因為偷情而被父母活活打死的女孩子已經有過好幾個先例，而官府並不追究。

蔓麗帶著無限的悔恨、羞恥和驚怕逃回了家。懵懵懂懂之間，她覺得自己像是一頭無知的羔羊，不幸受了狼的誘惑，做了一場代價巨大的噩夢。真是屋漏偏逢連陰雨！第四個星期天，從來不與女兒說話的父親冷不丁地告訴蔓麗，她的婚事已經訂下了！對方是一位軍官，團長級別，年齡比蔓麗大十多歲，但是人家有地位。這個軍官的大老婆死了，幾個小老婆都是窯姐兒出身，沒有資格算妻子，只能算妾。現在這個傢伙要娶個黃花閨女，立為正妻。縣長知道手下的書記員家中有一佳麗，就親自做了媒。婚期已定，就在下個月中。

聽了父親的話，蔓麗猶如五雷轟頂，心裡暗暗叫苦：天哪，我已經失過身了。那個狗軍官是個玩女人的老手，新婚之際，一旦被他識破可怎麼辦？這當然是不可避免的，結婚的那天，豈不是自己的死期到了？唉，我怎麼如此命苦，守身如玉二十五年，偏偏臨近訂婚的時候出了事！

蔓麗如坐針氈，惶惶不可終日，她突然想起了表姐絮如。絮如比蔓麗大七、八歲，曾出國學習西醫，是本城最有本事、最有名氣的外科醫生。蔓麗找到了絮如，向她老老實實地坦白了自己幹的那件荒唐事，然後哭泣著跪下央求她，請她救命。

絮如拖起她，安慰道：「這有何難，我給你做做手術就是了。」

然而，待絮如給蔓麗做了檢查之後，卻不可思議地笑出聲來：「傻妮子，你莫不是在夢裡跟那男人幹了那個事？你的身體好好的，那地方很完整，一點損傷都沒有！」

蔓麗又哭了起來：「姐姐你千萬不能開玩笑，妹妹的生死都在這上面呢。」

絮如唏噓道：「這樣的事我還會和你開玩笑嗎？就是一點損傷都沒有啊。」

蔓麗羞赧地堅持著說：「那個高雲鶴，真的對我做了好幾次那個事。」

絮如連連搖頭：「不可能，不可能，你肯定是在做夢，你都二十五歲了，做這樣的夢不希奇。再者，除非那個高雲鶴不是人。」

因為蔓麗一再堅持說與高雲鶴的事是千真萬確的，絮如的心裡產生了疑竇，決定一探究竟。這天黃昏，絮如叫上丈夫，帶上蔓麗、蔓雲，四個人乘上一駕馬車趕往高雲鶴的住處。到了那裡，蔓麗、蔓雲這才著實地大吃一驚：那棵古槐尚在，原樣未有分毫改變，可是哪裡來的別墅式的院落建築？除了半人高的蒿草和一座無碑的野墳堆，任你滿處尋找，地上竟無一磚片瓦！

「啊呀，這到底是怎麼回事呀？」蔓雲吃驚的四顧大叫。

蔓麗更是瞠目結舌，呆若木雞。

絮如的丈夫撥開草叢，走到野墳前，發現了墳頭上倒扣著一隻黑緞子的繡花鞋，探身取來，遞給了絮如。絮如看了看，對蔓麗說：「這隻鞋好像是你的。」

蔓麗抓過鞋，禁不住也尖叫起來，這正是她在戲園子裡丟失的那隻繡花鞋！

趕車人是個五十多歲的壯實老漢，一邊打量著周圍的環境，一邊對他們的舉動感到奇怪，忍不住湊過來問他們：「你們到這裡是幹嘛的呀？」

絮如卻問他：「這地方好生奇怪，您老人家以前來過這裡嗎？」

趕車人說：「誰願意到這裡來呀，這裡可不是個好地方。」

絮如又問：「怎麼個不好法？」

趕車人說：「光緒二十五年，有一個名叫賀雲高的傢伙就是在這裡被處決的。」

「賀雲高？高……雲鶴？」蔓麗驚訝地沉吟起來。

絮如問道：「這個賀雲高是何許人？」

趕車人答道：「是清朝的一個採花賊，不知糟蹋了多少良家女子。當時抓住了他，全縣的父老鄉親一致上表要求嚴辦，縣官判了他凌遲處死，就在這裡行的刑，刮了他一千刀！你們瞧見那座野墳沒有？他的骨殖就埋在那裡！」

在以後的若干年間，這個縣城裡仍然不斷發生良家女子被色鬼「高雲鶴」誘騙的事。事件越傳越多以後，憤怒的當地人用炸藥炸毀了「賀雲高」的墳堆，將他的骨殖化為齏粉。自此，這個地方才平靜下來。

輯二　幽默諷刺小說

夸父的故事

夸父出生於一個世襲的貴族家庭，他的祖母是掌管土地的大神，地位高貴，大家都叫她「后土」。夸父的父親是個徒有其名的太子黨，一個沒有腦子，只會收賄賂、購豪宅、下館子、嫖明星，混帳而愚昧的傢伙。

夸父自幼自由自在地成人，養成了剛毅堅韌的性情。他用兩條小蛇做耳環，手裡經常拿著兩條大蛇玩弄，害得那些仰慕他家的門第、有心與他勾搭、想做他的二奶的美眉們無法與他接近，心中好生失落、好生怨望。夸父生性好動，身體非常強健，最喜歡田徑運動，經常參加全國、乃至全人類的馬拉松比賽，每次都是包拿金牌。

后土臨死的時候，需要確立一個繼承人，她沒有選擇毫無出息的兒子，而是選擇了孫子夸父。夸父當上了大地的領導人以後，一心要做的十分優秀，為大家創辦一些不朽的功業。他首先注意到的是，黑夜對人們的生活非常不利。

一、天黑下來，人們什麼都看不見，因此不能再繼續勞動，創造財富的時間受到了制約。

二、天黑下來，走夜路的人分不清東西南北，會走錯方向，有時還會掉到水裡，如果掉到糞窖裡那可就更加悲慘了。

三、天黑下來，毒蛇、蜈蚣、蠍子、蚊子乘機傷人；野獸會悄然竄進村莊，叼走牲畜，甚至叼走兒童、女人。

四、天黑下來，盜賊乘機偷走別人的東西，流氓乘機亂搞別人的妻子，凶徒乘機殺害他所怨恨的人。

五、天黑下來，許多貪官污吏就在這個時候收取賄賂、進行骯髒交易，損害國家和人民的利益。

六、天黑下來，白天既定的事情，經過一個黑夜的暗中運作，一切將徹底顛覆。

夸父堅定地認為：一定要消除黑夜！只要消除了黑夜，這一切問題將迎刃而解！睿智的夸父由此大徹大悟地想到：若要消除黑夜就必須留住太陽！於是，他召集他所率下的國家事務委員會的常務委員們，把自己的想法說了出來：「我要去追趕太陽，直到看它落在哪裡，到那裡把它抓住，然後把它帶回到我們這個地方來，給它繫上鎖鏈，永遠控制在我們這裡的天空上。這樣，我們的國度就從此就再也沒有黑夜、沒有那些種種弊端了！」

委員們齊聲歡呼，堅決表示一致擁戴、雙手贊成。當即，大家全票通過了夸父抓捕太陽的議案。有一個來自玄武族部落，名叫阿蟾的委員匍匐著膝行而前——他自己以為這是最為恭敬的姿勢，卑謙地湊到夸父耳邊，竊語道：「我敬愛的、親愛的、偉大的、高尚的、比慈父更加慈愛的領袖，是不是多帶一些人去？以便路上有個幫手？」

夸父說：「沒有這個必要，因為誰也沒有我跑得快，而且太陽可能比我跑的更快。帶著跟不上的人，反而是個累贅。」

夸父對阿蟾的殷勤有些感激，因此又交代大家：「我不在的時候，阿蟾可以暫時替代我行使領導人的權力。」

一個剛剛納入委員會的年輕人阿呆遞了一個字條給夸父，上面寫著：「這個阿蟾，悖逆父母，戕害妻子，殘暴同僚，是那種絕對不可靠的人，您把權力交給他，恐怕未來之事不可逆料。」

不知陰謀為何物、心靈從不設防的夸父一笑置之。

在即將上路的這天中午，阿蟾帶領所有的委員給夸父送行。臨末，他恭恭敬敬地捧上一杯酒，說是這杯酒代表全體委員的心意，請夸父務必喝下，以壯行色。阿呆在人群裡剛剛喊出「那酒……」說時遲、那時快，阿蟾一揮手，他早已準備下的龐大樂團轟然奏起紅歌來。於是，夸父再也聽不到任何聲音，他一仰脖子飲盡阿蟾的酒，就一個人上路了。

夸父頂著火辣辣的太陽一路狂奔而去。太陽在前面走，他在後面追，越過高山，越過平原，越過叢林，越過大河，一路上風馳電掣。餓了，他撕下一片雲彩充饑，渴了，他一口氣吸乾黃河，又半口吸乾了渭水。夸父窮追不捨地趕著太陽，消耗了大量的體能。他漸漸地感覺腸胃裡有些不大對勁，心裡突然想起阿呆喊出的「那酒……」，想起阿蟾捧著那杯送行酒時的眼神……他強烈地感到乾渴，心裡如同火燒，準備到北方的大澤裡再喝一些水，就在這時，他卻猝然倒斃。

「出師未捷身先死」！一個為了美好理想而忘我奮進的英雄，就這樣不明不白地被官場中的不測之機斷送了寶貴的生命！

滿世界到處亂飛的快嘴烏鴉們將夸父猝死的消息很快傳播開來，一直翹首等待這個消息的阿蟾先是宣佈全國即日起無限期戒嚴，接著又宣佈夸父已被自己愚蠢的行為活活累死了。而後組織起一個「非常時期特別委員會」，由他擔任首席執行長官，向全體人民宣告：

一、尋找光明的行動，從一開始就是一條錯誤路線，不切實際，也絕無可能，「非委會」予以堅決取締。

二、尋找光明實際上對很多人有害，因為很多人都需要黑暗，如果沒有黑暗，大家的隱私權誰來保護？

三、今後嚴禁任何人再有「尋找光明」的動議和思想，這四個字和夸父的名字鐵定為「敏感詞彙」，所有的印刷品和媒體一律禁用。

四、凡是支持夸父路線的人一律革除社會職務和差事，其子女及子女的子女不給上大學，不給做官。

五、阿呆是混入「我們內部」的最危險的敵人，交給群眾予以肉體清算，如果死了，是他咎由自取。

於是，阿蟾招降納叛，組織起一支浩浩蕩蕩的貪官污吏的隊伍，掃除一切異己，抹殺了夸父所有的政治業績和治理痕跡，建立起一個屬於他一個人的專制王朝——玄武帝國。老百姓知道，玄武就是「癩蛤蟆」。大家厭惡阿蟾是個骨子裡貪污腐敗的傢伙，心裡瞧不起他，因此暗地裡又把他的帝國稱作「大嘴王朝」，意為這個王朝慾壑難平，永遠填不滿。沒過幾年，這個「王朝」就和阿蟾一起完蛋了。中國的歷史沒有為它留下任何記載，現在的人民只記得夸父，記得這個為了大家追尋光明的好漢。

天上與人間的故事

織女與七夕

中國人的天堂，是玉皇大帝、王母娘娘和太上老君、托塔李天王等等高級神仙的世界。對於一般級別的神仙來說，那裡制約甚多、管制甚緊、沒有自由、沒有情感生活，是個規規矩矩、格式化的地方。絕不像現在的人世間這麼自由、這麼豐富多彩：有權有錢的人可以買官賣官，可以貪污受賄，可以嫖明星、玩主播、把巨額贓款和老婆孩子轉移到國外去。即便一不小心栽到法網裡被「雙規」了，還可以享受特殊待遇，住豪華單間或是「保外就醫」。即使判了死刑，還是要占盡便宜；一般人的死刑是拉去槍崩，他的死刑卻是吃飽喝足打一針，既不疼也不癢，就像睡著了一樣，飄飄然地死掉。很多年輕的人則可以跳炸迪，吸老海、吃搖頭丸、上網裸聊、隨便結交異性朋友，玩膩了就一腳踹了他（她）。

沒有人清楚天堂是怎樣的情景。天上的月亮，是世人唯一能夠看到的天宮景觀。中國人都知道，那裡住了一個美麗的冷面寡婦，名叫嫦娥。這個女人似乎對誰都沒有興趣、沒有感情。當年她撇了老公后羿，任憑后羿在人世間遭受敵人的殺害，一個人獨吞了神仙藥，跑到月亮裡來，成天摟著一隻白兔子，情願過著冷冷清清的日子。

對這樣一個無情無義、患有嚴重性冷淡毛病的婆娘，竟有一個不識數的傢伙動了春心，那就是赫赫凜凜的天篷元帥。這傻瓜仗著自己的軍銜高，借著喝了半瓶子茅臺酒壯膽，便去找嫦娥套近乎，要放倒她。沒曾想到，這個女人柳眉倒豎、杏眼圓翻，好生把他臭罵了一頓。罵了還沒算完，還投訴到王母娘娘那裡去了，王母娘娘將這件事告訴了玉皇大帝。玉皇老官兒私下裡一向垂涎於嫦娥的美貌，只是因為被王母娘娘盯得緊，湊不到「招幸」的機會，一聽說有人竟敢在眼皮地下泡她，當然是大為惱火。玉皇大帝立即下令抓了天篷元帥，既不念他往日的忠順也不開庭公審，直接下旨擼了他的軍銜，把他罰到凡間去了。

司命大神拍玉皇大帝的馬屁，擂天篷元帥的破鼓，全然不顧天神們的體面，竟然把天篷元帥托生成了豬。這個豬後來成了精，再後來又成了「豬八戒」，淪落為一個給唐朝和尚挑行李的免費打工仔。這個唐朝和尚還有一個免費的保衛科長，叫「孫悟空」。大家都知道，孫悟空是個精靈鬼怪的猴子，也到天上混過。說是叫他去做神仙、做「齊天大聖」，其實只是騙他去養馬場當飼養小組長，到果園當看守而已。發覺上當以後，氣得他踢了御馬監，攪了蟠桃會，砸了靈霄殿，掀翻了八卦爐。結果孫猴子被他們抓住判了極刑，想盡一切辦法卻總是弄不死他，只好改判為五百年監禁，刑期蹲滿才又叫他給唐朝和尚義務當差。

玉皇大帝、王母娘娘和他們的特高級神仙雖然可以永遠不死，但是他們的衣服卻要經常換新，因此，他們就在天宮的後院裡自辦了一所御用紡織廠。在這所工廠裡，所有的紡織工都是年輕的女孩子。那時候，早九晚五的作息制度還沒有產生，雙休制更是連屁影子都沒有的事，超市別想逛，電視別談看，手機別想玩，朋友別想泡。女孩們除了念誦「玉皇大帝語錄」、「王母娘娘指示」、吃飯、睡覺、上廁所以外，其他時間一律得在紡織車間裡頂班幹活。

紡織廠由王母娘娘直接管理。這老婆子是個過來人，她知道女孩們最需要什麼。她是一個心理扭曲的女人、性虐待者，有強烈的逆反心理：你越是需要，我就越讓你得不到！所以，她把整個紡織廠搞成了純粹的女性世界：董事長、總經理是女的，車間領班、工廠保安也是女的。就連工廠裡守夜的狗，以及用來改善伙食的雞、鴨、鵝，也無一不是母的。而且，紡織車間、員工宿舍、飯堂、茅廁統統在工廠的院子裡，若非公派，女孩們永遠不許跨出工廠大門。

像他們這樣的神仙都如此倒楣，其他一些小神小仙就更不要說了。被我們人間叫做「織女」的這個女孩子是那些普普通通的紡織女工中的一個。她之所以能夠來到凡間，與牛郎演繹了一段美好而淒婉的愛情故事，其實還是與天篷元帥這個傢伙有關。

那一日，王母娘娘在瑤池開蟠桃會，要紡織廠送新織的桌布，派天篷元帥來回押送，這天正巧是織女被第一次派上了公差。桌布送去，王母娘娘賞織女喝了幾杯兌水的果汁，卻賞天篷元帥喝了半瓶子茅臺酒。回來的路上，織女被幾杯兌水的果汁催得總是內急，直到憋得不停地打冷噤。實在是繃不住了，看見很遠的地方有一片濃雲，她便跑到那片濃雲的後面小解。天篷元帥喝醉了，站在那裡打了個眯盹，一眨巴眼居然忘記了護送織女的事，自己瘟頭瘟腦地跑到嫦娥那裡去了。從來沒有出過紡織廠大門的織女，一泡尿尿撒完了，突然不見了領路的人。天路茫茫，不辨東西南北，織女在雲天霧海之中迷失了方向，走啊走啊，竟然來到了人間。

那時候，紡織廠裡沒有央視節目，也沒有安裝寬頻網。織女不曾與任何媒體有過接觸，因此她根本不知道人世間的天王歌星、明星大腕是什麼東西，對偉哥、猛男、酷豪仔等等勞什子也是一無所知。而且十分地不巧，織女降臨人間的地方既不是北京、上海，也不是廣州、深圳，更不是澳門、香港，而是一個極其偏僻的鄉村。所以，她碰巧遇上了一個極其土根的掉渣仔。

在如火的驕陽下，一頭水牛在池塘裡泡澡，放牛的人，一個身體發育已趨成熟的少年赤條條、一絲不掛地躺在一棵大樹下睡覺。那少年身體的中段，有一截小棍棍似的東西正在高高翹起。織女雖然自幼養在天宮紡織廠裡，未出公差之前從來沒有見過男人，更沒有見過裸體的男人，但是有一次伺候董事長、總經理她們洗桑那的時候，聽到這幾個老女人放肆、撒潑地談論男人，她們把男人最要緊的部位描述的很詳細很詳細，而且還說到它對女人的作用，說的很具體很具體。看到眼前這樣的情景，織女的女性本能使她陡然衝動地明白過來：

「哇噻，我遇上男人了！」

以下的情節沒有必要再詳細描述了，實際上這是奶奶的奶奶們早已講爛了的故事：織女推醒放牛的少年，與他親密、咬嘴、水乳交融……放牛的少年把織女帶回家，兩個小青年從此同居了，恩恩愛愛，如膠似漆，生了兩個孩子。

地上一年是天上一日。大約是三天後，在天宮的紡織廠裡，車間領班向總經理報告了織女外出未歸的「緊急情況」，總經理又向董事長做了報告，最終王母娘娘知道了，勃然大怒。按說跑掉一個小丫頭並不是什麼大不了的事情，關鍵的問題是，現在紡織廠的女孩們每一個都處在青春期的頂端，放過了第一個敢吃螃蟹的人，大家競相效仿，這風氣一旦傳染開來，她們一定會爭先恐後地紛紛外逃。到時候人都跑光了，沒人紡織，包括她與玉皇大帝再內，所有的神仙靠什麼穿衣服？聽說西方人的天堂講究自由，結果他們紡織廠的女工都變成天使跑到人間去了。可憐他們的上帝和諸神都光著屁股蛋子，一個個赤裸裸的，男、女諸神相互見面，各自拿一片樹葉遮住羞處。你說那樣子該有多麼彆扭？成何體統？

無論怎樣，為了大家的屁股蛋子不能像西方的上帝與諸神那樣暴露在大庭廣眾之下，為了玉皇大帝和諸位神仙能夠穿上新衣，這強權與專制還是極其、極其必要的。絕對不能在東方的天堂裡試行任何自由的東西，否則一切都會分崩離析！王母娘娘覺得此事非同小可，關係到天宮的未來前途，所以決心一定要嚴厲處置。於是她派出大批的秘密員警、武警部隊和平時隱藏在人間的臥底神仙，從天上到人間，像過篦子般地進行了全方位搜索。最後，他們終於找到了織女並將她抓了回去。

可憐的牛郎，一覺沒睡醒從天上掉下來一個如花似玉的的大姑娘，正在如糖似蜜地過著小日子卻又突然丟了老婆。他實在不能接受如此戲劇般的、帶有殘酷意味的現實，於是在老牛的幫助下，用兩個柳條筐挑上兩個孩子找到天上去了，死活也要再見織女妹妹一面。

天宮勝境，向來清靜。牛郎找去，一個勁兒地哭叫，加上兩個小孩兒也跟著鬼嚎著要媽媽，把王母娘娘厭煩死了。天宮裡沒有李屠夫和江蛤蟆，類似這樣的事件，既不便血腥「鎮壓」，又不能堅決「維穩」，於是王母娘娘就用神力劃了一道天河，擋住了牛郎的去路。然而，牛郎依然頑固堅持「上訪」，在天河那邊繼續哭叫。這件事驚動了大慈大悲的觀世音菩薩，這位天上、人間享有盛譽的善良女神看不下去了，她與王母娘娘是「閨蜜」關係，近乎於翻臉地好勸歹勸，好不容易說動了王母娘娘。於是，王母娘娘勉強同意織女可以隔著河與老公見一面、說說話，但是只給她一個夜晚的時間。

一對苦人兒一個在河這邊，一個在河那邊相見了，兩邊隔得老遠老遠，四隻淚眼你巴巴我、我巴巴你地相互張望著。加上雲遮霧擾，風聲雷電，根本沒有辦法說什麼、訴什麼。好心的喜鵲們成千上萬地叼著樹枝飛來，在天河上迅速搭建起一座小小的浮橋。於是，織女與牛郎在橋上重逢了，他們哭泣、擁抱、親吻、互相撫摸。而後，他們在鵲橋上坐下。在銀色的月光下，織女解開上衣，袒露出潔白細膩而盈實充滿的乳房，一面給孩子餵奶，一面依偎在牛郎的懷抱裡，小倆口兒耳鬢廝磨著，呢喃細語，互訴衷情……

觀音菩薩被這樣的情景感動得差一點沒有嚎啕大哭。那時還沒有西元紀年，而是以月紀年，當時是七月初七。在觀音菩薩一再的央求下，王母娘娘寬容地同意：以後每年到這個時候，牛郎可以過來與織女用這種形式見面一次。

這種形式的夫妻重逢，而且是一年只有一次，一次只有一個夜晚，你說能不傷心麼？要是現在的非主流派，早就該想找誰找誰、能泡誰泡誰去了。牛郎、織女卻是非常的貞烈，相互之間不捨不棄，年復一年就這樣只圖個見面一次、聚會一夕。見面的時候，他們總是要哭上一場的。所以，地上的老年人都知道，每逢農曆的七月初七，這一天一定是要下雨的。那雨，都是織女與牛郎的鼻涕與眼淚。

七仙女四探董郎

一探董郎

天宮是玉皇大帝和王母娘娘的統治世界，他們對天堂的管理比地上的管制更加嚴厲，尤其是男女關係問題。你若不信請看事實：除了天宮紡織廠織女事件之外，那位勞苦功高的天篷元帥，只是借著酒膽摸了一下嫦娥的屁股蛋兒，馬上便被擼了軍銜打下凡塵。打下凡塵還不算，還被剝奪了做人的資格，硬是叫托生成了老豬精，永世做豬。

玉皇大帝、王母娘娘權威無比，貴為萬神之主，管著天上人間，但是他們老兩口兒也有家門不幸的一面：膝下無子，一口氣生了七個「丫頭片子」。女孩兒多了總有管不周到的地方，一不小心老疙瘩溜到人間去了。這個丫頭不識好歹，大城市裡不去找一找，人多的地方不知看一看。不論身份，不問地位，硬是在沒人走的小路上費盡心機截下一個精窮精窮的傢伙，硬是央求他做她的老公，與這樣的人過起了日子。

這個傢伙叫董永，一個五尺高的漢子，一不會種地，二不會經商，三不去打工。老子死了，連棺材都買不起，光是會歎息自己「上無片瓦遮身體，下無寸土立足地。」凡間的女孩兒傻透了也不會嫁給這種玩意兒。嫁給他，穿什麼吃什麼呀？下雨下雪到哪兒躲著去呀？娘家的人、自個兒的「閨蜜」們要是過來「串門子」，連個「門」都沒有，總不能坐在露天地裡吧？丟人不丟人呀？然而，不食人間煙火的七仙女倒是不會考慮這些勞什子，她只管他是個男人。在天上，所有的男性神仙都是幾千歲的人，只有哪吒三太子年齡最小，可他是個超級小帥哥，眼界高的很，哪個女孩子敢對他有非分之想？

王母娘娘發現了小女兒私下凡間的事情之後同樣萬分惱火。她派去了天兵天將，強行把這個丫頭弄了回來，關到後宮裡令人嚴加看管。不料，七仙女已經有了身孕，在冷宮裡沒待到半年，便生下了一男一女兩個孩兒。王母娘娘覺得很是丟臉，總是琢磨著把這兩個污穢天庭的小東西弄死算了。恰巧觀音大士過來串門兒，她們兩個是最為要好的姐妹，於是王母娘娘就向觀音大士說了這檔子事，與她商量看看怎麼辦。

觀音大士一向以慈悲為懷，是天、地之間最為善良的女人，她決然反對王母娘娘提出的溺嬰方案。建議道：這兩個孩子不是有爸爸嗎？乾脆送給他得了，既清理了天庭，又讓凡間一個孤獨的男人有了兒女。

王母娘娘冷笑道：這樣做的確是唯一可行的辦法，只是便宜了那個混蛋！

於是，有一天，由特派的天神隱身監押著，七仙女抱著一對兒女探望董永來了。

還是那所破敗的廢磚窯，唯一算是一個物件的還是那把桐油紙做的雨傘，董永還是原來那個死眉怔眼的模樣。地上鋪著一些爛稻草，邊緣擱著一個瓦罐，一隻還有幾根鹹菜的木碗。日上三竿了，這懶鬼還躺在那裡，半睜著兩眼。見到久別的老婆突然回來了，他居然一點驚訝、高興的樣子都沒有，只是淡淡地一問：「他們放你回來了？」

「董郎……」七仙女一時之間激動得涕淚交流，她想過去抱他，但是兩隻胳膊還被兩個孩子占著，她只好抬抬胳膊對他說，「你看看，這就是我們的孩子，你當爸爸了！」。

董永坐起身來，瞅了一眼，有些奇怪地問：「怎麼一下生了兩個？」

「是呀，一男一女。」七仙女使勁搖搖頭，把臉上的眼淚甩掉，然後跪到爛稻草上，把男孩子湊過去，說，「這個是男孩，你有了後代了。」

董永的臉上還是沒有一絲歡喜的神情，反而歎了一口氣，滿懷憂慮地說：「我連自己都養不活了，一下添了你們娘兒三個，這以後可怎麼糊弄？」

「我……」七仙女欲言又止，她知道監押的天神就在旁邊。

董永把屁股向後挪挪，對爛稻草噥噥嘴，說：「回來就回來了吧，你把小孩子擱在那兒，拿那個瓦罐先去打一點水。昨天討的飯都是鹹菜，半天了我還沒喝水呢。」

這時候，監押的天神早已看得極不耐煩，他突然現出身來，化作一道金光裹走了七仙女。董永的臉上這才換了表情，他驚呆了，以為是夢，但低下頭看看，兩個孩子實實在在躺在爛稻草上，還包著綢緞做的襁褓。

再探董郎

有一天，南海觀世音又一次雲遊天庭，順便到王母娘娘那裡小坐。老姐倆一番寒暄過後，隨便聊起一些家務小事。

觀音大士問道：「您家的那個小七兒近來可省心些麼？」

「啊呀呀，省心?!」中年發福的王母娘娘頓時就把五官挪了位，拍著觀音大士搭在她肩上的纖纖玉手，光是搖頭就是說不出話來。

觀音大士莞爾一笑：「看把娘娘氣的。」

「怎能不氣?!」王母娘娘老半天才緩出一口長氣，煩惱地說，「這次送過孩子回來，更加是牽腸掛肚了。原來她只是思念那個混蛋，現在又加上了兩個小東西，終日裡水米不進，以淚洗面。我看著心疼她，又噁心她！」

「這就是『滾滾紅塵，不可涉足』的原因，小七兒還是年齡太小。」觀音大士說著話，忽然擰了一下眉節，掐指算算，輕聲自語道，「阿彌陀佛，這孩子還有事哩。」

「咋地了？」王母娘娘緊張起來。

一向洞察天地萬事的觀世音把目光移向宮門，噥一噥櫻桃秀口：「來了。」

宮門的帷幔倏地衝開一條縫，一個三尺高的小老頭快步疾趨進來。王母娘娘一見此人，便使勁地頓了頓雙腳，差一點從椅子上彈了起來，手指著謾罵道：「你這個拉馬扯皮條的傢伙，還有臉見我？」

進來的不是別人，乃是當年給七仙女和董永作媒的土地佬，因為這檔子事，玉皇大帝給了他一個「永不擢升」的處分。也就是說，不論以後如何努力，他都沒有希望往上爬了。然而，土地佬是個對「偉大領袖」十分忠誠的職業神仙，有了分內的事情，他還是要積極報告的。

土地佬深深一揖：「小神在下，見過娘娘，見過大士。」

觀音大士對土地佬白花花的鬍子動了惻隱之心，隨即在王母娘娘後背輕輕撫了一把，意思是叫她不要動怒。

王母娘娘款軟了口氣，但依然是氣衝衝地喝道：「有什麼事，簡要的說！」

土地佬向側旁退退，兩眼看準了自己的腳尖，一口氣說完了這樣的事情：

前些時候，小神的土地廟門口被人丟棄了一男一女兩個嬰兒，光光的，用爛稻草包著。兩個嬰兒哇哇叫，哭了好幾天，無人過問。恰巧赤腳大仙路過那裡，他告訴小神，這兩個嬰兒是七公主的孩子，也就是您與玉皇陛下的外孫子。小神不敢怠慢，叫土地婆收養起來，這就報告來了。

土地佬的話語剛剛落音，王母娘娘御座的屏風後面，就傳出淒厲的號哭聲。原來，自打觀世音到，七仙女就滿懷希望地躲在那裡偷聽。她本來想聽聽觀音大士會勸勸老媽，讓老媽網開一面，再允許她下凡，未曾想竟然聽到了這個消息，她一時肝腸寸斷。

還是好心的觀音老阿姨，左勸右說，把嘴皮子都磨破了，王母娘娘這才同意七仙女下去安置一下那一雙苦命的小冤家。臨行時又嚴厲告誡，決不允許把小孩子帶回天庭，一旦在凡間安置好了，就由監押天神再把七仙女帶回來。

土地佬揮動著桃木拐棍劈打雲障前面領路，七仙女抱著一些給孩子準備的衣物、食物緊隨其後，監押天神還是遠遠地跟著。一行人衝雲破霧，風馳電掣，須臾間趕到了千乘縣（董永的老家，見《搜神記》）。七仙女先去土地廟裡給兩個孩子餵了奶，洗了澡，穿了衣服。而後坐在那裡越想越氣惱，便把孩子交給土地婆，一個人去尋那喪盡天良的姓董的。

走著走著，七仙女的胳膊被樹枝掛了一下，回頭一看，原來是當年的那棵老槐樹。觸景生情，她禁不住淚如泉湧。

「仙姑，切莫悲傷。為那個沒人味的東西，不值得。」是老槐樹在勸慰她。

七仙女伏到龜紋縱橫的樹幹上，依然大把地抹著淚水，傷心至極地說：「可是，我總是不能忘記那個時候我們初戀的一切情景。」

老槐樹道：「有什麼不能忘記的，其實你好好回想一下，自始至終都是你愛他，他愛你麼？前天有人路過這裡，我還聽他們說，那董永扔了孩子，卻把孩子的襁褓賣了，竟拿著賣襁褓的錢下了館子，還叫了『小姐』。」

老槐樹的話等於在七仙女的傷口上揉了一把鹽，她一擰身離開了老槐樹，決意非要找到董永不可，非要問他一個究竟。沒走多遠就找到了那所讓她魂牽夢縈的破窯。破窯敞著口，連個鬼影子都沒有，用秫秸編紮的窯門也不見了。地上有一堆草木灰，灰的旁邊亂七八糟丟了一些雞骨頭和一個顯然是被人故意摜碎了的酒葫蘆。看樣子，這裡曾經有人用秫秸在做燒烤，並且大吃大喝了一場。

「董郎……」七仙女用自己的心無聲地呼喚著。她仍然不甘心，仍然徒勞地往寒窯裡走。窯壁上，她看見了這樣一行用石灰寫下的、像是詩的文字：

「年輕壯漢時運孬，尋常討飯吃滿膘；久後一日得了勢，一步登天上雲霄！」

這些字體很熟悉，無疑是董永留下的。七仙女感到親切，想走近去撫摩那些字，忽而下意識地感覺到地上有什麼不對，低頭看時，原來是很大很大的一泡大便。監押天神又現出身來，抱拳施禮道：「七公主，咱們回天庭覆命吧。」

「NO!」整個破磚窯裡都迴響著七仙女激憤的叫聲。

三探董郎

七仙女打總沒能見到董永，但是她也打總沒有死心。

她怎麼也不會相信，她這輩子玩著命苦苦追隨的董哥哥會是這樣的一個人。監押天神等不得了，她以死相拼決不回去。好歹是個公主，總不能冒著「男女授受無親」之諱拉著她扯著她。監押天神無奈，只好自己覆命去了。

過了幾天，監押天神回來了，傳了王母娘娘的懿旨：立即趕回天庭，否則就讓太上老君遙控作法，徹底毀了她的神力，把她變成一個肉身凡胎的普通人。這時的七仙女一門心思只是想念著她和董哥哥的愛情，還管什麼肉身凡胎？當然是不怕威脅，毫無懼意。監押天神歎了一口氣，只好又匆匆忙忙駕著雲頭趕回去了。

那一年，千乘縣遭了旱災，朝廷派了一位欽差大臣來賑災。發放救濟糧時，每一個人都要登記，都要填寫自己的身份證號碼，把自己的三親六眷填寫清楚。董永也來領取救濟糧，在「岳父」這一欄裡填上了「玉皇大帝」。欽差大臣認為此人是個瘋子，就叫人把他捆在街上當眾用鞭子抽打。

千乘縣的老百姓覺得董永可憐，大家一起出面作保，說此人的確娶過一個天上來的女人，還舉出董永與七仙女曾去為之打工的那位土地主，土地主也出面做了證。這由不得欽差大臣不信，這位老爺恰恰是個執迷於神仙之道的人，他不僅放了董永，還提拔董永當了千乘縣令。把千乘縣發放救濟糧的好差事交給董永，欽差大臣就回洛陽去了。

當然，這麼好的大餡餅不會隨便掉下來，臨行前欽差大臣留下了一條約定：只要七仙女再回來，就歸他了，董永必須把她交給他。那意思非常明白：欽差大臣要自己來做玉皇大帝的女婿。

七仙女寄居在土地廟裡，除了給兩個孩子餵奶、洗尿布，抽空就打聽董永的消息。她只是聽說現任的縣太爺也姓董，但她做夢都想不到會是董永。

星轉鬥移，春去秋來。過了好一陣子，她發現寒窯那裡不知何時蓋起了一大片房屋，像是一所公園。走去看看，只見園子的門楣上掛著一塊匾額，上寫著「張若凡紀念館」。張若凡乃是七仙女的俗名，她心裡感覺有些迷惑，不知道這究竟是怎麼一回事。剛要走進去看看，卻被好幾個穿著保安制服的凶漢擋住了。

一個班頭模樣的傢伙十分誇張地大聲喝問道：「幹啥的？請出示證件！」

七仙女打了一愣怔，氣昂昂地說：「出示個鬼，這是我的家！」

這回該班頭模樣的傢伙愣怔了：「你的家？你叫什麼名字？」

「姑奶奶就是張若凡！」七仙女一面指著匾額，一面使勁跺了一下腳。

凶漢們先是驚疑，而後聚在一起竊竊私語，而後都換了面孔，一個個像是見到了主人的狗，全是一副低眉順眼的模樣。

那個班頭模樣的傢伙囁嚅著：「真是仙姑回來了，容小的進去通報一聲。」

另一個傢伙插嘴道：「今天紀念館建成開園，董老太爺在裡面出席剪綵哩。」

七仙女把水袖一拂，徑直望園中走去。

她終於又見到董永了。

這時的董永，身穿一襲青絲官袍，頭戴一頂凌雲竹冠，正坐在庭院一隅，頭上有人幫他打著傘遮陽，身邊簇擁著許多俊男美女，正在唧唧喳喳，討歡取笑。自打當上了縣太爺，他先是一口吞掉了千乘縣的賑災糧和賑災款，而後又無師自通地學會了很多種刮地皮的手段。於是，老百姓給他送了一個外號，叫「董天高」，意思是地皮已被他刮得凹下去了。

「董天高」還想出了「形象工程」這個好主意。先是在縣城裡建造了「縣衙第一辦公區」，而後建造了玉皇大帝紀念館、王母娘娘紀念館。花五個錢按十個錢向上報帳，還按百分之三十吃回扣，狠撈了一大把銀子。眼下又建造了這所張若凡紀念館，回扣當然又是一大筆。這下一步，他還準備徵地三千畝，向朝廷申請白銀八十萬兩，接著建造一個超級迎仙廣場。這些「事業」全部完成，他的個人資本積累也就初步完成。他準備，將這些錢全部用於官場投資——不能一輩子只當這個小小的縣令，他還要打通種種關節升上去，一直升到做皇帝身邊的重要大臣，與六部九卿稱兄道弟，與宰相大人平起平坐。

他盡情地訪花問柳，全城的妓院都有他的包間，妓女們沒有一個不認識他的。他天天下館子，全城所有的飯店都有他打的白條，有幾家飯店已被他吃破產了。半年多的優越生活使得他快速增肥，原來體重百把斤的他現在差不多翻了一番。還不到三十歲，走路都得由人攙著了。

「董郎，你這個天殺的！」七仙女忿恨地咒罵著，疾步走近去，用手指直直地戳著他的鼻尖，厲聲質問道，「你怎麼那樣對待我的孩子？」

四探董郎

董永以最大能量的容忍、最為破天荒的熱情接待了突然歸來的七仙女。他任憑她的一切抱怨、指責，發誓說：「你今天就是一刀宰了我，我都死而無憾！」七仙女怎麼會「一刀宰了」他呢？這是前世的孽債，一看到這個董哥哥，一天的烏雲很快就散去了，七仙女內心裡其實還是在難割難捨地戀著他。

董永在一間雅室裡令人擺上一桌豐盛的酒席，然後揮去眾男女，把門從裡面銷上，摟過熱淚未止的七仙女，兩人談起了別後的情景。七仙女談起這一次與母親的決裂，談到母親已經讓太上老君遙控作法，徹底毀掉了她的神力，把她變成了一個肉身凡胎、再也不能騰雲駕霧的普通人。她自顧說，沒有注意董永臉上的變化。董永的那雙金魚眼在轉動，一會兒快，一會兒慢，一會兒又轉的飛快……

一勾殘月斜掛在東邊的窗戶上，慘澹的月光照見了七仙女慘白的臉。她的臉上已經沒有淚水，淚水終於哭乾了，此時顯得很平靜，沒有任何表情。

那天，她喝了董哥哥的酒，那是甜甜的，卻添了麻醉藥的葡萄酒。等到她再次醒來時，她就在這間冰冷的牢房裡了，就像對待江洋大盜一樣，她還被戴上了鐵鎖鏈。那天，董永過來看她了。他說，原先有過約定，他必須把她交給欽差大臣，他的榮華富貴都是這位大老爺給的。不僅如此，這位大老爺還握有生殺大權，他董永得罪不起這種人，只好委屈她了。他還這樣安慰她：假如她能夠誠心誠意的成全他，他下輩子情願托生成老母豬，專門下崽報答她。

痛則不通，通則不痛，大痛後的七仙女終於想通了，她終於在自己與董永的這張情網裡掙脫了。可是，她覺得沒有顏面再見自己的父母，活下去也不再有什麼意義。她想到了死——但凡所有把人生的路走到這般程度的女孩子，最後多會如此選擇。然而，她卻忘記了一個人，就是那位比母親還要喜歡她、疼愛她、體諒她的觀音老阿姨。

洞察天地萬事、救苦救難、以慈悲為懷著稱的觀音大士早已掐算到這個小七兒在愛情道路上會有這麼一劫。她已經來到這間牢房裡，隱身注視著七仙女。就在七仙女在屋樑上繫好褲帶，準備掛上脖子自縊的一剎那間，觀音大士化作一道金光將其挾裹而去。

觀音大士把七仙女帶到了南海，這之前，七仙女的一雙兒女已經被土地佬、土地婆送過來了。母子重逢，恍如隔世，七仙女這才哭出最有價值的淚水。

清淨、美麗的南海讓七仙女忘記了所有的煩惱。雖然觀音大士還是雲裡來霧裡去，常常不見蹤影，但是這裡並不寂寞。醜陋而善良的守山大神一步不離地保護著她們，英俊、活潑的善財童子陪伴她的兒女一起嬉戲，山珍海味，一應不缺，真個是衣食無憂。光陰荏苒，半年時間不知不覺就過去了，孩子們早已戒了奶，一個個都能自己吃東西，自己跑著玩兒了。這一天，那位監押天神卻又突然出現了。不過，這一回他倒是帶來了好的消息：經觀音大士開導，玉皇大帝、王母娘娘原諒了小女兒，已經叫太上老君遙控作法，恢復了她的神力。兩位老人家想看看外孫、外孫女長的怎麼樣，派他來迎接她們娘兒回歸天庭。

雲山霧海之上，監押天神與善財童子各背一個孩子在前疾行，七仙女緊緊跟隨。自古道兒女是父母的連心肉，其實父母又何嘗不是兒女的連心肉呢？適才一聽說父母原諒了她，幾年的芥蒂就立刻冰釋了，眼下恨不得讓雲路縮短，馬上就能與他們見面。即使那個一向拉著臉的爸爸仍然不與她說話，就是愛嘮叨的老媽瑣落個沒完沒了，她都會衝過去摟住他們瘋狂地親吻。

踏雲迅走之間，七仙女下意識地低頭向凡間看了一眼，不料這一看，又把她好不容易平靜下來的心境破壞得一塌糊塗。

原來，此時雲路之下，正是讓七仙女作了一場惡夢的千乘縣，又正是那個被擴建成了「張若凡紀念館」的地方。此時那裡，人山人海，萬頭攢動。原來，那裡正在招開一場「公審大會」。

七仙女被觀音大士救走以後，董永兩手空空去見欽差大臣，把原委從頭到腳說了一遍。欽差大臣那裡肯信？當面踹案而起，雷霆大怒，臭罵道：「你狗日的今天死定了，你這個狗都不吃的討飯的濫崽，你敢拿本老爺當猴兒耍哩！」

當場就揪掉了他的烏紗帽，扯了他的官服，把他囚禁起來。

董永被「雙規」的消息不脛而走。有道是「牆倒眾人推，破鼓一起擂」，那些被他打了白條的妓院，那些被他吃破產的飯店，那些被他多拿了回扣的承包商，那些被他收了賄賂而沒給辦事的傢伙們一擁而上，首先競相告狀。千乘縣的老百姓也開始聲討「董天高」，向欽差大臣檢舉了他吞掉賑災糧和賑災款，餓死了很多人的事。千乘縣各部門官員也紛紛出首，把董大老爺大搞「形象工程」，然後如何從中蠹國損民、中飽私囊的黑幕一一揭發出來。

董永的案子一步步升級，欽差大臣決定「為民除害」，於是這一天就在千乘縣召開了這場公審會。

此刻身被鐐銬枷鎖的「董天高」，往日的官氣、霸氣已是蕩然無存，他的神情又恢復了當年挨門乞討的那個熊樣子。他可憐巴巴地擠出兩滴芝麻大的眼淚，讓它牢牢地掛在下眼皮上，而後望著大眾懺悔道：「我是一個吃百家飯的窮人家的苦孩子，是千乘縣的父老鄉親養活了我。朝廷如此重用我，給了我『為人民服務』的機會，我卻沒有把工作做好。我辜負了欽差大臣的信任，我對不起千乘縣的父老鄉親，更對不起當今聖上……假如上蒼能夠再給我一次機會，我一定會從頭再來，把一切都做的更好，以報答……」。

雲端上的七仙女看著地上的這一切，喘氣漸漸急促，鼻翼開始煽動，眼看著又要失聲痛哭了。監押天神一見不妙，便奮力推動了一下她腳下的雲頭。因為那片雲走得太快，磨擦了其他的雲，於是產生了一道閃電。閃電凌空劈下，撕裂了天幕，爆發出一聲震耳欲聾的驚雷。

謀殺秦始皇

皇帝的新衣

有一天，晚上月色皎好，秦始皇帶了幾個侍衛到街上溜達玩兒，沒料到突然跳出好幾個殺手，撲過來要他的命，幸虧衛士們捨命相拼，使得他倖免於難。又有一天，秦始皇坐在他的皇宮裡的寶座上辦理國家大事，燕國來的使臣荊軻突然手持匕首撲向他，他機靈地躲開了，那匕首卻一下子深深地扎進了殿堂的銅柱裡！還有一天，秦始皇坐著馬車到外面溜達玩兒，遇上一個叫張良的傢伙給了他一鐵錘，所幸沒有砸中他的龍體，卻把他的前導車一隻軲轆砸了個稀巴爛！

接連遭遇三次謀殺以後，秦始皇得了憂鬱症，吃山珍海味沒胃口，睡覺的時候做惡夢，身邊的美女一個也不想玩，滿腦子都是那把深深扎進銅柱的匕首和那個被砸得稀巴爛的車軲轆。他把自己心裡事透露給了太監趙高，叫趙高幫他想想辦法。

趙高是秦始皇小時候的鄰居。

那時是在趙國，秦始皇小時候的名字叫阿政。當時阿政他爸名叫異人，是秦國最吃不開的一個公子，被當作人質住在趙國的國都邯鄲。大商人呂不韋與異人交好，把自己平時最愛玩弄的一個漂亮性奴送給了異人。這個性奴叫趙姬，後來生下了阿政。滿城裡的人都說阿政是雜種，很多人欺負他們一家，使阿政幼小的時候受了很多委屈、吃了不少苦頭。後來異人帶著趙姬、阿政歸國當上了秦王，以後又把王位傳給了阿政。阿政當上秦王以後就首先消滅了趙國，殺掉了那些罵他「雜種」的人，這裡面也包括了趙高的父母與兄弟姐妹。當劊子手舉起大刀，就要把趙高的頭顱砍掉的時候，趙高突然大叫：「大王饒命呀，您還記得小時候我們在一起光屁股下河洗澡的事嗎？」

當時，被殺掉的趙國人的頭顱已經積到城牆那麼高，道路都被堵住了，秦王阿政已經看得厭煩了，聽趙高如此疾呼，心裡一動，就此放過了這個人。但是，阿政依然下了一道命令：趙國的人必須絕種，趙高的腦袋可以留下，但是生殖器絕對不能留，以免這個玩意兒做出新一代的趙國人種，將來有人報仇，「趙氏孤兒」的故事他是知道的。於是，劊子手扒了趙高的褲子，將其身體中間的一整套零件一刀割斷，甩到了高高的人頭堆裡。

僥倖活下來的趙高被帶回咸陽，進秦宮做了太監。他總是很謹慎、很殷勤，臉上永遠掛著微笑，總是陪伴在阿政的身邊。

秦王阿政滅掉了所有的諸侯國，登高一步即位為皇帝即秦始皇。時間長久了，秦始皇習慣了趙高的謹慎、殷勤和陪伴，忘記了自己與這個太監的滅國亡家之血海深仇，他喜歡趙高待在自己的身邊，喜歡與他說說心裡的事情。今天，秦始皇就與趙高說：「趙高，有沒有一種衣服，穿上以後讓別人看不見你？」

趙高假裝自己很愚笨，做出苦思冥想的樣子，老半天吞吞吐吐沒說話。秦始皇看的不耐煩了，只好吩咐：「這樣吧，李斯那個傢伙比你知道的事情多，你去找他打聽打聽，有了眉目再跟我報告。」

「好哩，老奴這就去了。」趙高顛顛地像一隻狗似地跑出去了。

趙高找到李斯家裡，跟李斯說了秦始皇的意思。李斯的妻子是皇家紡織廠的總經理，聽了這話急忙插嘴道：「皇上要的，這叫『隱身衣』，那是神仙的東西，只能找到神仙，向神仙要。」

趙高拍手大叫：「我的媽耶，這神仙到哪裡找得到？」

李斯說：「神仙確實不好找，可是，皇上說要什麼東西只是一句話，如果找不到，他可又要大量殺人了。」

一聽到說「大量殺人」，趙高就像觸電似地從椅子裡彈了起來，然後在屋子中像推磨的驢一樣打轉轉。

李斯想了一想，對趙高招呼道：「公公不要焦急，待我以丞相的名義發個佈告，以重重的懸賞，叫認識神仙的人出來，帶我們去找神仙。」

趙高高興起來，雙手一拍屁股，說：「還是丞相有辦法，把那些人都引出來，待到他們解決不掉『隱身衣』的問題，叫皇上殺他們，好讓我們的腦袋瓜子留下來！」

第二天，咸陽所有的城門都貼上了李斯的佈告：

我大秦始皇帝皇恩浩蕩，欲施恩黎民，澤惠神仙。凡黔首知道神仙者，前來引薦，賞錢一萬；凡神仙自薦者，官至下大夫，年薪兩萬五。

切切此諭！

丞相斯

佈告發出三天，開始有人報到，有的說認識神仙，有的說自己就是神仙。旬月之間報到的超過了一萬人，有的說是千百里外趕來的，有的甚至說是幾萬里以外乘風來的。一時之間，咸陽城裡大街小巷擠滿了這一類傢伙，所有旅館的房間全被他們占了。由於人口暴增，咸陽的口糧一時緊張，幸虧丞相李斯調度有方，及時向附近郡縣發出了強制徵糧的詔令。附近郡縣不敢怠慢，拼著餓死自己的老百姓，只管把每家的糧食搜刮出來，源源不斷地送往咸陽。

到了既定的一個日子，秦始皇在一個很大的院子裡招待了這些人，招待的方式很特別：趙高給每一個人編了號，每個人面前放了一個大瓦盆，身後還站著三個武士，其中一個手裡捧著一把鬼頭大刀。

秦始皇坐在臺上，左側站著李斯，右側站著趙高。秦始皇揮了一下長袖，趙高開始叫號：「第一號！」

一個躊躇滿志的傢伙亢聲應道：「南海萬歲真人在此！」

李斯發話道：「你既然自稱『萬歲真人』，那你就是神仙了？」

萬歲真人打了個揖手：「然也，本真人可以當眾表現自己的能耐！」

李斯又說：「沒人要你表現能耐，我只是代表皇上問你：你能弄得到『隱身衣』嗎？就是穿上以後別人看不見你的那種衣服。」

萬歲真人遲疑起來：「這個……本真人倒是無有。」

秦始皇把眼皮耷拉下來，趙高慌忙把自己的耳朵湊到他的嘴邊，只聽他厭惡地丟了一句：「砍了。」

趙高立即對萬歲真人身邊的三個武士努了一掌，命令道：「砍了！」

兩個武士其中一個反擰了萬歲真人的雙臂，將其牢牢控制，另一個則揪住了他的髮髻。不待萬歲真人分說，第三個捧刀的武士甩手一下，便把他的腦袋砍了下來。反擰萬歲真人雙臂的武士壓倒屍身，讓胸腔裡的鮮血全部迸濺到放在前面的瓦盆裡，然後，揪著髮髻的武士才把頭顱丟進瓦盆。在瓦盆的血泊裡，失去生命的頭顱猶在齜牙咧嘴，似乎還想說點兒什麼。

在場的自說認識神仙或是自稱神仙的傢伙們恍然大悟：原來，每個人面前放一個大瓦盆，身後站著三個武士竟是為了玩這個名堂！大家一致哄然地驚叫起來、情不自禁地顫慄起來。因為人多，驚叫之後，滿院子都可以聽到骨頭與肌肉咯咯顫抖的聲音。有人清醒過來，試圖逃跑，但是，他們馬上發現自己的雙臂早已被武士們死死地控制著。真個是上天無路、入地無門，插翅難逃！

秦始皇一聲冷笑，示意趙高、李斯繼續。

接下來的情況一直都像萬歲真人這樣悲慘，因為隱身衣是不存在的，誰也拿不出來。自說認識神仙或是自稱神仙的傢伙們就這樣一個接著一個被砍掉吃飯的傢伙，讓自己一腔熱血流到面前的瓦盆裡，再由著武士把吃飯的傢伙丟進血泊裡。

然而，似這般一面叫號一面訊問，然後再把人砍掉，一直到了中午時分，才殺掉一百來人，進度實在是太慢了。秦始皇歪著腦袋瞅瞅天中央的太陽，又瞅瞅黑壓壓的人群。趙高馬上領會了他的意思，湊過去說：「皇上，這不是個辦法，這樣問、這樣殺，再殺半個月也殺不完這些東西。生命的時光是有限的，您老人家身為帝國之尊，日理萬機，怎麼能把寶貴的時光浪費在觀看砍腦袋這樣的無聊瑣事上？依奴才的意思……」

秦始皇聽了趙高下面的話，贊許地點了點頭。趙高又走到李斯面前附耳嘀咕了幾句，於是，李斯跨前一步，用最大的音量對現場的人說：「請大家注意，請大家注意！我現在對所有的人只問一句話，到底有沒有人能夠弄到隱身衣？」

「我能弄到隱身衣！」一個叫徐福的人尖著嗓子在人群裡大叫。

李斯也尖著嗓子對他警告道：「回頭要是拿不出來，皇上可要對你施以五馬分屍之刑，而且還要滅你家九族！」

趙高幫腔道：「那可比這死的難看！」

徐福毫無遲疑地、決然地說：「如果拿不出來隱身衣，甘當受刑！」

李斯招招手，叫人把徐福引出場地。趙高則把衣袖當空舞了一下，對場地中的武士們下了命令：「其餘的全部砍了，你們的手腳都給我放麻利一些，不要耽誤大家吃中午飯！」

不死之藥

秦始皇下了一道命令：徐福的事由李斯、趙高聯合督辦，務必弄出隱身衣，否則就真的車裂了這個傢伙，並滅他九族！

徐福被關押在皇家的天牢裡，他要求先見趙高，並要趙高摒退所有的人。然後他對趙高說：「我是鬼谷子的徒弟，東海太乙真人是也，今年已經一百二十歲了。我在東海修煉了九十年，說實話，我不僅真的有隱身衣，而且我還煉出了一種奇藥，叫『再造神丹』，被閹割了的人吃它，三天一丸，吃三十三丸，九九八十一天以後您的生殖器便重新長出，與原物無二！」

趙高慌忙捂住了徐福的嘴，激動得連聲音都顫抖了。急忙湊到他的耳邊說：「你的聲音小一些！我的媽呀，玄機不可洩露呀。先生果真有此良藥，您就是我的再生爹娘！」

徐福感到趙高的手上有一股又鹹又騷的氣味，他知道那是尿液造成的，胃裡直泛噁心。他拿下趙高的手，對趙高說：「這次來你們大秦帝國之前，並不知道皇上要隱身衣的事情，因此未曾帶來，但是再造神丹我卻帶了一些。待會兒趙公跟丞相幫我周旋周旋，讓我獲得自由，再造神丹一定奉上。」

趙高心情急切而又有些驚怕地悄聲說：「活神仙呀，這再造神丹的事可是任何人面前都不能再提啦，這要是讓皇上知道了，你我的性命都得玩完！」

徐福莞而一笑：「當然，再造神丹只是為趙公準備的，其他人休想與聞。」

按照徐福的要求，趙高把李斯邀進了天牢。徐福也是要李斯摒退所有的人，然後他對李斯說：「我是鬼谷子的徒弟，東海太乙真人是也，今年已經一百二十歲了。我在東海修煉了九十年，說實話，我不僅真的有隱身衣，而且我還煉出了不死之藥。世人只要吃了他，即可獲得永生。丞相不想嚐一嚐嗎？」

李斯慌忙瞅瞅四周，壓低了聲音說：「你可要謹慎一些，這消息一旦透露出去，皇上一定要你把不死之藥交給他，然後再把你殺掉，以便不讓任何人再得到這種藥。」

徐福深深一揖：「多謝丞相關照。」

李斯又問：「那麼，隱身衣和不死之藥都在哪裡？」

徐福說：「這次來你們大秦帝國之前，並不知道皇上要隱身衣的事情，因此未曾帶來，但是不死之藥我卻帶了一些。待會兒丞相幫我周旋周旋，讓我獲得自由，不死之藥一定奉上。而且，我還帶來了萬兩黃金，可以當作丞相與趙公的謝禮。」

就這樣，徐福把李斯、趙高和自己連在了一起，然後，他們共同商討出了一個「隱身衣」計畫。計畫的第一部分是用黃金收買秦始皇身邊所有的宮女，給她們規範回答問題的特定語言。第二部分是收買秦始皇的兒子胡亥，承諾以後幫他成為皇位繼承人。很快，這些事一一措辦停當。

一日黃昏，李斯、趙高把徐福帶進了皇宮，一同拜見秦始皇。

趙高說：「皇上，隱身衣已經由徐福拿來了。」

李斯說：「此事非同小可，隱身衣不是什麼人都可以看的。請皇上摒退所有的人。」

所有的人都被摒退以後，宮殿裡只剩下了徐福、趙高、李斯、秦始皇。徐福捧出一個精緻的盒子，滿臉恭敬的神色，對著秦始皇打開來。秦始皇一看再看，並不見盒子裡有什麼東西。徐福則說：「皇上請看，這就是隱身衣。」

秦始皇有些發怒地罵道：「扯你媽的蛋，這盒子裡鳥也沒有！」

徐福笑道：「皇上看不見就對了，隱身衣是隱身的，您怎麼能夠看得見呢？」

趙高、李斯兩邊一致幫腔：「是啊，隱身衣就該是看不見的，要不然，怎麼能叫『隱身衣』呢？」

秦始皇還是有些迷茫。這時，徐福做出一個從盒子裡扯起一件衣服的姿勢，說：「這是隱身褲。皇上，請您脫光衣服，先穿上這條褲子。」

依然是將信將疑的秦始皇為了能夠實現隱身的目的，只好照辦，親手把自己脫了個赤條條。自從當上皇帝，自己脫衣服他還是第一次。而且，這樣赤條條地對著臣僚，他也絕對是第一次。他的那個四、五寸長的「龍根」，從來只是向嬪妃和宮女們播撒雨露的時候才拿出來示人。他心裡說，待會兒隱身衣真的起了作用，我一定砍掉你吃飯的傢伙！

徐福張羅著，叫秦始皇抬起左腿，做了一個給他穿上一個褲腿的動作。而後又叫秦始皇抬起右腿，又做了一個給他穿上另一個褲腿的動作，接著是提褲子、繫腰帶的動作。再後，徐福又做出一個從盒子裡扯起另一件衣服的姿勢，說：「這是隱身袍。來，請皇上屈尊穿上這件袍子。」

徐福繼續張羅著，叫秦始皇抬起左臂，做了一個給他穿上一隻袖子的動作。而後又叫秦始皇抬起右臂，又做了一個給他穿上另一袖子的動作。接著是正衣襟、繫紐扣的動作。做完了，徐福轉過臉來衝著李斯、趙高問道：「丞相與趙公，你們看看，怎麼樣？」

「啊？啊？啊呀呀?!」李斯、趙高二人做出目瞪口呆、大驚失色、連氣都喘不上來的樣子。二人撲通一聲同時跪倒，同聲祝賀道：「吾皇萬歲、萬歲、萬萬歲，再一個萬萬歲！臣等看不見您啦，恭喜皇上穿上了隱身衣！」

秦始皇由不得打量了一下自己：赤條條的，依然是一縷不掛。禁不住更加發怒地罵道：「你這兩個狗日的也夠扯蛋，老子身上可是什麼都沒有！」

徐福趕緊說：「皇上、皇上，這可是隱身衣的特色，您自己什麼都看得見，別人卻是什麼都看不見的。」

秦始皇更加憤怒的大喝道：「那麼，你們怎麼在說話的時候是看著我的臉的？」

徐福也撲通跪下，一面磕頭一面說：「皇上聽稟：我雖然給您穿上一套隱身衣，卻沒有給您戴隱身面罩。所以丞相和趙公依然可以看到皇上的臉。」

秦始皇依然怒氣衝衝地喝問：「為什麼不給朕戴上隱身面罩？」

趙高磕頭道：「陛下容稟：這傢伙把隱身面罩忘在他家裡了！」

「推出去砍了！」秦始皇大吼道。

李斯在一旁急忙插話道：「皇上，砍了此人就弄不到隱身面罩啦，您光是隱了身體，卻隱不了面容，那有何益？」

秦始皇沉吟起來，覺得李斯說的有理。

徐福湊空道：「皇上，山人既然能夠擁有隱身衣，那隱身面罩又豈在話下？請放我出咸陽，待我回到我的仙山，我找到我的隱身面罩，一併呈獻皇上，然後再討您的封賞。」

李斯、趙高一起奏請道：「吾皇萬歲、萬歲、萬萬歲，再一個萬萬歲！事已至此，只能這樣了。」

但是秦始皇依然心存疑慮，他說：「我得讓其他人看看隱身衣的效果，莫不成被你三個狗才狼狽為奸騙了！」

這是預料中的事。趙高拍拍巴掌，平時伴駕的宮女們魚貫而入，列位兩旁。趙高問道：「你們看到皇上了嗎？」

「啊？啊？啊呀呀?!」宮女們全部做出目瞪口呆、大驚失色、連氣都喘不上來的樣子。大家撲通一聲同時跪倒，同聲嚷嚷道，「怎麼只能看到皇上的臉呀？皇上的身體哪裡去了？」

有個年齡小的宮女禁不住想笑，才「嘻……」了三分之一聲，趙高、李斯便電光石火地給她投了一個怒目。當然，這怒目是死亡的信號，宮女中專門「執法」的女武警立即捂住她的嘴把她拖到帷幕後面去了。這事情發生在秦始皇的身後，當時他只顧看著自己暴露無疑的「龍根」，感覺這真是太不可思議，因而沒有發覺剛才的動靜。

李斯乾咳了一聲，公子胡亥應聲而入。

「啊？啊？啊呀呀?!」胡亥立即做出目瞪口呆、大驚失色、連氣都喘不上來的樣子。對著秦始皇撲通跪倒，嚷嚷道，「我怎麼只能看到父皇的臉呀？父皇的身體哪裡去了？」

於是，由不得秦始皇不信：這隱身衣確實起作用了！

恰巧，公子扶蘇從外面闖了進來。他是從前線回來的，剛剛與匈奴打了一仗，是來向父皇呈送北方戰報的，發現父皇被搞成這麼一個光景，到龍案前擱下戰報，便轉身氣憤地質問李斯：「李斯，這到底是怎麼回事？」

李斯、趙高、徐福、胡亥全都目瞪口呆，惶然不知所措。秦始皇對扶蘇說：「朕在試穿隱身衣哩，皇兒看見什麼了嗎？」

扶蘇對著父皇的「龍根」跪下磕頭，一面說：「兒子我什麼都沒看見，戰報放在案子上，待會兒請父皇御覽。望父皇善自珍重，不要被奸人戲耍。兒子還有別的大事要辦，現在告退了。」

扶蘇站起身，憤怒地掃視一下李斯、趙高等人。一把扯過李斯，切齒地在他耳畔低聲說：「你這個狗日的河南侉子，從來就不對父皇做好事。前一陣子教父皇焚書坑儒，這一陣子又搞什麼名堂？你知道商鞅是怎麼死的嗎？你等著，等我班師回朝的那一天再和你算帳！」

扶蘇說了話，大步流星走出宮殿。李斯打了一個大大的冷噤，全身旋即爆滿了雞皮疙瘩，腦海裡立即想起商鞅冒犯了公子惠文君的事情：秦孝公死，惠文君繼位，第一件事就是把商鞅抓起來車裂於咸陽。

秦始皇問道：「丞相怎麼發呆了？扶蘇跟你說了什麼？」

李斯回過神來，支吾道：「稟聖上，公子叫微臣好好輔佐您，不得懈怠。」

趙高馬上向秦始皇致賀道：「啊呀好！皇上這回該放心了吧？連平時最最誠實的扶蘇公子都說『什麼都沒看見』，隱身衣確實很管用呢。」

深宮屠龍

秦始皇在皇宮裡隆重地排開了國宴，厚賞騙子徐福，封他為一級國師。同時，還重重地賞賜了李斯與趙高。

徐福奏報，說東海中有三座神山，名曰蓬萊、方丈、瀛洲，他的家就住在那裡，那裡還住著一個真正的神仙，這神仙手裡有不死之藥。這次他回去，一是把隱身面罩取來，二是順便找那神仙，再給皇上弄一些不死之藥來，好讓皇上吃了它，真正地萬壽無疆。

秦始皇大喜過望，垂詢徐福應該怎麼辦。徐福說：要備下若干大船，要齋戒若干時日，然後給他三千童男童女，加上玉帛財寶，由他下海，去三神山找那神仙。為了不死之藥，在於富有天下的秦始皇來說，這點兒代價能算什麼？於是，秦始皇大開國庫之門，將併吞六國時掠奪來的巨萬資費，全部撥給了徐福。

於是，徐福把玉帛財寶裝上幾十條大船，帶上童男童女開溜了。大船啟動之際，徐福給送行官員丟下一封信，叫一定面呈皇上。送行官員不敢私看，只好把信親手交給了秦始皇。信中說了趙高向他索取「再造神丹」的事情，但是他把「不死之藥」贈送給李斯的事情卻沒有說。

秦始皇勃然大怒，叫趙高立即交出「再造神丹」。其實，徐福送給趙高、李斯的藥丸根本就不是什麼「再造神丹」和不死之藥，而是用高粱麵搓成的小丸子。所不同的是，他給趙高的丸子裡摻了「偉哥」，給李斯的丸子裡摻了鴉片。

趙高老老實實交出了「再造神丹」，親眼看著秦始皇叫宮女把那些藥丸子丟到御用的馬桶裡。秦始皇跳著腳罵道：「你這個狗娘養的下賤東西，你這個非男非女的閹貨，我給你留著吃飯的傢伙，你竟然還敢夢想長出那個玩意兒?!夢想長出那個玩意兒幹什麼，好湊出一個『趙氏孤兒』，找老子報仇麼？」

趙高抖如篩糠，屁都不敢放，匍匐在地，磕頭如搗蒜，直到腦門磕得稀巴爛，鮮血染紅了漢白玉地板磚。

「風瀟瀟兮海水寒，騙子一去兮不復返！」

這個徐福，輕而易舉地騙到一大批玉帛財寶和眾多的童男童女以後，乘著西北風一口氣跑到東海的某個島嶼上去了。他在那裡組建了一個小型國家，盡情享受那些童男童女。他叫男的做工奴，為他創造勞動財富，女的做性奴，供他玩樂。待到女孩們年齡稍長，便為他製造出了成千上萬個小徐福來。這些徐福的兒子與徐福的女兒互相結婚，又生出很多後代，於是把他們自己把那個地方叫做「日本」。從明朝起，徐福的孽種們就開始攻打中國，屠殺中國的老百姓，一直到一九四五年被美國和蔣介石打敗。但是，他們依然賊心不死，前一段時間還專門在「九一八」那天扣留了中國的漁船。這都是後話。

自打徐福走掉，傻鳥一般的秦始皇一直都在癡心地等待。等得焦急了，他就不辭辛苦，從咸陽到東海，迢迢三、四千里跑過去，親自到海邊去找，去眺望。始皇三十七年，秦始皇再一次出遊。行雲夢，望九疑，浮江而下。由北往南，由西往東，繞了老大一個圈子，跑了上萬里，最後還是到繞海邊去了。到了之罘，大海蒼茫，徐福無所見，隱身面罩和不死之藥仍然不可得。

秦始皇苦思冥想，突然明白過來：他上當了，隱身衣與不死之藥根本就不存在，徐福再也不會回來了。是徐福收買、勾結了趙高、李斯，三人串通一氣，給他布下了一張欺騙的大網。他回憶起當初被哄騙脫光衣服、將「龍根」示人的情景，回憶起公子扶蘇說的話，立即感到了奇恥大辱。堂堂「千古一帝」，掃六合、滅群雄，天下諸侯無敵手，最後竟被一個騙子玩弄的像個三歲孩童！

突然覺醒的秦始皇暴躁起來，咬著牙根對身邊陪駕的公子胡亥說：「立即返回咸陽，我要和趙高、李斯這兩個雜種算老賬，問他們欺君之罪！」

胡亥知道，父皇又動殺機了，趙高、李斯這兩個傢伙將死得好慘好慘。但是，胡亥做夢都想繼承皇位，而這個希望百分之百全部指望趙高、李斯。因此，他立馬把這個情況洩露給了趙高和李斯。聽到消息，嚇得趙高只管打哆嗦，小便當即失禁，尿了一褲子。李斯也跌足大叫：「完了、完了，皇上要對我倆下手了。『欺君之罪』是要五馬分屍，還要滅九族的，可憐我家老老少少一百餘口……」

胡亥也撓起頭來，吶吶地說：「你們倆一旦被殺，我這皇位繼承人的事情不也要黃掉了嗎？」

趙高搓手道：「是呀，公子若是現在就能繼承皇位，那該有多好？」

「現在就繼承皇位？」李斯沉吟起來……忽而，一個驚天陰謀在他的腦海裡閃動了一下，他的眼睛一亮，失態地一把抱住胡亥的肩膀，激動至極地問道，「公子，如果真的就叫你馬上繼承皇位，你願意嗎？」

胡亥嚷嚷道：「我靠，你們倆的吃飯傢夥子都保不住了，我哪裡還有這樣的好事情？」

李斯瞅瞅四周，詭秘地把兩人的耳朵拉到了他的嘴邊，給他們說出了剛剛閃動出來的那個陰謀……

當天夜晚，秦始皇的御駕停駐在趙國的沙丘宮裡。趙高、李斯與胡亥命令所有的武士與隨從官員一概住在王宮的高牆之外，偌大的王宮只有秦始皇和他們三人，另外就是幾個妃子、近衛和廚子。數十年前，一代梟雄趙武靈王曾被自己的兒子困在這裡，無人做伴，無水無糧，最後活活餓死。秦始皇卻沒有以此為忌，他自信自己是強大無敵的，這個世界再也沒有任何對手可以對他構成威脅。

晚膳以後，秦始皇坐在寢宮裡看了一會兒妃子們的舞蹈，厭倦了，就留下其中一個妃子洗洗乾淨過來陪著他，便準備上床睡覺。這時，趙高走到他身邊跪下，請求他恕罪。

秦始皇面含慍怒，冷冷地問：「有什麼罪，自己說！」

趙高砰砰地叩著響頭，回稟道：「奴才出首丞相李斯，他不該私藏神藥，欺君罔上。」

「什麼？」做夢都想不死，只想成神的秦始皇，注意力被深刻地牽引住了。

趙高道：「那時徐福在天牢裡，乞求丞相保他。他被放出以後不僅給了我那個藥，還給了丞相一包不死之藥。丞相捨不得交出來，又不敢私下服用，一直都藏在身上。今天白天我聞到他身上有藥味，問他，他不該拿我當知心朋友，如實地告訴了我，於是奴才趕緊將這情報呈報皇上。」

秦始皇當即叫人把李斯帶進寢宮，嚴厲斥責他，並命令他交出「不死之藥」。李斯磕頭再三，表明自己始終對不死神藥的心思：捨不得交出來，但是也不敢自用。秦始皇接受了李斯奉獻的「不死之藥」，把李斯痛罵夠了，便令胡亥把他帶到臨時監獄裡待明天處置，然後由趙高服侍著，莊嚴地、肅穆地、鄭重其事地吃下一丸「不死之藥」。

頃刻間藥力發作，秦始皇雙手抱著腹部慘烈地大叫著，在床上拼命地打滾，一面不停地大口吐血。已經脫了衣服睡在被窩裡的妃子嚇得跳了起來，光著細如羊脂一般美麗的身子站在床的裡角鬼一樣地嚎叫。

「救、救我……」千古一帝預感到了死亡將臨，從床上滾落下來，痛苦萬狀地伏在地上，眼光已經發綠，把乞求的手伸向不共戴天的仇人。

趙高一腳踢開他，從懷裡抽出一把利刀，跳上床去，只一刀就揮斷了那妃子的脖子，嚎叫聲戛然而絕。趙高又跳下來走到秦始皇的臉前，獰笑道：「丞相知道你又要啟動殺機，我們的災難即將降臨，為了拯救他自己，也為了拯救和他同謀的我，你的這個大大的忠臣特意在藥丸裡加上了砒霜，劑量足可以毒死一頭南國的大象。別說我恨不得吃你的肉、寢你的皮，就是有心救你，也沒有回天之術啊。呵呵、呵呵、呵呵！吾皇萬歲、萬歲、萬萬歲，再一個萬萬歲！」

在生命的最後幾秒鐘殘餘裡，秦始皇這才徹底明白趙高、李斯都是什麼樣的人，明白了他們比徐福之流更可怕、更可恨、更該五馬分屍。同時也明白了自己不過是一個平平常常的人，也徹骨地感受到了死亡降臨時的哀痛與憤怒。他畢竟是一個兇殘的人，所以將死之際依然胸有惡念，於是他最後一次咬緊了牙關，從牙縫裡擠出最後幾個字：「我早……該……殺……」

趙高仰天狂笑道：「你還要殺誰呀？難道你這輩子還沒有殺夠嗎？長平之戰，你們一次活埋了我們趙國將士四十五萬；攻破邯鄲，滿城的人都殺了，只留下我一個！今天，為我趙國報仇的日子到了，我不僅要砍下陛下您的吃飯傢伙，我還要把您的兒子、孫子、女兒們吃飯的傢伙都砍下來，一個也不留！我也要你姓嬴的徹底斷種，『萬歲』你媽個×，操你媽！」

趙高舉起刀，正要砍下秦始皇的頭顱，胡亥帶著李斯和幾個近衛軍衝了進來。此時秦始皇側臥在地上，兩眼依然圓睜，但是眼神已經變成了灰色，失去了生命的光芒。胡亥踢了一腳地上的父親，看清已經死了，這才撲通一下跪倒趙高面前，磕頭道：「趙公在上，以後您就是我爸爸了！」

李斯在一旁慌忙扯起胡亥，說：「公子馬上就要即位為君了，焉有下跪臣僕之理？這不成體統！」

指鹿為馬

趙高、李斯、胡亥三人在沙丘宮施詭計弄死了「千古一帝」秦始皇以後，胡亥搶到了玉璽，便急急忙忙要登基做皇帝。

趙高說：「別忙咧，公子扶蘇那裡還有幾十萬大軍呢，萬一他不服氣，和大將蒙恬打回來，那可怎麼辦呢？我們手裡只有皇上的衛隊幾千人哪！」

李斯莞爾一笑：「公公何必多慮？我以為只消一道聖旨、一個使臣，帶上一小隊刀斧手就足夠了。」

於是，李斯草擬了一道「聖旨」，讓胡亥用玉璽蓋了一下，叫來一個心腹充作使臣，耳語一番，此人便帶上一小隊刀斧手，騎上快馬上路了。

趙高感到奇怪，便問道：「丞相是怎麼安排的，能說出來給咱家聽聽嗎？」

李斯只是打了個哈哈，說了一句：「天機不可洩露！」

正值盛夏，秦始皇的屍體很快發生了腐敗。趙高、李斯、胡亥三人把屍體與數百斤鮑魚裝在鑾駕裡——這是一輛八匹駿馬拉動的巨車。他們沉著氣，日出而行，日落而宿，消消停停地往回趕。有一天，他們終於來到京都咸陽的城外。右丞相馮去疾並不知道皇上已經被人幹掉，依例帶上留守的文武百官出城迎接，見到鑾駕便慌忙跪下磕頭，忽而聞到惡臭的氣味，正要打聽，卻聽到了李斯宣讀「聖旨」的聲音：

「朕此番不辭辛勞巡視大江南北，一是為了深入群眾，關心廣大人民生活，二是為了宣傳朕的光輝思想，讓帝國的真理傳遍五湖四海、家喻戶曉。然而，右丞相馮去疾卻在京城詆毀朕這樣做是勞命傷財、浪費國力，是可忍孰不可忍？著令刀斧手將其立即正法——欽此！」

早已安排停當的刀斧手應聲猛撲過去，沒等馮去疾明白過來是怎麼一回事，便被攔腰一刀砍做兩截。

其他的文武百官跪在地上只管打哆嗦，百分之九十九都大小便一起失禁，拉了一褲襠。一時之間，現場上的屍臭、魚臭、屎臭、血腥匯成了一個令人窒息的氣團。不過，已經聞慣了屍臭、魚臭、血腥的李斯、趙高、胡亥並不是太在乎，只見李斯用衣袖隨便煽煽鼻子，對他們說：「其他人不必害怕、不必害怕！眼下，皇上還沒有要你們統統死掉的意思，認為你們之中的大多數是『可以改造好的』，是值得『挽救』的。不過，一向熱愛臣民，對臣民寬宏大量的皇上還是要觸及你們的靈魂，準備給你們辦一個『轉彎子學習班』，能不能保住脖子，能不能保住帽子，那可就全看你們自己的腦子了。」

文武百官大大地鬆了一口氣，下面的屎尿撒盡了，現在感覺皇上恩深如海，又改為熱淚盈眶了。大家一起伏在地上只管磕頭，連山呼萬歲也顧不上了。

鑾駕啟動，車輪與衛士們的馬蹄卷起滾滾黃塵……

進城以後，李斯、趙高才宣佈秦始皇已經「駕崩」，讓胡亥當了皇帝。又過了一陣子，派出去的使臣趕了回來，到金鑾殿裡奉上了兩隻木匣，一個裡面裝著公子扶蘇的頭顱，一個裡面裝著大將蒙恬的頭顱。恰巧李斯不在，趙高與胡亥驗看了頭顱，便揮退殿上所有的武士與女侍，問那使臣：「你是怎麼做到的？」

使臣說：「我是按照丞相的旨意辦的：見到公子扶蘇和大將蒙恬，先是謊稱要向他們傳達密旨，叫他們摒退所有的人。等所有的人都被摒退以後，我和我的刀斧手們才逼迫他們自殺，扶蘇是個窩囊廢，哭著自殺了，蒙恬不肯就範，我們一起動手就砍了他。」

趙高哈哈大笑：「高、高、高，實在是高！這才叫『百萬軍中取上將之首如探囊取物！』這點子真的很不錯，別的人知道嗎？」

使臣答曰：「丞相交代過，不許對任何人說。」

趙高拍拍使臣的肩膀，說：「你幹的不錯、不錯，御膳房裡已經為你們備下好酒好菜，享受去吧，等會兒咱家不但要重賞你們，可能的話，還要陪著你們喝幾杯呢。」

使臣磕了頭，興沖沖地走了。

過了一會兒，李斯來找趙高，向胡亥施了一揖，然後問趙高：「公公，我的那個心腹和那些刀斧手都在御膳房中毒死了，是你幹的嗎？」

趙高以問代答：「丞相留著他們還有用嗎？」

李斯沉吟了三秒鐘，無可奈何，只好點頭稱是。然後又問：「扶蘇和蒙恬的頭顱在哪裡，能叫我驗看一下嗎？這可玩忽不得。」

趙高欣然示意：「丞相言之有理，咱家給您帶路，這就去看。」

李斯跟著趙高走出金鑾殿，七拐八拐到了一所房子前。這房子很奇特，從屋頂到牆壁都是生鐵鑄就，沒有窗戶，只有一扇門，也是生鐵的。趙高拉動了一個機關，門開了，舉手做了一個恭請的姿勢。李斯只要看到扶蘇和蒙恬的頭顱，無暇多想便進入屋內，再回頭招呼趙高時，卻見趙高獰笑著再次拉動了機關，生鐵門呼啦一聲閉上了。頓時眼前一抹黑，李斯不由大驚，變聲地叫道：「公公你開什麼玩笑?!」

生鐵門上有一個巴掌大的方洞被打開了，李斯慌忙湊過去，又對外面的趙高大叫：「公公你開什麼玩笑?!」

趙高依然獰笑著，對他說：「我的親愛的丞相同志，我沒有和你開玩笑。我代表當今皇帝向您鄭重宣佈：從現在開始，你被撤銷一切職務，隔離審查了！」

終身與陰謀為伴的李斯突然想起，若干年前，他曾經對老同學韓非使用了與此一模一樣的手段，也是在這間生鐵鑄造的屋子裡。他的腦海裡像打翻了一口沸騰的油鍋，巨大的驚懼、懊悔頃刻間佔據了他的靈魂的全部，他知道趙高比他還要歹毒，他明白自己的末日已經註定，但他仍然禁不住乞求一線生機：

「公公，我李斯自問從來沒有虧待過您哪！」

「狗娘養的東西，你還說出口?!」趙高亢聲大罵，沒有鬍鬚的胖臉被憤怒拉扯得變了形，「不是你給嬴政那個雜種出主意，怎麼會滅了趙國？怎麼殺了全城的人？怎麼會殺了我們一家？弄得我卵子也被閹掉了，不男不女，似人非人！你這個壞到骨頭的狗東西，死了求生的心吧，我不但要殺你，要殺你一千次，而且還要殺你全家，也叫你嚐嚐滅門的滋味！」

李斯完全絕望，改了口氣，恨恨地說：「我兒子李由是三川守將，手握雄兵二十萬，你奈何不了他，他會給自己的父親報仇的！」

趙高的臉上立刻恢復了獰笑：「手握雄兵二十萬？我好怕呀！媽戈壁的，公子扶蘇手握雄兵六十萬，還不是被你一道假聖旨、派了幾個鳥人就幹掉了？你那一套咱家也學會了，我會模仿你的字體給他寫一份『家書』，叫他離開軍隊自己到咸陽來。要不要我寫好以後先給你看看？」

李斯身子向後一仰，昏倒下去。趙高搖搖半禿的腦袋，兀自對空嘲笑道：「瞧瞧，大秦帝國的開國宰相就是這樣的德行，被我一個沒有卵子的傢伙徒手擒獲了，還被我嚇死過去了！」

趙高果然模仿李斯的字體，用偽造家書的辦法誘捕了李斯的兒子李由。趙高以胡亥的名義將李斯定為謀反罪，任意使用所有能夠想像出來的酷刑蹂躪他們父子以及李斯所有的親屬、家人。摧殘夠了，趙高就把李斯父子拉出去遊街示眾。西漢史官司馬遷的曾祖父當時就在看熱鬧的人群中，他聽到李斯對自己的兒子說：「這個時候，我多想和你牽著俺們家的黃狗出上蔡東門，到郊外捉野兔……」這當然是一個絕不可能實現的奢望。趙高叫劊子手對李斯父子實行千刀萬剮之刑，並滅了李斯的九族。

殺了李斯，趙高就自己做了「丞相」。有一天趙高對胡亥說：「先帝在的時候，生殺予奪、威加海內，想叫誰死誰就得死，大臣們猶有不肯聽話的。你一個什麼能耐都沒有的屁孩，還沒有學會怎樣殺人，沒有任何威望，恐怕難以鎮服大臣。我認為，你現在也是『朕』啦，不要和普通人接觸，應該到後宮裡去，儘量地玩玩女人的屁股，多喝美酒。」

「呵呵，丞相爸爸說的有道理呀！」胡亥拍著自己的屁股雀躍起來，然後，他把玉璽交給了趙高，由幾個漂亮的宮女駕著到後宮尋歡去了。

在後宮裡，胡亥除了喝酒吃東西就是服「偉哥」，然後找宮女鬼混，可是，後宮裡的女人實在太多，他實在混不過來。有一天，胡亥在後宮混得有些膩了，便溜到金鑾殿上來，想和趙高說說話。

這一天，正巧是「轉彎子學習班」期滿的日子，趙高把文武百官召集到金鑾殿裡，準備測試一下大家的智商。於是他命令武士們牽上一匹公鹿來，然後對胡亥說：「皇上看看，咱家的這匹駿馬怎麼樣？」

胡亥大笑：「丞相你真的會扯，這明明是一頭鹿，你怎麼說它是一匹馬呢？我和先帝巡遊天下的時候，親自騎過馬的。」

趙高說：「還是皇上看錯了吧？這確實是一匹馬，不信的話，你問問這些官員們。」

官員甲低下了頭，沒作言語。有兩個刀斧手撲過去，掐住他的脖子把他拖了出去。

官員乙跨前一步，奏道：「到底是鹿還是馬，這是一個大事大非的問題，也是一個階級立場問題，不能輕易下結論！」

有兩個刀斧手撲過去，照樣掐住他的脖子把他拖了出去。

官員丙趕緊亢聲說：「我個人認為，這確確實實是一匹駿馬，不管你們信不信，反正我信了！」

胡亥有些惱怒地說：「接著扯你媽的蛋！誰家的馬頭上長著樹枝一樣的角？」

官員丁搶著回答：「臣曾經做過天朝駐美國大使，那裡的駿馬都是長了這樣的角的……」

班列以外猛不丁竄出一個嘴歪眼斜的傢伙來，戟指著官員丁大肆攻擊：「漢奸、走狗、賣國賊！在這裡少講你的美國爹！你喜歡美國，你的美國爺爺還不願意把你讓出來哩！」

然後又急忙轉過臉來，卑謙地打躬道：「丞相在上、皇上在上，據我所知，朝鮮才是真正把有角的動物當做馬的國家，而且，他們就用這樣的馬裝備了十八個騎兵師，超精銳，準備用它解放全人類呢！我喜歡朝鮮，我提議我們大秦帝國好好向朝鮮學習！我還提議我們天朝繼續焚書坑儒，確確實實，這非常非常有必要！」

胡亥不高興地說：「這樣說，你這樣吹捧朝鮮，那麼朝鮮不就是你的親爹了嗎？你是不是你的朝鮮的爺爺生出來的？」

嘴歪眼斜的傢伙把頭差一點藏到褲襠裡，再不敢言聲。

趙高對胡亥解釋說：「皇上不必介意。這小子叫『橫路七十三』，是一個自宮的小太監，前來投奔我，對天朝忠心耿耿。我叫他到國立第一大學當臥底，他現在是『三媽』理論的創始人，名氣可大著呢，認識他的人沒有不罵他的。我們的人，就是在萬眾唾罵中成長起來的！」

嘴歪眼斜的傢伙急忙磕頭，衝胡亥磕，又衝趙高磕，不知衝誰磕最合適，只好盡力地多磕一些。趙高看他可憐，揮揮手，教：「都下去吧，咱家在和皇上逗哏呢。凡是今天有功的，都到釣魚臺吃西餐，咱家買單啦！」

其後的事情非常簡單，不必樵公詳敘了，正史有著詳細的記載：

陳勝、吳廣造反了，項羽、劉邦起兵了，天下大亂了。趙高把胡亥殺掉，換了一個叫子嬰的人當秦王，子嬰殺掉了趙高，向劉邦投降。項羽進咸陽，殺了子嬰，一把大火把秦王宮燒成了焦土……

林教頭雪夜上梁山

北宋王朝進行到了一百四十年以後的時候，出了一個別具人格的皇帝宋徽宗。他是一個不愛江山愛道教、不愛嬪妃愛雞婆的混蛋，平時執迷於道教崇拜，任憑一幫歪嘴道士裝神弄鬼，任意忽悠；放著前輩聖賢治國平天下的先進經驗不用，認為只要忠實執行原始天尊、太上老君們的指導思想，天天多念幾遍神仙經，多做一些法事，就可以天下大吉，就可以延年益壽。宋徽宗還放著農業、工業、民生大事不管不問，湊著空兒總喜歡到一個雞婆那裡找樂子。這雞婆叫「李師師」，皮肉生意做的一向興隆，人稱超級「公交大巴」，意思是這個女人的肚皮上每天都有很多人可以過來隨便坐坐。

一個凌駕於萬里江山之上的萬乘之主，這樣瞎搞胡鬧當然是要失政的，於是乎整個宋徽宗之世山河暗淡，吏治崩壞，一時間貪官遍地、暴吏橫行，黎民蒼生日不聊生，天下怨聲載道。

當時有個名叫高俅的傢伙，街頭上一個混混加二流子出身，給一家外賣小鋪子當小夥計。一次宋徽宗在京都皇家球場踢球，餓了，令手下人叫了外賣。高俅奉小鋪子老闆之命前往送外賣，恰巧宋徽宗出了臭腳，球飛了，高俅便湊機會秀了一腳，引起宋徽宗的注意並產生了好感，當場邀他一起踢球。嗣後，高俅以第一流的拍馬屁手段討得了宋徽宗的更大歡心，編造說自己是開國元勳高俊寶的直系子孫，因此被宋徽宗給加入了大宋朝權貴戶籍。從此平步青雲，成了朝廷中特別吃得開、說話很管用的大臣。

有宋一代，前面的祖宗皇帝定下了開科取士的條列。因為詩書文章可以換取烏紗帽，所以大家讀書成風、非常熱烈。到宋徽宗重用了高俅這種東西以後，雖然朝廷依舊年年開科，卻不見取士。原來，高俅和所有的貪官污吏勾結在一起，採取虛提、實降、揑個錯免職等等辦法，把所有正直的官僚幾乎排擠乾淨了。高俅他們拿到了每年的監考權和錄用權，公開地關前門、開後門，而且後門開的很大很大。一些地痞、流氓、混混們根本用不著參加考試，只消使上一些銀子，就可以解決「文憑」和「學籍」問題，接著就可以轉為待用的「朝廷命官」。再接著多使一些銀子，就可以上任鄉長、縣令、知府，可以任意搜刮地皮，把先前行賄的銀子成倍翻地撈回來。再再接著花上千兩萬兩銀子，則可以直接遷升到朝廷做官。如果繼續向皇帝、宰相拍馬屁、使銀子，搞的不好還可以升個某部尚書，或是宰相助理、副宰相什麼的，最終進入決策層，擁有商議、處理天下大事的發言權。

於是乎，那些家裡沒有銀子可以做賄賂的讀書人絕望了，擁到東京汴梁的皇城大門口，紛紛揚揚爭鬧起來，要求宋徽宗罷黜高俅等一干貪官污吏，還吏道一個清白。高俅蒙蔽宋徽宗說：「這些讀書人這樣鬧事，主要目的是要趙官家下臺，企圖讓周世宗的後代柴家人復辟，這是一場你死我活的階級鬥爭！」

宋徽宗警覺起來，慌忙召開御前會議，徵詢各大臣的意見。

宰相蔡京早已與高俅暗地勾結，因此對宋徽宗說：「屁民們永遠沒有滿足的時候，怨聲載道，自古以來就是這個樣子。對待這等刁民，夏桀用的是刀子，商紂用的是刀子，我們不用刀子用什麼？只要攥緊刀把子，強化我們的殺人武器，嚴厲控制整個社會，老百姓就誰都不敢動！個別敢呲牙的，『該抓的抓、該關的關、該殺的殺』就是了，這可是保我大宋江山永不變色的唯一良策！」

由此，宋徽宗完全同意了他們的意見，調出一個軍的武裝力量交由高俅指揮，叫他對柴家人以及柴家的追隨者們格殺勿論。一場血腥的屠殺之後，宋徽宗又下旨擴充了東京汴梁城的皇家警衛部隊，號稱「八十萬禁軍」。委任高俅為常務司令官，班列第一，給了他生殺予奪的權力。

高俅雖然得居高位，算是朝廷中級品人物了，但是當年在社會上做混混的時候落下的小人脾氣依然難以更改。這邊一上臺，他就下令自己的狗腿子把禁軍武術教官王進抓來暴打了一頓。那是因為高俅做小癟三時，曾試著習武，學了一點兒皮毛，便不自量力找武藝高強、享譽汴梁的王進比劃，被王進窺個破綻，一棍敲到了蛋根上，痛得他滿地打滾，引起圍觀閒人哄堂大笑。害的他從此再也不敢習武，改作了專拍大人物馬屁。這一回，高俅拍馬屁拍出了成就，成了王進的最高級上司，焉能放過敲他蛋根的人？王進挨了打，知道以後沒有日子可過了，又沒有膽量拼個血流成河，只好背上自己的老母親遠避他鄉去了。可是，王進還有個徒弟叫林沖，也是在禁軍裡面做武術教官，因此這事情還不算完。

但凡貪官污吏，第一沒有良知，第二下賤無恥，第三貪財愛權，第四酷好女色。高俅這邊當了官，那邊馬上就有了三妻四妾，成為權傾朝野的軍頭以後，又包養了大量的女公關、女演員、女歌星、女主播。他成天在這些女人身上輪番消耗他的精力，但總是沒有結果。這些女人與他交媾，只會放屁卻不會生孩子。有人說高俅的睪丸往年被王進打壞了，失去了造精的功能，其實不然。真正的原因是他做混混的時候與下等「雞婆」鬼混，曾染上性病，病毒使他喪失了生育的能力。都說女人如花，無粉授予，焉能結子？

高俅一上臺就開始以「增強京城防務」為由大搞軍事設施擴建，還搞了一系列的「形象工程」，把國庫的銀子花了個狗乾屌淨。高俅天天吃承包商的回扣、接受承包商的大量賄賂。別人是日進鬥金，因為他官做的大，接受的「項目」特別多，他家平均一小時就可以進一斗金。金子、銀子攢的堆成了山，卻沒有一子半女來替他揮霍這些錢財。沒辦法，他只好過繼了一個兒子。這兒子人稱「高衙內」，是京城裡最負盛名的「官二代」，平時走路橫著走，坑、蒙、拐、騙、嫖、賭、毒，外加訛詐良民、欺男霸女，什麼壞事都幹，就是不幹好事。那個在大學校園裡隨便撞死女學生的李啟銘如果和他比，簡直是小菜鳥一隻！

有一天，高衙內在趕廟會的時候遇上了林沖的妻子貞娘，見貞娘長的十分美貌，竟然當眾捏她的臉蛋、吃她的「豆腐」。站街的員警看到是高衙內在調戲婦女，有的悄然走開，有的趕緊躲到公共廁所裡假裝拉屎去了。林沖聞訊趕來，像提小雞似地提起了高衙內，正想把他摔死，仔細一看是個惹不起的玩意兒，只好又輕輕放下，自認倒楣，拉上自己的妻子迅速撤離了是非之地。

高衙內是那種越是得不到就越想要的玩意兒，卻從此迷上了貞娘，為此招來狗腿子陸謙商量計策。陸謙以往與林沖是朋友關係，知道林沖武藝高強、為人俠義，很佩服林沖，但是高衙內是他的主子，在主子與朋友面前，他只能選擇出賣朋友的利益以討好主子。於是，他與高衙內定下了欺騙林沖的詭計。

某一天，陸謙邀林沖下館子吃酒，暗中叫一個名叫富安的同黨跑到林沖家裡來騙貞娘，說林沖在陸謙家喝得爛醉，不省人事了。貞娘未究虛實就慌忙趕到陸謙家，等著她的竟是脫得赤條條的高衙內。富安抽身關了房門，高衙內一把抱住貞娘，扒扯她的衣服，要直奔主題。貞娘拼死反抗，逐漸力氣不支。就在高衙內按倒貞娘，差一點就要得手之際，林沖再一次及時出現。原來林家的小保姆看著貞娘被富安接走以後，自己到街上買菜，竟發現林沖在酒館裡而不是在陸謙家，情知女主人可能中了什麼圈套了，於是急忙沖進酒館。林沖聽丫鬟說了此事，再看同桌相坐的陸謙，已經像鬼影子一樣沒有了蹤跡。林沖大怒，抓起佩刀向陸謙家飛跑，到了陸謙家以後，果然聽到妻子在裡面慘叫。林沖咆哮著，大力撞門，聲如雷霆。門被撞開，高衙內光著腚蛋子跳窗跑了，林沖依然極度憤恨，發誓要殺陸謙，陸謙趕忙躲了起來。

高衙內逃回家，穿了衣服找著他爹高俅，誇張地描繪了貞娘的『豆腐』如何酥軟、肌膚如何柔滑，不無遺憾地眼淚汪汪，說這一次又沒有搞上。高衙內還提到了林沖險些要把他摔死，險些抓住他、把他刀劈了的事。高俅突然想起，這林沖原來是王進的徒弟，比王進更加武藝高強，更加享有聲譽，他不僅是兒子搞貞娘的障礙，而且還是個禍根，怎麼可以輕易放過此人呢?!於是，嫻熟於黑社會下三濫手段的高俅招來陸謙和富安，四個狗雜種湊在一起一搗鼓，一個暗害林沖的鬼點子就圓滿地產生了。

但凡習武之人無不喜愛好刀名劍。有一天，一個賣刀的人「遇」上了林沖，引起林沖興趣以後把一口寶刀很便宜地賣給了他。購得寶刀以後，林沖被另一個陌生人施了迷藥，引導到一間屋子裡，這間屋子叫「白虎堂」，原來是高俅的辦公室。林沖懷裡抱著新買的寶刀，正在屋裡發愣的當口，頭戴烏紗帽身著莽紋袍的高俅突然出現，喝令警衛人員將林沖拿下。

高俅堂堂皇皇地往那裡一坐，呵斥林沖「非法攜帶武器」擅入禁地，蓄意謀刺高級首長，企圖危害國家安全。當堂叫人把林沖暴打了一頓，然後移交給最高人民法院開封府，授意大法官務必將其從速判死。

所幸首席大法官是個難得的正直之士，審理中聽林沖陳訴了高衙內意欲佔有貞娘的事情，知道這是高俅挾權迫害，只是以「非法攜帶武器」罪判了林沖流放。首席大法官認為案子早結早好，叫人給林沖上了枷鎖，臉上打了金印，便擇個日子令其上路了。

一心要把林沖徹底剷除的高俅父子對這樣的結案當然大大地不滿意，於是又指使陸謙用黑錢收買押送林沖的員警薛霸、董超，叫他們在半道上做掉林沖。半道上有個野豬林，絕無人跡，薛霸、董超就在這裡綁了林沖，正待下手殺害他，林沖的真正的鐵桿子哥們魯智深卻及時趕到了。魯智深武功絕頂，一、兩下就擺平了這兩個熊警，要打死他們，叫林沖和他一起去做強盜。林沖決意不肯去做強盜，說自己到了滄州勞改營苦捱幾年，等刑期滿了，還指望回家與妻子團聚呢。林沖還為薛霸、董超說情，說是他們受人指使，情有可原，不必傷害他們的性命。魯智深見林沖心意如此，只好依了他。

這之後，曲曲折折從河南到河北，林沖終於捱到了滄州勞改營。滄州有個倖存的周世宗的後代大名士柴大官人，憐惜林沖是個人才，專門對勞改營上上下下用銀子進行了「關照」，獄警們因此沒有怎樣地難為林沖，叫他去看守天王堂，允許他自由活動。

閒的時候，林沖在勞改營周邊走動，有一天不意遇上了一個熟人。此人名叫李小二，窮孩子出身，以前在京城因為生活窘迫做過小偷。有一回被人抓住，正要送官，遇上了好心的林沖。按照大宋律令，逮住小偷是要被剁掉手指的。林沖幫李小二賠了錢，說了好話，扭送者因此放了李小二。林沖又給了李小二一些路費，叫他投奔親戚去，以後不要再做這樣的行當。眼下這會兒，李小二正在勞改營附近開著一家酒店，還娶了老婆，小日子過的很不錯。二人見了面，有良心的李小二歡呼雀躍，呼林沖為「恩人」，如接天神，把林沖引領到自己的酒店裡，又是酒又是菜地殷勤招待。從此，林沖百無聊賴時，便經常來李小二這裡坐坐，與他夫妻飲酒敘話，消磨時光。

倘若一直就是這樣，大英雄林沖將從此變成一個平平淡淡的人，繼續打發平平淡淡的日子，直待熬到朝廷頒發大赦令的那一天，然後回家與妻子團聚，然後以一個「勞改釋放犯」的身份做一個平平淡淡的小市民，終老於東京汴梁的市井間。有宋一代，大赦的機會非常之多，皇帝娶老婆，皇帝添兒子，皇帝給母親祝壽，皇帝自己過生日，皇帝祭拜某個神仙，都會頒佈大赦令，所以林沖的機會很多很多。

然而，「樹欲靜而風不止」。這一頭，高衙內依然堅持一定要把貞娘弄到手，派人去找貞娘的父親施加壓力。貞娘的父親也是一個武林中人，老人性情剛烈，堅決不依，宣稱自己的女兒一定要等女婿回來，高衙內絕對沒戲。高衙內為此而尋死覓活，罵他老子高俅屌本事沒有，堂堂總司令連一個普通下屬都收拾不掉。高俅被兒子折騰急了，於是委派陸謙、富安迅速組織一個暗殺特遣小組，一定要讓林沖儘快在這個地球上永遠消失，以便絕了貞娘的指望。

陸謙、富安的暗殺特遣小組悄然來到滄州，約了勞改營的典獄長密談，密談的地方恰巧是李小二的酒店。他們訂了一個隔音條件比較好的包間，要了「特色菜」和茅臺酒，然後把門關死。陸謙先把一大包金條和一封高俅的親筆信擺在桌上，叫典獄長看了信，然後把全部情況對典獄長又兜了一遍底，擺明了跟他說：「做掉這個人以後，這些錢是小事，高太尉那裡還會給你更多的驚喜。他可是朝廷的大首長啊，而且跟皇上幾乎算是哥們兒，你將來的職位……嘿嘿，還會是這麼一個一文不名的典獄長嗎？」

典獄長看著高太尉的親筆信，忍不住激動得有些想哭，抖抖索索地要把那封信揣起來，卻被陸謙搖搖頭，要了過去，當面點火燒掉了。

富安說：「『保密工作，慎之又慎！』你懂得嗎？高太尉的這封親筆信不存在，你沒有看到過，我們也什麼都不知道，你明白嗎？咱們這三個人的事情，不能讓第四個人知道，否則就會有人頭落地，你也明白嗎？」

典獄長慌忙起立，哈腰點頭道：「明白明白、那是那是，當年在汴梁城中央警校受訓的時候，課程裡就有『保密工作，慎之又慎！』這一條，我記住呢。」

陸謙招招手，示意典獄長坐下，拍拍他的肩膀對他說：「老弟呀，事情已經交代清楚了，下一步就看你的行動啦。」

典獄長一邊瞄著那些眩目的金條，一邊還是忙不迭地連連點頭，說：「放心、放心，二位領導只管把心裝到肚子裡去！承蒙朝廷的最大首長如此看得起我，莫說一個林沖，就是十個林沖、一百個林沖也隨便做掉了。我可以負責任地說，在這個勞改營裡我是絕對一手遮天的，弄死幾個個勞改犯還不是小菜一碟的事兒？我們這裡，除了『躲貓貓』，讓勞改犯『意外死亡』的辦法多得去啦……」

富安心裡對「二位只管把心裝到肚子裡去」的話有點兒犯忌，便用筷子點著興致勃勃的典獄長，不高興地說：「你他媽的說話是什麼鳥水準啊？什麼叫『二位只管把心裝到肚子裡去』？心不裝到肚子裡，還能有好結果嗎？」

典獄長再次起立，一面端了酒杯，一面連連敬禮表示道歉：「對不起、對不起，領導批評的對、批評的對，俺這不是小地方嘛，就是連個屁話都不會說，哪能有你們京城的領導水準高？來來來，咱們誰都不要把心擱在肚子外面。我敬你們一杯——先乾為敬！」

幾個傢伙密謀停當，酒足飯飽便離開了酒店。恰巧林沖到來，細心的李小二曾透過鎖孔斷斷續續聽到隻言片語，懷疑與林沖有關，便這個事情報告了林沖，還把為首傢伙的形象如實描述了一番。林沖猜出此人一定是陸謙，知道他們來者不善，由不得怒從心中起，惡向膽邊生，立即到街上買了一把尖刀去尋找仇人。

尋了很久未見蹤影，林沖只好回營。過了三五日，依然尋找不見，林沖的心自然怠慢下來。第六天一清早被典獄長叫喚過去，對他說：「你來這裡不少天了，柴大官人既然關照過，咱總得抬舉抬舉你呀。現在委任你到東門外十五里的大軍草料場去當看守，這可是一個很有油水的差事，你要好好幹！」

林沖無語，捲起自己的鋪蓋去了。

林沖住進了草料場的草廳，這裡離州城甚遠，四周空曠無人。當下正是嚴冬天氣，一日彤雲擁集，天降大雪，巨大的草廳搖搖晃晃，八面透風，林沖耐不住寒冷，便出門去到很遠的一個小集鎮上買了一些酒。一來一回盤桓多時，攜酒回來，卻見那兩間草廳已被大雪壓塌。林沖心中暗語：蒼天有眼，又讓我這個苦人兒躲過一劫！

沒奈何，只好用花槍挑著酒葫蘆，到附近一座山神廟裡躲避風雪。天已經黑了下來，林沖用一塊石頭從裡面抵住廟門，兀自一人蹲在廟裡抱著葫蘆慢慢喝酒。突然，外面響起了必必剝剝大火燃燒的聲音。林沖跳起身來湊著門縫向外看去，只見是草料場火起，刮刮雜雜地猛燒，天都紅了。林沖正待開門救火，忽然聽到外面有人說話。

一人說：「領導們，這個點子很不錯吧？我是四面放火，這樣子他林沖就是有登天的本事也跑不掉的！」

另一人應道：「就是林沖不被燒死，軍用草料場被搞成這個樣子，他也是絕對的死罪，典獄長啊，你小子就等著做大官吧！」

還有一個跟著說：「這一回林沖終於扯蛋啦，高衙內可要把他老婆逮回家去，隨便騎著玩嘍！那娘們兒，也確實長的太水靈了！」

林沖聽出，三個說話的人正是典獄長、陸謙和富安。又聽到陸謙說：「等會兒燒透了，把林沖的頭蓋骨找到帶回京城，交給咱們的首長驗看一下，好叫他知道咱們辦事的能耐！」

黑暗中，林沖的胸膛裡也在燃燒著熊熊怒火，他輕輕移開抵門的石頭，一手攥緊了花槍，一手猛地拽開廟門，霹靂般地暴吼一聲「我殺了你們！！！」

火光把暴怒中的林沖照耀得如同一尊天神，三個傢伙一下子被嚇傻了，一個個腿疲腳軟，如同陷在泥潭裡走動不得。曠野、孤廟、即將毀滅一切的復仇者，到了這個時候，幾個小人突然感覺到權勢離他們其實非常地遙遠，感覺到自己原來是那樣地渺小、孱弱、膽怯而無能。林沖「撲哧」一槍，先把離的最近的典獄長胸脯扎了個對通，接著又一槍，把富安的胸脯扎了個對通。陸謙本能地失聲大叫「林哥哥，不要殺我呀，饒命吧！」

林沖劈胸提起陸謙摔翻在雪地上，然後用腳踏住他的胸脯，一邊拄著花槍，一邊從身上取出那口刀來，怒罵道：「我林沖自來與你無冤無仇，你為什麼這樣千方百計地加害於我！」

陸謙照著自己的臉上劈裡扒拉煽著耳光，一面哀告道：「林哥哥呀林哥哥，這都是高俅那個老狗強迫的呀，您今天要是把我當個屁放了，來世我還做您的兄弟，我一定為你兩肋插刀，這回可是真心的……」

林沖冷笑道：「我倒要看看，你到底是什麼心！」說時遲、那時快，林沖「哧啦」一刀拉開了陸謙的胸腔，將一顆黑心掏出。陸謙眼睜睜看見自己的心被林沖抓在手裡，慘叫一聲斷了氣。其他兩個傢伙還躺在雪地上喘氣呢，富安見陸謙活活地被林沖摘了心，便大罵典獄長：「日你媽的烏鴉嘴，這一回大家的心都要擱到肚子外面去了……」

林沖沒有掏富安和典獄長的心，他只是把這三個傢伙的腦袋一一割了下來，然後一一丟進了仍在燃燒的沖天大火中。而後，林沖喝乾了葫蘆裡的冷酒，把葫蘆也甩進大火，提了槍，頭頂著茫茫大雪望梁山的方向走去，漸漸消失在白色的黑暗裡……

我的堂弟傻柱

傻柱到城裡來

堂弟住在極其偏僻的皖西鄉村，大號叫「栓柱」，這名字可是大有來歷。我那嬸子早先接連生了六個子女，接連都在很小的時候夭折了。生下第七個以後就起了這樣一個名字，意思是要把這個孩子像牛一樣地「栓住」，不要再隨便往閻王那裡跑了。那時候大家都不懂他們家為什麼會有這樣現象，到現在我們已經大致明白，這是近親結婚的後果：栓柱的爺爺與栓柱的外婆是一母同胞的親兄妹，他爸他媽血緣太近了。

栓柱這個名字其實根本沒人叫，大家都叫他傻柱。傻柱今年年屆花甲，十四歲的時候來過淮南這裡。當時正鬧著「文化大革命」，正在搞「階級鬥爭」。傻柱天天到街上看「階級鬥爭」，看「革命群眾」如何鬥爭「牛、鬼、蛇、神」，樂不可支，說這很害怕，但是也很好玩，想打人只管打，沒人過問。他把那些挨鬥的傢伙全部抽了耳光，他自己說：手都打麻了。

我們淮南市是煤炭城市，那時我的家離礦井不到五百米。那時每天就都有火車過來拉煤，白天城市喧囂，倒感覺不到什麼。晚上夜靜了，火車一來，就要鳴笛，那聲音，可真是驚天動地。頭一天，傻柱聽到火車鳴笛，嚇得從睡夢中一骨碌爬起來，哭喊道：「俺哥呀，這是啥傢伙來了？咋這麼會咋呼？這聲音好嚇人！」

後來聽了我的解釋，橫豎非要去看火車一下。有一天我帶他去了，他看到火車風馳電掣地疾駛過去，馬上又對我大叫：「俺哥呀，這傢伙趴在地下就跑的這麼快，要是站起來跑，俺騎上叫驢也攆不上它！」

自打那次回去以後傻柱就沒有再來。大前年，他得了一種不名之病，總是發燒，在地方上找土郎中吃藥打針，總是又沒有效果。傻柱怕死，和他的兒子鬧，要兒子救他的命。他的兒子沒辦法，只好踢皮球，對他說：大伯父從深圳回來了，你到他那裡，叫他想想辦法。於是，他便進城找我來了。

見了我，傻柱依然像小時候一樣，拉住我又要去看火車，我沒有理會他，只是問問他的病情。第二天我出門有事去了，我的老伴把他帶到醫院，掛了號，又把他帶到內科門診排上隊，然後她上街買菜去了。中午我來家，等了一會兒才見到傻柱一瘸一拐地溜回來。吃過飯，當然要問他看病的事情。

傻柱先是非常氣憤地說：「你們城裡人太不像話！叫大姑娘給男人家打針！打就打了罷，還不打胳膊，說是要打『疼不』，打針哪有不疼的，這不是廢話麼？」

我的老伴糾正道：「人家護士講的不是『疼不』，是臀部。」

傻柱很不耐煩地甩了一下手，叫嚷道：「嫂子你聽我把話講完！我說『我不怕疼』，那個給人打針的大姑娘，長的水靈靈的，漂亮的很，居然對我說『把褲子脫掉！』我當時都醜死了，還有別的打針的人都在哩，男女老少都有！我說『這……這……這怎麼能行？』她倒發了火『少囉嗦，快點脫掉！』我心裡想，反正我是個抱了孫子的老爺們，你叫脫我就脫，看你能把我怎麼樣？於是，我連外褲帶內褲一下都脫到腳脖子上！」

傻柱越說越來氣：「你們猜她幹什麼？她還問我『出身？』，我心裡想，你們這城裡人還沒有我們鄉裡人開放呢，都什麼年月了？又不是『文化大革命』那一陣子，就打個針，又不是招兵，怎麼還問『出身』哩？」

我的老伴說：「不對吧，人家那是罵你『畜生』哩！」

傻柱氣的跳了起來：「嫂子你別說了，兄弟都委屈死了。問『出身』我怕什麼？我對她說『我家三代都是貧農。』你們猜她幹什麼？她把我一下子按到在桌子上趴著，讓我撅著屁股，『砰！』地就是一針，我的媽呀，那可真疼哪！我心想：別不是連針管子都扎到屁股蛋子裡面去了吧？打完針，我半個身子都木掉了，就這麼半天挪一步，到現在都不能好好走路。唉，我要是說俺家是地主成分，非挨她立馬捅死在醫院裡，你們只管去收屍吧！」

當然，傻柱的病沒有看好。那天他又去醫院，醫生吩咐他，自己把大、小便送到化驗室查一下。醫院的衛生間男女進一個門，然後分兩面，傻柱分不清男女標誌，害怕摸錯了門，跑回家來了。傻柱不知道人家要多少，以為送少了又要挨醫院訓斥。他背著我們，躲到衛生間裡，憋了半天，只怕其它瓶子太小，專門找了一個啤酒瓶，一泡尿竟裝了滿滿一瓶。並在衛生間的地上屙了大便，全部用報紙包好。啤酒瓶重新加了蓋抱在懷裡，大便裝到中山裝衣兜裡，然後上醫院去了。沒過多大功夫，傻柱就回來了。這一回比上一次火氣更大，說是城裡人太愛佔便宜，連人家的尿，人家的屎都不放過。

事情是這樣的——

傻柱上了公車，一隻手捂住裝了大便的衣兜，一隻手摟住裝了尿的啤酒瓶。一個流氓偷兒被引起注意，立刻瞄上了他。小偷故意衝撞傻柱的身體，傻柱站不穩，只好用那只捂衣兜的手去抓公車的護欄。小偷乘機下手，用手指頭捅破傻柱衣兜的報紙，在大便上捏了一下。感覺不對，縮回了手，發現是大便，慌忙取出自己的紙巾擦擦手指頭，卻待要向車窗外扔紙巾，卻被他的同夥接了過去。那同夥剛剛吃過東西，用那紙巾擦嘴，反倒把一塊大便渣抹到嘴角上去了。

車上人多，小偷不便明言，只好對同夥悄聲說：「你的嘴角上有黃的。」

小偷的同夥用舌頭舔了一下，說：「剛剛吃過茶葉蛋，是蛋黃子。」

小偷對傻柱發火道：「狗日的，站遠一點，哪兒來的吃屎的呆貨！」

小偷的同夥扔了那紙巾，看見傻柱傻乎乎地緊抱著啤酒瓶，也開口罵道：「你他媽的買一瓶啤酒夠誰喝？」說著便搶了過去，打開瓶蓋，咕嘟嘟灌了一大口。忽而感覺不對，又灌了一口試試，「噗！」地一下全噴到小偷的臉上。

小偷的同夥就像挨人捏住了脖子似的，憋了老大一會兒氣，突然爆發般地慘叫道：「我的媽呀，這是什麼味道呀?!」

傻柱在鄉下

一九六八年，毛澤東號召「知識青年到農村去」。傻柱他們那個村雖然很窮，居然也得到了「接待」指標。同時分配來的還有幾個「五七幹部」。有關方面認為他們有問題，叫他們到最艱苦的地方來和窮苦農民搞「三同」：同吃、同住、同勞動，以便「改造思想」。這幾個幹部中有一個姓牛的，三十來歲，原來是縣裡的文化局的一個什麼科長，本業是個唱戲的，還有個藝名，叫「喊破天」。

在生產隊舉辦的歡迎晚會上，「喊破天」代表「五七幹部」和知識青年們發言，說：「現在偉大領袖毛主席發佈『五七』指示，叫我們到農村來，和知識青年們一起接受貧下中農的再教育。我們一定牢記毛主席的偉大教導，戒驕戒躁，謙虛謹慎，好好地向貧下中農學習，爭取早早地改造好自己的世界觀，和群眾打成一片。人民是我們的親父母，我們一定要做人民的好兒女……」

事後，傻柱一直惦記著「喊破天」牛科長的這番話。牛科長他們住在傻柱家對門，幾個知識青年住在傻柱家隔壁。很快，傻柱就和他們搞熟了。傻柱告訴知識青年，他有個堂哥在淮南的城市裡，也「上山下鄉」了，下到很遠很遠的地方去了。他還說，他到淮南去過，淮南有一種特大特大的東西叫火車，趴在地上，叫起來比打雷還響，跑起來誰都趕不上，像一條蛇，足有二里地那麼長。

俗話說「和尚不親帽子親」，知識青年們都是我們淮南人，因此對傻柱有些兒「刮目相看」，經常與他在一塊兒逗著玩兒，聽他說傻話。

有一天，傻柱問他們：「什麼是『人民』？」

有一個名叫馬國慶的知識青年告訴他：「所謂『人民』，只是一個抽象的概念，普通群眾、廣大老百姓都在人民的範圍之中，譬如說，你也是人民。」

傻柱又問：「什麼是『親父母』？」

馬國慶說：「『親父母』就是生你養你的人，譬如說你的爸你的媽。」

傻柱還是感到有些迷茫，接著盤問：「那個牛科長，俺這村裡的人誰也沒生他沒養他，他為啥子說『人民是我們的親父母』，把我也帶了進去？」

在皖西那個地方，抓住一件事窮打聽到底，大家就叫此人「搗屎錘子」。知識青年們來這裡沒幾天就知道傻柱是什麼人了，此時見他又開始搗屎錘子，便開玩笑道：「牛科長既然自己都承認了，你就當他是你的親兒子就是了。」

傻柱跳了起來，高興地拍著屁股大叫道：「我的天老爺，俺還沒討老婆呢，就有這麼的一個兒子啦！」

傻柱長到十八歲，按照農村的習俗，應該結婚了，這可難壞了我那可憐的叔叔、嬸子。依叔叔的話說，誰家的姑娘不長眼，能找個傻子？就算這姑娘願意，她的父母這一關也萬萬過不去。然而，常言道「吉人自有天相」，願意嫁給傻柱的姑娘還真的有一個！

傻柱有兩個與生俱來的本事：一、游泳，方圓幾十里沒人比得過；二、打彈弓，三丈五丈之內打麻雀幾乎不失手。另外還有一個能耐：扔石頭，出手就是二十丈開外。

公社成立武裝民兵連，因為家庭成分最好，傻柱居然入選了。那時的武裝民兵，和正規軍待遇差不了多少：不參加勞動，除了巡邏站崗，就是訓練。在訓練中，傻柱的兩個能耐加一個本事都派上了很大的用場。由於訓練成績特別出色，上面還提拔他當了班長。班裡有一個女民兵，長的如花似玉，因為臉頰總是胭紅胭紅的，大家都叫她「小桃子」。有一次在縣裡參加比武大會，搞實彈投擲。輪到小桃子，由於一時緊張，她竟把拉過弦的手榴彈滑脫在自己腳下了。手榴彈在地上打著滾冒著煙，小桃子被嚇得像個木頭人似地僵僵的一動不動，全場的人也大驚失色。說時遲，那時快，站在小桃子後面的傻柱一個箭步衝過去，抓起手榴彈往前就扔。手榴彈飛出十丈多遠，便在空中轟然爆炸了。

縣裡的領導當即過來問傻柱：「平時有沒有努力學習《毛主席著作》、《毛主席語錄》，思想受到哪些方面的提高、鼓舞？」

傻柱說：「我一個字都不認得，老鳥知道怎麼學習《毛主席著作》和《毛主席語錄》？」

縣裡的領導再問：「你為什麼不怕冒著煙的手榴彈？」

傻柱來了氣：「只有傻熊才不怕哩，那東西真能炸死人哪！」

縣裡的領導說：「不管怎麼說，你還是勇敢地搶救了階級姐妹。」

傻柱撲哧一下笑了：「你們真是傻瓜蛋，我要不把手榴彈扔出去，當時炸了，你們說我來得及跑麼？不是跟小桃子一起挨炸死嗎？你們怎麼連這點兒道理都不懂？」

就是這樣，縣裡最終還是大力表彰了傻柱「捨己救人」的行為，說他平時刻苦學習《毛主席著作》和《毛主席語錄》，因此思想進步，成為學習雷鋒、王傑的標兵，全縣青年學習的榜樣。此後，小桃子也以身相許，嫁給了傻柱。

小桃子的父母先前也曾反對過，因為村鄰都在傳說他們的寶貝閨女在和一個傻得不透氣的傢伙私訂終身。那一天，按照常理，傻柱必須見一見小桃子的父母。叔叔、嬸子急得像熱鍋上的螞蟻——這一去還不漏了傻相麼？馬國慶卻教傻柱道：「見了老丈人和丈母娘，別的話都不說，就把那時候牛科長講的那句話重複一遍，保準就行。」

於是，傻柱見了小桃子的父母，就對他們說：「人民是我的親父母，我一定要做人民的好兒女，爸爸、媽媽，你們就是人民。」

小桃子的父母喜出望外，對本村的鄰居發毒誓道：「誰再說俺家的女婿是傻子，我就日他八代祖宗！」

傻柱是個天生的情種，結婚以後，整日裡對小桃子親熱的不得了。小桃子也是個多情姑娘，很快就喜歡上了傻柱的憨直。小倆口恩恩愛愛，如膠似漆，日子過的倒也十分甜蜜。

牛科長總是沒能調回縣城，他的妻子過來陪住。

牛科長的妻子也是個漂亮的女人，而且很年輕，只比小桃子大三、四歲。有一段時間，傻柱執行民兵任務不在家。一天，天氣很熱，小桃子蹲在自家院門口的洋槐樹下乘著涼吃午飯，牛科長夫妻倆在對面見了，也端著飯碗過來湊熱鬧。先是牛科長照著小桃子的樣子蹲下來。他的妻子上身穿了一件無袖的汗衫，下身只穿了一條褲頭，一邊與小桃子說著話一邊也蹲了下來。城裡人的衣服都做的很緊身，而且牛科長妻子的身體有些胖碩，那褲頭是棉布、棉線的，而且舊了，她這一蹲，竟把褲襠掙裂了，女人的那點兒隱私暴露無遺。小桃子看見了，一下子把自己的臉羞成了大紅布。

牛科長的妻子發現小桃子突然如此變色，困惑地問：「妹子，你的臉怎麼啦？」

牛科長這時也看到了妻子的「特殊情況」，對妻子說：「嗯、嗯、嗯，不是人家的臉怎麼了，是你春光外泄了。」

女人低頭一看自己，「啊呀！」一聲驚叫，下意思地把把雙膝一夾，臉也紅了。然後端著碗站起來，一路嘻嘻哈哈地跑回家去了。

小桃子是深鄉裡的姑娘，對很多事不甚明白，事後，湊了個空兒問牛科長的妻子：「什麼叫『春光外泄』？」

牛科長的妻子對她說：「這是一句『文』話。女人的屁股、乳頭都叫『春光』，要是當著別人露了出來，就叫『春光外泄』。而且，屁股不能叫屁股，『文』話叫『臀部』，乳頭不能叫乳頭，『文』話叫『乳房』。」

小桃子說：「這『文』話就是好聽，俺家傻柱一句都不會，只會講粗話。」

牛科長的妻子哈哈笑著，對小桃子說：「他不會『文』，你就教他『文』嘛。」

過了幾天，傻柱在中午的時候回來了。為了挑逗小別的丈夫，小桃子在家裡故意只穿了裙子沒穿褲頭。兩人坐在廳屋吃飯的當口，外面起風了。小桃子想出去看一看院子裡晾曬的糧食，剛走到門口就被奪門的風吹起了裙子，她「哎呀」叫了一聲把前面捂住了，後面卻孔雀開屏般地完全暴露出來。

在屋裡吃飯的傻柱看得分明，大叫道：「小桃子，你的屁股蛋子露出來了！」小桃子趕緊退回屋裡，指了指知青們住的方向，意思是隔壁有耳，別叫人家聽見了。然後對傻柱作嗔道：「叫什麼叫？你能不能學著『文』一些？你『文』一『文』嘛！」

傻柱一邊往嘴裡扒飯，一邊用筷子敲敲飯碗，對小桃子嚷嚷道：「你也等我吃完了飯再說。那屙屎撒尿的地方，我現在聞了，這碗飯還怎麼吃得下去？」

小桃子氣得跳著腳叫道：「誰叫你用鼻子聞了？我是叫你向牛科長學習，像人家那樣『文』！」

傻柱「哐鐺！」一下摔了碗筷，「騰」地一下跳了起來，衝著小桃子大聲喝問道：「什麼？牛科長那個王八蛋聞過你的屁股?!」

輯三　紀實小說選

十七年不是一瞬間

這裡說的是「文革」前的十七年間……

逃亡地主

淮南市謝家集區應檯子村分前檯子、後檯子。後檯子坐落在淮河邊上，附近有個碼頭，以轉運煤炭為主，過去有人叫它「碼頭村」，也有人叫它「下炭場」。

我的父親於一九五〇年來到這裡，自建了兩排草房開飯店，前排三間為門面房，供客人吃飯，後排三間分別為廚房、居室、庫房。一九五二年早春的時候我在這裡出生。是時父親已經四十四歲，他曾經有過一個兒子，在十二歲的時候於一九四七年內戰激烈時散失。後來家裡只添女孩不見丁壯，父親幾乎喪失了傳宗接代的希望，此番中年再度得子，當然驚喜異常。父親國軍軍官出身，為人豪爽耿直，易於與人交往，因此朋友很多。朋友們都來湊熱鬧，前後有八位非要做「老乾爺」不可。這是當時淮南當地的風俗：誰家生了男孩，親朋好友來認乾兒子，認的越多越好。這說明你家人緣好、人氣旺，也表示吉利；孩子乾老子多，陽間、陰間都能看到勢力，少生災、少害病，長命百歲。

第一個「老乾爺」是個地地道道的「地頭蛇」，應檯子人，名叫應治平，糧行老闆。為人豪放大度、仗義疏財，很有名氣。後來在文革時期當過西部地區「貧下中農造反司令部」一頭頭，勢力很大，真個是一跺腳整個謝家集區都能聽到動靜。他抽煙、喝酒、下飯店，四十歲掉光了牙齒，六十歲得了肺癌，死於上個世紀八十年代初。

其他「老乾爺」這裡無須一一詳述，只揀特別的說說。

第八個「老乾爺」是個外鄉人，自言是東北人，從來不報姓名和詳細家庭住址。他比我父親大七、八歲，做銀匠手藝。初來時，他挑著一個銀匠挑子，每天四鄉遊走攬活，給人打銀鎖、項圈、手鐲、簪子。聽說這家飯店老闆四十四歲得了兒子，他也趕來賀喜。他為我打製了一整套銀鎖、項圈、手鐲、腳鐲，當天晚上就求宿在我家店裡。

我父親弄了酒菜招待他。他說：「我看得出來，兄弟是個見過世面的人，不是尋常之輩。別看我現在挑個銀匠挑子，其實我的真實身份比得上你，我們交個朋友吧。你要是放心，我以後夜晚就住在你這門面房裡，我幫你看門，你也別收我住店的錢。」

我父親當即應允。東北人高興起來，慷慨地表示：「銀鎖、項圈、手鐲、腳鐲的費用都不要了，所用的銀料（五塊銀元）也不要了，我也做你家小少爺的『老乾爺』吧，這樣我們就是一家人了。」

就這樣，東北人成了我的第八個「老乾爺」，也成了我父親的好朋友。

春去夏來，夏逝秋至，我已經長到半歲多。當時正在如火如荼地大搞「鎮壓反革命運動」，「碼頭村」的人多半是在「舊社會」裡有些來歷的，因此被翦除了不少，都是在河壩子那邊執行槍斃的。大家都說，這都是劉子亭出賣的。此人總是到處聽人交談、打探別人的底細，然後到派出所告密，由此把人送上刑場。

那時候決定殺掉某一個人，可以不經審判、不上報申批，鄉公所一級就可以隨時決定。殺掉以後，把數位報上去就可以了。

臨近「國慶日」的一天晚上，東北人從外面回到我家飯店。我父親燙了一壺白酒，弄了幾個小菜與之小酌。一壺酒喝盡，交談歡洽，欲待收場之際，劉子亭卻突然鑽了進來。劉子亭熱烈地嚷嚷著，就像見了親兄弟似的，一個勁兒非要陪兩個老哥喝幾杯。我父親耐不過，只好又燙了一壺白酒，又添了菜。

第二壺酒將盡的時候，東北人已經醉了。他把褲腳擼到膝蓋上，捏著腫脹的小腿掉下眼淚，情不自禁地傾吐起心中的苦楚：「唉，我今年五十二歲，已經是個老人家了，我父親像我這麼大，早就把家業傳給我，自己當老太爺、享清福了。你們看看，就這麼一天跑下來，腿疼得都發木了，還不是是為了活下去、混口飯吃。這樣的日子，熬到什麼時候才算是個頭呢？」

我父親心裡一驚，趕忙支吾道：「大哥您喝醉了，瞎吹呢，來來來，別說了，吃點菜、吃點菜！」

東北人激憤地把我父親的胳膊扒拉開，嚷嚷道：「王八犢子才瞎吹呢！不瞞二位兄弟說，我在家裡，鄉下有幾千畝土地，城裡開著馬車店，光是雙套轅的大車就有二十多架！他媽拉個×的，打日本鬼子的時候，我給捐了十二匹騾馬做戰馬，十萬斤棒子做軍糧。這回他們坐天下，搞土改，一點兒人情也不講，說我是『惡霸地主』，要殺我……」

我父親猛地站起來，制止道：「不要瞎吹了，我不聽了！」

然而，一切都為時已晚。劉子亭呵呵笑著退出門去，一個小時後，派出所的員警們踹開了我家的店門，綁走了東北人。幸虧，我的父親與警官夏樑柱非常熟識，並且甚有交情，在他的保護下才沒有受到任何牽連。（夏樑柱與我的父親是同鄉，也是我的「八大老乾爺」之一，當時是當地戶籍員警，八、九十年代當過一任公安局長，淮南名人。）

當是時也，抓到「特務」、「土匪」是要嚴格審訊的，以期有所蔓連牽扯，可以從中抓到更多的同夥或是可殺的人。抓到「逃亡地主」卻不要費這些事情，因為他們與社會沒有什麼牽連，他們的死罪只是因為曾經富有。一般都是即抓即殺，誰殺的算誰的指標（那時候，這種「工作」是有特定「指標」的、要名額的）。因此，東北人很快就被確定下來就地槍決。

「國慶日」前一天的上午，有關部門決定於中午十二點的時候槍斃幾個人，刑場依然是淮河大壩，東北人也在其中。我的父親是義重如山的人，哪怕擔當再重的干係，也一定要為朋友送行。所謂「送行」，在我們淮南這裡，就是與將死的人見最後一面，同時帶去一些酒菜，俗稱「倒頭飯」，讓面臨死亡的人吃一點、喝一點、聽聽親人、朋友最後的語言寬慰，說說想說的肺腑之言。

東北人吃了我父親的酒菜，憤慨地說：「我家祖祖輩輩都是種田的人，誰當皇上誰做官，我們都是一樣地納稅完糧。我為抗日出過牲口、口糧，按照民國的章程，我也算抗日的功臣。改朝換代了，不知道為什麼非要殺我們這樣的人？我有什麼罪？我沒有殺過人、放過火，沒有坑過誰、蒙過誰，就因為是地主，就得挨殺麼？」

當然，我的父親一個字都不敢應承，只能陪著歎氣。

東北人最後說：「誰都逃不了這一死，想開了，也就瞑目了，死就死吧。好兄弟，看在我們半年多的乾親家的分上，等我被槍斃了以後，請您花一塊大洋，找個人把你這個可憐的哥哥埋了，千萬別讓我被野狗、野狼吃掉。」

東北人終於被「執行死刑」了，我的父親在刑場十餘丈之外親自掩埋了他。未隔半個月，劉子亭也被抓了起來，罪名是：「特務分子」。他是一個孬種，未等處決就自殺在監獄裡。

強驢、畫匠與仙人掌

那是「大躍進」還沒有開始的時候，我才五、六歲。老人們常說，七、八歲的男孩子討人嫌，踢死蛤蟆玩死猴。我還沒到那個年齡，卻格外地「淘」，敢爬到幾十米高的大煙囪上去，敢騎牛、騎羊。有一次鄉下親戚牽了一頭驢來，說是一頭強驢，不聽使喚，準備賣了它。強驢栓在門口，大人們都在屋裡說話呢，我湊空招惹這個傢伙去了。這個傢伙的確不是平凡角色，我剛剛走到它臉前，它便身子一旋，將圓圓的大屁股對著我。沒等我弄明白這是什麼意思，它的後半身早已憑空彈起。我只看到驢蹄子在我眼前一閃，腦門上像是被砸了一鐵錘似的「鐺！」一地一下，然後就什麼都不知道了。

後來，大人們把我抱到醫院裡，費了老大的工夫才搶救過來。強驢的下場比我更慘，它付出了致命的代價——被宰掉了，賣驢肉的錢勉強夠我的醫療費。從此，我的淘氣便出了名，大人們看見我便作出憎惡的樣子，誰家的孩子和我一起玩，回家保證挨他爸媽訓斥：

「你怎麼敢和這小子一起玩？」

我生平第一次感覺到了當「名人」的痛苦。

當時我家住在街上，在街的一角，有一座木製的小屋，屋內面積只有三、四平方米。屋裡鋪了一張兩尺寬的小床，放了一張條桌。

小屋朝街的一面白天總是開著窗戶，裡面總是坐著一個臉黑體瘦的中年人，他姓韓，大人們都叫他「畫匠」，誰家老人歿了，便來找他給畫一張像。

然而，我對這一切都漠不關心，感興趣的是他經常丟在門口的紙頭。那時學生們的書本、寫字簿都是稻草紙，發黃不好看，且容易爛，而畫匠的這種紙特別白、特別硬，摸在手裡特別舒服。其次感興趣的是他窗臺上的一盆奇怪的東西，像一片紅薯乾，卻是綠綠的，上面長了許多刺，過一段時間，大紅薯乾上又會長出小紅薯乾，顯得更加青翠可愛。

我經常去揀那些紙頭，去看那個怪怪的「紅薯乾」。

畫匠的生意不是太好，時常無所事事，每當我過去撿紙頭、看「紅薯乾」的時候，他總會友善地衝我笑笑，或對我打招呼，叫我「小朋友」。我那時很無知，不明白「小朋友」是什麼東西，但從心底裡卻能感覺到他的溫和。在一次他輕輕地摸了我的頭以後，我便大著膽子問他「紅薯乾」到底是什麼勞什子。他告訴我它叫仙人掌，是熱帶植物。我當然更不明白「熱帶植物」又是什麼勞什子，但是不好意思再問下去。

就這樣一天天熟了起來，他不再把紙頭丟在門外地上，而是把它們訂成一個小本本。待我過去，他就把這小本本送給我，教我寫字，或是教我畫畫兒，多是畫「美國大鼻子」的各種醜態。時下「抗美援朝」剛剛取得「偉大勝利」，全國的報紙、刊物和各地的牆壁上都有「美國大鼻子」的漫畫，表示的內容不外乎就是「美帝國主義」被打敗了、可恥地投降了，要不了多久就要滅亡了。

漸漸地，我對畫匠產生了一種難以言狀的感覺。擱在平時，只有和父親在一起時，我才會有這種感覺。於是，在他的面前，我開始變的馴良起來。每當我正在與人殊死戰鬥、正在淘氣的時候，只要看見他走來，我就會立即收斂自己。他也明白其中的意思，總是用他瘦得露骨的手輕輕地幫我理理頭髮。

我的頭上有一綹毛總是高高地翹著，街坊郭大媽叫它叫「強毛」，還說長這種毛的孩子最不聽話、最難整治。我的思想遭到這個女人的蠱惑，害得我對自己的這綹頭髮深以為恥，總想哪天拔光它，而且永遠不要再長出來。

那是我報名上學以後的一天。放學後走過小木屋，發現屋門口擁了許多人，肥肥胖胖的郭大媽晃動著她那偉岸的身軀，像個領袖人物似地站在中間，正在那裡一邊指天劃地，一邊扯開嗓門嚷著什麼，嚷得嘴角邊盡是白沫子。我擠在大人們的屁股之間聽了一聽，原來她是在罵人，罵的是畫匠老韓。

聽大人們說，郭大媽是個鄉村集市上的女街痞子，在提倡「婚姻自由」的時候踹了原來的老公，跑來到城裡另找了一個。這個新老公是個鍛石磨的工匠，為人極其老實，前幾天因為實在受不了她的窩囊氣，把老鼠藥兌在酒裡喝掉，死了。一條街的市民都在暗地裡指責這個女人是個掃帚星、白虎星。郭大媽心裡明白，卻要表演表演，以便封住大家的嘴。實際上，她才四十來歲，當然還要嫁人的，名聲太難聽了，肯定要破壞她的計畫。因此她在辦喪事的時候「哭」的特別兇，大人們背地裡說她那是嚎給眾人看的。她又叫畫匠給她老公畫像，留做紀念，說是花再多的錢都不會心疼。這會兒，她又說畫匠給她的亡夫畫得一點都不像，竟然還敢要錢。畫匠坐在屋裡，低著頭一聲不吭。我的母親知道畫匠平時待我很好，便走上前勸勸郭大媽，說畫匠很可憐，掙的錢都不夠糊口的，多少給一點就是了。

在這條街上，郭大媽的名氣可要遠遠蓋過我的名氣，人們給了她一個外號叫「鬼不纏」，滿街人沒有誰敢招惹她。她搡了我的母親一把，大嚷道：「你的階級立場可要注意！我們家從我爺爺起是三代老貧農、精卵子窮光蛋！他是什麼東西？右派分子，白糟蹋糧食的東西！毛主席要不寬大，這種東西早就挨槍斃完了！」

我更加不明白「右派分子」是什麼東西。但是，畫匠竟然一點兒也沒能扛住郭大媽的這句話。當天夜裡，他就服毒自殺了。

大煉鋼鐵

一九五八年，最先是「熱烈慶祝人民公社成立」、「毛主席萬歲」、「人民公社萬歲」的標語糊滿了大街小巷。有工作的人每天晚上都要留在單位裡聽報告、學習「上面的精神」。接著是「大躍進」開始了，每一天上午都鑼鼓喧天，街區裡到處插滿紅旗，街頭電線桿上的廣播喇叭裡男聲、女聲高亢、抑揚頓挫地交替喊叫。或者播放《社會主義好》，或者唱「戴花要戴大紅花，騎馬要騎千里馬，唱歌要唱躍進歌，聽話要聽黨的話。」到了星期天，各個單位必須組織遊行，大家拿著紙糊的小紅旗，喊著「總路線萬歲」、「人民公社萬歲」、「大躍進萬歲」或者喊著「社會主義是天堂」、「學習蘇聯老大哥」、「打到美帝國主義」、「打倒國民黨反動派」的口號。隊伍停下來的時候便是宣傳表演，先弄幾個小丑扮成美國鬼子和蔣介石，再弄幾個俊男靚女扮演成工、農、兵，「工、農、兵」手持道具槍、紅纓槍作連續突刺狀，「美國鬼子」和「蔣介石」作怕得要死狀。接下來就是表演打腰鼓、扭秧歌、趕旱船、強老婆騎強驢等等小節目，以顯慶祝、歡天喜地。

街區所有的牆壁上，到處都畫上了農民抗著麥穗或稻穗，工人高舉鐮刀斧頭，或是農民與工人騎著一匹飛馬，或是帶著紅領巾的孩子坐著人造衛星上天去了的圖片。再不就是一個懸浮在半天空裡的鐵水包傾倒出紅色的鐵流，頭戴星條帽的美帝國主義和太陽穴貼著黑膏藥的蔣介石在鐵流前捨命飛逃。

農村的親戚再也不往城裡來了，據說都辦公共食堂了，吃飯不要錢了。

秋天的時候，「大煉鋼鐵」開始了。區裡成立了大煉鋼鐵指揮部，謝一礦、謝二礦、謝三礦、李郢子礦都成立了煉焦廠。工廠的角落、機關的院子、學校的操場到處壘砌起來大大小小的小高爐，吐出了煙火。一時之間，煉焦廠的黑煙，小高爐的煙火，使得整座城市很快變成了黑色。

這時，我的父親已經年滿五十歲，且身體衰弱，政府曾下檔規定：參加大煉鋼鐵的人年齡十八歲到四十五歲，四十五歲以上的人不上第一線，可做「後勤工作」。但是，那些黑心的運動紅人不僅拿掉了他的經理一職，還想永遠地吞掉我家的資產，為了能把我的父親活活累死，他們還是把他派上了第一線。

單位拆掉了一段三十多米的圍牆，用這些普通的民用磚砌起一座五、六米的小高爐。然後開「群眾大會」，下死命令每家必須上繳鐵器，鐵鍋、鍋鏟、釘在牆上的洋釘、舊傢俱上的絞鏈、小孩子的鉛筆盒、老年人抽煙有的火鐮子一概上繳。鄰居老奶奶家裡有個鐵胎鍍銅的洗臉盆，捨不得上繳，居委會主任拿著一塊吸鐵石去了，一試吸住了，轉身就拿走了。而且還要交雞毛、木板。因為那時沒有鼓風機，幫助高爐燃燒全靠人力拉風箱，風箱需要木板，需要雞毛，都是必有的材料。一時之間，家家砸大桌子、抓公雞撣母雞，弄得雞飛狗跳。

高爐點火了，又是鑼鼓喧天，又是叫女人們過來扭秧歌以示慶賀。

天氣已經很冷了，那天中午，七歲的我去給父親送飯，只見他脫光了上身，大汗淋淋，正在和一個叔叔拉風箱。那風箱真大，就像一口棺材。工地是露天的，風箱旁邊有一些爛稻草，準備替班的那幾個人死一樣地沉睡在那裡。不許回家，大家兩個人一班，每班幹一個小時，換下來以後吃東西、喝水、上廁所，再幹爐子上面加料的活，最後就地休息，等著下一次接班。

過了十幾分鐘，父親被換了下來，披上棉襖，卻坐在爛稻草上不斷喘息、發呆，手裡長久地捧著飯，只是吃不下去。一個姓夏的叔叔對父親說：「咬著牙也要吃，不吃，非挨累死不可，你家的孩子這麼小，怎麼辦哪！」

小高爐隨著風箱的每一次拉動呼呼地吐著火舌，沒有捲揚機，沒有料斗，只有一個依著小高爐砌起的筆陡壁陡的臺階，父親他們把焦炭、廢鐵用柳條筐抬上去，然後往爐口裡傾倒，煙火不時地燒著他們的衣服，烤紅他們的臉，燎焦他們的頭髮。臺階沒有護欄，父親說，在爐頂上加料極端危險，望峰崗那邊就有一個人被爐口的大火捲了進去，屍骨無存。他們這裡，昨天有一個人因為躲避火燎，慌忙退步，一腳踩空掉了下來，把雙腿都摔斷了。今天，大家在臺階下放了一捆稻草，以防再有人摔下來。

小高爐一個挨著一個，有一個脖頸圍著白毛巾、頭戴柳條帽的人在高爐間走來走去，大人們說，這是從礦機廠請來的工人師傅。工人師傅走到父親他們的小高爐旁邊，看看自己提在手裡的馬蹄鐘，說：「差不多了，你們的爐子可以出鐵了。」於是乎，「領導」們被請了過來，扭秧歌的、打鑼鼓的也請了過來，父親他們慌忙按照工人師傅的吩咐去用鋼釺打開爐口。

有一縷紅紅的半液態的金屬體從爐口裡像擠牙膏似的冒了出來，樣子很粘稠，沒有冒出多少就凝固了。工人師傅叫大家趕緊用鐵釺子透，鐵釺子剛剛透進爐口就被粘住了，五六個漢子一起拽，怎麼也拽不掉。「領導」們歡欣鼓舞的笑臉變成了愁眉苦臉和憤怒，扭秧歌的、打鑼鼓的人收起了傢伙。然而，可憐的父親他們在工人師傅的指使下還得折騰，用鋼釺捅、鐵錘打，一直折騰到天黑，全部精疲力竭，連站都站不住了。天黑很久以後，工人師傅無可奈何地宣告：「這個爐子死了。」

第二天，「指揮部」嚴厲批評了所有有關的人，同時下達了立即重新建造小高爐的命令，父親他們進入了再一輪的被折騰……

爐子怎麼會死呢？直到大量餓死人的一九五九年、一九六〇年、一九六一年以後，上面終於宣佈「鋼鐵下馬」，街區裡拆毀這些「死」了的小高爐，這才解開了謎團。人們鋼釺、鐵錘拆掉那些被高溫熔結成整體的土磚以後，發現廢鐵成了半熔化狀，把沒有完全燃燒的焦炭緊緊包絡在一起，拆不開、砸不爛。事實上，普通土磚絕對不能用於建造冶煉高爐爐體，冶煉高爐爐體必須用耐火磚，並用耐火泥勾縫；人工拉動風箱助燃強度也是絕對不行的，必須用機械鼓風機。由於爐體保溫效果極差，助燃強度不足，爐子裡的廢鐵材料就不能達到被完全熔化的效果，所以就發生了這樣的後果。

每一座小高爐用掉的材料足夠建造兩三間民舍，按當時的民間住房條件可供十個人居住，謝家集地區城鄉之間不下於一千座這樣的小高爐。父親他們那座小高爐「煉」出來的半鐵半焦炭的大坨子擱置在原地，直到二十年以後「撥亂反正」了才被清除掉，「躍進年」以後出生的孩子們都不知道它到底是什麼東西。

大饑饉

這一年，應該算是我們全民族最為悲慘的一年！

一九六〇年的早春，在我們淮南市謝家集區的街市上，有著已經超過市民數量的農村饑民，有的單身一人，有的拖家帶口、攜老懷幼。十五、六歲的女孩子，當街喊叫：「誰給我一口吃的，我立馬嫁給他！」討不到飯的人很多，每天早晨都有人死掉。民政局有一個收屍隊，見了屍體立即清除。每天又有新的農村饑民大量湧入，老人、孩子、女人……

那時，「大煉鋼鐵」以後，我的父親又被指派到養豬場去了。母親遭受連累，在城裡的工作崗位上被人擠出來，發配到「災民站」專門服侍棄嬰、棄童。

「災民站」設在謝家集第一小學西邊圍牆外、唐家山的山坡下。我的母親分管一間大屋子，屋裡有三、四十個小孩，大的七、八歲，小的尚不會走路，全是棄嬰、棄童。她的工作主要是給這些孩子洗衣服、清理身上的糞便，給大一點的分食物，管住他們不要互相搶東西，給最小的餵飯。公家每天只能給災民提供一次吃的東西，孩子們饑餓異常，一看見我的母親就圍上來要吃的。

「災民站」的工作人員實行白天全天工作制，晚上鎖門回家。我的母親每天要工作一整天，晚上黑透了才能回家。第二天一早，過去開了門，總是能夠看到有幾個孩子已經死了。有的孩子是被老鼠咬死的，手指頭、腳指頭沒了，眼珠子沒了，血肉模糊，慘不能睹。滿屋子血腥、屍臭，催人嘔吐。站裡有個專門清理屍體的男子，他把死孩子身上的衣服脫下來，交給服侍小孩的女人們（留給以後的小孩穿），然後把屍體裝到一個大竹籃裡，一個一個裝，裝滿了，再往山上攊，然後倒進石頭塘裡。那裡野狗很多，等丟屍人走了，它們便過來吃這些屍體。

我當時在謝家集第一小學上學。天氣炎熱起來以後，每當刮起西風，在校園裡就能聞到山上飄來的一陣陣臭味，那些丟屍的石頭塘，我與同學們都去看過，屍骸狼籍。母親每次下班回來總是吃不下飯，總是對著奶奶、姐姐她們哭上一陣子，訴說這些孩子的慘相。到後來，她實在不能堅持了，只好提出調動工作的請求。有關「領導」不准，給她按「自動離職」論處，於是母親丟掉了工作。

謝家集第一小學門前有一條大溝，是古人治理山洪留下的政績，起源於車路山，直通淮河。寬一丈多，深七八尺，經常有人棄嬰，多是新生兒，直接丟到水裡溺死。溝埂上有許多榆樹。春天的時候，大家都去採樹葉吃。樹葉吃盡了，就剝樹皮。同學們把樹皮的風裂層用小刀刮去，再切成一小段一小段，存到鉛筆盒裡，留著慢慢吃。這東西又綿又粘，口感倒也可以。溝埂上自生著許多蓖麻，蓖麻籽有毒，不能吃。但是有的同學餓急了，就把它用柴火燒熟了吃，吃後上吐下瀉，差點丟命。

當時，城裡的小孩、大人口糧定量每個月十幾斤到二十五斤半，這是原來的細糧標準。但是後來開始配給雜糧了，譬如山芋、山芋乾、山芋麵、南瓜、胡蘿蔔等等。沒有主糧，這些東西是不耐餓的，而且也根本吃不飽。我們家裡缺糧，父親用十五塊錢在「黑市」上買了十斤「山芋麵」，做出粑粑來，苦澀難咽。奶奶說，這其實是橡子麵，吃了屙不下屎，能把人活活憋死。

街市上的東西價格飛漲，胡蘿蔔賣到一塊錢一斤。一般市民有工作的人月工資三十至四十元（最低十八元），產業工人也只是這樣的標準。只有煤礦工人高一些，七級工、八級工可拿到每月一百元。市面上流傳著這樣一句話：「七級工、八級工，不抵鄉下老頭一挑蔥！」

每到星期天，城裡總是有很多人到農村去挖野菜，男女老少接成伴，隊伍浩浩蕩蕩。母親、姐姐、我（一九六〇年虛齡九歲）幾乎每個星期都去。薺菜、馬齒莧，這些可食性很高的有名的野菜很快就被人們挖絕了。大家又去二道河農場挖「茅草葮」，這是一種可食的草根。「茅草葮」很快又挖完了，大家只好去挖「剔剔牙」。「剔剔牙」葉緣有刺，大人還能湊合吃，小孩子一吃，扎得滿嘴流血，拉屎的時候也帶著血。還有一種叫「呼啦苗」的東西，吃了以後腹瀉不止，俗話說「呼啦苗，吃一碗，屙兩瓢」，但是為了能夠活下去，大家還是照吃不誤。

有一天，母親和姐姐挖了一些野菜回來，聽別人說是野胡蘿蔔，全家人吃了，竟然當時暴吐不止。奶奶仔細看了一下那野菜，當即大驚失色，連連叫到：「完了、完了，這是『狗尿苔』！俗話說『狗尿苔，早上吃了晚上埋』！」幸虧大家都吐掉了，只是躺了幾天，都保住了命。

這種時候，饑餓使得一些人喪失了人性，發生了很多令人驚駭的事情。

謝家集區有個說大鼓書的場子，場子邊有個婦女天天在那裡賣熟肉。肉淹在醬油裡，一塊肉（大約一兩重）要一塊錢。常有煤礦工人湊過去，給幾塊錢，蹲下吃幾塊。有一天被一個以前經歷過災年的老礦工識破，揪到「市管會」去了。經審問，那婦女承認是人肉，都是到亂屍岡在屍體上割取的。

謝家集區的平山村有一位姓袁的小板車工人，為了幾斤糧票，殺死了自己的妻子。此人是個壯漢，與我父親是熟人，曾來過我們家，我也認識他。

謝家集第一小學北側，有個啞巴為了搶到一頭小牛，殺害了養牛人全家。公安局抓他的時候，我和同學們都看到了，大家在場圍觀，直到啞巴被按到三輪車上被押走（那時公安局沒有警車）。

一個農村老人餓的受不了，到城裡央求女兒給幾斤米。嫁到城裡的女兒說：「我自己的孩子還要活命哩！」非但一粒米不給，連一頓飯都沒有招待。老人哭著望東淝河走，走到東淝橋上，投河而死。

鄉下的情況非常糟糕，「共產主義大食堂」沒有糧食，自然關門，社員家裡又沒有分給糧食，大家只好眼睜睜挨餓，不斷有人死亡。但是，省裡、縣裡都下了死命令：不許說「餓死人」，誰說就抓誰！在這樣的情況下，鄉下的親戚不斷有人進城投奔城裡的人。我們家也來了幾個，是我父親老部下馬占彪的妻女，馬占彪剛剛餓死，馬伯母帶著十多歲的女兒前來央求我們予以照顧，我們家的人心軟，就將孤兒寡母的留下了。還有一個年輕力壯的，叫焦海堂，是我奶奶娘家的一個侄子，二十八歲，人高馬大，來我家一個人一頓吃掉了我們全家的當天口糧。奶奶怕我們被餓死，只好硬著心腸趕走了他。一個星期後，他餓死在鳳台縣到毛集的河壩上。

大饑饉的時間不止三年。

實際上大饑饉從一九五九年開始，一直蔓延到一九六二年秋收到來的時候才算結束，最嚴重的年份是一九六〇年、一九六一年。在長達四年的時間裡，有很多外來的災民都在淮南丟棄了自己的生命。從謝家集往壽縣走，第一個地點是唐家山的北坡，那裡餓死者的屍骨最多。直到一九六三年在那裡建第二小學，我們去參加義務勞動，山的半坡上還遍佈著骷髏、骨架，淘氣的男同學竟然拿著腿骨相打。過了平山以後，從邱家崗到九里大隊，路邊有好幾個餓死的人。屍體在那裡腐爛成白骨，放了幾年無人過問。

真是：出門無所見，路有餓死骨！

致命的饑餓，會讓人喪失一切尊嚴和理智。凡是從這場大饑饉中僥倖活下來的人，你給他一道選擇題：假如必須叫你死的話，你願意到戰場上被敵人打死，還是願意活活餓死？我相信，選擇寧願到戰場上戰死的人一定居多，因為，長時期沒有正經的糧食吃，「以瓜、菜代之」（「大躍進」的始作俑者、全世界最紅最紅的紅太陽、「比爹親、比娘親」的毛澤東語），最後只好去吃樹葉、草根，那種饑餓瀕死的感覺讓人太痛苦、太難受、太難煎熬了。

民間常道：「走千走萬，不如淮河兩岸」。淮河地區四季分明，氣溫適宜，雨水充沛，地理環境優越，各種物產特別豐富，有的地方叫「魚米之鄉」，有的地方甚至有「天然古糧倉」之稱。如果，沒有一九五八年「大躍進」的變著法兒的折騰，這樣的好地方豈能有此一劫？當然，「大躍進光芒萬丈」，所能照見者非止一端，「六億神州盡舜堯」，哪個地方能夠漏掉呢？

當然也有人沒有體會到大饑饉的滋味。

在城市裡，那時老百姓都是開門吃飯，但是很多幹部家庭卻都是關門吃飯，害怕被別人看見。他們有「特供」和特權，即使老百姓死光也餓不著他們。「文革」中批鬥幹部的時候，很多人提出了「關門吃飯」這個事，憤怒的群眾採取極端殘酷的手段折磨他們，對他們宣洩心中積久的怨毒。

二道河農場的冤魂

自一九七〇年開始我曾在淮南鋼鐵廠工作二十多年，至今老廠區還有我的房子。二〇〇五年從深圳回來，昔日的鋼鐵廠早已破產，被人廉價買去，建成了「商貿中心」，當地群眾呼之為「商貿城」。我每天到商貿城晨練，總要路過停車場，有幾位看車的老同志在那裡，都是我過去在鋼鐵廠時期的老工友，總要和我打打招呼、說說話。一個叫蔡勤初（六十歲），一個叫蔡廣平（六十三歲），後來又增加了一個叫蔡傳善（六十五歲），他們都是本地人，世代住蔡崗村。

有一天大家坐在一起，閒談中提起了「六〇年」吃什麼的話題。當然，我們這一代人，除了當時吃「特供」的王八蛋以及他們的殘渣餘孽，以及現在別有用心的所謂「毛奴」分子，沒有人不承認那是一個餓死人、人吃人的年代。

蔡廣平提到曾去二道河農場偷胡蘿蔔，蔡勤初提到那裡後來被二道河農場派「勞改犯」打了一個壩子堵上了。於是蔡傳善說，他們親眼看見，看守那些「勞改犯」的人打他們的時候下手特別狠毒。連打帶餓帶幹重活，那些「勞改犯」沒過多久都漸漸死掉了，大多被埋在一個叫「十三洞」的地方，挖個坑，把死人丟下去，上面蓋上一些竹片，再掩上土，就這樣埋了很多很多。蔡傳善又說，六幾年到哪裡放牛，牛踩到了埋人的地方，牛腿就會噗通一下陷下去。

蔡廣平說，親眼看見當時很多人像《紅燈記》裡「李玉和」那樣戴著腳鐐、手鐐和胸鐐，這些人都很年輕，而且都是「蠻子」口音。蔡廣平又說，「勞改犯」們的手腕、腳脖都被鐵鐐磨爛了，有的淌著膿、生了蛆。

蔡勤初說，當時有好事者問過，據說這些人都是上海那邊逮來的，大多是「反革命」的後代，他們自己並沒有「反革命」。

蔡廣平又說，那裡如今都被水淹了，如果放掉水，可以看到遍地白骨。

我的心一直被一種無形的東西塞堵著，喘不過氣來。思緒在腦海裡交織成了一幅慘烈的、不忍卒讀的畫卷：無情的「紅太陽」下面，一群十幾歲、二十幾歲的無辜青年，戴著腳鐐、手鐐和胸鐐，在豺狼般的獄卒們的刺刀、槍托、皮帶的驅趕下，艱難地移動著身體，一步一個血印地抬土築壩，一個、一個倒斃在早已進入和平時期的土地上……

他們的父母在哪裡？兄弟姐妹在哪裡？愛人子女在哪裡？離開這個冰冷的世界的時候，他們心裡在想著什麼？

他們究竟是什麼人？為什麼毛澤東的時代對待他們如此無情、如此殘酷、如此荼毒？所謂的「人民共和國」政權，有什麼必要非這樣做不可？難道他們就不是「人民」嗎？是誰剝奪了他們做人的權利以及他們的生存權，為什麼要剝奪？為什麼要這樣殘酷對待他們？

已經奪取了政權，已經承諾「中國人民站起來了」，幹什麼還要這樣戕害生靈？

我曾經是紅衛兵

造反有理

安徽省的定遠縣曾是新四軍的「根據地」之一，當地人民為抗日戰爭做出過極大的貢獻與犧牲，每十戶原居民至少有一家掛著烈士牌。毛澤東折騰「大躍進」，這個小小的貧困縣竟被餓死了幾十萬人，很多村子甚至死絕。李大釗的兒子安徽省委書記李葆華利用這裡大面積的無人區創辦了十八崗農墾學校，我那時是這個學校石塘湖分校的中技班學生，我的同學們都來自淮南市、合肥市、蕪湖市、無為縣、亳縣等等地方。

石塘湖的周邊，原有十幾個自然村幾千口人，大饑饉過去以後，總共只剩下六十口人，最後並成一個村，叫「良園村」。一九五六年夏，我們在「良園村」和農民搞「三同」，即同吃、同住、同勞動。突然大家接到通知，叫立即返校參加「無產階級文化大革命」。

返校以後首先是「學習」人民日報、安徽日報上面登載的毛澤東暢遊長江三十一華里。接下來是學習《我的一張大字報》，以及接二連三的「最高指示」：「世界是你們的，也是我們的，但是歸根結底是您們的。你們年輕人朝氣蓬勃，就像早晨八、九點鐘的太陽，希望寄託在你們身上」、「馬克思主義的道理千條萬緒，歸根結底就是一句話：『造反有理』」、「革命不是請客吃飯，不是做文章，不是繪畫繡花，不能那樣雅致，那樣從容不迫、文質彬彬，那樣溫良恭儉讓，革命是暴動，是一個階級推翻一個階級的暴烈的行動！」

沒有人知道毛澤東的葫蘆裡究竟裝了什麼藥。

石塘湖位於荒野之中，幾乎與世隔絕，同學們無法知道外界的消息。九月初，一個蕪湖籍的同學探親返校後，帶來了八月二十七日合肥工業大學的紅衛兵向安徽省委造反、砸掉了省政府的消息。接著，造反的消息越來越多，回城探聽消息的人也越來越多。從總校到各分校，大家還開始了串聯。再接下來，學生中的造反組織如同雨後春筍般地成立起來。有的叫「衛東彪」司令部，有的叫「紅色恐怖大軍」，有的叫「血戰團」，我參加的組織叫「八二七革命造反兵團」，給自己起了一個戰鬥的名字，叫：烈焰。就這樣，我的胳膊上有了一箍紅袖章，上面印著「紅衛兵」三個字。司令告訴我，這字，是偉大領袖毛主席親自寫的。

有一天，各路人馬到朱灣鎮「掃四舊」，拆了人家老屋上的飛簷，撕了人家的龍鳳床單，摔了人家的老壽星花瓶，燒了人家的八仙桌、中堂古畫……甚至剪掉了大姑娘的長辮子，把整個鎮子掃蕩一空，折騰得雞飛狗跳，小孩哭大人叫。一個老人對我們說：「連日本鬼子沒破壞的東西都被你們給破壞了！」

掃罷「四舊」，大家開始鬥爭老師。老師們互相暗中揭發檢舉：某某家庭是地主，某某父親是反革命，某某人曾經被打過右派……同學們循著這樣的揭發檢舉，把老師中的「牛、鬼、蛇、神」一個個揪出來，給他們掛牌子、狠狠批鬥。學校有個醫務室，只有一個校醫，文質彬彬、慈眉善目，平時大家都喜歡他。有人說他曾經與小姨子搞「腐化」，紅衛兵們便準備整他。他得到消息，就在準備批鬥他的前一天，吃了一瓶安眠藥，並喝了半瓶醫用酒精，死了。

鬥夠了這些人，大家開始尋找「現行反革命」，沒有「現行反革命」大家就製造出來。學校政工組組長是個老兵油子出身，自認為根子正、底子紅，牛B烘烘，盛氣凌人，動輒「老子打過上甘嶺」、「我槍斃你！」平時滿口髒話，「他媽的」成天掛在嘴上。大家努力回憶，有一天他曾經說：「毛主席他媽的身體就是好！」由此，他被定性為：「惡毒謾罵、攻擊偉大領袖，罪大惡極，應該肅清流毒，再扭送公檢法，判處死刑。」

政工組組長也是在準備批鬥他的前一天得到消息，他沒有安眠藥吃，只好選擇了「畏罪潛逃」

天賦與天賊

在農校，有個同年級的同學，亳州人，十九歲，名叫竇麥國。這個人身高不過一米五，螃蟹臉，長相特別像電影〈平原游擊隊〉裡的松井隊長，尤其眼睛最神似。此人非常地歹毒，他平時不敢與大個子的同學交往，卻專挑矮個子、年齡小的同學欺負。與人「鬧著玩」，專撿最痛的穴位下手，一拳下去，叫你痛苦好大一陣子。我也吃過他的虧，不過我從小練武，懂得門道，當時就報復了他，他因此耿耿於懷。

在還沒有「造反」的時候，有一天他抓了一些泥鰍，殺的時候，泥鰍的頭被他割下來，依然張嘴掙扎。我看了，心有不忍，脫口說了一句：「你是劊子手！」

當即他便檢舉了我，晚上政工老師就在年級裡召開了「幫助會」，我被罰站在一百多位同學中央，接受「幫助」，即是批鬥。他大跳大叫地說，他家從他爺爺起就是討飯的，幾輩子「無產階級」，被我「惡毒攻擊、誣衊」為「劊子手」，非常憤怒，呼籲大家一起與我展開「你死我活的鬥爭」。所幸的是，他平時得罪多多、聲名狼藉，而我卻是一個從來不會傷害同學的人。因此批鬥會很少有人發言，主持批鬥會的政工老師只好叫我以後說話注意一點，未作任何結論，便不了了之。

大造反開始，「八二七革命造反兵團」的「司令」也是十九歲，平時很喜歡我，第一時間就讓我參加他的組織，並且委託我參與初期組建工作。十五歲的我，一個迷你型的紅衛兵，一下子就紅了起來。

竇麥國誰都看不起，當然絕對不會參加別人的組織。他自己成立了一個「天翻地覆造反兵團」，因為以往人際關係處於冰點，始終沒有發展到一個成員。當是時也，造反派頭目都必須有一些異乎常人的舉動，或是批鬥某個牛、鬼、蛇、神、黑幫、走資派，或是貼大字報。竇麥國一個「光竿司令」，當然沒有能力主持召開批鬥會，於是他貼出了一張大字報。

大字報的原意是說，幾千年出了一個偉大的領袖毛澤東，毛澤東從誕生的時候起就懂得革命道理，連他自己的親生父親的命都革了；毛澤東是革命之神，上天降生毛澤東，就是要他來領導中國的革命，乃至全世界的革命的。文章的題目本來是〈毛澤東的革命天賦〉，卻不料被竇麥國寫成了〈毛澤東的革命天賊〉。

天老爺，竟然有人敢說「紅太陽」是「天生的賊」！問題發現之後，紅衛兵們譁然起來，火爆起來，當即組成了「竇麥國現行反革命專案組」。

這一天竇麥國貼了他的〈毛澤東的革命天賊〉以後，便到野地的泥塘裡抓泥鰍去了，我和幾個同齡的同學跑著玩兒，發現了他。他一見到我們開口就罵：「你幾個狗雞巴日的小孩蛋子，看你爺爺逮了多少啦！」

我們之中有女同學，他竟是全然不顧。其他同學怵他，不敢言聲，唯獨我還了嘴：「你才是狗雞巴日的呢，全校的紅衛兵都在逮你呢，你這個狗雞巴日的現行反革命！」

他做出即將猛撲狀，兇神惡煞地吼叫道：「你是不是想現在就死?!」

我說：「什麼叫『革命天賊』？你侮辱偉大領袖，罪該萬死！」

一個女同學插嘴道：「你的大字報的題目是〈毛澤東的革命天賊〉，大家都在逮你呢！」

竇麥國愣怔了幾秒鐘，泥鰍也顧不得拿了，像一隻被狗追趕的兔子瘋狂地向學校跑去。然而，一切都為時已晚。他跑到學校，趕緊撕掉了自己的那張大字報，「竇麥國現行反革命專案組」的同學也趕到了，抓獲了他，把他捆了起來。

晚上，大家點亮了馬燈，召開了「現場批鬥會」，勒令竇麥國老老實實交代「罪行」。竇麥國囔唧著說：「俺是社會青年走後門招來的，沒上過中學，不識多少字。這大字報是從定遠縣城裡抄來的，誰知道天賦和天賊不一樣……」

輪到我發言的時候，我說：「這傢伙本來就是反革命，大家看他的名字：竇麥國，都出賣祖國的意思！」

有人吼道：「尻他媽，只有他個B養的賣國！！！」

有人衝過去，對竇麥國拳打腳踢，轉瞬間，竇麥國的螃蟹臉青了、紫了、腫了、變形了、出血了。竇麥國大哭：「俺出世的時候，俺爸做賣鍋的生意，因此給俺起了一個『買鍋』的名字，意思是叫人家都買俺家的鍋。後來上學報名，老師嫌俺的名字土，他給俺改的……」

說這些鳥用沒有，我們給他打成了「現行反革命」，天天鬥他、揍他，收拾夠了，送給了定遠縣公安局。

抄家

到朱灣鎮「掃四舊」，就像八國聯軍進北京有人帶路一樣，鎮上也有熱心人給我們帶路，告訴我們誰家有宣傳迷信的《西遊記》、《封神演義》，誰家有蟒龍蟠柱的家堂桌，誰家有皇帝賜給的牌匾，誰家有刺繡龍鳳圖案的被面子，誰家有過去的旗袍。這，在當時都屬於「封、資、修」的東西，都是「四舊」，都是絕對應該夷滅的。最後，我們被兩、三個「帶路黨」引導到鎮子邊緣一個偏僻的處所。其中一個四十來歲的「帶路黨」說，這是一個地主家，這家地主是「惡霸大地主」，根子特別硬，「土改」、「鎮反」的時候都有「走資派」保護他，因此沒有吃過虧。

紅衛兵與「帶路黨」把老地主家的男男女女全部弄到一個菜地的糞窖旁邊看管起來，不分成年、幼年一律叫跪在地上。其中一個漂漂亮亮、衣著乾淨整齊的小女孩只有六、七歲，跪在地上一面驚恐地哭，一面尿著褲子，一個十五歲的女同學照屁股踢了她一腳。大家抄了老地主的家，到處搜尋可能存在的「變天賬」、用於變天的武器，還有可能藏匿的浮財，即元寶、珍珠一類。結果是什麼都沒有發現。最後，一口儲放在柴火房裡的棺材被打開，大家發現棺材底部有二十八個銅錢和一枚銀元擺在那裡。

二十八個銅錢都是明朝、清朝的天圓地方錢，平時誰家都有，女同學的毽子就是這玩意做的。銅錢的問題不值得追究，可以追究的是那枚銀元，因為銀元上的頭像是孫中山！

我們的領隊是文化教員張某，大家都叫她「張老師」，是個二十二歲的當地女人，「紅色家庭出身」，上過師範，此時臂戴「紅色教工」袖章，頤指氣使，表現很張揚。但是我們之中有一個無為籍的男同學比她更加囂張，總是每個行動衝在前面，砸東西、打人總是最先下手，而且下手特別重、特別毒。這個人十八歲，姓徐，短脖頸、短腿、大肚子（我們淮南人稱作「屎包肚子」），他的同鄉叫他「癩達牯子」。「癩達牯子」是皖南方言，「癩蛤蟆」的意思。

「癩達牯子」掂著孫中山的頭像說：「這就是地主階級妄圖變天的鐵證！孫中山是他們地主資產階級、國民黨反動派的老祖宗、總代表，他竟敢在棺材裡收藏著這個銀元，除了希望孫中山活回來，希望變天，還有別的解釋嗎?!」

於是就開始「提審」老地主。所謂老地主其實是一個八十多歲的老人，白白胖胖，滿頭銀髮，一身黑布衣衫，褲腳口打著綁腿，腳穿黑色布鞋、白色布襪，打扮得很精悍。見紅衛兵闖進他家的客堂，老人這才慌忙提著藤杖從廂房裡迎出，顫顫巍巍地連聲說：「恕老朽失禮、老朽失禮。」

「癩達牯子」衝老人喝問道：「你就是老地主嗎？」

老人沒有直接回答「癩達牯子」的喝問，只是一手柱住藤杖，一手指指中堂，對「癩達牯子」說：「革命小將先別動怒，請您看看……」

中堂供著當前時興的「毛澤東思想大課堂」，即「紅寶書」、毛的標準照、毛的石膏像，有幾行描金大楷：敬祝我們偉大的……偉大的……偉大的……最最敬愛的毛主席萬壽無疆！萬壽無疆！萬壽無疆！！！再祝毛主席的親密戰友……身體健康！身體健康！永遠健康！！！

「癩達牯子」一聲冷笑，開口就罵：「什麼你他媽的『老朽』、『老朽』！狗地主、王八蛋，老不死的東西！『毛澤東思想大課堂』都是革命群眾搞的，你一個地主分子有什麼資格搞?!」

「是鎮裡的造反派通知我們搞，我家孩子才敢搞的。」老人謙卑地彎腰再三，又指指「大課堂」旁邊，對剛剛擠上前的張老師說：「這位是女先生吧，請您看看……」

「大課堂」旁邊，有兩塊「光榮烈屬」的匾額，還有一張獎狀一樣的焦黃的舊紙，毛筆小楷、篆體印章都已模糊，但是中間的字跡還很清楚，寫的是「開明紳士」。

老人說：「我家是地主成分不錯，但是也是烈屬。我的大兒子是新四軍連長，民國三十一年犧牲的，二兒子是志願軍，犧牲在朝鮮，也是連長。陳毅元帥到我家來過，這張「開明紳士」榮譽狀就是他親筆寫的。」

張老師走上前去辨認榮譽狀上的毛筆小楷、篆體印章。那個四十來歲的「帶路黨」湊近「癩達牯子」說：「他大兒子不是親生的，他二兒子是國民黨的連長，就快解放的時候投降過來的。」「癩達牯子」刷地一下抽出了自己腰間的蘇聯軍用皮帶，攥在手裡，用皮帶戟指著老人咆哮道：「狗地主，你竟敢冒充革命烈屬？我告訴你，陳毅是反對毛主席的跳樑小丑、反革命野心家，已經打倒了，你拿他當稻草救不了你的狗命！我現在審問你：為什麼在棺材裡放二十八個『封資修』的銅錢，為什麼放一個印有孫中山狗頭的銀元？」

老人依然謙卑地彎腰再三，低眉順眼地說：「二十八個銅錢是墊棺材底的，二十八宿，老輩人都是這樣做的。那塊銀元是噙口錢，留我死了以後擱在嘴裡，到閻王殿的時候孝敬閻王的——這都是解放前封建腦筋、迷信，我六十大壽的時候家裡人備下的。」

「癩達牯子」用皮帶抵一抵老人的鼻子，一邊冷笑一邊罵：「靠你媽的，什麼閻王不閻王？純粹『封資修』的那一套！你媽個逼在解放前你就『六十大壽』了，那你現在多大年紀？我們貧下中農活到五十歲的都很少，你他媽怎麼能活這麼大？你這個老不死的狗雜種，都成精了！」

老人被這種漫無理由、傷天害理的羞辱激紅了面頰，據理抗爭道：「我活到這麼大是我祖上積的德，我自己修的德！我說你這個紅衛兵，你怎麼能這樣對待一個八十多歲的老年人？過去活到八十歲皇上還要請去喝酒呢，何況我也是共產黨的功臣？當年抗日戰爭時期，我給新四軍送豬送羊，送糧食，送柴火，送去我的兒子……」

「去你媽個×！」「癩達牯子」一腳踹倒老人，掄開皮帶就打，一面罵著「靠你媽，你個狗地主剝削窮人，還敢這麼倡狂?!」

張老師可能出於一時萌動惻隱之心，本能地伸出胳膊阻擋了一下「癩達牯子」。老人乘勢爬了起來，顫巍巍地雙手柱著藤杖，把身體靠在牆上，全身劇烈地顫抖著，對天悲鳴道：「九九歸一！九九歸一！蒼天啊，我今年整整九九八十一歲，是不是要收我走了？你要是有靈，就快一點吧！」

老人昏花的老眼裡充滿了淚光，但是卻在爍動著如火的怒意。「癩達牯子」被老人的眼神所激怒，跳起來兜頭一皮帶打了下去，一邊打一邊惡罵，接著又打了第二皮帶，第三皮帶……紫色的血從老人的銀髮間、眼眶邊滲出。很多人緊張得握緊了拳頭，木然地圍觀著，但是沒有一人能夠上前勸阻「癩達牯子」。不知道抽了多少皮帶，老人的身子才倏然一軟，昏死在地。

張老師推了一下「癩達牯子」的胳膊肘，對他說：「好了，別打了，現在大家接著掃『四舊』吧，看能不能搜出『變天賬』。」

「癲達牯子」在老人的腿上踢了一腳，依然吼叫道：「不行，必須叫他把『變天賬』交出來！不交，活活打死！把他家所有的孝子賢孫都打死，斬草除根，一個不留，這是偉大領袖毛主席教導我們這樣做的！」

同學中有個十七歲的女同學，亳縣人，因為體臭濃烈，平時被大家叫作「臭鴨蛋」，此時突然衝過去抓住老人的粘血白髮，一邊搖撼一邊大叫：「日你媽的×，老地主，快把『變天賬』交出來，不要裝死！」

有人喊出了口號，叫大家向「癲達牯子」、「臭鴨蛋」學習，學習他們的「大無畏革命精神」，學習他們像雷鋒「秋風掃落葉」一樣無情對待「階級敵人」。於是，有幾個同學衝上前去，參與毆打、折磨老人。老人始終沒有動靜，最後，鮮血從老人的鼻孔、嘴裡噴湧而出……

大串聯

一九六六年九月份，報紙上不斷刊登某些地區的「紅衛兵」步行一千公里、兩千公里到北京「串聯」、受到「紅太陽」接見的消息。同學們被蠱惑起來了，「國慶日」以後便丟開那些鬥爭對象，開始紛紛組織串聯隊進京。

我也參加了一個步行串聯隊，但是沒有堅持一個星期就失敗了，因為女同學們總會有人來例假，實在是走不動，大家只好又返回了農校。十一月上旬末，我們再次北上，不過這一次是到蚌埠坐火車。於是乎臂戴「八二七革命造反兵團」的袖章，兜裡僅揣著一元錢的我，跟著學校的串聯隊伍來到京浦線最大的鐵路交通樞紐——蚌埠火車站。

時下正值串聯高峰，成千上萬名紅衛兵在這裡彙集成洶湧的人潮，我夾在其中，腳不沾地身不由己地隨著人潮湧動，湧入月臺，湧向天橋。這天橋是日軍侵華時的舊物，木質結構，且已發朽。人上多了就搖搖晃晃，吱吱作響，偏偏那頭的門又是瑣住的，上去的人走不掉，這邊的人還打著號子拼命往上湧，片刻工夫，橋上的人擠的爆滿有人開始尖叫、嚎哭。當時我剛剛踩上這邊的階梯，猛見得那頭的門轟然斷裂，有數百人從斷裂處翻滾墜落下去，形成一道人的瀑布，帶著慘烈的哀號，橋下頓時堆起了一座人山。人潮停止了湧動，人們被自己製造的慘像嚇呆了……

這就是「文革」期間由於紅衛兵大串聯造成的全國最大的火車站慘案，現場摔死、壓死十二人（多是豆蔻年華的少女），重傷百人以上，有關方面緊急調來了紅衛兵專列。十一月十三日，我們總算幸運地搭上了進京的火車。車廂裡擁擠不堪，人們連挪腳的空隙都沒有，行李架上也爬滿了人，連廁所都被佔據了。沉重的機車長嘯三聲。表示了對死難者的哀歎，而後艱難地啟動起來。

車輪在軌道上叩擊出一聲聲鈍響，灰色的城市緩緩後移，土牆草頂的農舍和一片荒涼的田野漸次映入人們的眼簾。在我們這節車廂裡，一個大齡男子講述了他參加搶救傷者的故事，有人為之抽泣，但這哀傷的氣氛只是短暫地凝固，年輕人的世界很快就活躍起來，有的人談起他們造反的壯舉，有的人則對著窗外大唱「錦繡河山美如畫……」

每節車廂有一個「解放軍」戰士管理，車上供應的麵包八分錢可買一塊，開水分文不取，生活沒有多大問題，所以大家一路過得還算開心。由於車上的廁所無法使用，通往車門的過道也被過多的人堵死。在濟南停車的時候一位女教師憋的實在受不了，就由她的學生們的幫助從車窗爬出，到月臺去找廁所。回來時剛到窗下，不巧火車突然啟動，她急得跳起來大叫，學生們伸著手招呼她快點，她卻不知所措，只顧張嘴大哭。火車行進的速度逐漸加快，最終把她丟在了那兒。一個頭戴軍帽的小子把頭伸出車窗欣賞女教師的不幸，一股風把他的軍帽掀落下去，刮到路基上。「啊呀！啊呀呀！這是我哥剛從部隊帶回來的，正牌的軍帽呀！」他痛心萬分地捂頭大叫，又探出手去無濟於事地向空中亂抓著，車廂裡為他爆發出一陣幸災樂禍的哄笑。

嚴重超載，並且一路上多次遭人攔截的專列直到十五日凌晨才到達永定門車站。迎接人們的是北京凜冽的寒氣和幾個冷漠傲岸的接待員，他們抱怨說，北京城裡早已人滿為患，國家應該下命令停止串聯了。在工人體育館周折了一天，我和其他三百多人終於被安排到了順義縣的馬家營。大卡車把我們送到目的地以後，一些軍人對我們宣佈實行軍事化管理，給大家編了班，而後又組成排、連、營，從排長到營長皆由他們擔任。

我們住宿在老鄉家裡，在臨時辦起的食堂吃飯，一切都是免費的。每天，大家主要的事情就是按照軍人的指令參加軍事訓練和入城接受檢閱的演習，訓練時軍人們特別厲害，動不動就踢人屁股（女性例外）。

天氣一天比一天冷，池塘全被凍住，老鄉的孩子成群地在冰地上打陀螺。長江以南來的紅衛兵大多吃不消這樣的氣溫，幾個廣州來的大學生最可憐，每次早操他們總是抖作一團，嘴裡咯咯咯地打著響牙，大家戲稱他們是「電報員」。馬家營的老鄉頗為勤勞，每日清晨，他們把馬車趕到路上，匯成長長的一串車隊，然後打出響鞭向城裡進發（去拆北京的城牆）。每當此時，節奏明快的馬蹄聲、清脆悅耳的馬鈴聲就組合成一片美妙動人的交響，每當這聲音伴隨著車隊漸漸遠去的時候，我們之中總會有人意氣風發地唱上一通「馬兒哎，你慢些走，慢些走……」藉此宣洩心中的感動。

受訓期間，我們參觀了附近的東郊機場，進城遊覽了天安門廣場、頤和園，還去清華大學看了聶元梓的大字報。這時她已向「第二號走資本主義道路的當權派」開了火，但是劉少奇、鄧小平尚未倒下，所以在她文章旁邊，也有人貼出了與之意見對立的東西。大字報鋪滿了清華園。很多人帶著乾糧和水壺在那裡長時間抄錄。運動正當如火如荼，北京城裡到處是造反派的旗幟和紅衛兵的臨時營盤，遍地垃圾糞便、污穢狼籍。所有的牆上都貼滿了大字報和標語，有的地方嫌牆壁不夠，還用蘆席搭成一道道臨時牆壁，專門用來擴大張貼。

到處還會碰上散傳單，作演講的人，一個個激昂慷慨，甚至捶胸頓足，聲淚俱下，所言之事無非是某某「走資派」如何不聽毛主席的話。××部的一位部長級高官剛剛遭受不測之死。有一份貼在電線桿上的印刷品刊出了他肝腦塗地的照片。更多的印刷品「揭露」他的死因，一方說他「自絕於人民自絕於黨，死有餘辜」，一方說他是忠於毛主席的好幹部，被壞人暗殺了。

十一月二十五日凌晨，緊急集合在幾分鐘後完畢，大家列隊在馬家營的馬路上。營長宣佈：今天上午，偉大領袖毛主席將在天安門城樓檢閱紅衛兵大軍！

「毛主席萬歲！」滿天寒星的夜空迴蕩起陣陣歡呼，嚇的四周樹上的烏鴉一片「呱呱」驚噪。營長又強調了一條紀律：除了吃的和毛主席相章，其他任何金屬製品與硬物都不准攜帶，連鋼筆也算在內（在力行階級鬥爭的年代，認為這種東西也可能是偽裝的手槍或炸彈）。排長對每個男子進行了搜身，沒人對這種不信任表示反感，多是主動合作地接受檢查。

此後，大家急行軍走到東直門內，等到天亮，又被軍用卡車送到東長安街，在那裡列隊等候著。這時，與長安街相通的路口、巷口全部封鎖，民警站在那裡阻擋著行人。仍然不斷有紅衛兵的隊伍開過去，排長告訴我們：這是到天安門廣場等著接受檢閱的，共有一百萬人！他對幾個近視眼說，待會兒走到天安門前，請注意站在主席像上方的就是毛主席本人。

十一點後，高音喇叭驟然傳出沉雷滾動般的《東方紅》樂曲，一個嘹亮、鏗鏘又顯得尖銳的語音向人們宣告著什麼，雖然聽不清楚，但是所有的人都繃直了脊骨，隊伍自動進入立正姿態。

隨即，閱兵儀式開始了，我們十二個人列成縱隊，相挽著胳膊一致地跨著大步向西走去。大家半舉著紅色的《毛主席語錄》不停揮動，一遍連一遍地齊聲高喊著「毛主席——萬歲！」「毛主席——萬歲！」「毛主席——萬歲！」

赭紅色的天安門城牆讓人感覺著沉重，遠遠望去，城樓上站滿了身穿草綠色軍裝的人，一個挨擠著一個，只有城樓中心部位顯得比較寬綽。一個臉膛寬大、肥胖偉岸的人獨自站在那裡，他就是「無產階級文化大革命」的策劃者、紅衛兵們朝思慕盼的毛澤東，他滿面紅光地俯瞰著下方的人海，輕飄飄地揮幾下手，惹得人們聲嘶力竭地狂吼「萬歲！」有的人甚至涕淚交流，幾乎癱倒下去。

在毛澤東的左側兩米外，有一個身穿毛領軍衣、頭戴絨軍帽、全身包裹嚴實的人，臉型削瘦，身材稍顯單薄，他就是此時正在掌握國家的槍桿子，後來卻成了第二個韋昌輝的林彪副主席。

在毛澤東的右側，有一個人沉靜莊重地和許多人站在一起，眼好的人說他就是周恩來。這個時候，人們並不知道就是他主持了紅衛兵的進京接待工作，到目前天安門的接見活動已進行了八次，總數為一千萬之眾！

接受檢閱的佇列在軍人的控制下很快地走過了金水橋，准許停下來的時候已到達西長安街。

「領袖」的身影早已遠離視角，紅衛兵們如夢方醒，有的唏噓感慨，有的擦抹臉上的涕淚，有的則忘情地喊叫：我見到毛主席啦！回頭望去，天安門下仍是人海茫茫一片沸騰，一陣陣「萬歲」的聲浪依然排山倒海。有些人還想擠回去湊湊熱鬧，卻被營長嚴令喝止。此後，我們有組織地撤離了長安街大道。

回到馬家營的第二天，營長對大家說：毛主席接見過了，你們該回家了，要把主席的戰略思想和首都的革命形勢帶到全國各地去，好好推動運動的發展。然後，一網兜饅頭和一張車票就把大家打發了。

我們在北京車站侯了四天才搭上回去的火車，回到蚌埠已進入了十二月份。這時，這裡的造反派打死了人，有人在大街上抬屍遊行，鬧得一塌糊塗。在紅衛兵接待站門口，我們看到一份國務院的通知，說是由於天冷，中央決定暫停串聯，待到明年春天再考慮恢復這一意義深遠的革命活動。據此，接待站也貼出了關門告示。此刻的我，北京的饅頭已經吃完，兜裡的錢只剩下兩個一分硬幣，不回家再沒有別的辦法，於是我只好爬上了淮南線的煤車。

看管老右派

串聯以後我又回到了農校。此時農校裡的教職員工已經跑光，一些紅衛兵們抓來了地委書記羅毅，這是一個又矮又胖的傢伙，四十來歲，我們都叫他「羅胖子」。每天把羊屎蛋子混在山芋乾裡煮，讓他吃，不許挑出來扔掉，羅胖子有時哭著哀求大家：不能吃的東西就不要讓我吃了嘛！

想著法子折磨羅胖子是大齡紅衛兵的事，我們三四個年齡最小的紅衛兵沒有參加的份，而是被指派負責監督、管制一個「右派分子」，日夜陪著他，叫他寫《交代材料》。這個「右派分子」將近三十歲，膚色特別白皙，面目清秀，眉宇間洋溢著機智聰明、剛強不屈的個人品性。他伶牙俐齒，能說會道，操一口地地道道的定遠方言，常常喜歡說一些俏皮話，引大家發笑。他是本校的文化教員，平時對學生很是和藹，我們都很敬重他，此時誰也沒有把他當作「階級敵人」，依然像以前那樣叫他「白老師」。大家吃、住都在同一間宿舍裡。

此際各級政府機關已經癱瘓，農校生活資金隨之無人提供，食堂缺油無鹽，每天只能供給一些山芋乾加米煮的飯。我們吃不飽，缺乏營養，一個個面黃肌瘦，全身乏力，最後還是「白老師」想出了辦法。

白天，我們帶上棍子、小鏟子，由「白老師」帶著出去溜達，見到乾涸的水塘，便在塘底掘開冰凍和泥巴找泥鰍、黑魚，然後回來烤熟了吃。晚上，大家偎縮在各自的被窩裡，聽「白老師」講《白蛇傳》、《七俠五義》、《五女興唐傳》、《西遊記》、《水滸傳》等等故事。有時他也給我們講點兒黃色小笑話，都是鄉村民間流傳的男女性愛方面的猥瑣之事。「白老師」自己先打招呼：「這個笑話是很下流的噢，我是老師，不能跟你們講這些的！」我們都是將要進入青春期的半大男孩子，性的好奇已經朦朧產生，他這樣一說，就更加勾起了我們的興趣，大家一起糾纏他、央求他，要他非講不可，還亦真亦假地威脅他：不然就開你的「批鬥會」，或者把你交給年齡大的紅衛兵！在每一個人都保證絕對不向外人提起之後，「白老師」才開始講。講完了，他居然叫我們掀開被窩，站起來給他看看各人的小雞雞有沒有「過敏」，有沒有「反應」。誰要是縮在被窩裡不肯出來，那就一定是「過敏」了，有「反應」了，於是乎大家便一起哄鬧嘲笑這個人，說這人是個「騷狗子」。

「白老師」那裡也有一些舊書，其中有幾冊《金陵春夢》，書中把蔣介石寫的亂七八糟、一塌糊塗。我覺得熱鬧，很愛看。「白老師」私下裡告訴我：「這類東西叫『誹謗文學』，內容是絕不可信的。這個作者如果身在臺灣，他肯定會大罵共產黨，肯定會把毛主席也糟蹋成這個樣子。」

有一天，一個同學問他：「老師，您這麼好，怎麼會被打成『右派』的？什麼叫『右派』？」

這時，「白老師」的臉上讓人不易覺察地掠過一絲痛苦，以無奈的神態苦笑著說：「我這個人運氣太『好』。我的父親以前是個說大鼓書的，拼命掙錢培養我，叫我長大要有出息。從六、七歲開始，我就『頭懸樑，錐刺股』地讀書、讀書、讀書，挨過父親多少鼓錘子，挨過老師多少戒尺都不記得了。好不容易讀到師範畢業，分配到縣中學，剛到那裡就趕上了『打右派』！操他媽的八代祖宗，『打右派』竟然是按任務攤派的！上面給我們學校分攤了三個右派任務，必須完成。學校沒辦法，只好按學歷最高的往下擼，第一個是副校長，第二個是個老教師，第三個是我……」

此時到了隆冬季節，「走資派」羅毅被縣裡的造反派搶走「巡迴批鬥」去了，本校的紅衛兵無猴可耍，加之缺食，走的走、散的散，大約還有二十多人留在學校裡。因為嫌冷，留校的人又大多都是待在各自的宿舍裡，因此校園裡顯得空蕩蕩的，就像一個無人區。原來全校只有一個水井，平時用水十分緊張。後來為了解決這個困難問題，各宿舍門前都挖了一個土井，大都是四到五米深。這一年發生了冬旱，宿舍門前的土井都乾涸了。有一天夜裡下了大雪，早晨我們出門撒尿，發現雪地上有很多野獸的足跡，「白老師」告訴我們：這些足跡都是野狼留下來的。

「白老師」站在雪地上沉吟著，忽然目光閃閃地對我們問道：「同學們，想不想搞一條狼來吃吃？」

我們幾個人炸了窩似的歡騰起來。捱到下午以後，按照「白老師」的吩咐，我們找來了一些棍子、秫秸、破蘆席，並到飼養組偷了一隻小豬來。「白老師」把那隻小豬栓上一根繩子，輕輕地吊到我們宿舍門口的土井裡，然後把棍子、秫秸排列在井口，蓋上破蘆席，再撒上一些雪。

冬天日短，幹完這一切天色已晚。我們去食堂打了飯，回到宿舍裡一邊吃一邊向外偷看。外面有點月光，加上雪色相映，一切都可看得分明。「白老師」制止道：千萬不可偷看，狼是非常狡猾的，知道有人偷看就不會來了。那小豬還沒有滿月，當然不習慣突然離開老母豬，而且又是把它一個丟在寒冷的土井裡，連凍帶餓，你看它只管嚎叫，一會兒也不肯歇停。然而，野狼卻始終沒有出現。大家等啊等啊，一直到迷迷糊糊地進入了夢鄉。

「同學們，快起來，打狼了！」我們突然聽到「白老師」的呼喊。

大家睜開眼睛，原來天色已經大亮，房門大開，「白老師」早已站在門外了。陷阱那裡有了一個大洞，洞口下不斷傳出撲通撲通的聲音。我們提著褲子跑了過去，湊到洞口往下一瞧，果然有一隻碩大的灰狼蹲在底下，目暴凶光，在極端仇恨地瞪著我們。它突然竄身一躍，差一點就夠著了我們，我和幾個同學不由驚倒在地。「白老師」慌忙把我們一個一個拉開，說：「我的親娘呀，你們誰個要是掉到井裡，頃刻之間就會被狼撕的稀爛，可要小心！」

「白老師」手裡握著一把鐵鋤頭，每當野狼躍起，他就照準了它的腦袋猛砸一下，直到野狼結結實實地挨到了一下，就再也不往上竄了。此後，我們搬來很多土坯（每塊土坯將近二十斤重），由老師把土坯舉過頭頂，狠狠地砸向野狼，直到它再無響動。然後，老師用一根長竹竿綁了鐵鉤，鉤定了野狼，我們同心協力，終於把它弄出了土井……

「白老師」親自用一把銀柄的小刀剝了野狼的皮。他說，解放前，他們家裡曾經救護、照應過一個新四軍的團長，這把刀就是那位團長臨走時送給他父親的。他還說，這條狼已經很老了，「躍進年」大量餓死人的時候，它肯定吃過不少死人，這種狼的肉最香，火力最大，最補人。

「白老師」把狼肉下成一塊一塊的，最後留下了一條狼腿。

這天晚上，我們吃到了真正的野味，但是每人吃的卻很少很少。原來，狼肉借食堂的鍋燉煮，奇特的香氣引來了所有在校的男男女女，沒等燉熟，就被他們你一塊他一塊地搶吃起來。「白老師」惹不起任何人，自是不敢說話。眼見著一大鍋狼肉就要完結，我們幾個只好找來棍棒守著那口鍋，哭著罵著，叫嚷著要拼命，最終總算保下了一點點，連一個飯盒都沒能盛滿。

第二天，「白老師」向我們請了假。他說，他的父親是個文聯幹部，現在正在家裡遭受「批鬥」。他的父親身體非常不好，恐怕撐不過去，他要把這條狼腿送回家，給父親補補身體。

「白老師」走了，從此再也沒有回來，後來我又回到了淮南。農校在一九六七年宣佈解散，於是以後我又上山下鄉，又招工返城，一恍惚過去了十幾年。先前我在淮南讀書，曾有個名叫尹忠心的同學，在十五歲的時候，因撕毀毛澤東畫像拿到公廁當手紙，被打成「現行反革命」判刑二十年。一九八二年，這個同學獲釋提前出獄。我們在一起喝酒，他談到一個獄友的情況：

此人自稱是定遠縣某所學校的老師，是個「右派」。他回家探親，正遇上他的父親被造反派們給打死了。他手持尖刀找那個造反派頭頭算帳，因此被捕，以「右派份子」原來的罪名，又加上「現行反革命」、「殺人未遂」罪，被判處「無期徒刑」。一九七六年天安門「六四事件」發生之後，上級給勞改農場下達了殺幾個人的指標，此人即遭槍斃。新加的罪名是：在牢房裡用俄語哼《國際歌》，在思想上勾結蘇聯社會帝國主義，暗中無比仇恨毛主席的無產階級革命路線，妄圖顛覆無產階級專政。臨刑時，他真的大唱起《國際歌》，竟被獄警用刺刀挖掉了舌頭，滿身是血，慘不忍睹。最後，此人身中七槍而斃命，頭顱都被打碎了。

我無法知道此人是不是我們的「白老師」。冥冥中，我感覺肯定是他。又是三十多年過去了，只要與舊友提起農校，我的腦海裡就會反映出當年獵狼的情景，反映出「白老師」的音容笑貌，以及一個無辜的人被殘酷虐殺的慘烈畫面。

我的女同學「知了」

我們班裡有個淮北籍的女同學，因為她的性情過分地奔放、開朗，總是尖著嗓子不停地大聲說話大聲叫，同學們便給她起了一個帶有嘲諷意味的外號——「知了」。她長得不是太漂亮，大眼睛、大嘴巴，臉型偏長。她的體態非常棒，一米六幾的高挑身段，結結實實的肢體。她經常和學校裡的男孩子掰手腕，而且經常能贏。她的乳房非常豐滿，但是她從來不束胸，夏天又喜歡穿緊身的白襯衫，走起路來連跑帶顛的時候，她的整個胸部幾乎在飛舞，引得某些男教師和大齡的男同學傻了眼地看。

「知了」和另一個淮北籍姓郎的大齡男同學不共戴天。姓郎的腦袋尖窄，加之為人不善，「知了」就給了他一個「尖頭狼」的外號。「尖頭狼」也經常在同學裡面宣講「知了」風騷而且差心眼的故事。實際上，「知了」為人正直、熱烈，待人熱情、誠懇，平時喜歡幫助年齡較小的同學，但是往往男同學優先，長相好看一些的男同學更優先。

第一次接觸她，記得我是坐在寢室門口的土臺上看《金陵春夢》，她先是湊在我身後彎下腰來看，後來把兩個胳臂架在我的肩膀看。再後來，她乾脆摟住了我看。她的柔軟而富有彈性的乳房緊貼在我的後背上，我甚至可以感覺她的心在有力地跳動。我有些不自在，對她嘟噥道：「你……這樣好難為情。」

「知了」照頭拍了我一巴掌，說：「什麼難為情？你一個小屁孩！你是我的小弟，我是你的大姐，摟摟你怎麼了呀？」

大造反之前，有個外號叫「老鼠嘴」的同學總是欺負我。有一次星期天，我在校外的野水塘抓了一些魚，「知了」看見，高興得手舞足蹈、嘎嘎大笑，忙碌著幫我把魚兒打理乾淨。我和她找來柴火，把洗臉盆架到磚頭上，然後燃火煮魚。魚熟的時候，「知了」到食堂借勺子去了，「老鼠嘴」過來，用筷子夾起幾條大魚只管吃。我說了他幾句，他竟然暴怒起來，踢翻了煮魚的盆。我那時已經是一個小亡命徒，當然不會饒過他，撲上去就是拳打腳踢。正當我捨命地與「老鼠嘴」血戰的時候，「知了」趕到了。「知了」看到灰燼中倒扣過來的魚盆，激憤地尖叫著，甩起手中的銅勺，照準「老鼠嘴」的臉給了一下。這一下，竟把「老鼠嘴」的上下四顆門牙全打掉了，頓時滿面流紅。事情鬧的太大了，班主任當天就為「知了」開了「幫助會」，我當然是陪鬥者。

時下正在大力宣傳「毛澤東思想」、學習《毛選》，學校組織了宣傳隊，我們班由「知了」主導，出了一個「憶苦思甜」的「活報劇」的節目。劇情的內容是應著「天上佈滿星，月牙亮晶晶，生產隊裡開大會，訴苦把冤伸……」的歌聲，展現地主及狗腿子是怎樣欺凌、摧殘「貧下中農」的情景。「知了」在劇情裡演挨打的貧苦老媽媽，我在劇情裡演用皮鞭抽打貧苦老媽媽的地主狗腿子。節目被選中了，那天我們到朱灣鎮巡演。演出前，「知了」親自幫我化裝，先給我打了一個白底，然後點上了大麻子，她左端詳右端詳，自己惡作劇地笑得蹲到了地上。演出時，我由於緊張慌亂，有一鞭子真的抽到她的身上。她可能很疼，輕聲罵了一句：

「該死的！」

步行返回學校的的時候，在長滿蒿草的原野小路上，「知了」因為腿疼拉在大家後面，叫我等下來陪著她。她埋怨我真的抽了她一鞭子，我向她道了歉，並把鞭子遞向她，請她隨便抽我幾下。「知了」卻突然衝動起來，緊緊摟住我，把我的臉淹沒在她深深的乳溝裡，然後捧起我的臉，電光石火般地地親了一口，嘴裡嚷嚷道：「你這個小冤家，早生幾年該有多好！」

「知了」告訴我，她的父母都是一家工廠的老工人，她上面有五個哥哥，只有她一個是女孩。「知了」還說，她在家裡很受哥哥們寵愛，因此她特別喜歡男孩子，更希望有個比她小一點的男孩子，但是她的母親年紀大了，不能再生孩子了。她說，她就是喜歡我，早已把我當成了親弟弟。她知道「尖頭狼」對她的無恥誹謗。她告訴我：「尖頭狼」是個壞蛋，是個流氓，一直對她不懷好意，並且對她動過手，被她照褲襠狠狠踢了一腳，趴了十幾天。

不知不覺，「文革」襲來。

學校搭建了一個很大的席棚，平時讓大家在裡面吃飯，有時也在裡面開會、搞學習活動。席棚裡照例貼了一張毛澤東的畫像。有一天起了暴風雨，席棚垮塌下來。當時大家都在寢室排戲，「尖頭狼」突然一邊往外跑一邊大叫：「趕快去搶救毛主席像！」

很多人都跟了去，「知了」卻攔下了一些人，說：「毛主席像也是紙張印刷的，下這麼大的雨，又塌了棚子，肯定已經爛了，搶救出來又有什麼用呢？」

「知了」說過這樣的話第三天，就被打成了「現行反革命」。那一天，學校召開了全校大會。「知了」被五花大綁押上臺，指頭粗的麻繩在她豐滿的胸脯上打成一個「×」花，勒的很深很深。「尖頭狼」、「老鼠嘴」等人抓住她的頭髮，把她壓得跪在地上，給她戴上了黑牌子，和一米多高的「牛鬼蛇神」的帽子，然後輪番著揭發她、批判她。

開過批鬥大會，學校騰出一間空房做了臨時監獄，「知了」被關了進去。接下來進入了「大串聯」階段，大家紛紛自組串聯隊到北京串聯。我也參加了一個串聯隊，就在我們準備離校的時候，「知了」出事了。

當時校園人少，「知了」的牢房已經沒人看守。一天夜半，「尖頭狼」摸了進去，用木棍打昏了「知了」，用繩子反捆了她的雙手。她不久就清醒過來，發現「尖頭狼」正在她身上折騰，她一口咬下了「尖頭狼」的一片嘴唇，並踹了他一腳，「尖頭狼」抓起自己的衣服跑掉了。「知了」掙扎到女寢室門口，依然被反綁著雙手，赤裸著下身並流著血。女寢室裡此時只有一兩個年齡稍小的女生，見狀只管驚恐地哭嚎。我們男寢室裡的人以為是女寢室進了狼，大家趕緊抄起一些農具跑過去，一看「知了」的光景，知道她遇上了不測。

我們給「知了」解了繩索，然後退出門外，由兩個女同學給她弄熱水擦洗身體、穿上衣服。「知了」把我叫進去，她半躺在床上，臉上的表情出奇地安詳，沒有哭過的痕跡，只說她很餓，能不能弄點吃的來。其他一些在校的老師和同學也聞訊趕來，其中有給食堂幫廚的，很快就弄來了吃的東西。「知了」吃完東西，把剛才發生的事情告訴了大家。大家群情激憤，在一位男老師的帶領下，立即組成十幾個人的抓捕隊，並馬上開始了行動。但是為時已晚，有一個農工老師說，半個小時前，「尖頭狼」開著學校僅有的一台手扶拖拉機跑掉了。

翌日上午，我們的串聯隊要出發了。聽那兩個女同學說，昨夜男同學走了以後，「知了」在被窩裡放聲痛哭，哭了很久。此時，「知了」紅腫著眼睛過來送我，要我離開大家幾步，她要和我單獨說話。

我說：「您不要太傷心。我串聯結束以後要回老家看望奶奶，就不再回校了。」

「知了」說：「小弟是個好人，真的還想摟樓你、親親你，可是我現在成了一個骯髒的女人，不敢把小弟也帶髒了，我不配沾你了。」

我無言。

「知了」又說：「姑奶奶我十八年的貞節就這樣被毀掉了，我不怕見不得人，可是以後我怎麼嫁人？誰還會娶一個被畜生玷污過的女人？我這一輩子完了。我也不會待在這裡，我馬上就回淮北，我要找到『尖頭狼』，殺掉他全家，親手割掉他的騷根給狗吃！」

我依然不知道自己該說什麼，只是看到「知了」淒苦地笑了笑，對我揚揚手。最後說：「走吧。以後要記住我，記住大姐以前的樣子。」

一九六七年，十八崗農墾學校宣佈解體，夏天的時候全國各地進入全面武鬥階段。我到學校去辦理戶口遷移手續，遇上了「老鼠嘴」。「老鼠嘴」正在那裡滔滔不絕地向別人宣講他所聽到的「知了」的最新消息：

「知了」回家以後就成了當地的造反派，並成了武鬥組織的大頭領。她腰挎雙搶，威風凜凜，身邊成天跟著十幾個長相英俊、身體魁梧的男保鏢。她真的抓住了「尖頭狼」，把他吊在樹上，用駁殼槍打他的下身，直到打的稀巴爛……

青春在血與火中湮滅

一九六七年春節以後，農校宣佈解體，我只好遷了戶口回到淮南。母校一個叫王輝的同學知道我曾是著名造反組織的骨幹成員，便來找我參加他們的「紅司洪流兵團」，與他們一起活動。所謂活動，不外乎寫寫大字報，散發一些傳單，或是鬥鬥老師裡面的「牛鬼蛇神」、「走資派」而已。

此際，由毛澤東認可的上海奪權與「上海公社」正在形成極為惡劣的影響、快速發酵，全國各地大、中城市乃至偏僻縣城都在興起「奪權」狂潮。在淮南市，工人、農民、商業服務人員都成立了自己的造反組織，「紅工兵」、「紅農兵」、「紅商兵」等等應運而生，連照相的、剃頭的、修腳的、擺小攤的都有了「司令部」、「戰鬥隊」。千百人一級的造反派組織更是紛紛鼎立，較大的有「紅總」、「紅司」、「紅工兵」、「貧下中農革命造反司令部」（簡稱「市貧司」）等等、等等。這便是全民大造反的最高階段，為「文化大革命」領頭軍的紅衛兵卻在其中悄然失色。

「奪權」就是摘桃子，桃子該誰吃是一個嚴重的問題，造反派組織開始因此而爭執、對抗，漸而從相互攻擊辱罵到大打出手。毛澤東的那個妖婦拋出了「文攻武衛，針鋒相對」的懿旨以後，很快，棍棒用上了，大刀長矛用上了。突然有一天，對立的雙方手裡有了衝鋒槍、重機槍、小鋼炮。

是年入夏，淮南的造反組織分化出「支援派」、「炮轟派」勢不兩立的兩大派系武鬥專業隊伍。最厲害的武鬥隊伍是由礦工組成，其次是當地農民，最為著名的武鬥組織有「市貧司」、「十四兵團」、「一一五司令部」、「猴子兵」、「飛虎隊」等等。機關、學校、工人俱樂部、工人食堂、影劇院、街市要道口盡被武鬥組織佔據，拉上鐵絲網，築上沙包，架上機關槍，放上武裝崗哨。

大家開始殺人。有一天我和幾個同學在一家食堂吃飯，淮南煤礦機械廠「猴子兵」司令張殿生也在那裡，被敵對一方認出，幾個傢伙進了大廳就開槍，子彈從我耳邊飛過，打得張某血肉飛濺。

「黨的生日」那天，我父親到土壩子去探望一位老友，下午沒有回來，我去找他，一個三十多歲的外地男子趕來與我同行。路過瓷器廠門口，竟被一個素不相識的武鬥人員一槍打死了外地男子，然後死命地追趕我，發誓要用刀把我活活劈掉。這傢伙瘦得像剝了皮的猴子，幸虧他突然摔倒，被我奪了槍和刀。我沒有殺他，但是我再也不能回家，只好參加了門鄰孫哥的「飛虎隊」。

「飛虎隊」是「支持派」一個裝備精良的、拔尖的專業武鬥組織。七月十四日，我隨孫哥參加了畢家崗的武鬥，這一仗，打死了五、六個人。第二天，我又隨孫哥參加了新莊孜的武鬥。這次武鬥用上了衝鋒槍、機關槍、手榴彈、迫擊炮，僅電影院一處，就一炮打死了十幾個人。這次武鬥是淮南市最為慘烈的一場，總計打死了二十多人。所幸的是，我始終沒有直接殺人，孫哥也沒有殺人。

整個武鬥的季節，淮南市發生了「火燒猴子兵」、「血戰九龍崗」、「火燒高皇寺」、「炮擊八公山影劇院」等等大型武鬥，傷者眾多，死者慘烈。除「火燒高皇寺」之外，其他武鬥我都去了。受過良好家庭教育的我沒有殺人的慾望，只是手拄長槍充個數，站的遠遠的看熱鬧，看年齡稍大一些的同夥們怎樣地衝鋒陷陣，怎樣地殺掉對方，或是怎樣地被敵方打死。

是年秋天，劉少奇及其「叛徒集團」全面崩盤，「文革」基本目的已完全達到，毛澤東對造反派的態度迅速由晴變陰，如何對付、解決造反派的詭計及時形成。驟然間，北京的清華、北大著名紅衛兵領袖遭到毛澤東的冷遇，中央文革小組成員王力、關鋒、戚本禹相繼被隔離審查。大家得到消息，面面相覷，「革命熱情」一落千丈。又接著「最新指示」下來了：「實現無產階級教育革命，必須由工人階級領導。」走狗文奴姚文元發表了《工人階級必須領導一切》的文章。

「工人階級」嘩啦一下站到了社會的前端，「革命的中堅力量」完全變更，「紅衛兵小將」再也不是他媽的「時代的驕子」了。

毛澤東又說：「工人宣傳隊要有步驟、有計劃地到大、中、小學去，到上層建築各個領域中去，到一切還沒有搞好鬥、批、改的單位去。」於是到了一九六八年，「工宣隊」上來了，給他們保駕的還有兩百八十多萬「三支兩軍」、手持鋼槍的中國人民解放軍戰士，以及幾千萬手持一米五大木棒的「群眾專政隊員」。在如此強大的「無產階級專政力量」面前，學生娃子嚇破了狗膽。於是乎，大家繳槍了、投降了。沒有「血債」的回家去老實待著，有「血債」的逮起來等候處置。

那些當初以革命的名義，為了「誓死捍衛毛主席」，血戰同胞，打死了人、殺了人，負下了「血債」的哥們兒，最後都像李玉和那樣被砸上腳鐐手鐐，被遊街示眾，被押赴刑場，飲彈斃命，肝腦塗地……

不幸幸甚，我的手上不曾沾有任何人的鮮血，加之年幼，因此沒有受到追究。當時，家裡的生活極端困難，我的姐夫給我找到一份工作，我便到謝三礦下井挖煤去了。

我的紅衛兵的生涯就此結束。

上山下鄉漫記

無路可逃

自詡為「全世界人民的紅太陽」毛澤東總是沒有休止地折騰「運動」，每年、每月都要折騰。往往是一個「運動」尚未結束，新的運動已經啟發。一九五八年搞「大躍進」，浮誇風、虛報風導致了「三年自然災害」。國家經濟崩潰，城市建設停滯，工業破敗不堪，無法安排年輕人就業，毛澤東沒轍，只好於一九六二年發動了第一次「上山下鄉運動」：大城市的年輕人去新疆「建設兵團」、北大荒、海南島，叫「札根邊疆」；農村戶口的高中畢業生不讓考大學，動員他們哪裡來的還回到那裡去，回鄉「建設新農村」，叫「札根農村」。一九六六年夏天到一九六八年夏天，造反、武鬥，鬧了整整兩年的「天下大亂」，城市建設又一次破壞殆盡，又一次導致了工業的嚴重蕭條，又一次無法安排新成長起來的年輕人就業，於是毛澤東第二次發動了「上山下鄉」運動。

一九六八年九月，全國各地紛紛成立「革命委員會」，成員由執行軍管的軍人、忠於「毛主席革命路線」的幹部、有公職的造反派頭目組成，謂之「三結合」。到了十月份，最新的《最高指示》又來了：「知識青年到農村去，接受貧下中農再教育，很有必要。要說服城裡幹部和其他人，把自己初中、高中、大學畢業的子女送到鄉下去，來一個動員。各地農村的同志應當歡迎他們去。」

我的一個「紅衛兵」戰友找到我家，憤憤地對我說：「當初稱我們『紅衛兵小將』，下死命令叫我們『停課鬧革命』，打黑幫，打走資派，打劉少奇，這咯子我們怎麼成了『再教育』對象了？」

有一天剛剛到班，單位的頭頭過來傳達文件，要義是：有六十三個最革命、最優秀的「紅衛兵」向「偉大領袖」表忠心，並發出宣導：農村是個廣闊的天地，他們要到那裡經歷大風大浪，到那裡煉紅心、繼續革命，以便更加熱愛毛主席、更加忠於毛主席。當然，出於革命友情，他們希望所有的戰友們都去一起煉。

接下來就是全社會發動動員，說「農村是個廣闊天地，在那裡是大有作為的」，說「我們也有兩隻手，不在城裡吃閒飯」，說所有的城市娃兒們都應該到「廣闊天地煉紅心」！一時間，整個社會都在宣傳「上山下鄉」是聽毛主席的話，是一條光榮極至的道路。這「上山下鄉」不是所有的人都可去，有一個範圍，即是六六年、六七年、六八年的初中、高中畢業生。這便是以後歷史上人人皆知的「老三屆」（初中的又叫「小老三屆」，高中的叫「大老三屆」）。

如果你是這三屆之中的人，如果你不參加「上山下鄉」，你簡直就是下三濫、狗屎堆，沒人看得起。先是居委會到家裡來「做工作」，說的天花亂墜。後來按戶登記，願登也得登，不願登還是要登，並警告：反正你家孩子是三屆畢業生裡的，如果不肯下放，到底都跑不掉你，而且將來你全家都沒有好果子吃！

在單位裡，先是「號召、動員」，要求凡是「老三屆」的，自己出來報名，說這是無上光榮的事，別人還想不上哩。後來，這種欺騙性的宣傳做膩了，乾脆赤裸裸地幹了起來：頭頭在全體臨時工群眾會上公然叫大家「檢舉」誰是「老三屆」。我被人檢舉，工頭當天就辭退了我。這時才知道，上面有規定：任何單位部門，不得容留「老三屆」的人就業。實際上，曾經成全了「無產階級文化大革命」的「紅衛兵」們，此時已經走投無路，簡直就像過街老鼠，不「上山下鄉」簡直活不下去。這個時候，家裡有一點門路的人，居然給自己的孩子開有病或是殘疾的假證，以便逃避「上山下鄉」。

居委會的婆娘不失時機地趕到家裡來要我登記，央求我看在老少娘兒們的份上，給她增加一個名額。她說，上面給她們攤派了任務，完不成是不行的。沒奈何，我只好做了順水人情，親筆給自己登了記，填了那張如同賣身契的知青表。

一個大字都不認識的居委會婆娘端著我的「賣身契」橫看豎看，樂不可支地誇獎道：「這孩子，一手好字墨！」

實際上我是個急性子，平時最沒有耐心一筆一劃地寫字，字體很潦草，有時簡直就是鬼畫符，從來沒有人如此誇獎過我。

一九六八年十月二十五日，我們這個地區送走了第一批「到大風浪裡煉紅心」的傻傢伙，總共是一百三十多人，我也在其中。上午開了一個大會，給每個知青帶上一朵紅色的紙花，送了四本《毛主席著作》（到農村以後才知道，四本《毛主席著作》購價五元不到，就這麼點兒東西，連同那朵一個屁錢不值的紙花，黑心的「革命委員會」雜種們竟扣掉了我們二十元下放補助費！）然後，他們在臺上公然宣佈：你們的城市戶口已經註銷，由領隊的人把戶籍統一帶到農村去，以後再重新安置。

送行的父母立刻就像賣了兒女似的失魂落魄，有人大哭。

然後，他們點名數人，點一個記一個數，送上卡車一個。這情景，立即叫我想起了電影《抓壯丁》，大家的胳膊上只差一根繩子了。

知青們上車以後就有人開始哭了，大家都才十七八歲，只是一幫不會做飯、不會洗衣、不知稼穡、不知如何生活的孩子。大卡車轟然啟動，一路捲起滾滾黃塵，把這樣的一幫男孩、女孩送到「廣闊天地」去了。

下鄉以後

那天，「解放」牌大卡車在石子路上顛簸了兩個多小時，終於把我們這些知青送到了壽縣堰口區。區「革委會」主任致了歡迎詞，然後叫我們自己到街上買東西吃——他們沒有食堂。

到了下午，大家被分成許多股，我們這一股被分配到「陶家小店公社」。

「解放」牌大卡車早已返回淮南，區幹部叫我們發揚「紅軍不怕遠征難，萬水千山只等閒」的精神，我們步行十八里到了「陶家小店」，公社的「革委會」主任又致了歡迎詞，又把大家分成許多股，然後由應邀而來的各個生產大隊的書記帶到農村去。我們這一股被分配到王牆大隊，走了七、八里到了大隊部。接下來，各個生產隊隊長應邀而來，大隊書記對他們宣佈了每個隊可以認領兩名知青的原則。生產隊隊長們開始挑選我們，他們就像買牲口，毫無避諱地說肥道瘦，直面評論對我們這些知青的第一印象。直到天黑，最後的分配才算了結。

一個比我大兩歲、姓王的知青始終跟我在一起，我們被一個名叫王西山的中年漢子認領下來，他是柴拐隊隊長。天色已經黑透，我們跟著王西山，磕磕絆絆又走了兩、三里黑路，好不容易才到了他家。我們放下背了一天的鋪蓋捲，坐在煤油燈下等著吃飯。門裡門外，全村的男男女女都來了，大家簡直就像在看耍猴的，感到稀奇而有意思。

第二天一早，我們便與社員們一起下地幹活了。這地方靠在瓦埠湖邊，離堰口集公路十二華里，非常偏僻，有很多人從來沒有出過村子，他們沒有見過外人，對我們很感新鮮、稀奇，有的人便口無遮攔地對我們刨根摸底。村民們不分任何場合地直接打聽我們多大了？有對象沒有？父母在城裡是幹什麼的？一個月拿多少錢？在城裡住什麼房子？在城裡吃什麼、穿什麼？

小王的父親不久之前當上某個煤礦的「革委會」副主任，很有優越感，而我的父親卻因為「反動軍官」的歷史問題剛剛遭到「無產階級專政」。有一天晚上，我們在一個床上抵足而眠，交談中，我把家裡的情況告訴了他。後來，在某些個場合下，小王把我告訴他的一切向村民們洩露無餘，並且還對村民們解釋說：所謂「反動軍官」，跟你們農村的「地、富、反、壞」——「四類分子」是一樣的。

這出賣，使我在村民心目中的價值一落千丈。一個說我長的英俊、死活要認我作弟弟的少婦不再用正眼看我，一個弱智的地主的兒子直接對我說：「什麼鳥傢伙『下放學生』？原來是跟我一樣的壞蛋！」

國家給我們的安置費是兩百五十元，早先已被各個關口，一層層以各種理由扣去了六十五元。村裡利用舊房基給我們搭建了兩間稻草房，加上置辦生活用物、農具，償付村民勞務費等等，這些錢便被迅速扣光。

這樣的情況非止我們兩人。一九六九年春天，全地區的下放知青普遍缺錢缺糧，進入了第一個青黃不接的年頭。我們淮南市的知青比較老實、規矩，江蘇、上海來的知青則不是這樣。有人開始偷盜生產隊的糧食，繼而偷盜農戶家裡的雞鴨、小狗、小貓。先是少數人，後來大家傳授「經驗」，互相鼓動，逐漸形成了惡劣、無恥的風氣，讓極度貧困的農村老百姓深惡痛絕。不僅如此，區域不同的知青還相互打架，淮南人最能戰鬥，打擊的目標多是上海「小癟三」。並沒有什麼原因，只是大家總是看對方不順眼。

有人寫了一首〈知青之歌〉被判重刑（後來才知道，此人差一點判死）。有人秘密建立了「反共救國軍」，破獲以後，兩個「為首分子」判死，被槍斃在壽縣窯口集大橋下。

女知青較之當時的農村女性顯得細皮嫩肉，農村裡的一些青皮流氓開始打他們的主意。有一男一女兩知青，本來是同學加戀人，相約下放在一個村。村裡有人為佔有這個女的，竟殺害了男知青。更甚者，淮南市東部淮豐公社的一個「革命委員會」副主任，利用權力，拿女知青當妓女，做無償嫖宿，有案可查的達二十多人。

女知青在農村遭受欺凌、被強姦的事件屢屢發生，社會上大為譁然、紛紛擾擾，女知青的父母們把農村看成了危途。毛澤東為了叫知青繼續下放，只好叫周恩來部署了「打擊破壞『上山下鄉』犯罪活動」的運動。從一九七〇年開始，姦污一名女知青判七年徒刑，利用職權姦污三名女知青以上者判處死刑。淮豐公社的這個「革委會」副主任被逮捕，被遊街示眾，然後槍斃。一時人心稍安。

小王的父親曾經來過柴拐村，小王告訴大家，他爸爸的職位相當於副縣長，一時之間引起村民的仰慕。大家過來瞻仰小王的父親，他卻十分地小氣，只給每人一支「東海」牌香煙。然而，「副縣級」大官的招牌只閃光不管餓。小王身體很瘦弱，手無縛雞之力，很多勞動他都無法從事，村裡人漸漸開始譏笑他，每天都有人傳誦他如何無能、如何窩囊的事例，還按他習慣聳背的形象給他起了一個「老蝦」的綽號。「老蝦」家裡兄弟姐妹六七個，母親無業，所以家境也不是太好。「老蝦」找我，要求我陪他到上面訴苦、討救濟。我與他跑到公社，跑到堰口區，聽那些造反派出身的土包子幹部說了許多的混帳話，最終還是兩手空空。沒有別的辦法，「老蝦」哭了一場又一場，幾次說要自殺。

我是當過煤礦臨時工的人，不怕勞動。在一九六九年至一九七〇年的兩年時間裡，割麥、插秧、挑擔子、耕地耘田、推獨輪車，全都學會了。由於少年時期愛好武術，一直練功，體格比農村青年優越很多，因此有的力氣活兒比他們做的還好。生產隊給了每個知青半厘土地，人家的長荒草，我的卻種了蔬菜。在農村，我用不著像「老蝦」那樣經常哭哭啼啼，因為我基本上可以自食其力，能夠勉強維持下去。我與本村的小青年們很能玩到一塊。玩文的，和他們一起唱革命歌、樣板戲；講《西遊記》、《水滸傳》、《三國演義》、《封神榜》。玩武的，打拳、摔跤、翻石滾、到大灣裡攆野兔。我的「文治武功」征服了人心，換取了村民們由衷的尊重。村裡的人，漸漸忘記了我的「反動軍官」的家庭出身，把我當成了他們之中的一員。大隊搞評選活動，我被推選到堰口區，給予了「優秀知青」、「學大寨紅旗手」的稱號。

有的知青比我混得更好。到一九七〇年年末，有男知青被當地人招為女婿，有女知青做了農村人的媳婦。有的人則入了黨，當上了農村幹部。我當上了「專政小隊長」，武裝民兵。大家讓我當上了記工員，這位置在村裡特別重要，威信相當於副隊長。

打河堤

插隊不到兩個月，就趕上一年一度打河堤的任務分配下來。何謂「打河堤」？在於政府就是水利工程，在於老百姓就是服徭役。是時沒有機械工具，農民的徭役全靠肩擔手提，異常艱苦。

在毛澤東時代，農民服徭役是白幹的，沒有報酬，連口糧、柴草都是自己帶，自己弄飯吃。說的是公家每天「補助」幾兩糧食，一旦遇上狠心的工程「總指揮」，不給兌現，農民只好挨餓。當地農民說，一九六二年打「響洪甸」水庫壩子，「補助糧」沒有兌現，三成有一成人都因為累、餓而死，死了好幾千人。

隊長王西山的兒子王文保動員我說，打河堤總比在家勞動強，好處是公家畢竟每天補助幾兩糧食，在生產隊裡勞動誰給你這幾兩呢？天生壯碩、正在長身體的我最需要吃飽肚子，於是我就報了名。我是一九五二年農曆三月出生的，這時候我還不到十七周歲。同組的小王比我大兩歲，他卻自度幹不了這樣的重活，況且家庭條件好，不在乎吃這幾兩，就沒有去。

出發

在一個滴水成冰、寒氣襲面的黎明時刻，我挑上行囊隨大隊出發了。各人的行囊都是一樣的：自備三十斤大米，三十斤棉柴，加上鋪蓋，吃飯的碗筷。所不同者，農民都帶了鹹菜，我卻沒有，比他們倒是多帶了幾本古典小說與一冊《毛主席語錄》，以及一枚我在北京串聯時軍代表贈給的「紅太陽紀念章」。他們把鹹菜裝在葫蘆裡，或是一個老瓠子裡，計畫足夠吃一個工程期。

青少年總是睡眠不足，我很睏，挑著自己的東西，恍恍惚惚地夾在隊伍中走。當時壽縣東南鄉沒有三尺寬的正經路，都是一尺來寬的水田田埂，我深一腳淺一腳，有時掉下田埂，引來大家並無惡意的哄笑。走了十幾里路，晨霾散去，猶如深秋冰輪一般的太陽從淠東平原的地平線上升起，照見了遼闊無垠的荒原，照見了遠處的農家土屋，照見了近處地上的白霜。

走入大道了，這是我的故鄉淮南市通往六安地區的省道，全部由黃土加砂礓築成，僅有兩丈來寬，十幾分鐘、半個多小時才有一輛「解放車」開過去。往南走，總是遇上一些扛著農具上工的農民，他們之間往往夾雜著幾個知青。知青與知青一碰面就能互相認得出來，認出以後，這些兄弟姐妹們難免用異樣的目光多瞅幾眼我這個夾在民工隊伍裡的同胞。一個相貌甜潤的姐妹向我發出贊許：「啊呀，您真不簡單，敢去打河堤！」我銜她以笑作答。

錢家大郢子

下午五點左右，我們到達了目的地，走得兩腿木脹脹的，肩膀被扁擔壓得火辣辣的疼。所到處是錢家大郢子，這裡是壽縣南端的安豐塘，位於塘北側，離老廟集不遠，是一個家族性村落。全村人都姓錢，「解放」前都在五服之內，同屬一個超級大家庭，當時有一百七十多口人，一個家長，一個廚房裡吃飯。村裡的老人告訴我們，那時候他們的男子一個比一個棒，還有護院的長槍數根，房子以上布有銅羅網。土匪們從來不敢招惹他們，路過的時候先打招呼。「解放」後，「土改」工作隊強迫他們分家、分地，大家族才被迫解體。

全村目前有兩百來口人，近一千畝土地。俗話說「靠山吃山，靠水吃水」，村裡家家都打獵，打的是安豐塘裡的大雁、野鴨和天鵝。而且，到了枯水季節，大家還到安豐塘裡捕魚、挖藕。因為有這些條件，他們的生活稍顯富足。

我們進了村子，村幹部把我們安置在一戶人家裡。這戶人家是個寡婦帶著三個孩子。村幹部交代我們說：誰家都有小囡細女，尤其這家沒有男人，大家言行要斯文一些，住宿期間最好不要亂撒尿，不要瞎胡扯。我們一個個點頭稱是。

接下來是摶泥壘灶，起火煮飯。晚上吃飯，大家照顧我，紛紛邀我吃他們的鹹菜。我的回報是飯後坐在草鋪邊上湊著煤油燈給他們讀《西遊記》。讀累了歇一會兒，大家便壓低了聲音瞎胡扯，盡是一些男女苟且之事。忽而，門外傳來了說話聲，隊長王西山急忙迎出去。

眾人摒息竊聽，原來是「指揮部」的人下來檢查，問我們帶了《毛選》或《毛主席語錄》了沒有，有沒有認真學習。如果沒帶，明天必須帶三塊錢到指揮部去「請」。王西山急忙回應：帶了、帶了，我們還帶了一個學生，專門帶領大家讀「毛主席」呢。不然的話，俺們這個隊裡連一個識字的都沒有。

在屋裡的人急忙示意下，我把《西遊記》藏到屁股後面，取過《毛主席語錄》大聲讀誦。來人把頭伸進門裡瞅巴了一會，無話可說地走掉了。王西山退回屋裡，關緊了門，笑罵道：「媽裡格×，三塊錢省掉啦，多虧學生帶了一本《毛主席語錄》。不然的話，鰲山上搞得到三塊錢？我腰裡連一塊錢都沒有！」

當是時也，腰裡沒有一塊錢的農民們何止王西山一個，農民的貧困是現在的人難以想像的。

安豐塘

第二天就正式開工，工作是挖起安豐塘裡的土，抬到堤壩上去，把堤壩加厚加高。

安豐塘即是古代著名水利工程芍陂，是一個人工湖泊，橫豎三十華里上下。錢家大郢子的農民說，夏天的時候這裡是碧波萬頃，長滿蓮藕、菱角、芡實，到處是大雁、野鴨和天鵝。到了晚秋，大家就來這裡打獵。獵手把火銃裝滿火藥、鐵砂，綁在小劃子上，自己脫光衣服，下到水裡慢慢地推動小劃子，夠距離才點著火銃。行家一銃子可打到幾十隻，因此他們都很有錢。我們的房東寡婦，她的丈夫是一個打獵的高手，最近幾年每季打的獵物可以賣到上千塊錢。不料，捆紮火銃的牛筋繩老化變脆，她丈夫沒在意，火藥引發的一剎那，牛筋繩斷了，火銃的後坐力失去了控制，後邊部分擊中他的心窩，當場斃命。

安豐塘的塘底高於堤壩外的地平，現在這個時候，安豐塘早已被放掉了存水，平坦的塘底一望無際。有人在塘裡尋找被旱死的魚，找到就穿在麻繩上，往往一天下來，一個人可以找到上百斤。

錢家大郢子的農民說，安豐塘其實是一座神秘城，若干年現城一次。現城之際，可以聽到城裡雞鳴狗叫，車喧馬嘯。城裡三教九流、商鋪店面、肩擔叫賣、街市生意應有盡有。如果誰能夠進去，必然發財。據說有個腳夫在趕路的時候曾有幸進入這個神秘城。腳夫在城裡轉了一圈，看到街市裡黃豆價格很便宜，就買了兩笆斗。臨付錢時該付一百零兩枚銅錢，他卻只付一百枚。賣家堅決不肯，說自己本來價格公道，你不應該再賴這兩枚銅錢。腳夫貪小便宜，抵死不肯拿出這兩枚銅錢，結果生意弄崩了，賣黃豆的堅決不賣了。腳夫無奈，只好把黃豆倒回去，用扁擔撅著自己的空笆斗出了城。

幾個放牛、放鵝的人見到腳夫從安豐塘走出來，以為他是神仙，便與他打招呼。腳夫這時才想起回頭看看，一看大驚。哪來的什麼城呢？只是白茫茫的的一片大水！腳夫把自己剛才的經歷與放牛、放鵝的人說了一便，並叫他們看他的笆斗。大家仔細一看，只見笆斗的一個縫隙裡還夾著兩顆黃豆，扣出來一看，竟是兩粒金豆兒！

腳夫大叫「虧了、虧了，虧死了！」懊悔不迭。

勞動

副隊長劉三是一個霸道、蠻橫，且精於算計的傢伙。他對大家說：公家給每人每天補貼八兩糧食，按一個月定量，也就是二十四斤。現在每天每人吃兩斤米，如果半個月能夠幹完這個活，正好各人帶的糧食夠數。然後每個人又能分到二十四斤公家的糧食，等於半個月就吃掉六斤糧食。

他的算計得到了大家的認可，因此勞動抓得很緊。每天早晨麻麻亮下到土塘裡，幹兩個小時再吃早飯。早飯、晚飯都是稀飯，只有中午是乾飯。廚師只做飯不炒菜，大家一直是用自己帶來的鹹菜下飯。我不好意思吃別人的鹹菜，乾脆自己掏錢，請本村趕集的農民在老廟集幫我買了一些醬菜。有時候有人到工地上來賣一毛錢一塊的紅燒豬肉片，我也吃上一兩塊。

一個叫傻葦子的人，快三十歲了，從來沒有吃過肉，一聞肉味就噁心，看見我吃肉就跑的遠遠的。王西山說：「還怪學生有勁麼，人家吃那大肥肉就跟吃豆腐一個樣！」

堤壩漸漸墊高，勞動量也漸漸增強。兩個人抬著一筐土，大約有兩百斤，往五十度的陡坡上猛衝，要衝十幾米，有很多人根本衝不上去，只好停下來喘息。前來參加勞動的大多是二十幾歲、三十幾歲的人。由於生活艱苦，三十幾歲的人已經顯得很衰老，體力不支。每天晚上收工回來，很多人端著飯碗吃不下去。有人告訴我：這是因為累過頭了，打「響洪甸」水庫壩子的時候，很多人就是出現這樣狀況，以後就死掉了。

開工已經十二天，從表面看已經臨近竣工。我向王西山提出建議：放半天假，讓年紀大的休息休息，不要出意外。王西山當即同意，但劉三堅決不同意，說：「大家還不是一樣的幹活嗎，為什麼就他們撐不住？該誰死誰死，不放假！」

為了每天的十工分和八兩糧食，大家只好咬牙堅持著。

逮魚

第十三天下午，從表面上看，堤壩上的加土工程基本完成，「指揮部」叫準備打夯，王西山帶上幾個人領夯石去了。我們的土塘旁邊有一個過去取土造成的窪地，面積有幾百平方米，裡面有水，水很淺、很混。劉書記的兒子跟我說，那裡面一定有魚。我們幾個年輕人約了逮魚，劉三不同意，要大家休息一會，等夯石來了就打夯。結果，這時候來了一個放鴨子的，數百隻鴨子衝進水窪，稀裡嘩啦捉起魚來。水裡的魚很多很多，鴨子們紮著猛子，攪動的水花四濺，忙得不亦樂乎。有的鴨子捉的魚有半尺長，左吞右吞吞不下去。我們全隊的人都在一邊心痛的大叫，紛紛譴責劉三。劉三自己也後悔，只好同意逮魚，大家這才急忙轟走了鴨子。

農民說，魚頭上有火。時至數九寒天，但是大家誰都不在乎，脫了長褲就跳下水去。一番折騰之後，大家總計抓了四十多斤魚，小的一紮長，大的一斤多。王西山在轟趕鴨子的時候已經回來，惋惜地說：「媽裡格×，要不挨鴨子吃掉那麼多，恐怕能逮一百斤魚！」

大家又把劉三埋怨了一陣子。

這天晚上，隊長們破格叫廚師做了乾飯，找村裡油坊打了油，做了煎魚。我和劉書記的兒子還買了白酒，算是我倆私人打平夥的。這是最最豐盛一次晚餐，大家吃乾飯，吃魚，或者湊到我們這邊喝一口酒，弄得情緒高漲、熱火朝天。

第二天，連傻葦子在內，有三個人開始不斷拉稀，最後竟至於不能上工。當時沒有人知道這是怎麼回事。其實，這是由於農民們生活太苦太苦，長期不沾葷腥，偶然吃魚吃肉不能消化的緣故。

收工

每塊夯石兩個人操縱，四個人提繩，領夯的唱著夯歌帶動大家，打著走著。我覺得很有意思，只隔了一個小時就學會了。打夯的時候，劉三不許大家使勁，只叫輕輕拍拍表面土壤就行了。結果被「指揮部」的人看出，派來了「東方紅」履帶式重型拖拉機，三下兩下，壓下去了一米多。

第十五天，全隊人又繼續抬土突擊，幹了大半天，終於全部補齊。剩下的時間是等待驗收以後的消息，並從「指揮部」那邊領取工糧。工糧如數分發給了每一個人，廚師那裡除了晚上和明天早上再做兩頓乾飯，還剩下二十多斤米。這回又是劉書記的兒子提出，拿這些米到村民家裡換一些豬肉和白酒來，晚上慶祝一下。這一次，劉三沒有反對。其實，他是一個壯漢，也是一個愛吃愛喝的傢伙。

傍晚，王西山從「指揮部」回來，給大家帶來了驗收合格的消息。眾人一陣歡呼，於是乎喝酒吃肉、猜拳行令。那幾個因為吃魚吃壞了肚子的可憐鬼，只能抱住自己的飯碗，眼巴巴地看著別人享受。

第二天清早，天上飄落了雪花，大家冒著風雪踏上了歸程……

批鬥老保長

到了農村以後，感覺現實中的「地主」與「階級鬥爭」鼓吹者描述的「地主」大相徑庭，根本就不可能是那樣的嘴臉和德性。柴拐村的「老地主」姓張，為人憨厚大度，平時甚是幽默，與佃戶之間有著一種近似親戚一般的良好關係（大家本來都是他家的佃戶，一直相處融洽）。他有一個表弟，名叫季永貴，以前在莊園經營事務上總是給他幫忙，也是地方上一個口碑很好的特殊人物。

季永貴當過保長，因此大家都叫他「老保長」。我們知青來到柴拐村的時候，他已經五十多歲了，形象很衰老。但是，他依然是一個能言善辯、言語風趣的人。跟嫂子輩的女性相見，他總要說幾句調戲人家的騷話，被對方罵做「殺千刀」、「砍頭鬼」，他自己卻快活得不可開交。與晚輩的男人們碰到一塊，他總是要侃上一、兩個葷段子，弄得大家笑得捧住肚子嚎叫。

有一天，公社來了通知：「偉大領袖毛主席」發佈了「橫掃一切牛鬼蛇神，實行無產階級專政」的「偉大號召」。據說眼下階級鬥爭「異常激烈」，階級敵人人還在、心不死，妄圖變天，必須嚴厲打擊他們。公社「革委會」專派一個姓馬的「委員」下來，安排每個生產隊必須召開「群眾批判鬥爭大會」，必須狠狠批鬥地、富、反、壞、右派分子，把他們的「反動氣焰」打下去。

這個年月，餓死農民的事情沒人管，「政治任務」卻是絕對不許打馬虎眼的。隊長王西山不敢怠慢，只好把我們知青都叫去，叫我們把村裡的被「管制」人員一一捆綁起來，掛上牌子。然後，組織了三、五十人，打著銅鑼，在村外遊行了幾圈，押著到社屋裡開批鬥會。這裡面，主角當然是老地主，還有老保長。

根生土長的本村人，由於數代人的相處，無論貧富，大家都沾著親帶著故，在這樣的場合下，大家大多不願說話。因此，「批判鬥爭大會」一直開得冷冷清清，不管馬「委員」背誦了多少遍《最高指示》，依然鼓動不起來。馬「委員」等得很不耐煩，罵罵咧咧說柴拐人「階級鬥爭」性太差，政治覺悟太低，一點點都不能理解「紅太陽」的指示精神。

王西山的兒子王文寶很楞，平時六親不認，這時突然激動起來，上前把被批鬥的人都按倒在地，一個一個踢打，一個一個喝問：「你幹了什麼壞事，自己老實交代！」

問到老保長的時候，老保長張開了沒有牙齒的嘴，無聲地笑了起來，說：「我幹的壞事，你家老子王西山最清楚。」

馬「委員」吼道：「你給我老實一點！你幹的壞事為什麼隊長最清楚？」

老地主說：「我來揭發、我來揭發！」

馬「委員」又吼道：「有屁快點放！」

老地主說：「以前我罪該萬死、剝削農民。雇老保長幫我收租子，他不該把衣兜縫在屁股上！」

與會者一陣哄笑，馬「委員」狠狠瞪了一圈眼睛，示意老地主繼續說。

老地主說：「我帶他下來看課，他總是走在我後面……」

小王問：「什麼叫看課？」

老保長解釋道：「就是看一看佃戶家裡的莊稼長勢，然後估算一下一畝地能收多少糧食；多估東家多要，少估東家少要。」

老地主接著說：「佃戶們跟在老保長屁股後面，偷偷地朝老保長屁股上的兜兜裡塞錢。老保長摸摸自己屁股，就知道佃戶給了多少錢。然後，他就替這家佃戶說話，明明一畝地能打五百斤糧食，叫他這麼說那麼說，最後說只能打四百斤，我得按四百斤收租子。這樣的話，我就吃了大虧。老保長一頭剝削地主，另一頭剝削貧下中農，兩頭通吃，也是罪該萬死！」

笑聲再一次轟然而起。

老保長扭頭瞅瞅老地主，嚷嚷道：「大老表呀大老表，人家地主家的地沒人種，你家的地不夠大家租的，這可都是我的功勞呀，你家的佃戶哪一個不是我拉住的？」

名叫余少先的中年農民介面說：「這不假，俺家三代人給張家種地，就是老保長拉住的關係。」

余少先的父親用食指點點我們，說：「你們年輕人光看書上說地主多壞多壞，真是那麼壞，鬼給他家種地呀，哪個又沒有把人賣給他！」

王西山過去是張家的長工，也接著話說：「民國三十六年，俺家失火，糧食燒的乾乾淨淨，我拉著我媽準備到南鄉討飯。老保長把情況告訴了老地主，老地主叫人幫我家重蓋了房子，給我送了一擔稻子。」

老保長慌忙搖頭說：「那是我不想叫你走，是要留住你，好叫你繼續給地主家做工，繼續、繼續讓你受他的剝削，我罪該萬死！」

很多人又笑了起來。馬「委員」拍案而起：「你們這是開批鬥會，還是給地主階級、地主狗腿子評功擺好？你們的階級立場站到哪裡去了?!」

沒有人說話。馬「委員」一面端著他的「紅寶書」一段一段地亢聲背誦，一面憤怒指責著所有在場的人。最後命令王西山「主持」會場，一定繼續狠批狠鬥，自己憤憤地拂袖去了。

老保長扭頭目送著馬「委員」，直到看不見了，撲哧一聲笑了：「這孩子住堰口集西頭，以前在劇團——就是過去的戲班子唱樣板戲，調戲劇團裡的女戲子，挨劇團團長開除了。去年造反，他把團長給弄死了，身上背著人命案哩！」

老地主斥責道：「就是你知道的事比別人多，你都成了我的狗腿子了，還敢亂說亂動！」老保長歪歪倒倒地站了起來，對王西山說：「毛主席他老人家說，『凡是敵人反對的我們就要擁護』。你們看見了，地主反對我了，我是被『擁護』對象，不算壞人了，快給我鬆了綁吧。我這兩條胳膊要是給捆殘廢了，以後屙屎沒法擦屁股、尿尿沒法拿夜壺呀！」

這幾句「鬼話」，把社屋裡所有的人都笑得前俯後仰。

余少先的父親一邊笑得抹眼淚，一邊對王西山說：「這村裡都是老門老戶人家，你連著我的親，我連著你的親，誰不知道誰是好人、壞人？鬥什麼鬥？都給鬆掉吧。那個姓馬的再來問，就說鬥過了，差一點把他們鬥死了！」

余少先的父親是村裡輩分最高的人，說話很是管用。王西山把手一揮，我們知青慌忙上前給所有的被「管制」人員鬆了綁。

很多婦女、小青年都散去了，社屋裡只剩下一些大老爺們和兩、三個納鞋底的老太婆。余少先的父親把自己的煙袋點著，遞給老保長。說：「大侄子，抽兩口，給大家說個笑話，就算批鬥會開完了。」

老保長貪婪地吧嗒著玉石煙嘴，一面詭異地轉動著昏花的老眼。想好了題，就說了起來：

堰口集南頭有個張端公，已經在「躍進年」的時候餓死了，那邊的人依然流傳著他的故事。張端公出生於有錢人家，先前讀過私塾，年少的時候不好好讀書，不光是好吃懶做，還嗜賭如命。他父親死後，他輸光了家產。為了生活，他就學會了跳神。張端公平時穿長衫，但他家裡很窮，只有一條褲子。有一天他把褲子洗了，在門口的樹上晾著，光著屁股、穿著長衫待在屋裡。恰巧有人來請他跳神，他捨不得放棄一次掙錢的機會，就這麼著跟著人家去了。心裡想：反正誰也不會撩開我的長衫往裡看！在主人家跳神的時候，張端公一開始也是小心著的。他不敢像往常那樣狂跳，而是叉開雙腿，站在檯子後面，一面顛動身體一面口中念詞：「大羅閻王從東來，牛頭馬面站兩排，鬧家的小鬼你快點跑，不跑我就捽權杖！」恰在此時，一隻小花貓溜了過來。小花貓天性頑皮、好奇，鑽到了張端公長衫下面，抬頭往上一看，看到了張端公的那個「玩意兒」，在那裡亂顛亂動。小花貓納悶起來：這是什麼傢伙？毛呼呼地露個光頭，在那裡晃來晃去？它奮身一跳，一口咬住了那個「玩意兒」。張端公「媽呀！」一聲慘叫，但是他的「神」還在身上哩，不能停下來。他再也不敢動彈身體了，只是改了口中的念詞：「打貓頭、掰貓嘴，千萬莫拽小貓的腿……」

社屋裡又是一陣爆發般地哄笑。一個嫂子輩的老太婆跳起來，一邊用鞋底撐著自己的肚子不停地笑著咳著，一邊扭著小腳做著到處亂找東西的樣子，嘴裡一面說著：「繩子擱到哪裡去了？繩子擱到哪裡去了？不行、不行，你們學生（指我們知青）還得把這個『砍頭鬼』給我捆上，這回得捆緊些！就叫他兩條胳膊都挨捆殘廢，就叫他『屙屎沒法擦屁股、尿尿沒法拿夜壺』！」

幾天以後，傳來了馬「委員」要把老保長押到區裡交給「群眾專政隊」的消息。老保長為了拒絕恥辱，到堰口集買了幾塊豆腐，打了半斤白酒，吃了豆腐喝了酒，然後就自殺了。

夜航

一九七〇年八月下旬，早稻和春插紅薯剛剛收穫完畢，就進入了一個罕見的雨季。接連十多天的滂沱大雨使得瓦埠湖水位猛漲，臨近了警戒線。因為久雨，社員們無法下田勞動，生產隊都暫時停了工。柴家拐子生產隊的隊長王西山、副隊長劉三和社員薛一方、余少訓，還有鄰隊的許家友、許家貴兄弟計畫到淮南賣黑市糧食，決定借一條船，走水路，直奔施家嘴。

這個時候，淮南市針對壽縣地區上山下鄉知識青年的第二批招工已經開始醞釀，大家都很緊張。精於算計的劉三跟其他人說：把咱們這裡的學生（指我，大家一直這樣稱呼我）帶上，這一趟上淮南吃的住的就有人負責了。於是找到我，叫我陪著他們趕淮南。招工在即，我沒有膽量得罪任何人，只好答應下來。

三十日傍晚，大家早早吃了晚飯，乘天黑之前把糧食弄上了船，都是一些大米、紅薯，總計起來有一千多斤。鄰隊的女知青姓成，大家都叫她小成，她搭便船，要回家看看。總計起來是八個人，合計又有一千多斤，一丈多長的小型木船呈現出吃不消的架勢，吃水很深，船幫出水面不及四寸，船底也在明顯冒水，形勢讓人感到擔憂。劉三說：「沒有屌事，離漫郴遠著呢！」然後宣佈：大家輪流棹船（即搖櫓打槳），給小成一隻碗，叫她看到艙底水多了，就向外撈。

天色昏暗下來的時候，我們開船了。

黃湯一般的湖水漸漸地隱沒在如墨的夜色裡，我們的視覺也被這樣的夜色浸透，什麼都看不見。沒有航標，這天是農曆二十九，天上也沒有月亮，只是稀稀落落地分佈著一些星辰，臨時的船工們用它們揣測方向。湖水與無邊的黑暗連在一起，空曠、靜謐，靜得有些駭人，只能聽到打棹的欸乃聲，水擊船頭的嘩啦聲。「嗤啦——」有人擦亮了一根火柴，是王西山在點燃一束麻秸。看到了火的亮光，大家的心不由得有了一些興奮，但是王西山很快就把明火甩滅，讓它變成了暗火。麻秸是易燃物，明火燒得特別快，弄成暗火卻能經久，且不易熄滅。當地人經常帶著這樣的東西走夜路，需要明火時，對準暗火猛力一吹，就會發起火焰。

木船在水中迅速前進，帶動風把麻秸的暗火吹的忽明忽暗，咫尺之間，大家可以朦朧地看到對方的表情。總算有了一星星亮光，大家活躍起來。劉三、余少訓與與許家兄弟都不愛說話，我和小成也一直沉默著，只有王西山和薛一方說話，薛一方說的最多，幾乎滔滔不絕。薛一方開始說的都是當地的軼聞奇事，說解放前誰家最有錢、哪個土匪最有名，說土改的時候槍斃地主的情景，說六零年餓死人的事情。漸漸地他下了道，開始說哪個地主的閨女與長工通姦，哪一股土匪如何搶掠良家女子，如何輪番強暴，詳盡描繪，滋滋有味。

鄉下風俗：男人騷扯的時候可以不避已經生育的婦女，但是絕對不許在新媳婦和「坐家女」即未婚女孩子面前信口開河。小成才十九歲，是個姑娘家，薛一方竟能全然不顧。小成自然很不舒服，暗中捏了捏我的手，意思是「你看，這太不像話了！」

薛一方有四十歲，是當地最有名氣的流氓土痞子。解放前他家有七、八十畝地，算是富裕人家。他十六歲的時候父親死掉，他便開始吃喝嫖賭。十八歲賣了三十畝地，帶一千塊大洋到壽縣城裡住進最豪華的妓女館子，抽大煙、吸老海，點「東宮娘娘」、「西宮娘娘」、「貴妃」，一天一夜花光了所有的錢，被妓女老闆剝光了衣服打出來，光著屁股走僻道遛了回家。到家後還對村裡人說：這一回進壽州，大煙抽了、老海吸了，「東宮娘娘」日了，「西宮娘娘」日了，外加好幾個「貴妃」都日過了，就是死也值得了！他繼續賣地、賭錢、嫖妓，到了解放前夕，已經一無所有，成了「無產階級」。他得了喘病，還得了淋病，下身糜爛，臭不可聞，花了很多錢才算止住。他母親給他養了一個童養媳，已經長到十七八歲，本來應該舉行「圓房」儀式的，他卻直接到那姑娘房裡對人家隨便下手，那姑娘身強力壯，平時最厭惡他身上的臭味，當他往那姑娘身上騎去的時候，被那姑娘一腳踢淌了蛋黃子，趴了幾個月。恰逢解放，允許婚姻自由，那姑娘自己找個人家嫁掉了。

薛一方繼續騷扯，其他幾個人跟著不斷哄笑。他扯得越發起勁，竟然講起了他當年嫖妓的時候，與妓女們交媾的細節。劉三罵道：「薛一方你媽個×，人家小成擱這船上呢！」薛一方用鼻子哼哼一下，公然地說：「她什麼沒見過？」

這是最放肆、最極端的人格侮辱，當地人只對不正經的女人才會這樣講，小成把頭抵在我的肩膀上哭了起來。我一把捏住了薛一方的脖子，狠狠搖動著，呵斥道：「你不要再扯了好不好？」

船身隨著我的憤怒晃動起來，大家一片驚呼：「學生，千萬不能搞，要注意船！」許家兄弟小心翼翼地掰開了我的手，薛一方一邊搓著脖子一邊恨恨地威脅道：「我擱這兒胡扯礙你什麼事？狗日的學生，哪天我叫幾個老表來把你活埋掉，你這東西莫想活到十九歲了！」（我當時十八歲。）

本來是順風行船，有些微風。不知道過了多長時間，突然風大了。風大浪也大，一波一波總有半尺高，有時浪尖直接撲進船艙，嚇得小成不斷驚叫，緊忙用碗撳水。一段時間，撳出去的沒有漫進來的多，沉船的危險迫在眉睫。年齡最長的王西山把麻秸火吹亮，照著船艙，失聲叫道：「實在不行，趕快把糧食扔掉！這咯子無邊無岸，萬一沉了船，人也完了！」

薛一方抗聲說：「把他們學生扔下去，也不能扔了糧食！」

許家兄弟與余少訓都半真半假地應聲說：「那是！」

四周一片沉寂，死一般的沉寂，我聽到了自己的心跳聲。薛一方和許家兄弟、余少訓不是隨便說的，更不是說著玩的。二十幾年前，一位新四軍的首長帶著一個警衛員和一個文書經過這裡，給他們擺渡的當地船民看中了他們身上的槍支，並認為文書的公事包裡可能有大洋，就把他們扔到水裡淹死了。解放後，這幾個船民都被「鎮壓」了，其中有一個就是許家兄弟的父親。淮南方圓幾百里民間最常說：「淮南就怕十八崗，壽縣最怕東南鄉」，意思是指這些臨水、偏僻的地方，民風剽悍，匪氛熾烈，普通老百姓可以隨時萌動凶心，過去經常為了些許財物鋌而走險，不惜殺人害命。我的緊張已經讓我發冷、顫抖，心裡只有一個念頭：誰敢對我動手，我就抱緊他，與他同歸於盡！

聰明的小成打破了這沉寂，她用哭聲乞求道：「實在不行，你們把糧食扔下去，保住大家的命，然後我們倆賠你們，行嗎？」

小戴暗中又捏了捏我的手，意思叫我也這樣說。我是個男人，我得用自己的辦法面對危險，因此我不可能這樣說。依然沒有人吭氣，依然是死一般的沉寂。稀稀落落的一些星辰早已沒有了蹤影，天更黑了。不知道過了多久，不知道什麼時候，風息了、浪平了。

只聽王西山說：「小成趕快撳水！」

大家輪番棹船，每個人大約棹二十多分鐘，已經輪番了好幾次，這也說明船在水中已經前行了很久。王西山說，三個多小時就應該到施家嘴了，這會該是後半夜了，為什麼還沒有到呢？然後埋怨我們：「俺們農民窮，買不起手錶就算了，你們住在城裡的學生也沒有手錶，也不知道這啥有幾點了。」

薛一方鄙夷地用鼻子冷笑道：「你以為擱城裡住都是有錢的麼？城裡頭也有沒吃沒穿、光屁股露猴、靠賣×吃飯的！」

劉三再一次對薛一方發了火：「薛一方你媽個×，今天怎麼老是跟學生過不去，老是在人家女學生面前講醃臢話？」

薛一方反唇相譏道：「你懂得個雞巴，光替他們說話，回來指望到淮南打酒請你哩！他們算什麼東西？他們都是紅衛兵，造反那陣子『破四舊』、鬥幹部，這啗毛主席尻達（方言，坑害的意思）他們，叫他們到農村受罪來了——『接受貧下中農的再教育』，老雞巴教育他們！」

船身震動了一下，突然停了下來，正趕上棹船的是我，我慌忙用木槳試了一下，然後向大家報告：「擱淺了！」

王西山吹亮了麻秸火，照見船頭竟是一片陸地。他登了上去，四下看看，連聲叫嚷著：「我的媽媽耶，這是哪個地方呀？」

大家都到岸上去了。王西山熄了明火，所有的人開始撒尿。回到船上，小成又一次暗中又捏了捏我的手，附在我的耳邊悄聲說：「我也早就急了，你陪我上去一下好嗎？我一個人害怕。」

陪女孩子撒尿的事誰幹過？我感到赧顏，遲疑著。

小戴又說：「我會離你遠一點的，我確實害怕，求你……」

小成緊緊揪住我的衣角，我們摸索著回到船上。這時，發現在麻秸暗紅的火光下，他們都在抽煙，似乎剛剛商量過或是談論過什麼事情，所有的人眼光都有些怪異。我心坦然，沒有在意。

又沉寂了很久。許家兄弟打著哈欠，說是光想睡覺，余少訓也說他睏的要死了，薛一方卻仍在騷扯，說女人五更天怎麼樣，男人五更天怎麼樣。王西山站起來伸了一個懶腰，忽而發出了疑問：「西邊那裡，我看怎麼像魚肚白呢？」

大家都抬起了頭往那裡看，果然，有一抹白色正在天際萌現。劉三大叫：「那兒哪裡是西，那是東邊！它媽個×，我們又轉回頭了，現在停在許家崗的灣地裡呢！」

大家一齊向岸上的方向看，夜色依舊，什麼都看不到，但是隱隱約約聽到了雞鳴，聽到了狗吠。劉三說，這狗叫的聲音最熟悉不過，一聽就是許家崗。許家崗離我們的生產隊只有四里路，我們棹了一整夜的船，最少要行七、八十里——整整一夜，我們冒著生命的極度危險，卻是在瓦埠湖裡打轉轉玩兒呢，不知道繞了多少圈！

大家如夢方醒地叫嚷起來，感覺冤透了。

小小的木船調了頭，向著淮南繼續前進了。須臾間，晨光在船的右舷取代了魚肚白，於是黃湯一般的湖水也迅速地褪去了夜色，顯現出魚鱗一般的波紋……

後來的事情：

三個小時以後就到了淮南。中午，他們在黑市上賣完了糧食，許家兄弟被小成的父母請去了，我把王西山、劉三、余少訓請到了我的家裡。王西山勸我把薛一方也請來，我斷然不肯。劉三說，學生不請薛一方，也是活該！余少訓也表示附和。在我的父母盛情款待下，他們喝醉了酒，說出了一個令人驚恐、激憤的事情：在我陪著小成登岸解手的時候，薛一方煽動他們：

把男孩子（指我）弄死丟到湖裡，把女孩子幹了，然後也弄死丟到湖裡，神不知鬼不覺，你不說我不說就萬事大吉！薛一方還說，有很多人強姦女學生，都屌事沒有。

趕回生產隊以後，我便與同一公社其他幾個交情深厚的知青學友談到了這個事情，大家有的說把薛一方誘出來狠狠揍一頓，有的說到公社告他，我選擇了後者。時下正在「清理階級隊伍」，也在打擊「破壞上山下鄉運動」的壞分子，公社的人找了王西山、劉三、余少訓、許家兄弟，他們都如實供述，未敢隱瞞。於是薛一方被新賬老賬一起算，打成了壞分子加流氓分子，遊街示眾，遊鄉示眾，開批鬥會。他一口咬定，他是開玩笑的，說著玩兒的、放狗屁的。

是年十二月，我被招工返城。臨走時全村人請我吃飯，囑託將來有錢了，一定要對他們有所眷顧。薛一方過來打秋風，對我說：「我的皮都快被『專政隊』給扒掉了！學生哪，下回我到淮南做小生意，叫你碰見可別打我呀，就當我是個屁，能放就放掉！」

返城後，經常在西城大市場遇見薛一方，或賣雞蛋，或賣魚蝦，他總是極端熱情地找我打招呼，我確實沒有想揍他的意思，一笑而已！

招工

我們這些城市的娃兒們到農村以後，類似小王那樣沒做過工、什麼都幹不了的人有的是，類似我這樣沒有別的指望，只好拼命幹的人也有的是。

還有一種人是大部分：平時不幹農活，冬天穿件小破襖（當時農村人穿的棉襖很大，知青與之形成反差，凡見到穿小破襖的，農民離半里路遠都可斷定此人是知青），夏天穿一套煤礦工人的工作服（多是從父親那裡要來的）。三五成群，今天到這個村子找知青吃一頓，明天到那個村子找知青吃一頓，都吃遍了，回淮南吃老爸老媽的。家裡口糧定量，父母受不了，弟弟妹妹忍無可忍了，再回到農村，再找著吃。

更有一些人甚至偷雞摸狗，讓農村人不厭其煩。農村老太太養幾隻母雞（官方限制，每戶不得超過四隻雞），是為了攢了雞蛋賣錢，留作買油鹽、買針頭線腦的，被「下放學生」偷去吃掉了，等於斷了財路，當然氣不過，就在知青門口罵，罵的嘴角都是白沫。

一九六九年年底分紅結帳，我分到了近三百多斤稻子，總計一百多斤其他雜糧，還有兩百多斤山芋和二十多元錢。一般來說，如果不浪費，平時計畫好一些，在以後的一九七〇年一年間（到了夏季還要分一些麥子做口糧）我不會挨餓。然而，小王就不行了，他得到的糧食不及我的一半，有的知青比他更少。鄰大隊有個姓陳的知青總共只分了小半口袋糧食，當時扛在肩上很輕鬆地一蹦一跳地在路上走，大家一起哄笑，順便給他起了個外號叫「半口袋」，好心的人則為之擔憂道：以後這一年的日子怎麼過呀！

一九七〇年，是我們這些下放到壽縣地區的淮南知青最艱難的一年。缺糧是最為普遍、最為嚴重的問題。家境好的可以依靠父母接濟，不好的叫天天不應，呼地地無聲。到了這時候大家才明白，所謂上山下鄉知識青年，其實就是離開了父母的翼護、被剝奪了享受市民定量口糧的一幫人，現在必須勞動，必須自己來掙口糧養活自己了。有的境況過於艱難的女知青只好選擇了嫁給當地人的這條路，可是男知青卻沒人肯要。愁苦、鬱悶的氣息籠罩著大多數人，有的情緒低落，有的歸咎於當政者，開始「思想反動」。

對於知青們的窘境，農村群眾有人同情也有人譏笑。我們這個村的鄉痞薛一方，出去見過世面，方圓幾十里很有名氣，他最早在農村群眾中散佈說：「什麼『下放學生』、毛主席派他們來的？還不是因為前兩年他們造共產黨的反、在城裡鬧事，現在共產黨找他們算帳了，罰他們到農村來受罪，餓餓他們。這幫傢伙，不知死的鬼！」

假如說地獄有十八層，我當時可能處在最底一層。雖然我努力勞動，可以自食其力，但是家裡已經難以維持。父親仍被「專政」，他已經六十多歲，成天在河堤上和一些「走資派」、「牛鬼蛇神」抬土墊堤，被傳染了肝炎病，且被扣減了工資。家裡錢少，甚至買不起口糧，母親、弟弟、妹妹在饑餓、絕望中掙扎。

劉少奇終於被宣告徹底垮臺，「團結的大會、勝利的大會」——「九大」閉幕了。那個製造了「無產階級文化大革命」的民族第一敗類毛澤東，由他興起的「無產階級革命路線」終於取得了「決定性的、最最偉大的勝利」。當時，上面規定全國都要放煙火表示慶祝，淮南市當然也要放焰火慶祝。這是破天荒的第一次，下放中的知青們歡呼雀躍，紛紛相約返城看熱鬧。

我被幾個朋友挾裹著回到淮南，到了家裡一看情況，腦袋當時就麻木了。我只好拿出了自己身上的二十元錢交給母親，叫她趕快去買口糧。這錢，我一直寶貝似地藏在身上，準備買幾件衣服、鞋子的。

有一個好心的「走資派」把父親生病的事反映給了有關方面，有關方面下了「特赦令」，於是「專政隊」放回了父親。父親對我說：「『九大』開過了，問題解決了，下一步可能就要好一點了。」

我家的世交馬士友前來看望父親，給我傳達了一個好消息：下一步，下放知青都要返城參加「抓革命、促生產」。

我根本不相信天底下會有這樣的好事，我只希望不要再把好好的人分成「革命造反派」、「走資派」、「地富反壞右」、「牛鬼蛇神」，希望這個時代由某種畜生特意製造的人與人之間的殘酷迫害、無情壓榨早早結束，給勞苦大眾一個太平世界。

回到農村以後，不久果然傳出了招工的消息。這次招工的名額比例是百分之十五，由大隊推薦。條件是：只要家庭成分、個人出身全優就行。實際上，這次招工目標全是「紅五類」，根本不論下放期間的表現，只要父母現在是「革命委員會」的成員，或是其他吃得開的人群就行。「一石激起千層浪」，所有家庭條件好的知青與其父母都興奮起來，城裡跑，農村跑，能跑到的一定跑，一時間鄉裡城裡都在轟動這次招工的事情。

一向以無能著稱的小王卻有一個正在吃香的爸爸。他的父母來到農村，上上下下打點了一番，於是他被招走了。至於我，當然是想都不要想，因為我的父親是「反動軍官」，小王早已幫助公開，大隊沒有辦法在名額有限的情況下為我考慮。待到九月份，第二次招工又開始了，這次是百分之六十，條件依然與第一次相同。這一次，生產隊以我的插隊以後的傑出表現百分九十以上的村民推薦了我，大隊又積極地向公社推薦了我。

體檢，我每一項都合格，政審，我規規矩矩地填下了父親的「問題」。十月份，通知下來，我被刷掉了，理由是：政治條件不夠。

在我來說，當時的感覺除了極度黑暗，別的什麼都沒有。我在黑暗中離開農村，在黑暗中步行七十華里，在黑暗中敲開家門。我對於光明已經絕望，準備看一看生我養我的父母，然後決然地離開這黑暗的世界。我不想如此恥辱地活下來，繼續做黑暗的點綴，做它的陪襯，被它愚弄了。

就在這時，父親的「問題」突然有了轉機。「工人毛澤東宣傳隊」進駐單位，對我父親進行調查。結果證實，我的父親是個抗日英雄、愛國軍人。他曾經和自己的部隊血戰古北口、激戰太原，與日本強盜拼過大刀片；在內戰剛剛興起的時候，為了民族大義，毅然隨部「起義」，避免了傷亡。工宣隊給了一個結論，把父親定性為「舊軍官」歷史、「人民內部矛盾」。

這個結論拯救了已經決意自殺的我。單位出了一紙證明，證明我不屬於「黑五類」子弟。我拿著這份證明找到招工組，招工組立即把我補上了應招名額。當時還有另外八個人，情況與我一樣，也一一補上了。冬天，我們打點好行裝，懷著有生以來最最歡悅的心情踏上了返城之路。

農村還留下了近百分之三十的同期下放的知青，他們大都是因為「黑五類」家庭牽連。一九七三年，其中又有一部分恩准返城。

鄉村記事

社員們

這是一個雜姓村落，全村一百零三口人，都是地地道道的農民，數代人耕種一處，相濡以沫。但是他們也常常會為半分工、一分錢而發生糾紛。這都是極度窮困的原因。村民們告訴我們，全村原來有一百七十多口，一九六〇年「刮五風」（當地人指「三年自然災害」）死了三十多，一九六一年打「響洪甸」水庫壩子，又累死了三十多。減到九十多口，最近兩三年出生了十來個小孩，總算增加到了一百零三口人。全村五十歲以上兩人，六十歲以上兩人，沒有更年長的人，沒有五九年到六二年出生的人。王西山告訴我們，他家損失最大，原來是九口人，餓死了六口，老婆跑掉了，現在只剩下他和他的兒子王文寶。

全村沒有片瓦，所有房屋盡由土牆草頂結構而成，而且全是「解放」前建築的老屋。唯一一處「解放」後建造的屋子在村的邊緣，也是土牆草頂，但是此時只剩下了土牆，草頂已經朽壞。村民們說，這是「躍進年」大辦食堂特地建造的。那一年斷了糧，門口有幾個老人死在那裡，最後做飯的也死在了屋裡。沒有人給他們收屍，直到第二年，「工作組」要下來，才有人清理屍骨。

王西山和村民們把這所七年前尚有屍骨的屋子加上了頂，然後讓我和小王住了進去。小王膽子忒小，晚上要和我睡在一起。出賣我的事情被我知道以後，我再也不肯照顧他。他一個人睡一間屋，經常夜裡哭，顫聲地叫「媽媽……」

工分

在生產隊裡，社員的勞動報酬就是工分。工分是十分制，評定絕對民主，並且極其嚴格。全能、全力的青壯年必須在無一樣農活不會的前提下方可拿十分工。十三歲以上小孩初上工給三分，以後逐年評定、增加。青壯年婦女給八分，特別強悍的給八分半。四十五歲以上逐年減分，年滿六十歲不許再上工，不給工分。有子女由子女贍養，沒子女算「五保戶」，這個村裡沒有「五保戶」。

我與小王初到，先給定了八分半。第二年，除了播種之外，我學會了所有的農活，而小王什麼都幹不下來。全隊公議，給我的工分升到九分八厘（不會播種扣兩厘），小王則被降到七分。

一九六九年歲末結算，我累計得分兩千兩百，一個勞動日（十分）是兩毛五分錢人民幣，全年總收入折合五十五元人民幣，除去我的午、秋二季口糧錢，我還獲得了二十塊錢。小王掙了八百分，全年總收入折合二十元。當然，小王是透支戶，他必須向生產隊交錢才能拿到當年的口糧。

兩毛五分錢一個勞動日算是中等。在當時的堰口地區，好的有三毛多的，最差的有一毛多的。

老地主

全柴拐生產隊的七百畝土地原來都是老地主的，全村農民住的土牆草頂的房屋原來也都是他家的。他是全村男子唯一年逾花甲的人，也是全村輩份最長者之一，本村的人原來都是他家的佃戶，也都是他家的親戚。在「萬惡的舊社會」，他經常在災年，或者青黃不接的時候周濟佃戶們，連大隊書記劉道勝家原來都接受過他的周濟。正因如此，他躲過了「土改運動」的死劫。

按規定，年滿六十歲就不許掙工分了。但是，老地主依然在上工。他的任務是當豬官，每天，他把生產隊的豬和社員各家的豬帶到灣裡去放養。生產隊每天給他記六分工。

老地主為人風趣、樂觀，喜歡開玩笑、說騷話。

生產隊的牛是輪流放的，有一天輪到了我和本村的小青年磨子、黃子。在大灣裡，我們把牛放開，老地主也把豬放開。大家聚在一起，瞎說胡扯一通，打發時間。黃子十八九歲，是個智障，仰面朝天躺在那裡任由雞雞翹得高高的。老地主用鞭竿子使勁扒拉一下，疼得黃子號叫著嗵地一下跳了起來。

老地主哈哈大笑：「我的親乖乖，你這『旗杆』是櫟樹的還是檀木的？怎麼這麼硬邦？」

樣板戲

到了冬天，上面發給農民的任務是「大演、大唱革命樣板戲」。縣級的專唱、專演班子叫「文工團」，區、公社、生產大隊的專唱專演班子叫「宣傳隊」；當然，前面總是還要加上「毛澤東思想」、「革命」的字樣。

柴拐生產隊地處偏僻，縣級的、區級的、公社級的都不來，只能看到大隊一級的。但是，王牆大隊沒有唱戲、演戲的駿才，無法組織戲班子，只好請了鄰大隊的一個戲班子。

六九年春節期間的某一個夜晚，鄰大隊的「革命樣板戲」《紅燈記》到王牆大隊部表演。飾演「鳩山隊長」的演員是個三十來歲的禿子，平日裡大家都認識他。他大字不認識一個，但是喜歡唱唱哼哼的，這回就請了他來演日本鬼子。禿子記不住具體的臺詞，一直都是按照原劇本的臺詞大意表演。演到鳩山審問李玉和一節，他拍了一記桌子，衝「李玉和」咋呼道：「李玉和，你不要坐轎屙（本地方言念「窩」）稀屎——不識抬舉！阿們（當地方言，「我」的意思）今天實話跟你講，密電碼你今天想給也得給（當地方言念「擱」），不想給還得給！」

「李玉和」比「鳩山」更鄉土，抵緊了來了一句：「阿們就是不給，我看你今天能咬掉阿們幾根卵毛？」

聾子

聾子叫薛宜富，四十多歲，頭上依然盤著一根清朝人的辮子。村裡的人說，他是七八歲的時候生了一場大病，把耳朵弄聾的。他聽不到別人的話，卻能表達自己的意見，但是性情異常執倔。看到我們的時候，不知道我們是幹什麼吃的，曾到處打聽我們的底細，別人對他打手勢解釋，說我們是城市「下放」來的，他還是不明白。

聾子會做臘條筐，六毛錢一只。臘條筐是必備的勞動工具，有一天我和小王去他家買筐，他對我們說：「新四軍好，毛主席不好！」

如果在城市，管你是不是正常的人，就這一句話，絕對要丟腦袋。我們知道他聽不見，也沒有問他為什麼，只是注意到，他的家裡沒有「大課堂」。什麼叫「大課堂」？就是在堂屋的正面牆上貼一張毛澤東的標準像，加一個供桌，再擺上毛的石膏像。

聾子依然說：「新四軍給阿家分了三十畝地，種了三年，就要充公。我不幹，毛主席派來的工作組就把我綁到大隊部去，吊到屋樑上，用皮帶照肚子抽，屎都打出來了。以前蔣委員長的時候，從來沒有人打過我……」

借來的會計

柴拐生產隊無一人識字，只好以每年一千兩百分的代價從鄰村借來一個會計，名叫季永福。在「舊社會」，王牆大隊只有少數地主家的人讀過書，那幾年從「土改」到「鎮反」，這樣的人都被消滅掉了。以後工作隊下來掃過盲，留下了幾個「知識份子」，季永福便是其中之一。季永福的文化底蘊相當於小學三、四年級，會寫「毛主席萬歲」，認識阿拉伯數字，會算加、減、乘、除，算是當地不可多得的人才。

季永福細高挑個子，但是腰和腿從來沒有伸直過。村裡的人當面恭恭敬敬叫他「老季」或「季會計」，背地裡卻叫他「大糟蝦」。又一次季永福和小王站在一起說話，有人偷偷地說：「今天兩個蝦弄到一起啦！」

買來的老婆

從「解放」以後到實行「人民公社」制度，壽縣東南鄉群眾生活水準大幅度下降，鄉民們由於口糧嚴重緊張，溺殺女嬰、遺棄女嬰竟然成為風氣。到了我們下放到那裡的時候，鄉村間十五歲到十八歲的男女比例嚴重失調，至少有四成男人無法在當地找到配偶，光棍漢隨處可見。本土知識份子「大糟蝦」雖然很吃香，但是三十冒頭了，還沒有老婆。

雖然當時販賣人口必處死刑，但是有些人販子還是常常潛入當地，總要帶來三、五個女孩子，明碼標價出賣。這些女孩子都來自江蘇泗洪、宿遷二縣，年齡大多十三歲到十五歲之間。她們那裡極其艱苦，她們的父母以五十元、六十元的代價把她們賣給人販子，人販子然後再以一百元到一百二十元的價格賣給我們這裡的單身漢。販運途中，女孩們大多都要遭受人販子的奸宿，當地農民謂之「開苞」。

「大糟蝦」稍有積蓄，也想弄個老婆。他的一個叔叔也是人販子，為了撈個沒「開苞」的女孩，他居然隨叔叔親自跑了一趟宿遷縣。他以五十五元錢買回一個十四歲的女孩，他的母親說孩子還沒成年，養兩年再說，他卻於帶回來的當天夜晚就把這個女孩抱上了床。那女孩身高只有一米四，而「大糟蝦」的身高卻有一米八。柴拐的村民有時問他：「你兩個差了大半截子，能般配嗎？」

「大糟蝦」把肚子一挺，大吼道：「什麼般配不般配？男女之事，一概中間取齊！」

柴拐隊至少有五個這樣的女孩子，被人販子賣過來，被迫成為人妻時最大的十五歲（虛齡），最小的十三歲（虛齡）。村裡的人常常說，那個十三歲的女孩被買下以後，將近一個月每天晚上都在慘叫。她的男人二十八歲，人高馬大。我們插隊以後，這個女孩剛到十六歲，已經生了兩個孩子，身高不及一米四，挺著大肚子，不久就生了第三胎。

一九六九年冬閒的時候，一個人販子帶了四個女孩來柴拐出賣，大隊書記的兒子劉玉香（他已結婚，妻子也是買宿遷縣的，買時十四歲）邀我去「看熱鬧」。到場以後，發現村中的光棍都來了，有的還有父母陪著「長眼」。

女孩們抖抖瑟瑟，像幾隻等待宰殺的小羊窩在角落裡。一個女孩突然抱住了我，眼淚簌簌地乞求道：「大哥，你把我買了吧，我可勤快了，什麼都能幹……」

人販子和村裡的人都笑了。劉玉香說：「哎呦，這個小丫頭眼眶還怪高呢，看中下放學生了。你這個『大哥』是城裡來的，人家『家中還有一枝花』哩，買了你怎麼搞？」

搶來的媳婦

王西山家裡只有他和兒子王文寶。爺兒倆掙的糧食不夠吃，到了冬天王西山便到霍邱那邊去討飯。我們下放到村裡這一年，大隊幹部給王西山撥了三十斤救濟糧，叫他不要再出去丟人了。堂堂生產隊長，抱著碗討飯，成何體統？

王文寶已經二十歲，小時候訂過一個「娃娃親」。女家姓李，住在陶店附近，已經到了十九歲，但是看著王家窮的一塌糊塗，李家人便萌生了悔親的念頭。消息傳來，王西山招來了直系的親戚，商議以後，決定搶親。

那天，王家去了幾十口子男女，把李家女子按住繩捆索綁，用一架木床抬到柴拐村。進了王家，李家女子大哭嚎啕，幾個嫂子輩的女人不顧羞恥，竟生拉硬扯李家女子，幫助王文寶得了手。米已成粥，李家女子不哭了，於是王家開席，全村人都被請去喝了喜酒，每人交一塊錢。

酒席上，知情者滋滋有味地描述著王文寶如何「占了」李家女子的細節，大我兩歲的小王說：「這樣搶人、強姦，是犯法的呀。」

德高望重的大隊黨支部書記說：「犯卵子法，這是當地風俗，你們下放學生狗屁不通，以後慢慢適應！」

傷心的公公

李家女子異常壯實，青春鼎盛，與丈夫的親熱舉動往往異乎常人。每一天夜晚，她總是和王文寶把動靜弄得太大，擾得王西山無法入睡。王西山剛滿四十歲，老婆跑掉七、八年了，見兒子、媳婦如此這般，未免心裡感到酸楚。每當東屋裡動靜起來，他便在西屋裡長吁短歎。

有一天，大逆不道的王文寶竟然跑過去把王西山狠狠揍了一頓，說他長吁短歎不懷好意。消息猶如爆炸新聞迅速傳開。大隊長徐某帶著民兵過來，要逮王文寶到公社去。公社的「群眾專政指揮部」是閻王殿，只要進去，不死也得掉幾層皮。王西山心疼兒子，當即向大隊長乞求，當眾說出了事情的原委，說這事情責在自己，不怪兒子。

大隊長笑得鼻涕吹起了泡。而後硬是板下臉來做個「生薑拐」敲著王西山的額頭罵道：「你這鱉日的王西山，下回你兒子打死你個驢熊，我都不問了！」

四個荷包蛋

王西山原來是老地主家的長工頭——當地人稱之為「大鍬把子」。按親戚輩分，還算是張家的表侄子。老地主的妻子快七十歲了，大家都叫她「地主婆」。「解放」前有一次午季大忙的時候王西山生了病，地主婆怕耽誤農事，就給王西山打了四個荷包蛋。王西山的父母千恩萬謝，王西山本人更是感恩不盡，走到哪裡都對人家說：「俺那表嬸子對我比親媽都好。」

王文寶毆打王西山的事情發生後，王西山當天晚上曾跑出去坐在井臺上哭，說是想跳井。老地主把他拉到自己家裡勸說，地主婆聽他說還沒有吃飯，就又給他打了四個荷包蛋。不料這四個荷包蛋卻引來了很大的麻煩。

時下「清理階級隊伍」運動尚未完結，有人把王西山吃地主婆的荷包蛋與電影《奪印》裡的「階級鬥爭」聯繫到了一起。公社「革委會」先找王西山談話，嚴厲警告他不該被階級敵人的「糖衣炮彈」打中，「不可以喪失階級立場」，並且要求他務必劃清界限、提高鬥爭覺悟。最後，命令他積極配合、採取行動，以爭取「戴罪立功」。王西山戰戰兢兢、唯唯諾諾，全部答應下來。

那一天，公社「革委會」來人召集全村人到社屋開會。會上，「革委會」的人宣告我們這個生產隊「階級鬥爭極其複雜」、「階級敵人的反動氣焰極其囂張」、「階級鬥爭蓋子必須打開」、「要堅決打擊階級敵人的瘋狂反撲」。

王西山被指令發言，檢討自己階級意識模糊，立場沒能「堅定」，不該吃了地主婆的荷包蛋，中了她的「糖衣炮彈」。只把他自己說的涕淚交流。

沒有人明白王西山為什麼哭。「革委會」的人發言，說老地主和地主婆企圖腐蝕生產隊長，是屋簷下掛的洋蔥——葉焦根爛心不死，蠢蠢欲動，妄圖變天，大家必須從這一「嚴重的反革命事件」中吸取教訓，時時刻刻牢記毛主席的教導：「千萬不要忘記階級鬥爭！」云云、云云。最後宣佈：老地主、地主婆成為「專政對象」。

鬥了老地主，審了地主婆，然後又抄了他們的家，看看有沒有「變天賬」，有沒有私藏下來準備殺害貧下中農「革命群眾」的武器。所有的牆壁都用錘子敲敲，所有的地面都用鐵釬子探探。當然是一無所獲，一直折騰到天將黑才算作罷。一般情況下，「專政對象」要及時「逮捕」的，但是他們卻沒有這樣做，只叫戴上白袖章，留在村裡，嚴密監視，並要強迫他們「勞動改造」。不是「革委會」的人寬容，而是有如下原因：

一、當時，壽縣的監獄早已「滿員」，大寺——即報恩寺被改成了「專政指揮部」暨臨時監獄，那裡面也早已「囚」滿為患，不再接收各公社送來的「階級敵人」。

二、老地主已經六十多歲，地主婆不僅年邁而且是小腳。此地到縣城六十里，他們走不動。如果強迫押送，保不齊他們會死在半道上。

活埋的少女

這個少女是鄰村周姓地主家的一個女兒，有點弱智。那是一九四九年的時候，周家女兒在柴火房裡和家裡的長工余某做那種事，被地主老周撞見。老周氣憤極了，用棍子去打余某，卻被自己的女兒從後面攔腰抱住，反遭余某打了幾拳。老周掙脫女兒，回到廂房找來駁殼槍，卻又被女兒抱住，余某乘機逃跑。

老周氣沖斗牛，叫家裡的人抬出一口棺材，把女兒活生生地裝了進去，釘上鐵釘，埋掉了。埋的地方在我們村社屋的東北界，我們到大隊開會、看樣板戲，總要經過那裡。有一天，大隊書記的兒子劉玉香指著墳頭告訴我：這女人在墳裡叫了三天才死。「土改」的時候，老周被槍斃了。

復仇的少年

薛宜柏是地方上的名人，他們家祖父輩經商，在當地很有錢。薛姓內一個叫薛老虎的傢伙是個吃、喝、嫖、賭、抽大煙什麼壞事都幹，就是好事不幹的青皮流氓。到了搞「土改」的時候，薛老虎已經成了「精卵子窮光蛋」，於是專門要利用窮人打開局面的「土改工作組」把他發展成了「積極分子」。

薛老虎人高馬大，一向欺負薛宜柏的老實父親，喜歡「逮他肉頭」（當地方言，訛老實人的意思），對他說「凡是有錢人這回都得槍斃，你也在名單上，我親眼看見的！」嚇得老實人上吊死了，當時薛宜柏才十五歲。其後不久薛老虎乘薛宜柏不在家的時候強姦了薛宜柏的小腳母親，沒有能力反抗的女人尋死未成，整日啼哭。有一天，薛宜柏把家裡的一把殺豬刀磨到吹毛過刃那麼鋒利，在柴拐大灣的高粱地裡等著薛老虎。到了下半夜月亮高懸的時候，薛老虎從外面看賭回來，薛宜柏把利刃銜在嘴裡，跳出高粱地，從後面雙手抓住了他的腰帶。

薛老虎驚問：「誰個？」

薛宜柏騰出一隻手，抓住刀，亢聲道：「薛宜柏！」

薛老虎鬆了一口氣：「日媽×的東西，你要幹什麼？」

薛宜柏厲聲大叫道：「殺你！」

薛老虎謾罵道：「去你媽×的小柏子！看我一包頸（當地方言，一巴掌的意思）把你耳屎煽出來！」

這邊罵著，猛地轉過身來，揚起手要打薛宜柏。薛宜柏早已把刀雙手抱定，全力一推，把所有的刀身推進了薛老虎的肚子……薛宜柏被工作組判了死刑，與很多「反革命」綁在一起被執行槍決的那天，一個上面來的大幹部在現場看行刑，突然站起來下令放了他，說他還是一個小孩子。

當我們插隊到柴拐的時候，薛宜柏才夠三十歲，中等身材，慈眉善目，地道一張農民的臉。

自殺的女子

柴拐村是雜姓，西頭住的是幾戶朱姓。朱家有個女兒，一直與大隊書記的兒子劉玉香愛慕，她的父母卻給她許了一個軍婚。朱家女兒十八九歲，正當青春年華。有一天與劉玉香在趕集的路上遇見，兩人便鑽了高粱地，吃了禁果。此後，二人一發不可收，常常於夜晚的時候到外面野合。

公社裡開宣判大會，被遊街示眾、判刑的犯人中有一例「破壞軍婚」罪，男女雙方都被繩捆索綁，都被判了四年徒刑。

全村的人都知道朱家女兒和劉玉香的事情，大家在田間幹活的時候偏偏熱烈地談論「破壞軍婚」的故事，這使朱家女兒和劉玉香感受到了足以窒息的壓力。更為糟糕的是，朱家女兒懷孕了。有一天，朱家大媽聽到了關於女兒與劉玉香在外面野合的傳聞，並發現女兒的肚子已經隆起，於是她便把女兒堵在閨房裡訓斥，問她以後怎麼見人，若是也被逮去遊街示眾、蹲勞改怎麼辦？

朱家女兒正在走投無路中，見母親這樣說，乾脆喝了農藥。臨死前，她對母親說：「事情是我自己做的，我自己承當。我已經喝了藥了，我不去丟人受罪，也不會連累你們。」

朱家女兒既死，大隊書記為了挽救自己的兒子，便出面宣稱：這是一場「階級鬥爭」，所謂劉玉香與朱家女兒野合的事情完全是謠言，而謠言的製造者是地主子女張士偉。於是，朱家便把屍體抬到了張家的堂屋裡。三天以後，張士偉為朱家女兒買了棺材，並穿了孝，傾家蕩產安葬了朱家女兒。

秋收

柴拐村有七百多畝土地。因為享有安豐塘水利之便，大多土地都是水田，夏季莊稼以插稻為主。一九六九年九月，稻子成熟，數百畝稻田溢出濃郁的稻香，大收穫的季節來臨，柴拐生產隊的農民厲兵秣馬，進入了亢奮的勞動狀態。

然而，公社「革委會」派人來了，是來「監打監收」的。來人每天交一斤糧票兩毛五分錢，飯菜盡由生產隊提供，吃在場上住在場上。場上每打一場糧食，他便叫農民稱量一下，然後親自記個數。他誰都不理誰都不看，臉上從無笑色，隊長向他敬煙，遞上一支「大鐵橋」，他一甩胳膊擋得遠遠的，總是一是一、二是二地公事公辦。

年老的農民說，此人姓張，家裡「成分」不好，曾在縣裡做過科員，後來被打了「右派」，因為檢舉揭發別人有功，沒給「戴帽子」，只是降級到公社裡來了。有的農民暗地裡咒罵道：「這回日霉，遇上『假積極』的了，打多少糧食都是白搭了！」更有一幫村裡的頑童紮堆地唱起了民謠：「假積極，當幹部，吊兒郎當犯錯誤……」

這民謠產生於五十年代，不知是哪位「群眾文學家」的傑作，所指者都是一些跟風、趕潮的孬熊角色。姓張的似乎心裡明白，對農民克扣的更加厲害，每場的糧食斤兩計算，絕不容情。村裡的叫「傻黃子」的青年對大家提議：「弄一包老鼠藥給他搞掉算了！」眾人一笑置之。

秋收進行了半個多月，那時沒有任何農業機械，勞動全是手工加人力，婦女們收割，男人們挑擔子，起早貪黑。半個多月下來，大家的手上、肩膀上都脫了數層皮。打下的稻子總計有七萬多斤。姓張的以公社「革委會」委員的名義，強令交公糧七千斤，交「忠字糧」三萬斤。公糧是不給錢的，「忠字糧」每斤七分錢，而當時的市場價是一毛五。

堆積如山的稻子驟然減去了一半。當然，還要留下五千斤種子糧，三千斤「備戰」糧。姓張的走掉以後，隊長叫我和會計終結計算一下還有多少糧食，結果是還有兩萬八千斤！平均計算，人頭糧食只合兩百七十斤。每一百斤稻子只能打六十四斤米。從這個時候到下一年收穫麥子共有九個月，也就是說，在這九個月的時間裡，生產隊裡每個人口只有一百八十斤大米做口糧。

任何一個兒童或老人每天都得一、二斤大米才能吃飽。青壯年們每天得二、三斤。這一年我十八歲，曾經一頓飯吃掉二斤大米。

結算下來，村裡的透支戶占了百分六十，口糧明顯不足。隊裡的老人說：「且看看還能收多少白芋吧。一冬天只好吃白芋了，大米得留到開春的時候才敢吃，那時候幹活太重，不吃細糧不行。」

於是乎，在豐收之後，大家開始過起了「糠菜半年糧」的日子。

特別收錄　憶親散文

煙雨籠紗憶逝親

他是把生命傳遞給我的人，他是我的父親。如果不被苦難與病魔早早地剝奪了生存的權利，他現在應該是一百零四歲。我去年曾經採訪過我們淮南的一位黃埔老軍人，一九一〇年生的，依然健在。也許這社會上會有不道德的人討厭高齡的老年人，但是作為兒子的我，寧願自己的父親永遠活著。作為尊敬老人的我，也寧願天下善良之輩福壽綿綿。

我的父親，生逢亂世，十八歲出門當兵，在西北軍裡參加北伐戰爭。他二十八歲當了尉級軍官，參加抗日戰爭，在與日本豺狼殊死搏鬥的一次次戰鬥中，一次次身負重傷，百死一生，曾十幾次建立軍功。如果不是因為改了朝換了代，他肯定算是民族與國家的功臣。

內戰進行到一九四八年，他已經是中校軍官，他以師部副官主任的身份與師長反對中國人針對中國人的血腥的自相殘殺，為了避免最後的傷亡，毅然率部於關外「起義」，被編入東北野戰軍。

他曾經差一點被戰場上的烽火燒死。

他曾經被日本野獸的軍刀削掉軍帽。

他曾經被自己的同胞彈穿軍衣。

駐軍期間，他曾經槍斃過在幼兒肉體裡藏鴉片的女煙販。

戰爭時期，他曾經處決過強姦民女、強取民財的部下。

一九四九年國家易幟後，他脫下戎裝，結束了二十多年與死亡共舞的軍人生涯。誠實經商，真心擁戴新政府，奉公守法，克盡職守，一心做一個和平年代的好老百姓。因為有一個弟弟（鳳亞）失蹤了，別人檢舉說可能去臺灣了（確實到臺灣去了，住在南港區，一九九六年曾回來省親），因此而被懷疑有「敵特親屬」嫌疑，「榮譽軍人」的身份被否認，企業經理降做一個普通的店員，接著在「大躍進」中，以半百之齡罰做種種苦工。

他上過軍官學校，受過專業培訓，從軍時具備國民革命軍軍官必備的所有優良素質。他為人溫文爾雅，親近和善，為民時從不與街坊鄰居爭長道短。他喜歡太平盛世，認為天下一統，不再打仗就是好事。他經常跟我們說：「寧做太平犬，不做離亂人」。

他為人廉潔正派，對子女要求極其嚴格，小孩子如果從外面撿了硬幣回來，他就拿銅戒尺打手心。他一向反對劣等男人的吃、喝、嫖、賭、貪。我十四歲到定遠縣十八崗農墾學校上學，他送我到車站，就如此告誡我：男人一旦沾上這五個字，人格就賤了，一輩子都不會有出息，千萬要牢記。

由於這個信念，他自己當然沒有不良嗜好。老年退休以後，常捧著一本《三國演義》，或是《封神演義》念給家人、門鄰、朋友聽。兒子來家了，炒兩個小菜，打一瓶燒酒，就是他又享受了一下天堂的生活。

「文革」中，早經被「甄別」為「榮譽軍人」的資格再次被某種人否認，說他是國民黨的「反動軍官」，說他「不知道殺害過多少我們共產黨的人」，毫無法律藉口地把他抓了起來，與區委書記關在一起。他遭受折磨、遭受酷刑、被「專政隊」的畜生們罰跪長達兩晝夜、被遊街批鬥上百場、被強制進行非人力能為的艱苦、沉重的勞動。最後瘦得只剩下一把骨頭，奄奄一息。我當時在外面上學，居然還是一名「紅衛兵小將」！我回到淮南去看他，他說：「不許來看我，省得連累你。你是你，我是我。」我掉淚，他又笑著哄我：「你老子這一輩子能跟共產黨的幹部一起坐牢吃苦，是我的光榮！」

那個因為強姦民女、強取民財而被處決的部下有個弟弟，幾百里外找來了，他要求判我父親死刑，給他哥哥報「血海深仇」。恰巧當時權力最大的「工宣隊」隊長也是先在國民黨，後在××黨裡當過兵的人。他們為父親成立了一個專案調查組，他們在全國範圍內調查父親各個階段的歷史問題。後來他們告訴父親：為了你，我們跑遍了全國各地，公家光報銷車票就超過了五千元人民幣！

五千元人民幣，當時是十八、九級機關幹部一百多個月的薪水！

事情查證清楚以後，隊長對那人說：「像你哥哥這種行為，我們共產黨抓住了也要槍斃的，你報什麼仇？」

災難最終還是過去了。一九七〇年年底，父親被定性為「人民內部矛盾」，受到了「第二次解放」，因為六十多歲了，還被照顧了輕鬆工作（當時毛澤東不執行退休制度）。正在「上山下鄉」的我也由此沾光，有關方面讓我回城，做了一名鋼鐵工人。然而，父親的身體還是受到了致命的傷害。吃人不吐骨頭的「四人幫」被抓起來以後，國家恢復了老年職工退休制度，父親退休以後，病病怏怏掙扎了一些年，終於於一九八四年與世長逝，終年七十六歲。

父親始終是一個徹底的無產者，沒有給子女留下一元存款。但是他的優秀品質卻是我們家族最為寶貴的精神遺產。數十年來，做工人，當幹部，混跡官場，走南闖北，無論在什麼位置上，無論在哪個地方，無論和多少金錢、利益打交道，我都不會忘記銅戒尺打手心時的那種刺心的、震撼的痛，也不會忘記十四歲出遠門時的深刻告誡：吃、喝、嫖、賭、貪這五個字，男人一旦沾上，人格就賤了，一輩子都不會有出息！

一九八五年我在北京學習，一個揚州來的行賄的人到那裡找到了我，要給我五千塊錢，說是幫我解決掉一系列電器傢俱（相關字據如今依然保留著）。我當時的月薪只有五十多塊錢，我對他說：「五千元可以解決一系列電器傢俱，同樣也可以讓我到監獄裡蹲一陣子！」

如今六十一歲的我，始終一塵未染，走到那裡都是尊嚴地活著，靠的就是這個。我用先父的作風教育我的子孫，我的兒子如今也在社會上闖蕩了十多年，曾在幾個單位身居經理、老總的職位，也是保持著一身正氣、兩袖清風的本色。

釀文學158 PG1077

天幕
——山樵中篇小說集

作　　者	山　樵
主　　編	蔡登山
責任編輯	廖妘甄
圖文排版	陳彥廷
封面設計	陳佩蓉

出版策劃	釀出版
製作發行	秀威資訊科技股份有限公司 114 台北市內湖區瑞光路76巷65號1樓 電話：+886-2-2796-3638　傳真：+886-2-2796-1377 服務信箱：service@showwe.com.tw http://www.showwe.com.tw
郵政劃撥	19563868　戶名：秀威資訊科技股份有限公司
展售門市	國家書店【松江門市】 104 台北市中山區松江路209號1樓 電話：+886-2-2518-0207　傳真：+886-2-2518-0778
網路訂購	秀威網路書店：http://www.bodbooks.com.tw 國家網路書店：http://www.govbooks.com.tw
法律顧問	毛國樑　律師
總 經 銷	聯合發行股份有限公司 231新北市新店區寶橋路235巷6弄6號4F 電話：+886-2-2917-8022　傳真：+886-2-2915-6275

出版日期	2014年2月　BOD一版
定　　價	460元

國家圖書館出版品預行編目

天幕：山樵中篇小説集 / 山樵著. -- 一版. -- 臺北市：
釀出版, 2014.02
面； 公分. -- (釀文學 ; PG1077)
BOD版
ISBN 978-986-5871-93-2 (平裝)

857.63 103000363

讀者回函卡

感謝您購買本書，為提升服務品質，請填妥以下資料，將讀者回函卡直接寄回或傳真本公司，收到您的寶貴意見後，我們會收藏記錄及檢討，謝謝！

如您需要了解本公司最新出版書目、購書優惠或企劃活動，歡迎您上網查詢或下載相關資料：http:// www.showwe.com.tw

您購買的書名：____________________

出生日期：_______年_______月_______日

學歷：□高中（含）以下　□大專　□研究所（含）以上

職業：□製造業　□金融業　□資訊業　□軍警　□傳播業　□自由業

□服務業　□公務員　□教職　□學生　□家管　□其它_____

購書地點：□網路書店　□實體書店　□書展　□郵購　□贈閱　□其他

您從何得知本書的消息？

□網路書店　□實體書店　□網路搜尋　□電子報　□書訊　□雜誌

□傳播媒體　□親友推薦　□網站推薦　□部落格　□其他_________

您對本書的評價：（請填代號　1.非常滿意　2.滿意　3.尚可　4.再改進）

封面設計____　版面編排____　內容____　文／譯筆____　價格____

讀完書後您覺得：

□很有收穫　□有收穫　□收穫不多　□沒收穫

對我們的建議：____________________

____

____

____

請貼
郵票

11466
台北市內湖區瑞光路 76 巷 65 號 1 樓

秀威資訊科技股份有限公司　　收

BOD 數位出版事業部

....

（請沿線對折寄回，謝謝！）

姓　　名：________________　年齡：________　性別：□女　□男

郵遞區號：□□□□□

地　　址：____

聯絡電話：(日) ____________________ (夜) ____________________

E-mail：____